DAS MAGDALENA-RELIQUIAR

DIE MAGDALENA-CHRONIKEN
BUCH ZWEI

GARY MCAVOY

ÜBERSETZT VON
CHRISTINA ESCHBACHER

LITERATI
EDITIONS

Titel der Originalfassung: The Magdalene Reliquary

Copyright © 2020 Gary McAvoy

Copyright © 2025 der deutschsprachigen Ausgabe: Gary McAvoy

Übersetzung ins Deutsche: Christina M. Eschbacher

Lektorat: Johannes Grünwald & Eva Kozic

Taschenbuch ISBN: 978-1-954123-57-1
eBook ISBN: 978-1-954123-56-4

Veröffentlicht von:
Literati Editions
PO Box 5987
Bremerton WA 98312 USA
E-Mail: info@literatieditions.com
Weitere Informationen finden Sie auf der Website des Autors: www.
garymcavoy.com
R0225

ANMERKUNG DES AUTORS

Dies ist ein fiktives Werk. Namen, Personen, Unternehmen, Orte, alteingesessene Institutionen, Behörden, öffentliche Ämter, Ereignisse, Orte und Vorfälle sind entweder das Produkt der Fantasie des Autors oder fiktiv verwendet worden. Abgesehen von historischen Bezügen ist jede Ähnlichkeit mit tatsächlichen Personen, lebenden oder verstorbenen, oder tatsächlichen Ereignissen rein zufällig.

Alle Marken sind Eigentum ihrer jeweiligen Inhaber. Weder Gary McAvoy noch Literati Editions sind mit einem der in diesem Buch erwähnten Produkte oder Anbieter verbunden.

Dieses Buch enthält Original- und urheberrechtlich geschütztes Material, das nicht zur Schulung von Systemen mit künstlicher Intelligenz (KI) verwendet werden darf. Der Autor und der Herausgeber dieses

BÜCHER VON GARY MCAVOY

FIKTION

Bund des Eisernen Kreuzes

Die Apostel-Verschwörung

Der himmlische Wächter

Die Bekenntnisse der Päpstin Johanna

Das Galileo-Gambit

Die Schriftrollen von Jerusalem

Die Avignon-Affäre

Die Petrus-Prophezeiung

Das Opus-Diktum

Die Vivaldi-Chiffre

Der Magdalena-Schleier

Das Magdalena-Reliquiar

Die Magdalena-Täuschung

PROLOG

CARCASSONNE, FRANKREICH – 1209-1244

Zehntausend der gefürchtetsten Kreuzritter von Papst Innozenz III. hatten bereits das Katharer-Bollwerk Béziers gestürmt und dabei zwanzigtausend Männer, Frauen und Kinder niedergemetzelt, während der Albigenserkreuzzug eine Schneise der Verwüstung durch das Languedoc in Südfrankreich zog. Der nächste Schlag zielte auf die alte Festungsstadt Carcassonne, das Juwel der Provinz Okzitanien.

Die Nachricht vom Vormarsch der päpstlichen Truppen erreichte den Vizegrafen von Carcassonne, Raymond-Roger Trancavel. Er ordnete unverzüglich eine Reihe von Verteidigungsmaßnahmen an. Zunächst sandte er alle Juden der Stadt fort, wissend, dass ihnen bei einem Zusammentreffen mit der katholischen Armee der Tod drohte. Anschließend warnte er die

1

Katharer – eine kleine, einflussreiche mystische Glaubensgemeinschaft, die von der katholischen Kirche als ketzerisch betrachtet und bekämpft wurde – und drängte sie, die Stadt zu verlassen. Doch nur wenige folgten seinem Rat. Sie vertrauten auf die Stärke der mächtigen Stadtmauern.

Als langjähriger heimlicher Unterstützer der friedlichen Katharerbewegung unternahm Trancavel auch den Versuch, die Stadt und ihre Bewohner durch Verhandlungen mit den Kreuzrittern zu schützen. Die päpstlichen Kommandeure lehnten jedoch jede Unterredung ab. Nun stand nicht nur sein Land, sondern auch sein eigenes Leben auf dem Spiel. Doch eine letzte Aufgabe blieb ihm noch – ein Eid, den er sich einst selbst geschworen hatte.

Begleitet von einer kleinen, treuen Truppe und seinen Leibwächtern arrangierte Trancavel ein geheimes Treffen mit seinem Freund Raymond VI., dem Grafen von Toulouse. Bei sich trug er eine kunstvoll verzierte Holzschatulle – das legendäre Reliquiar der Katharer. Diese Schatulle war ihm einst von Godefroy de Bouillon, dem ersten Herrscher Jerusalems und Herrn von Bouillon, zur sicheren Aufbewahrung anvertraut worden. Godefroy, ein Nachfahre der Merowinger, deren Blutlinie direkt auf Maria Magdalena zurückgeführt wird, hatte das Reliquiar in Frankreich hinterlegt. Der Überlieferung nach brachte Maria Magdalena dieses wertvolle Erbe selbst aus Jerusalem mit, als sie zusammen mit anderen Aposteln vor der römischen Verfolgung floh.

Kurz darauf, als die Kreuzritter ihren blutigen

Kreuzzug begonnen hatten, kehrte Trancavel nach Carcassonne zurück, bereit, an der Seite seines Volkes zu stehen und, wenn nötig, mit ihm zu sterben. Doch noch vor seinem Tod vertraute er das Reliquiar seinem Freund Raymond VI. zur sicheren Verwahrung an.

Nach Trancavels Tod und dem Fall von Carcassonne führte Raymond VI. mehrere Widerstandsfeldzüge gegen die Kreuzritter. Schlussendlich verlor er jedoch Toulouse und wurde von der Kirche exkommuniziert. Jahre später gelang es ihm, sein Land zurückzuerlangen. Kurz vor seinem Tod übergab er das heilige Reliquiar an seinen Sohn Raymond VII., der 1222 als Graf von Toulouse sein Erbe antrat.

Wie sein Vater war Raymond VII. den Juden und Katharern gegenüber wohlwollend eingestellt und fiel dadurch ebenfalls bei der Kirche in Ungnade. Nun stand ein neuer Krieg bevor, da der französische König seine Ansprüche auf das Languedoc geltend machen wollte. Raymond VII. unterlag den königlichen Truppen und wurde schließlich gezwungen, den Vertrag von Paris zu unterzeichnen, wodurch er weite Teile seines Besitzes an die Krone abtreten musste. Um zu verhindern, dass das ihm anvertraute heilige Reliquiar in die Hände des Königs fiel, traf Raymond geheime Vorkehrungen, es den Katharerführern, glühenden Anhängern Maria Magdalenas, zu übergeben. Der heilige Schatz befand sich von diesem Tag an in den Händen seiner letzten Hüter.

• • •

I<small>N</small> <small>DEN</small> <small>DARAUFFOLGENDEN</small> Jahren wurden die ketzerischen Katharer durch die Kreuzzüge des Papstes immer weiter zurückgedrängt. Die letzten Überlebenden – etwa vierhundert Gläubige – fanden schließlich Zuflucht in der Bergfestung Montségur, einer Festung am Fuße der Pyrenäen, etwa fünfzig Meilen südlich von Toulouse. Doch auch dort waren sie nicht sicher, da die Albigenserkreuzritter die Festung belagerten und nur auf den richtigen Moment warteten, um der als ketzerisch verurteilten Bewegung ein für alle Mal ein Ende zu setzen.

Nach zehn Monaten unermüdlicher Belagerung willigten die Katharer im März 1244 schließlich ein, mit den Kommandeuren des Papstes über die Bedingungen ihrer Kapitulation zu verhandeln. Doch die Kreuzritter wussten nicht, dass sich vier der kampferprobtesten Katharersoldaten, die sogenannten *Parfaits*, unbemerkt vom Berg hinabgeschlichen hatten. Sie trugen das heilige Reliquiar bei sich, das sie schließlich einen Tagesmarsch östlich von Montségur in einer Höhle bei Périllos versteckten.

Raymond VII., Graf von Toulouse, erfuhr von einem der tapferen, entkommenen *Parfaits* vom geheimen Versteck des Reliquiars. Um sicherzustellen, dass dessen Standort für künftige Anhänger zugänglich, aber dennoch für Außenstehende verborgen blieb, beauftragte Raymond einen der angesehensten Kartenmacher seiner Zeit, Pietro Vesconte. Er entsandte eine kleine, vertrauenswürdige Gruppe von Soldaten, die Vesconte und den *Parfait* zur Höhle begleiten sollte. Während die Soldaten ihr Lager aufschlugen, erkundete

Vesconte die Höhle und fertigte eine detaillierte Karte des Höhlensystems an, die den genauen Ort des Reliquiars enthielt.

Nach seiner Rückkehr vervollständigte Vesconte in seiner Werkstatt die Karte auf robustem Pergament. Er gestaltete sie als komplexes Rätsel, sodass ein unbedarfter Betrachter weder die Lösung noch den Zweck der Karte ohne erheblichen Aufwand entschlüsseln konnte.

Durch eine spezielle Technik, die ein präzises Zusammenfalten erforderte, entwarf Vesconte ein Rätsel, das Geduld, Scharfsinn und Fingerspitzengefühl forderte, um letztendlich das geheime Versteck des sagenumwobenen Reliquiars zu offenbaren.

KAPITEL

EINS

GEGENWART

Inmitten der weitläufigen, als ‚Kathedrale‘ bekannten Höhle in der Grotte de Lombrives bereiteten sich drei junge Männer auf ihren Abstieg vor. Das Klirren ihrer Ausrüstung hallte durch die ansonsten stille, unterirdische Kammer.

Zwei von ihnen, Karl Dengler und Lukas Bischoff, waren erfahrene Höhlenforscher. Ihre Fähigkeiten hatten sie während ihrer harten Ausbildung als Gebirgsgrenadiere perfektioniert – einer Eliteeinheit der Schweizer Armee, die mit den US Navy SEALs vergleichbar ist. Der dritte im Bunde, Michael Dominic, war dagegen ein Neuling auf diesem Gebiet. Die schiere Größe des labyrinthartigen Höhlensystems, das sich 38 Kilometer unter dem Aude-Tal erstreckte, erfüllte den Jesuitenpriester mit Ehrfurcht, Respekt und ein wenig Nervosität. Als Angestellter des Vatikans hatte er sich bislang nie tiefer unter die Erde gewagt als in den Keller der Geheimarchive der katholischen Kirche.

„Wie weit gehen wir hinein?" fragte Dominic, dessen Stirn mit Schweißperlen benetzt war, mit gepresster Stimme.

Dengler, ein blonder, athletisch gebauter Mann von knapp 1,80 Metern Körpergröße, spürte Dominics Nervosität, konnte sich jedoch einen scherzhaften Kommentar nicht verkneifen. „Nicht weit, Michael. Nur etwa achthundert Meter… tief hinein ins Innere der Höhle, unter Milliarden Tonnen von Erde, Granit und Kalkstein. Klingt aufregend, findest du nicht?"

Der dunkelhaarige Lukas, der ebenfalls etwa 1,80 Meter groß und über 80 Kilo schwer war, richtete seinen Blick aufmerksam auf Dominic. Er schien gespannt darauf zu warten, wie dieser reagieren würde.

Dominic begegnete Denglers Worten mit einer Mischung aus Anspannung und leiser Resignation. „Danke, Karl, für diese ermutigende Ansprache." Er hatte sich auf dieses Höhlenabenteuer eingelassen, um seinen Horizont zu erweitern, die natürlichen Wunder dieser Region zu erleben und sich dabei gleichzeitig etwas zu bewegen. Jetzt fragte er sich, ob er sich nicht ein wenig übernommen hatte.

Die Grotte de Lombrives, Europas größte und weitläufigste Höhle, bot so viel Raum, dass selbst die Kathedrale Notre-Dame aus Paris darin Platz gefunden hätte – und immer noch Raum übrig geblieben wäre. Doch diese gigantische Kaverne war nicht einmal die größte im weitverzweigten Höhlensystem des Languedoc. Diese Ehre gebührte der monumentalen

„Halle der Herrschaft Satans", deren Ausmaße die der Notre-Dame um das Vierfache übertrafen.

Ein stiller, smaragdgrüner Tümpel breitete sich vor ihnen aus. Das Wasser schimmerte in den Sonnenstrahlen, welche durch die offenen Lichtschächte an der Decke fielen. Dieser natürliche Teich diente als Lebensraum für die Salamander und iberischen Frösche, die in dieser Region heimisch waren.

Dengler und Lukas nahmen sich die Zeit, Dominics Ausrüstung sorgfältig zu überprüfen. Erst dann begannen sie, durch den flachen, unterirdischen See zu waten und weiter in die Galerie, immer tiefer in die geheimnisvollen Tiefen der Höhle, vorzudringen.

„Ich habe die Karte der Höhle studiert. Auch wenn diese Kaverne größtenteils horizontal verläuft, gibt es ein paar anspruchsvolle vertikale Passagen. Ich gehe voran. Michael, du bleibst dicht hinter mir, und Lukas übernimmt die Nachhut."

„Nachhut?" fragte Dominic und die Besorgnis war ihm eindeutig anzuhören. „Wovor müssen wir uns denn hier bitte schützen?"

„Ach", begann Dengler mit einem schelmischen Grinsen auf den Lippen, „Ganghöhlen ziehen oft Tiere an, die Schutz vor dem Wetter und Jägern suchen – Fledermäuse, Waschbären ... Bären."

„Bären!" rief Dominic so laut, dass seine Stimme durch die gesamte Kaverne hallte.

„*Pssst!*" Dengler beugte sich vor und flüsterte dramatisch. „Du willst sie doch nicht aufwecken."

Dominic hielt mit hochrotem Kopf den Atem an,

während Dengler und Lukas in schallendes Gelächter ausbrachen.

„Beruhig' dich, Michael", sagte Dengler schließlich mit einem beschwichtigenden Tonfall. „Höhlenbären sind in dieser Region Frankreichs längst ausgestorben. Bären findest du hier nur als Malereien an den Wänden. Diese Höhlen dienten in der Altsteinzeit, also vor etwa vierzigtausend Jahren, als Zufluchtsort für Menschen. Was die Fledermäuse angeht ... nun ja, die gehören fast schon zur Standardausstattung jeder Höhle."

Während sie durch das knöcheltiefe Wasser wateten, hielten sich die drei Männer dicht an den Wänden, darauf bedacht, keine der aquatischen Troglobionten unter ihren Stiefeln zu zerquetschen. Mit jedem Schritt, den sie ins Innere der Höhle vordrangen, offenbarte sich ihnen eine atemberaubende Szenerie aus uralten Gesteinsformationen, die über Millionen von Jahren entstanden waren. Von der Decke ragten gewaltige Stalaktiten herab, als wären sie zu Stein gewordene Wasserfälle, während Stalagmiten, durch unzählige Tropfen über Jahrhunderte geformt, wie spitze Säulen aus dem Boden emporwuchsen. In den Felsnischen glitzerten Kristalle und schimmernde Mineraladern, ein wahrer Schatz für all jene, die die verborgene Pracht der Natur zu schätzen wussten.

Als sie das seichte Wasser hinter sich ließen, rannen Wassertropfen an den Beinen ihrer Wathosen hinab. Mit bedachten Schritten arbeitete sich das Team vorsichtig tiefer in die Höhlenkammern vor, wo die Decke zunehmend absank und die Wände spürbar näher zusammenrückten.

„Wisst ihr", begann Dominic, seine Stimme ein wenig unsicher, als wollte er seine Anspannung überspielen, „man erzählt sich, dass diese Höhle eine derjenigen sein könnte, in denen der Heilige Gral verborgen liegt. Angeblich haben die Katharer ihn im 13. Jahrhundert hierhergebracht. Wenn ich mich schon mit euch beiden Turteltauben durch eine Höhle voller Fledermäuse quälen muss, könntet ihr mir wenigstens bei der Suche helfen."

Dengler und Lukas warfen sich einen vielsagenden Blick zu, Abenteuerlust blitzte in ihren Augen. „Der Heilige Gral?" wiederholte Dengler, seine Stimme voller Zweifel. „Meinst du das wirklich ernst?"

Die Lichtkegel ihrer Helmlampen huschten über die Wände und ihre flackernden Umrisse verwandelten die Felsoberflächen in ein unheimliches Schattenspiel. Es war, als würden längst vergessene Geschichten in den dunklen Winkeln der Höhle zum Leben erwachen. Dominic spürte, dass dies der perfekte Moment für eine Geschichte war.

Er begann, von der historischen Bedeutung der Höhlen in der Sabarthès-Region Frankreichs zu erzählen. Diese Höhlen galten seit jeher als Orte, an denen sich alte Überlieferungen abspielten – darunter Legenden vom Heiligen Gral und anderen verborgenen Schätzen, die angeblich hier versteckt liegen sollten. Dominic sprach von den Katharern, einer gnostischen Gemeinschaft friedlicher byzantinischer Siedler, die sich gegen die Dogmen der römisch-katholischen Kirche aufgelehnt hatten. Aus diesem Widerstand heraus entstand eine christlich-dualistische Bewegung, die ihren Ursprung in der französischen Stadt Albi hatte und deren Anhänger später als Albigenser bekannt wurden.

Im Jahr 1209 entfachte Papst Innozenz III. den Albigenser-Kreuzzug, um die als ketzerisch gebrandmarkte Bewegung der Katharer im Languedoc zu zerschlagen. Was folgte, war eine grausame Inquisition, die später von vielen als einer der ersten Völkermorde im Namen der katholischen Kirche angesehen wurde. Mit unerbittlicher Härte fegten die Kreuzzügler über das Land, löschten den Katharismus aus und rissen Hunderttausende seiner Anhänger in den Tod.

1244 unternahm die Kirche einen weiteren entscheidenden Schlag, der die letzten Bastionen der Katharer zerschmetterte. Etwa 400 Männer, Frauen und Kinder fanden ihre Zuflucht in der hochgelegenen Bergfestung Montségur – einem scheinbar uneinnehmbaren Bollwerk hoch in den Bergen.

Unter den letzten Verteidigern der Festung befanden sich rund 200 Männer, die das *Consolamentum* empfangen hatten – eine heilige Taufzeremonie, die sie in den Augen ihrer Glaubensgemeinschaft zu *Perfecti* machte. Diese auch als *Parfaits* bekannten *Perfecti* hatten der Welt und ihren irdischen Versuchungen abgeschworen. Ihr Leben war geprägt von strenger Askese und dem Streben nach spiritueller Reinheit, getragen von einem unerschütterlichen Glauben an die tiefere Wahrheit ihrer Überzeugungen.

Die Katharer, umgeben von Legenden und Mythen, hüteten nicht nur einen Schatz aus Gold, Silber und funkelnden Edelsteinen – sie waren auch die Wächter eines weitaus bedeutenderen Geheimnisses. Ihr Reichtum, so wurde gemunkelt, ging über materiellen Glanz hinaus. Als ihre Gemeinschaft immer kleiner wurde, gaben sie ihren Schatz mit einem klaren Auftrag weiter: Er durfte niemals in die gierigen, verkommenen Hände der Inquisition fallen. Doch es waren nicht allein die Edelmetalle, die ihren Schatz so kostbar machten. Vielmehr flüsterte man von einem Reliquiar von unschätzbarem spirituellen Wert, nicht nur für die Albigenser, sondern für das gesamte Christentum – ein Reliquiar, das angeblich die Gebeine Jesu Christi bewahrte. Ein solcher ketzerischer Glaube war zweifellos ein weiteres Motiv für die gnadenlose Verfolgung durch die Kirche.

Die Festung Montségur, die majestätisch auf ihrem unbezwingbaren Gipfel thronte, war ein Symbol des Widerstands. Für die Kreuzritter des Papstes – ein Heer aus zehntausend Mann – war der Berg jedoch nahezu uneinnehmbar. Zehn Monate lang widerstanden die Katharer den ununterbrochenen Angriffen, ihre Verteidigung war unerschütterlich. Doch selbst die stärksten Mauern und der tapferste Widerstand konnten dem unermüdlichen Druck der Kirche nicht ewig standhalten. Schließlich zwang die Ausdauer der Angreifer die Verteidiger in die Knie. Während die Bedingungen der Kapitulation verhandelt wurden, nutzte jedoch eine kleine Gruppe den Schutz der Dunkelheit. Vier der *Parfaits* wagten einen kühnen Ausbruch. Sie glitten heimlich an einer weniger bewachten Flanke des Berges hinab, die kostbare

Reliquie fest in ihren Händen. Am Fuße des Berges warteten Sympathisanten, die bereit waren, ihnen zu helfen. Gemeinsam gelang es ihnen, das Reliquiar aus der Reichweite der Inquisition zu bringen und es tief in einer der zahllosen Höhlen in der Region zu verstecken.

„*Diese* Region", betonte Dominic mit einem vielsagenden Blick. „Und sehr wahrscheinlich genau *diese* Höhle."

Dengler und Lukas hingen gebannt an Dominics Lippen. Bilder aus *Jäger des verlorenen Schatzes* schwirrten in ihren Köpfen, während sie einen Fuß vor den anderen setzten.

Lukas neigte skeptisch den Kopf zur Seite: „Aber das kann doch nicht sein. Jesus ist doch auferstanden."

Michael wusste, dass jeder Priester und jeder gläubige Christ den Worten des Schweizer Gardisten zustimmen würde. Doch er blieb stumm. Sein Fund aus dem vergangenen Sommer – ein Papyrusmanuskript, das er tief in den Geheimarchiven der Kirche entdeckt hatte – hatte ihm Zugang zu Wissen verschafft, das er unter strengstem Schweigen bewahrte, wie es der Papst von ihm verlangt hatte. Trotzdem schwirrten weiterhin Gerüchte durch die Welt, Gerüchte über ein Reliquiar von unermesslichem Wert. Michaels Hunger nach Wahrheit ließ ihn nicht los und hielt die Glut seiner Neugier lebendig. Andere hatten ähnliche Gedanken gehabt, wie etwa bei der Entdeckung des sogenannten Jakobus-Ossuars im Jerusalemer Viertel Talpiot, das viele für die Gebeine Jesu hielten – oder zumindest für die seiner Familie. Doch dieser Fund war in den Augen der meisten ohne ausreichenden Herkunftsnachweis nur eine Hypothese ohne solide Grundlage, während das Manuskript der heiligen Magdalena, das Michael entdeckt hatte, eine ganz andere Beweiskraft hatte. Der Papst hatte ihn jedoch zur Verschwiegenheit verpflichtet – und daran würde er sich halten.

Mit gerunzelter Stirn spähte Lukas in die Dunkelheit der Höhle. „Aber Gold und Edelsteine – allein das wäre doch schon Grund genug, so etwas hier zu vergraben."

„Man sollte meinen, dass jemand längst etwas gefunden hätte", bemerkte Dengler und warf Dominic einen skeptischen Blick zu.

„Glaubt ihr wirklich, die Katharer hätten ihren Schatz einfach irgendwo offen herumliegen lassen?" Dominic grinste verschmitzt.

Als sie die erste senkrechte Passage erreichten, stieg Dengler mit geübter Leichtigkeit voran. Er befestigte eine Seilsicherung für die Traverse, und für Dominic, der eindeutig wenig Klettererfahrung hatte, brachte er zusätzlich eine Leiter an. Die Sicherung spannte er sorgsam zwischen den Felswänden, bevor er ein weiteres Seil durch einen schmalen Abstiegsschacht hinabließ. Stück für Stück arbeiteten sie sich nach unten vor. Der Schacht wurde allmählich wieder breiter, und der nächste Umlenkpunkt lag ein paar Meter unter ihnen, über einem atemberaubenden Abgrund. Mit jedem Abseilpunkt offenbarte sich mehr von der Tiefe der Höhle. Nach mehreren Abseilstellen erreichten sie schließlich eine weitere beeindruckende Galerie. Das Licht ihrer Stirnlampen brach sich in funkelnden Kristallformationen, die wie Juwelen aus den Wänden ragten.

„Und was ist aus den Katharern geworden, nachdem sie kapituliert hatten?" fragte Lukas, während sie staunend die von ihren Stirnlampen schimmernde Kristallpracht auf sich wirken ließen.

Dominic sprach mit ernster Stimme. „Die Kreuzritter des Papstes hatten am Fuß von Montségur einen gigantischen Scheiterhaufen errichtet. Sie stellten die *Parfaits* vor eine Wahl: Sie sollten ihre ‚ketzerischen' Überzeugungen ablegen, bevor sie den Fuß des Berges erreichten. Doch jene, die sich weigerten, wählten freiwillig den Weg in die lodernden Flammen. Ohne Reue, aber mit der festen Überzeugung, in ein göttliches Leben nach dem Tod einzutreten, wurden sie durch ihr Opfer zu Märtyrern. Die wenigen verbleibenden Katharer wurden verschont und freigelassen – so blieb die Legende um das Reliquiar lebendig und wurde durch die späteren Generationen weitergetragen."

Er machte eine kurze Pause, bevor er weitersprach. „Es ist allgemein bekannt – oder zumindest eine Überzeugung unter einigen Gelehrten, – dass Maria Magdalena und ihre Anhänger ein Reliquiar aus Jerusalem geschmuggelt haben als sie vor den Römern flohen, vielleicht sogar ein Ossuar mit den Gebeinen Christi. Ganz gleich, was sich tatsächlich darin befand, man glaubt, dass es etwas von unschätzbarem Wert war, das sie verborgen und sicher aufbewahrt haben. Seit Jahrhunderten suchen Menschen in diesen Höhlen vergeblich nach diesem Reliquiar."

Dominic hielt erneut inne, ein verschmitztes Lächeln blitzte auf. „Aber irgendwo hier muss es doch sein. Also haltet eure Augen offen!"

Dengler deutete auf einen breiten senkrechten Spalt, der sich zwischen zwei massiven Felsblöcken auftat. „Hier geht's weiter. Unser Weg führt durch diesen Kamin, der sich oben zu einer Spalte öffnet. Bleibt einfach dicht hinter mir."

Der Aufstieg begann vielversprechend, die Wände des Spalts boten genug Halt für Hände und Füße. Doch schon bald standen sie vor einem steilen, zehn Meter tiefen Abstieg, der in eine abschüssige Passage mündete. Dengler befestigte mit routiniertem Geschick ein Seil an natürlichen Sicherungspunkten weiter oben und setzte zwei solide Anker am oberen Rand der Abseilstelle, um ein freihängendes Abseilen zu ermöglichen. Die anderen folgten ihm vorsichtig, einer nach dem anderen.

Am Ende der Abseilstelle wartete die nächste Herausforderung – ein schmaler Durchgang, kaum mehr als ein Spalt zwischen zwei massiven Kalksteinplatten. Die Männer mussten sich flach auf den Bauch legen, um hindurchzukriechen, wobei sie nicht umhinkamen, durch einige kalte, seichte Pfützen zu robben. Nach weiteren zehn Metern mündete der enge Gang in einen Graben, der einen steilen, vier Meter tiefen Abstieg markierte. Dieser führte sie schließlich in eine kleine Kammer, die jedoch zu eng war, als dass sie allen dreien Platz bieten könnte. Also krochen sie dicht hintereinander weiter und zwängten sich Zentimeter für Zentimeter durch den nächsten schmalen, verschlungenen Gang.

Die Enge begann Dominic zuzusetzen. Für jemanden, der nicht an die klaustrophobischen

Strapazen des Höhlenkletterns gewöhnt war, war die Situation alles andere als angenehm. Obwohl er sich mit täglichen Läufen fit hielt, forderte das kräftezehrende Kriechen und Winden seinen Tribut.

„Leute", stammelte er begleitet von dem metallischen Klirren seiner Ausrüstung, welche an den Sandsteinwänden entlangschabte, während er sich durch die enge Spalte kämpfte, „das übersteigt ein wenig meine Erwartungen. Seid ihr euch sicher, dass wir hier wieder rauskommen?"

„Keine Sorge, Michael", erwiderte Dengler merklich heiter. „Wir nehmen einfach denselben Weg zurück, über den wir hereingekommen sind."

Dominic brummte trocken: „Vielleicht hätte ich doch ein paar Brotkrumen mitbringen sollen."

Die Gruppe kroch, kletterte, rutschte und quetschte sich noch eine ganze Weile durch die verwinkelten Gänge der Höhle, bis sie endlich eine beeindruckend große Kammer erreichten. Von der Kammer aus führen ein halbes Dutzend Gänge in andere Winkel der Höhle. Einer von ihnen war jedoch ein Ausgang, der direkt in den dichten, grünen Wald führte, aus dem sie ursprünglich gestartet waren.

Als Dominic diesen Fluchtweg erblickte, wich augenblicklich die Anspannung aus seinem Gesicht und ein Ausdruck purer Erleichterung trat an ihre Stelle. „Halleluja!", murmelte er, bevor er lauter hinzufügte: „Das war ja großartig, Leute – Stunden voller körperlicher Betätigung, garniert mit Momenten puren Horrors. Gehörte das tatsächlich auch zur Ausbildung bei der Schweizer Garde?", fragte er ungläubig.

„Das hier?" Lukas lachte leise. „Das war gar nichts. Versuch mal, dich einen 300-Meter-Felsabhang inmitten eines Schneesturms abzuseilen."

„Danke, aber ich passe", antwortete Dominic und schüttelte den Kopf. Er bevorzugte eindeutig die einzigen Herausforderungen, die sich im gemütlichen Lesesaal des Vatikans stellten – dem Übersetzen alter Manuskripte.

Während er sein Seil aufrollte und seine Ausrüstung verstaute, schoss Dengler ein Gedanke durch den Kopf.

„Michael, falls du irgendwann ernsthaft nach dem Schatz der Katharer suchen willst, kannst du auf uns zählen. Das klingt nach genau der Art von Abenteuer, die uns gefällt, oder Lukas?"

Lukas entgegnete dem Blick seines Partners und nickte breit grinsend. „Dann mal los. Wir müssen morgen Mittag im Vatikan sein. Ich hab Torwache."

Nach ihrem verlängerten Wochenende voller Erkundungen in Frankreich brachen sie durch den Wald zum Ausgangspunkt ihrer Expedition auf. Mit vereinten Kräften verstauten sie die Ausrüstung im Laderaum von Denglers *Jeep Wrangler*, bevor sie sich für die zwölfstündige Rückfahrt nach Rom ins Auto setzten.

„Kein Schatz aus Gold oder Edelsteinen", seufzte Lukas und lehnte sich nachdenklich zurück.

Michael lächelte, spürbar erleichtert, dass sie heute nichts gefunden hatten. Der Fund eines Reliquiars mit den Gebeinen Jesu wäre für die Kirche und ihre zahllosen Gläubigen eine Erschütterung von unvorstellbarem Ausmaß – ebenso wie das geheime Manuskript, das er im letzten Sommer entdeckt hatte und das die Existenz eines solchen Reliquiars bestätigte. So sehr ihn die Suche nach der Wahrheit auch antrieb, schätzte er doch die Ruhe seines Lebens als Archivar – fernab der Last, sich erneut einem so gewaltigen moralischen Konflikt stellen zu müssen.

„Fürs Erste", brach Karl mit einem breiten Grinsen auf den Lippen das Schweigen.

KAPITEL

ZWEI

ls das mächtige Läuten der Glocken des
Petersdoms zum sechsten und letzten Mal
verklang, erhob sich der beleibte, glatzköpfige
Mönch langsam aus dem hölzernen Stuhl, in dem er die
vergangenen Stunden vor der Morgendämmerung
verbracht hatte. Seine steifen Glieder protestierten
gegen die Anstrengung, doch er konnte es sich nicht
leisten, die wertvolle Zeit zu vergeuden, die ihm allein
im Turm der Winde zugestanden wurde.

Mit schweren Schritten trotte er durch den
überfüllten und schwach beleuchteten Raum – mehr,
um seine Gedanken von dem erschütternden Dokument
hinter ihm auf etwas anderes zu lenken, als um wirklich
Bewegung zu finden. Ein modriger Geruch hing in der
Luft, und ein beklemmendes Engegefühl in seiner Brust
verstärkte sein Bedürfnis nach Frischluft.

Er schob den Riegel hoch, zog die Metallschnalle

zurück und schwang die massive Tür auf. Als er den menschenleeren Meridianraum betrat, zog ihn sofort das Fresko eines wilden Sturms auf dem See Genezareth, welches an der südlichen Wand prangte, in seinen Bann. Ein einzelner Sonnenstrahl fiel durch den geöffneten Mund der Tritonfigur, die über der Szene thronte, und warf sein Licht auf die schwarze Meridianlinie, die einen weißen Kreis auf dem Marmorboden teilte.

Dieser Raum an der Spitze des *Torre dei Venti*, der einst 1582 von Papst Gregor XIII. als Observatorium erbaut wurde, war die Wiege des Gregorianischen Kalenders gewesen – einer Innovation, die den Lauf der Geschichte unwiderruflich verändert hatte. Doch die Weltgeschichte müsste noch weit dramatischer umgeschrieben werden, sollte jemals ans Licht kommen, was der Mönch eben in besagtem Dokument entdeckt hatte.

Tief durchatmend schlurfte der erschöpfte Mönch in seinen durchgewetzten Ledersandalen über den Flur und hinaus auf die Dachterrasse des Turms. Hier oben bot sich ihm das beeindruckendste Panorama Roms. Das ehrwürdige Pantheon ragte majestätisch aus der Skyline empor, während die Morgendämmerung die Stadt in ein warmes, goldenes Licht tauchte. Die ockerfarbenen Ziegeldächer und vergoldeten Kirchtürme fügten sich perfekt in das Goldgelb am Horizont ein und verbargen den trüben Flusslauf des Tibers. Es war, als wäre Rom selbst ein überlebensgroßes Fresko aus längst vergangenen Zeiten.

Doch Bruder Calvino Mendoza hatte keine Augen

für die Schönheit des Sonnenaufgangs. Das Panorama jenseits der vatikanischen Mauern bereitete ihm an diesem Morgen eher Unbehagen, da der Gedanke an die aufwühlende Entdeckung, die er soeben gemacht hatte, schwer auf seiner Seele lastete.

KAPITEL
DREI

Einige Stunden später rollte der *Jeep Wrangler* auf das St.-Anna-Tor, dem Hauptzugang der Vatikanstadt für Mitarbeiter, Besucher und Handwerker, zu. Zwei Schweizer Gardisten, gekleidet in ihren schlichten, aber imposanten Alltagsuniformen aus Blau und Schwarz, standen stramm und salutierten formvollendet. Der diensthabende Wachposten warf einen kurzen Blick auf die Insassen des Fahrzeugs, erkannte sie sofort und hob die Schranke. Mit einem freundlichen Lächeln winkte er den Fahrer, Sergeant Karl Dengler, durch. Dieser steuerte den *Jeep* souverän auf die *Via di Belvedere*.

Am Parkplatz gegenüber der Vatikanbank, gleich neben dem Postamt, hielten sie an. Die drei Männer – Dengler, Dominic und Bischoff – stiegen aus und begannen, ihre Kletterausrüstung aus dem Kofferraum zu laden. Dominic, sichtbar gezeichnet von der langen Fahrt und den Erlebnissen der letzten Tage, seufzte und sagte: „Danke für die großartige Erfahrung, Jungs. Ich bin mir nicht sicher, ob ich sowas jemals wieder machen würde, aber eine Erfahrung wie diese war definitiv... unvergesslich."

Dengler zog die Augenbrauen zweifelnd hoch, nicht sicher, ob Dominics Worte ernst gemeint waren. „Keine Sorge, Michael", sagte er mit einem verschmitzten Grinsen, „wir kriegen dich schon wieder in die Höhlen, wart's nur ab."

Dominic hob die Hand zum Abschied und machte sich auf den Weg zu seinem Apartment im *Domus Santa Maria*, dem Gästehaus des Vatikans. Dort angekommen ließ er seine Ausrüstung achtlos auf den Boden fallen, schlüpfte aus seinen Schuhen und fiel mit einem tiefen Seufzer aufs Bett. Endlich – Ruhe.

DER SCHRILLE TON des Weckers riss ihn 45 Minuten später aus seinem kurzen, aber erholsamen Schlaf. Normalerweise begann Dominic seinen Morgen mit einer schnellen Joggingrunde durch die noch leeren Straßen Roms, bevor die Touristen die Stadt überfluteten und die Ladenbesitzer ihre Rollläden hochzogen. Doch heute war es anders. Er hatte weder die Zeit noch die Motivation für seine Morgenrunde.

Nach einer kurzen Dusche griff er nach seiner schwarzen Soutane und knöpfte alle 33 Knöpfe zu – einen für jedes Jahr, das Christus auf Erden geweilt hatte. In der Welt der religiösen Traditionen blieb kein Detail dem Zufall überlassen. Alles hatte eine Symbolik. Zu guter Letzt legte er noch seinen weißen Kollar an und warf einen letzten prüfenden Blick in den Spiegel. Alles saß perfekt. Zufrieden machte er sich auf den Weg zu den Geheimarchiven.

Die *L'Archivio Segreto Vaticano*, ein Ort voller Mystik, der in der Außenwelt als die Geheimarchive des Vatikans bekannt war, galt als Schatzkammer der katholischen Kirche. Hier lagerte eine Sammlung, die sich schier endlos zu erstrecken schien und die Geschichte der Kirche festhielt.

Politische und religiöse Traktate, alte Buchhaltungsbücher, persönliche Aufzeichnungen und die Korrespondenz der Päpste sowie der Kurie – dem mächtigen Gremium, das über geistliche und weltliche Angelegenheiten wachte – befanden sich in den ehrwürdigen Archiven. Diese riesige Sammlung, die aneinandergereiht eine beachtliche Länge von 85 Kilometern erreichen würde, war fast 1 300 Jahre alt. Sie befand sich in der weitläufigen unterirdischen Sektion, die den klangvollen Namen *Galerie der metallischen Schränke* trug, und reichte tief in die verwinkelten Ecken der Vatikanstadt hinein.

Weil über die Jahrhunderte immer neue Dokumente zu dieser Sammlung hinzukamen, bahnten sich die Regale wie ein Fluss immer neue Wege durch den Untergrund. Die Archive waren nicht nur ein geschichtsträchtiger Ort– sie waren selbst ein Teil der Geschichte, eingefangen in unzähligen Bänden und Papieren, die die Zeit überdauert hatten.

Als stellvertretender Präfekt, oder *scrittore*, der Geheimarchive hatte Michael Dominic mit gerade einmal 30 Jahren bereits das erreicht, wovon er früher kaum zu träumen gewagt hatte. Viel früher, als er es je erwartet hätte, trug er die Verantwortung für eine der bedeutendsten historischen Sammlungen der Welt. Es war das Ergebnis der Unterstützung seines *Patrons*, Mentors und Förderers, Kardinal Enrico Petrini, der mittlerweile Staatssekretär des Vatikans war. Dominic war sich der außergewöhnlichen Ehre bewusst, in so jungen Jahren eine solch prestigeträchtige Aufgabe anvertraut bekommen zu haben. Er nahm die damit einhergehende Verantwortung mit einer Mischung aus Stolz und Demut an.

Seine Mutter Grace, eine warmherzige Frau, die im Pfarrhaus der Diözese Brooklyn, New York, als Haushälterin gearbeitet hatte, brachte ihn zur Welt, während der damalige Pater Petrini dort diente. Alles, was sie Michael je über seinen Vater verriet, war, dass dieser kurz nach seiner Geburt verschwand. Doch die entstandene Lücke in Michaels Leben wurde von Petrini beinahe selbstverständlich gefüllt. Der Priester nahm ihn unter seine Fittiche, förderte seine Talente und führte ihn Schritt für Schritt durch sein Studium, das Priesterseminar und anspruchsvolle Graduiertenprogramme. Dabei legte er besonderen Wert auf Michaels Ausbildung in mittelalterlicher Geschichte, Paläografie und Informatik – drei Fachbereiche, die sich perfekt ergänzten und ihn zu einer außergewöhnlichen Besetzung für den Dienst in einer der bedeutendsten historischen Bibliotheken der Welt machten.

· · ·

WÄHREND DOMINIC AM REGIERUNGSPALAST VORBEIGING, ließ er seinen Blick über die päpstlichen Gärten schweifen, die in frischem Grün und leuchtenden Farben erstrahlten. Der nächtliche Regen hatte nicht nur die Blätter und Blüten gewaschen, sondern auch einen sanften Duft von feuchter Erde und Stein – diesen unverwechselbaren Petrichor – versprüht. Diese Gärten, die den Päpsten seit Jahrhunderten als Rückzugsort für stille Meditation dienten, waren heute auch für Dominic eine willkommene Ablenkung. Auf dem Weg zur Apostolischen Bibliothek pflückte er einen reifen, saftigen Herbstpfel von einem der Bäume entlang der *Stradone dei Giardini* und biss genussvoll hinein.

Er erklomm die Stufen des Archivgebäudes und hielt abrupt inne, als er auf der Treppe dem Präfekt der Geheimarchive, Bruder Calvino Mendoza, begegnete.

„*Buongiorno*, Cal!", begrüßte Dominic ihn gut gelaunt.

Bruder Mendoza trug die typische braune Kutte seines Franziskanerordens und eine schlichte weiße Kordel um die Taille. Doch heute fehlte sein sonst so ansteckendes Strahlen. Stattdessen rang er sich ein gezwungenes Lächeln ab.

„Wie ich sehe, bist du aus den Höhlen Frankreichs zurück, Miguel", murmelte er. Mendoza war dafür bekannt, engen Vertrauten Spitznamen zu geben, oft in der portugiesischen Form ihres Namens – eine liebevolle Hommage an seine brasilianische Herkunft. „Bist du jetzt ein professioneller Höhlenforscher?"

„Weit gefehlt", entgegnete Dominic mit einem verschmitzten Lächeln, in der Hoffnung, die gedrückte

Stimmung seines Freundes zu heben. „Und nur der Richtigkeit willen: Höhlenerkunder trifft es wohl eher als Forscher. Ein Forscher stellt Hypothesen auf und gräbt nach Antworten. Wir hingegen kriechen durch dunkle Gänge und hoffen, dass uns nichts Lebendiges anspringt."

Ein schwaches Lächeln huschte über Mendozas Gesicht, doch es verschwand so schnell, wie es gekommen war. „Schreibe es noch nicht gänzlich ab", sagte er mit einem Hauch von Ernst. *„Die Höhle, die du fürchtest zu betreten, birgt den Schatz, den du suchst."* Der Mönch hatte ein Talent dafür, in passenden Momenten die treffendsten Zitate aus dem Ärmel zu schütteln.

„Apropos Schätze – was hast du heute für uns auf Lager?" fragte Dominic neugierig.

„Ah, ja. Heute arbeitest du mit unserem Team für neue Technologien. Peter hat unseren Teil des Projekts unten im Techniklabor vorbereitet. Kannst du dich bei ihm erkundigen, ob er noch etwas benötigt?"

„Natürlich, Cal. Aber was genau ist das für eine neue Technologie, über die wir sprechen? Das klingt spannend."

„Ach, Miguel", antwortete Mendoza und rollte mit den Augen. „Du weißt doch, dass mich alles, was auch nur ansatzweise mit Technik zu tun hat, zu Tode langweilt. Frag lieber Toshi oder Peter – die können dir mehr sagen."

Dominic machte sich auf den Weg ins unterirdische Techniklabor, einen Ort, an dem modernste Technik und jahrhundertealte Geschichte aufeinandertrafen. Seit mehr als einem Jahr assistierte er dort Peter Townsend

GARY MCAVOY

und Toshi Kwan, zwei Wissenschaftlern, die mit unerschütterlicher Hingabe ein ambitioniertes Projekt leiteten – die Digitalisierung der historischen Manuskripte aus den Geheimarchiven des Vatikans. Ein notwendiger Schritt, denn die Lesesäle der Archive konnten mit ihren begrenzten Kapazitäten und knappem Personal nur etwa hundert Gelehrte pro Monat aufnehmen. Die geplante Online-Datenbank hingegen würde Millionen zuvor verborgener Manuskripte für Studenten und Wissenschaftler verfügbar machen und das überall auf der Welt, sofern sie einen Computer und die entsprechenden Zugriffsrechte hatten.

Im Labor angekommen, wurde Dominic von einem vertrauten Anblick empfangen: eine chaotische, aber irgendwie organisierte Ansammlung von Digitalkameras, hochpräzisen Scannern und langen Tischen, die unter dem Gewicht antiker Manuskripte bei jeder Berührung knarzten. Er schlängelte sich durch das Gewirr aus Technik und Geschichte, bis er schließlich den Mann entdeckte, den er suchte.

„Hey, Toshi, woran arbeitest du gerade?", fragte er den jungen Informatiker, der mit Herzblut bei seiner Arbeit war. Toshi Kwan war ein kluger Kopf und ein brillanter Kryptanalyst mit einer besonderen Vorliebe für Steganografie – die Kunst, Botschaften geschickt in anderen Botschaften zu verstecken. Seine Arbeit war ebenso anspruchsvoll wie faszinierend. Die historischen Manuskripte, wie etwa verschlüsselte Liebesbriefe von Päpsten oder geheime Mitteilungen an andere Machthaber, waren Meisterwerke der Verschlüsselung.

Die Steganografie wurde einst von mittelalterlichen Kryptografen erdacht, um brisante Inhalte vor der Neugier feindlicher Mächte zu verbergen.

„Michael! Gut, dass du hier bist!" rief Kwan begeistert und erhob sich von seinem Platz. „Wir arbeiten gerade an einem neuen Projekt und ich wage mit Sicherheit zu behaupten, dass du es lieben wirst. *In Codice Ratio* – kurz ICR. Es ist ein revolutionärer Ansatz, um die handgeschriebenen Manuskripte des Vatikans mithilfe modernster optischer Zeichenerkennung, auch OCR genannt, in einen maschinell lesbaren Text zu übertragen. Verstehst du, was das bedeutet? Das ist absolut bahnbrechend, sag ich dir!"

Kwan gestikulierte eifrig, als er erklärte, dass das ICR-Team zunächst mehr als hundert italienische Schüler aus zwei Dutzend Gymnasien rekrutiert hatte. Das menschliche Auge kann die Vielfalt der Strichmuster und Symbole besser entschlüsseln als jede computergestützte Software. Ihre Aufgabe war es gewesen, Tausende mittelalterlicher Handschriften aus dem 13. Jahrhundert zu analysieren, um einen hochspezialisierten Datensatz von Zeichen zusammenzustellen. Dieser sorgfältig kuratierte Datensatz hatte nun eine bahnbrechende Genauigkeit erreicht, die es Computern ermöglichte, diese alten Manuskripte nahezu mühelos zu lesen. Die neuen OCR-Modelle eröffneten so eine völlig neue Welt für Wissenschaftler, die gezielt nach bestimmten Begriffen und Phrasen suchten.

Kwans Enthusiasmus war so ansteckend, dass er unwillkürlich auf Dominic übersprang. „Hier geht es um Dokumente von unschätzbarem Wert, Michael", fuhr Kwan fort, „Briefe von und an Könige und Königinnen sowie wichtige weltliche und religiöse Führer, offizielle Schreiben der Kurie, sowohl kirchliche als auch weltliche Rechtsgutachten und unzählige historische Mitteilungen, die noch nie zuvor transkribiert wurden. Manche von ihnen hat die moderne Welt bis heute nicht einmal zu Gesicht bekommen. Diese Schätze aus längst vergangenen Zivilisationen und Kulturen zugänglich zu machen, ist ein Meilenstein für die Wissenschaft. Genau dafür wurden die Geheimarchive geschaffen."

„Das ist ein erstaunliches Projekt, an dem du arbeitest!", warf Dominic begeistert ein. „In Anbetracht meiner Arbeit aber auch etwas beängstigend. Was denkst du, wie lange mir noch bleibt, bis ich mein Büro räumen muss?"

Kwan lachte herzlich. „Mach dir keine Sorgen, Michael. Es gibt noch mehr als genug zu tun für uns sterbliche Seelen, bevor die Singularität auftritt."

Dominic nickte beeindruckt. Er wusste nur zu gut, wie mühsam es war, kryptische Manuskripte in Altgriechisch, Latein, Aramäisch und anderen uralten Sprachen zu transkribieren – jene Sprachen, die über mehrere Epochen hinweg in verschiedensten Regionen gesprochen wurden. Tag für Tag stellte er sich den gewaltigen Hürden der Übersetzung, die oft unlösbar schienen. Die *scrittori* der Geheimarchive arbeiteten unermüdlich daran, die unzähligen Dokumente zu interpretieren und zu katalogisieren, die unter ihrem Schutz standen. Doch dieser Prozess war ein

Marathon, der Generationen von Spezialisten beschäftigen würde.

Die Realität war ernüchternd. Die Archive hatten gerade einmal achtzehn fest angestellte *scrittori* und Assistenten. Dieses kleine Team war verantwortlich für das Transkribieren, Indizieren und Archivieren einer gigantischen Sammlung – über dreißig Millionen Manuskripte, und jedes Jahr kamen eine weitere Million hinzu. Der schiere Umfang war überwältigend. Ein einziger Abschnitt der Archive, die sogenannte *Miscellanea*, bestand aus fünfzehn riesigen Pappelholzschränken, den berühmten *armadi*. Jeder dieser Schränke enthielt etwa zehntausend Dokumentenpakete, von denen keines jemals geöffnet worden war. Um nur ein einziges dieser Pakete zu katalogisieren, brauchte es zwei Experten, die eine ganze Woche daran arbeiteten. Wollte man alle zehntausend Pakete eines einzelnen *armadio* erfassen, würde das fast zweihundert Jahre dauern. Es war ein schier unüberwindlicher Berg, vor dem das kleine, aber entschlossene Team der Geheimarchive stand.

Dominic dachte zurück an den letzten Sommer, als er durch Zufall über einen unscheinbaren Brief gestolpert war. Ein vermeintlich unbedeutender Fund, der ihn schließlich zu einem unfassbaren Schatz führte – einem handgeschriebenen Manuskript von Maria Magdalena. Wäre dieses Dokument jemals an die Öffentlichkeit gelangt, hätte es die Grundlagen des katholischen Glaubens für immer verändert. Doch auf direkten Geheiß des Papstes wurde das Manuskript in der geheimnisumwobenen *Riserva* eingeschlossen, jenem streng gesicherten Raum, in dem der Vatikan seine sensibelsten Dokumente unter Verschluss hielt.

Dominic selbst hatte das Manuskript tief in einer der hintersten Ecken eines der massiven *armadi* versteckt. Er war überzeugt, dass es dort niemand zufällig finden würde.

Gott stehe dem bei, der es dennoch finden sollte. Und Gott stehe der Kirche bei, falls es jemals ans Licht käme.

KAPITEL
VIER

D as Konferenzzentrum im *Rome Cavalieri Waldorf Astoria* summte zum Auftakt der halbjährlichen *Global Investigative Journalism Conference* wie ein Bienenstock während der Honigerntezeit.

Im lichtdurchfluteten *Terrazza degli Aranci* Saal, wo der verlockende Duft von Linguine in Hummersoße in der Luft lag, ließ Hana Sinclair, Korrespondentin der französischen Tageszeitung *Le Monde*, ihren Blick durch den Bankettsaal schweifen und die Szenerie auf sich wirken. Eine Wand aus bodentiefen Glasfenstern eröffnete den Blick auf ein endloses Meer aus ockerfarbenen Ziegeldächern, die sich wie ein Teppich über die Ewige Stadt legten. Der Saal selbst funkelte wie ein Juwel – weiße Tischdecken und Stühle reflektierten das Sonnenlicht so hell, dass einige Teilnehmer ihre Sonnenbrillen aufsetzten.

Die Tische, perfekt arrangiert, waren mit jeweils

zehn Platzkarten versehen, die bereits verrieten, wer mit wem speisen würde. Ein wahres *Who's Who* des Investigativjournalismus war unter den Bankettteilnehmern vertreten, darunter Spitzenjournalisten der *New York Times*, der *Financial Times of London*, des *Guardian*, des *Wall Street Journals* und *des Intercept*. Doch eine Platzkarte fiel Hana besonders ins Auge: *Signor* Massimo Colombo, Generaldirektor des Inlandsnachrichtendiensts *Agenzia Informazioni e Sicurezza Interna* (AISI).

Neugier blitzte in Hanas Augen auf. Colombo hier? Ein Regierungsvertreter unter Journalisten? Noch bevor jemand Platz genommen hatte, schnappte sie sich entschlossen seine Tischkarte und platzierte sie neben ihrer eigenen – eine kleine taktische Verschiebung, die eine spannende Unterhaltung versprach.

Als die Gäste nach und nach ihre Plätze einnahmen und die ersten förmlichen Vorstellungen begannen, wandte sich Hana an Colombo. „Sagen Sie, *Signor* Colombo", begann sie charmant, „was verschlägt einen Mann Ihrer Position hierher? Erwägen Sie etwa einen Berufswechsel?"

Colombo lachte amüsiert. „Miss Sinclair, ich versichere Ihnen, ich bin mit meinem derzeitigen Beruf äußerst zufrieden. Heute verdanke ich meine Anwesenheit der Einladung des Konferenzvorsitzenden, eines alten Freundes. Die AISI ist äußerst daran interessiert zu verstehen, welche Methoden und Technologien investigative Journalisten wie Sie nutzen, um an ihre Informationen zu gelangen. Auf gewisse Weise arbeiten wir an derselben Front."

Er lehnte sich in seinem Stuhl zurück, als er fortfuhr: „Besonders gespannt bin ich auf den Workshop am Nachmittag zur kriminellen Dienstleistungsindustrie. Das organisierte Verbrechen – und das schließt praktisch alle kriminellen Gruppierungen ein – stützt sich auf ein breit geflochtenes Netzwerk von Helfern: Buchhalter, Anwälte, Banker und scheinbar legitime Unternehmen, die als Tarnung für Geldwäsche dienen. Es ist eine Schattenwelt voller teurer Hemden und verschlossener Türen."

„Können Sie ein Beispiel nennen?" hakte Hana nach.

„Wussten Sie, dass Geldautomaten inzwischen Millionen Dollar pro Monat an grenzüberschreitenden Bargeldtransfers für Drogenkartelle abwickeln?"

„Geldautomaten?" Hanas Augenbrauen schossen nach oben. „Wie soll das funktionieren?"

Colombo grinste, als hätte er genau diese Reaktion erwartet. „Stellen Sie sich vor: Ein Team von Straßendealern in New York versucht Bargeld aus ihren Drogenverkäufen zu waschen. Da ungewöhnlich hohe Kontoeinzahlungen natürlich sofort von den jeweiligen Banken gemeldet werden müssen, deponieren sie kleinere Beträge, meist unter zweitausend Dollar, auf verschiedenen Konten bei Banken in Manhattan. Diese Konten gehören Menschen in, sagen wir, Argentinien. Diese Komplizen heben dann das Geld an mehreren, verschiedenen Geldautomaten über ganz Buenos Aires verteilt in Pesos ab. Kein großes Aufsehen, keine riskanten Bargeldtransporte über Landesgrenzen hinweg. Es ist eine Maschinerie, die ebenso genial wie beängstigend ist."

Hana konnte kaum verbergen, wie fasziniert und zugleich entsetzt sie von der Einfachheit dieses kriminellen Systems war. „Und die Banken selbst? Ich nehme an, sie spielen auch eine tragende Rolle."

„Oh, ohne Zweifel", bestätigte Colombo ihre Vermutung. „Ob bewusst oder nicht. Aber viele dieser Geldautomaten gehören privaten Unternehmen, die eigens von den Kartellen gegründet wurden, um illegale Gewinne in legale Kanäle zu schleusen."

Hana lehnte sich zurück nickte nachdenklich. „Kein Wunder, dass Sie eine solche Begeisterung für diesen Workshop mitbringen", sagte sie schließlich. Dann kam ihr ein Gedanke. „Wie es der Zufall will, habe ich genau zu dieser Zeit nichts vor. Würde es Ihnen etwas ausmachen, wenn ich Sie begleite?"

„Es wäre mir eine Ehre", antwortete Colombo mit einem charmanten Lächeln. „Mit einer so bezaubernden Begleitung wie Ihnen werde ich zweifellos der meist beneidete Mann im Raum sein"

Hana spürte, wie sie leicht errötete. *Dieser Mann verkörpert den Inbegriff eines Italieners*, dachte sie schmunzelnd.

Als das Mittagessen seinem Ende entgegensteuerte, tauschten sie ihre Visitenkarten aus und sie einigten sich auf den *Sala San Pietro* als ihren Treffpunkt.

~

WÄHREND MICHAEL DOMINIC in der *Miscellanea-* Abteilung zwischen staubigen Regalen nach einem bestimmten Folianten für einen in den Lesesälen wartenden *Patron* suchte, vibrierte sein Telefon. Er griff in seine Hosentasche, zog es hervor und tippte auf den grünen Button. „Hey Michael, hier ist Hana!"

Allein die vertraute Stimme ließ sein Herz höher schlagen. Sofort tauchte vor seinem inneren Auge das Bild ihres Gesichtes auf – das selbstbewusste Lächeln, die funkelnden Augen. Unwillkürlich huschte ein Lächeln über seine Lippen.

„Hana! Wo bist du? Sag jetzt aber nicht, dass du in der Stadt bist!"

„Zweimal darfst du raten", erwiderte sie mit einem spielerischen Tonfall. „Aber ja. Tatsächlich bin ich gestern Abend in Rom angekommen, da ich an einer einwöchigen Konferenz im *Rome Cavalieri* teilnehme. Was hältst du davon, wenn wir uns heute Abend zum Essen treffen – vorausgesetzt, du hast Zeit und bist nicht anderweitig verplant?"

„Zeit? Für dich? Immer. An welche Uhrzeit hast du gedacht?"

„Wie klingt acht Uhr?"

„Acht ist perfekt. Wo?"

„*La Pergola*, hier im Hotel. Das Essen geht auf mich."

Dominic prustete leise. „Natürlich muss es *La Pergola* sein! Mein Priestergehalt reicht in einer solchen Lokalität nicht einmal für einen Appetizer."

Hanas Lachen war ansteckend. „Ich treffe dich in der Lounge, Michael. Bis später."

Als das bekannte Tuten am anderen Ende der Leitung erklang, blieb Dominic noch für einen kurzen Moment stehen, das Handy noch in der Hand. Obwohl sie in den vergangenen Monaten regelmäßig telefoniert und E-Mails ausgetauscht hatten, fühlte es sich wie eine Ewigkeit an, seit er Hana zuletzt gesehen hatte. Die gemeinsamen Abenteuer im vergangenen Sommer – der Fund des Papyrus, Hanas Entführung und ihre anschließende Rettung, ganz zu schweigen von der Wiederbeschaffung von Nazigold im Millionenwert – hatten sie als Freunde zusammengeschweißt.

Er schüttelte den Kopf, um seine Gedanken zurück in die Gegenwart zu lenken und sich wieder seiner eigentlichen Aufgabe zu widmen. Die jüngste Freigabe der streng geheimen Dokumente von Papst Pius XII. hatte die Welt in Aufruhr versetzt. Eine Flut von Anfragen strömte aus aller Welt herein. Historiker wollten die Rolle des Papstes und der Kirche zu Zeiten des Zweiten Weltkriegs näher untersuchen. Obwohl Pius XII. auf dem Weg zur Heiligsprechung war, war dieser Prozess durch die kürzliche Offenlegung ins Stocken geraten. Dabei handelte es sich um Dokumente, die einen ungeschönten Blick auf sein Pontifikat und seine Entscheidungen während einer der turbulentesten Epochen der Kirchengeschichte gewährten.

Die vatikanische Führung hatte beschlossen, all diese neuen Erkenntnisse der Öffentlichkeit zugänglich zu machen, um Historikern die Möglichkeit zu geben, die Entscheidungen des Papstes während der Nazi-Ära zu analysieren.

Und genau jetzt, tief in den ehrwürdigen Hallen des *Pio-XI-Lesesaals* der Geheimarchive, saß ein renommierter Historiker, der gespannt auf einen Stapel jener Dokumente wartete.

KAPITEL
FÜNF

„Ah, Michael, ich grüße dich. Was hast du mir
denn Schönes mitgebracht?"
Dr. Simon Ginzberg, emeritierter
Professor der Jüdischen *Teller*-Universität in Rom und
Gastwissenschaftler im Vatikan, saß mit verschränkten
Armen an einem lederbespannten Tisch, während sein
Blick auf die Tür gerichtet war, durch die Dominic in
diesem Moment hereinschneite.

„Guten Morgen, Simon!" begrüßte der junge Priester
ihn mit einem freundlichen Lächeln und einem Stapel
schwerer Ordner auf dem Arm, die Briefe, Berichte,
persönliche Korrespondenz und amtliche Papiere von
Pius XII. enthielten. „Das hier sollte dich eine Weile auf
Trab halten." Mit einem dumpfen *Wumm* ließ er die
Ordner schwer auf den Tisch fallen. „Wie läuft das
Projekt?"

Ginzberg, der in Kindesjahren das Grauen des
Konzentrationslagers Dachau überlebt hatte, widmete

sich bereits seit einem Jahr den dunkelsten Kapiteln der Weltgeschichte, um die drängenden Fragen nach moralischer Mitschuld zu beantworten. War der Papst tatsächlich ein ‚Pontifex Hitlers', als Millionen Juden in die Konzentrationslager deportiert wurden? Oder war sein Schweigen ein strategischer Schachzug? Es war diese Art von Fragen, die eine Kontroverse nicht nur in akademischen Kreisen, sondern auch im Vatikan selbst entfachten. Die Lager waren geteilt: Auf der einen Seite Pius' Befürworter, auf der anderen jene, die eine Aussöhnung mit der jüdischen Gemeinschaft durch die Aufarbeitung einer Zusammenarbeit mit dem Dritten Reich erreichen wollten. Doch ohne Einsicht in die Originaldokumente blieb die Diskussion ein unlösbares Problem.

Ginzberg war einer der wenigen, denen Einsicht in diese verschlossenen Welten gewährt wurde. Seine Mission war klar: nicht die Kirche zu verurteilen, sondern Licht ins Dunkel zu bringen – Fakten statt Mythen, Wahrheit statt Legenden.

„Ach, Michael", begann Ginzberg, während er mit seinen knochigen Fingern die Konturen seines Bartes nachfuhr. „Es ist, als würde man sich durch einen Sumpf aus Politik und Geschichte kämpfen." Er seufzte und sein Blick wanderte zu den Ordnern vor ihm auf dem Tisch. „Ich frage mich manchmal, ob ich das Ende dieser Arbeit erleben werde. Aber bis dahin ist es noch ein langer Weg…"

„Übrigens, Hana ist diese Woche für eine Konferenz in der Stadt", warf Dominic beiläufig ein. „Ich treffe sie heute Abend zum Abendessen. Es wird schön sein, sie nach all der Zeit wiederzusehen."

„Oh, die charmante Miss Sinclair", sagte Ginzberg und sein ratloser Gesichtsausdruck wich einem warmen Lächeln. „Richten Sie ihr meine herzlichsten Grüße aus! Wissen Sie, an welcher großen Geschichte sie gerade arbeitet?"

„Ich werde es ausrichten", versprach Dominic. „Sie hat nichts Konkretes erwähnt, aber ich bin mir sicher, dass ich über das Abendessen ein ganzes Dossier über ihre aktuellen Projekte zu hören bekomme."

Ginzberg nickte zufrieden, bevor ihm ein Gedanke durch den Kopf schoss. „Nun gut. Aber bevor ich es vergesse, habe ich noch eine Bitte an dich. Du weißt ja um meine Faszination an den Kreuzzügen im 13. Jahrhundert. Bei meinen Recherchen bin ich auf Guillaume de Sonnac, einen der achtzehn Großmeister der Tempelritter, gestoßen. Er war ein akribischer Chronist der Kreuzzüge und ihrer Geheimnisse, besonders was die Beziehungen zu den Grafen von Toulouse angeht. Ich frage mich, ob er persönliche Aufzeichnungen hinterlassen hat. Es eilt nicht, aber wenn du Zeit findest, würde ich mich über jedes kleine Detail freuen, das du entdeckst. Du weißt ja, wo du mich findest."

ZURÜCK IN SEINEM Büro fand Dominic Calvino Mendoza in sich zusammengesunken in seinem Schreibtischstuhl vor. Der sonst so fröhliche, besonnene Bruder saß mit den Händen im Schoß wie ein Schatten seiner selbst vor ihm. Seine Sorgenfalten verhießen nichts Gutes.

„Cal, was ist los?" fragte Dominic besorgt. „Du siehst aus, als hättest du ein Gespenst gesehen."

Mendoza hob langsam den Kopf, und in seinen Augen lag eine Mischung aus Verzweiflung und Unbehagen. „Miguel, ich... ich weiß nicht, wie ich anfangen soll", stammelte er. „Ich habe etwas in der *Riserva* gefunden. Etwas, das mich zutiefst erschüttert hat. Ein Manuskript, das ich nie zuvor gesehen habe."

Dominic fühlte, wie ihm ein kalter Schauer über den Rücken lief, als ihn eine dunkle Vorahnung überkam. War Mendoza auf das Papyrus gestoßen, das Dominic im vergangenen Sommer verborgen hatte, in der Hoffnung, es würde dort unentdeckt bleiben?

Mit zitternden Fingern schob der Bruder das vergilbte Manuskript über den Schreibtisch. „Ich fand diesen Folianten ganz oben im *armadio*, zusammen mit einer Übersetzung, die anscheinend schon jemand angefertigt hat. Miguel... es ist in der Handschrift von Maria Magdalena selbst, so scheint es. Und die Dinge, die darin stehen sind so blasphemisch, dass ich nicht weiß, ob mein Glaube das übersteht."

Dominic spürte, wie sich eine unsichtbare Last auf seine Schultern legte, als sich seine schlimmste Vermutung bewahrheitete. Während Mendoza sprach, arbeitete sein Verstand bereits fieberhaft daran, eine Lösung zu finden, eine Antwort zu formulieren, die die Situation in ein besseres Licht rücken könnte.

„Cal", begann Dominic ohne den Hauch einer

Ahnung, wo er anfangen sollte. „Ich muss dir etwas erzählen…"

Er führte seinen Freund durch die Kette von Ereignissen, wie alles mit einem unscheinbaren Brief begann, geschrieben von einem Priester aus der französischen Gemeinde Rennes-le-Château. Doch dieser Brief war der Schlüssel, der eine Tür zu dunklen Geheimnissen aufstieß. Seine Nachforschungen führten Dominic schließlich zur Entdeckung des Berichts eines päpstlichen Legaten, der enthüllte, dass dieser besagte Priester die Kirche mit dem brisanten Inhalt eines Dokuments erpresst hatte.

Er schilderte, wie er und Hana Sinclair das Magdalenen-Papyrus auf dem staubigen Dachboden der Nichte des Priesterassistenten entdeckt hatten, welches er anschließend selbst transkribiert hatte. Dabei erwähnte er auch die dramatischen Ereignisse in einem Lagerhaus in Tor Bella Monaca und die darauffolgende Degradierung von Kardinal Dante wegen seiner Verbindung zur Novi Ustascha – einer Gruppe deren Ideologie in den Prinzipien der Nazis wurzelte.

„Die strikte Anweisung, dieses Manuskript in den Archiven zu versiegeln, kam vom Heiligen Vater persönlich. Niemand sollte davon erfahren. Ich bedaure zutiefst, dass ich es dir nicht früher sagen konnte, Cal."

Mendoza blieb reglos auf seinem Stuhl sitzen und starrte Dominic sprachlos an. Er wirkte wie ein Mann, dessen Weltanschauung zerbrach, weil man ihm das Fundament unter den Füßen weggezogen hatte. „Ich verstehe, Miguel. Ich nehme *dir* dein Schweigen nicht übel, schließlich hast du auf ausdrückliches Geheiß des Papstes gehandelt. Aber dieses Manuskript... sein Inhalt spricht zu jedem Christen, überall. Die Kirche kann doch nicht einfach diese Enthüllung vor der Welt verborgen halten. Wie soll ich meinen Glauben bewahren, wenn Magdalena behauptet, dass die körperliche Auferstehung Christi nicht stattgefunden hat?"

Dominic konnte den Schmerz seines Freundes nur zu gut nachvollziehen, da er diese Glaubenskrise selbst erlebt hatte, als er das Manuskript gefunden hatte. Für ihn war der Glaube immer eine Suche nach der Wahrheit gewesen – eine Balance zwischen spiritueller Überzeugung und intellektueller Neugier. Doch für jemanden wie Cal, dessen Glaube für ihn wie ein unerschütterlicher Fels war, war diese Erkenntnis ein schwerer Schlag.

„Weißt du, Cal", sagte Dominic nachdenklich, „manchmal ist unser Glaube eine Reise, die jeder selbst beschreiten muss. Das Christentum ist so viel mehr als ein einziges Wunder – es ist ein Netz aus Hoffnung, Moral und Gemeinschaft. Viele würden die Wahrheit einfach hinnehmen, so wie ich es getan habe. Aber für andere – ja, für andere könnte es zu einem Bruch führen. Der Papst hatte seine Gründe, ein Dokument wie dieses der breiten Öffentlichkeit vorzuenthalten."

Mendoza nickte langsam, doch die Enttäuschung war ihm weiterhin anzusehen. „Ja", murmelte er leise. „Es ist offensichtlich, dass die Kirche die Veröffentlichung nicht nur wegen der Gläubigen fürchtet. Es geht um die Institution selbst, um Macht, Tradition – all das, was sie bewahren will. Es fühlt sich an wie Verrat. Alles, woran ich je geglaubt habe, scheint nur noch ein Trugbild zu sein." Seine Stimme brach, und eine einzelne Träne kullerte über seine Wange.

Behutsam erhob sich Dominic und legte seine Hand beruhigend auf die Schulter des weinenden Bruders. Er wusste, dass diese Wunden nicht leicht heilen würden – und eine noch größere Frage blieb: Was würde Mendoza mit diesem Wissen tun?

KAPITEL

SECHS

ie Zuhörer des *Criminal Services Industry-*
Forums hingen mit gespitzten Ohren und
gebannten Blicken an den Lippen von
Conrad Spiegler, dem Sonderbeauftragten von Interpol,
der als Hauptredner bei der *Global Investigative
Journalism Conference* auftrat.

Nach dem Mittagessen hatten Hana Sinclair und
Massimo Colombo in der letzten Reihe des *Sala-San-
Pietro*-Raums im *Rome Cavalieri* Platz genommen. Beide
waren gespannt, mehr über Geldwäsche und
Steuerhinterziehung zu erfahren – Themen, die für ihre
jeweilige Arbeit von entscheidender Bedeutung waren.
Der Saal war bis auf den letzten Platz mit Journalisten
und anderen Interessierten gefüllt, die Spiegler
aufmerksam zuhörten, während er den Schleier der
Machenschaften von Steuerhinterziehern und
Geldwäschern lüftete und die alarmierenden Ausmaße
dieser Probleme aufzeigte. Allein in Osteuropa

entgingen den Regierungen jährlich über 220 Milliarden Euro an Steuereinnahmen, die durch wohlhabende Steuerhinterzieher und Drogenkartelle auf Offshore-Konten verschwanden.

„Die Länder dieser Welt haben eine regelrechte Industrie aufgebaut, um Steuerhinterziehung zu einem nahezu narrensicheren Geschäft zu machen", erklärte Spiegler mit nachdrücklicher Stimme, „Buchhalter, Anwälte, Firmengründer – eine regelrechte Armada aus Experten der Verschleierung – spinnen undurchsichtige Konstruktionen in einer rechtlichen Grauzone, um die wahren Eigentümer von Unternehmen und deren Vermögen zu verschleiern. Mit Offshore-Oasen wie der Schweiz, Liechtenstein oder den Cayman-Inseln gelingt es ihnen, den Strafverfolgungsbehörden weltweit die Hände zu binden."

Während Spiegler die Strategien und Methoden der Akteure des globalen Schattenspiels darlegte, notierte Hana eifrig jedes Detail in ihrem dünnen Reporterblock. Colombo hingegen lehnte sich entspannt zurück, lauschte schweigend und nahm das Gehörte aufmerksam auf. Als Leiter der italienischen Sicherheitsbehörde war ihm vieles davon vertraut, doch er wusste den Detailreichtum von Spieglers Ausführungen zu schätzen, der selbst ihm neue Facetten offenbarte.

Schließlich lehnte er sich zu Hana und flüsterte: „Arbeiten Sie gerade an einem Projekt, das sich mit dieser Thematik befasst, Miss Sinclair?"

„Bitte, nennen Sie mich Hana", erwiderte sie mit einem flüchtigen Lächeln. „Tatsächlich arbeite ich schon seit Monaten an einer investigativen Recherche über eine kaum bekannte, aber gefährliche Gruppe namens Novi Ustascha. Ihre abscheulichen Wurzeln reichen bis in die Zeit des Zweiten Weltkriegs in Kroatien zurück."

„Die Novi Ustascha... ja, sie hat uns schon einige Kopfschmerzen bereitet. Sie ist wie ein hartnäckiger Dorn im Auge – klein, aber an der richtigen Stelle äußerst schmerzhaft. Vielleicht wäre es keine schlechte Idee, wenn wir unsere Erkenntnisse und unser Wissen bündeln. Natürlich nur im Rahmen dessen, was ich aus Gründen der nationalen Sicherheit preisgeben darf. Und bitte, nennen Sie mich Max."

Hana konnte ihr Glück kaum fassen. Es war, als hätte das Schicksal ihr eine neue Informationsquelle geradezu auf dem Silbertablett serviert. „Das klingt nach einer ausgezeichneten Idee, Max", antwortete sie sichtlich begeistert. „Vielleicht könnten wir das nach dem Forum bei einem Drink vertiefen?"

DIE *TIEPOLO LOUNGE & Terrace* im *Rome Cavalieri* war eine Hommage an Eleganz und Zeitlosigkeit: Venezianische Kunstwerke zierten die Wände, Renaissance-Ölgemälde erzählten von längst vergangenen Geschichten, und über dem polierten Holzboden wölbten sich kunstvoll gearbeitete Decken. Als Hana und Colombo den Raum betraten, wurden sie von den sanften Klängen eines bekannten Jazzstücks empfangen. Der Star des Abends – ein glänzender schwarzer Petrof-Flügel – erwachte unter den geschickten Händen von Jaffa, dem Pianisten, zum Leben.

Trotz des regen Andrangs nach den Konferenzveranstaltungen erspähte Colombo eine einladende Sitzecke – abseits des Trubels, diskret und perfekt für ein vertrauliches Gespräch. Mit einem Nicken dirigierte er Hana dorthin. Die beiden ließen sich in tiefen, jagdgrünen Ledersesseln nieder und bestellten sich die berühmte Spezialität des Hauses: einen Kastanien-Cocktail – ein schaumiger Traum aus birnenaromatisiertem Wodka, weißem Kakao und Kastanien-Schlagsahne.

„Dieser Cocktail ist die reinste Kalorienbombe. Das bedeutet mindestens dreißig Minuten extra auf dem Laufband", scherzte Hana.

Colombo grinste und hob sein Glas. „Machen Sie eine Stunde daraus – ich habe das Gefühl, wir werden eine zweite Runde bestellen!"

Er lehnte sich zurück und musterte Hana. „Sagen Sie mir, Hana, wie sind Sie das erste Mal auf die Novi Ustascha gestoßen?"

Hana richtete den Blick zur Decke, während ihre Gedanken in die Vergangenheit abschweiften.

„Letzten Sommer", begann sie, „arbeitete ich an einer Sonderrecherche. Ich rekonstruierte den Pfad von Nazi-Gold und gestohlenen jüdischen Besitztümern, der durch diverse Kanäle von Banken in der Schweiz und Frankreich floss. Während dieser Recherchen stieß ich auf einen Interpol-Agenten namens Petrov Gović. Sein Vater, Miroslav, war eine Schlüsselfigur der ursprünglichen Ustascha im Vasallenstaat Kroatien in den 1940er-Jahren – jener Übergangsregierung, die eng mit den Nazis verbandelt war. Ich hatte ein Interview mit Gović in einem Lagerhaus außerhalb Roms arrangiert. Als Treffpunkt vereinbarten wir ein Lagerhaus in einem Viertel, das Sie vielleicht kennen: Tor Bella Monaca. Und ja, ich war wie eine Anfängerin dumm genug, alleine dorthin zu gehen."

Colombo runzelte die Stirn und sein Gesicht sprach Bände. „Tor Bella Monaca", wiederholte er. „Nicht gerade der ideale Ort für ein Treffen."

Hana nahm einen großzügigen Schluck von ihrem Cocktail und wischte sich mit der Serviette den Schaum von den Lippen, bevor sie fortfuhr. „Als ich dort ankam, fiel es mir wie die Schuppen von den Augen. Gović war jener Mann, der meinen Kollegen und mich eine Woche lang verfolgt hatte – in Rom, in Paris und sogar im Zug nach Rennes-le-Château, einem kleinen, unscheinbaren Dorf im Süden Frankreichs. Zunächst ging ich davon aus, dass er mich aus beruflichen Gründen oder im Rahmen von Interpol-Ermittlungen im Blick hatte. Doch seine Pläne entpuppten sich als weit düsterer, als ich es mir je hätte vorstellen können."

„Was war dann sein Ziel?"

„Er hatte es auf ein unschätzbar wertvolles, antikes Manuskript abgesehen, das sich im Besitz des Vatikans befand. Mit dem Wissen um den Inhalt dieses Manuskripts hätte er anschließend den Vatikan erpressen und sich so eine Menge Gold aus den Reserven der Vatikanbank erschleichen können. Ich sollte dabei als Geisel dienen."

Colombos Interesse wuchs mit jeder Silbe. „Was war das für ein Manuskript? Welche Geheimnisse barg es?"

Hanas Miene wurde ernst als sie antwortete: „Das kann ich Ihnen leider nicht sagen, Max. Ich habe mein Wort gegeben, dieses Wissen vertraulich zu behandeln."

„Wie haben Sie es geschafft, dieser Situation zu entkommen?", fragte er.

Ein flüchtiges Lächeln huschte über Hanas Gesicht: „Dank meines Cousins, zwei furchtlosen Schweizergardisten und meinem Forschungspartner, Pater Michael Dominic. Sie kamen gerade rechtzeitig zu meiner Rettung."

„Da hatten Sie aber wirklich unfassbares Glück", sagte Colombo, während sein Blick durch den Raum schweifte. „Wir haben Petrov Gović bereits seit einiger Zeit auf dem Schirm. Uns war bekannt, dass er Kroatiens Verbindungsmann zu Interpol war, aber AISI hatte keinerlei stichhaltige Anhaltspunkte auf seine Verstrickung mit dem Ustascha-Netzwerk – zumindest bis zu diesem Vorfall, den Sie gerade schilderten. Ich erinnere mich noch gut, wie die Nachricht damals die Runde machte. Offiziell hieß es, Gović und sein Komplize seien bei einem fehlgeschlagenen Drogengeschäft ums Leben gekommen. Doch die italienische Polizei vermutete schnell eine abtrünnige Interpol-Operation. Interpol wiederum spekulierte, dass Gović bei einem Ustascha-Komplott übermütig geworden war – und dafür mit seinem Leben bezahlte."

Hanas Gesprächspartner machte eine Pause, während sie an ihrem Cocktailglas nippte. Plötzlich legte Colombo die Stirn in Falten, als hätte er gerade eine Erkenntnis. „Moment mal... Sie sind die Tochter von Baron Armand de Saint-Clair, nicht wahr? Jetzt erinnere ich mich, warum mir Ihr Name so vertraut vorkam."

„Schuldig im Sinne der Anklage, Agent Colombo", erwiderte Hana mit einem schiefen Lächeln und einem Hauch von Selbstironie. „Obwohl ich versucht habe, die mediale Aufmerksamkeit von diesem Albtraum fernzuhalten, war die italienische Presse unnachgiebig."

„Wenn ich mir die Frage erlauben darf", fuhr sie fort und stellte dabei ihr Glas auf den Tisch, „was hat Sie dazu gebracht, Ihr Hauptaugenmerk ausgerechnet auf die Ustascha zu legen?"

Colombo zögerte, als müsste er seine folgenden Worte sorgfältig abwägen. „Nun... abgesehen vom Offensichtlichen – einer Terrorzelle, die systematisch Agenten in zentralen europäischen Staaten rekrutiert – konzentrieren wir uns auf ihre Geldwäscheaktivitäten. Sie ähnelt in ihrer Struktur Al-Qaida oder dem IS und operiert im Gegensatz zur ursprünglichen Ustascha wie ein Geist: kaum greifbar, ständig in Bewegung. Die heutige Novi Ustascha ist in regionale Zellen unterteilt und ihre Tentakel reichen weit. Sie finden sie in oder nahe jeder größeren Hauptstadt – Rom, Paris, Berlin, Kiew, Madrid. Ihre Mitgliederzahl wächst rapide, und sie verfolgen eine extrem ultranationalistische Agenda. Wo auch immer Sie heute Neonazi-Proteste sehen, können Sie fast sicher sein, dass die Ustascha entweder direkt beteiligt oder der Drahtzieher ist – wahrscheinlich Letzteres."

Hana schien sichtlich beunruhigt, als ihr die

Tragweite dieser Information bewusst wurde. „Um ehrlich zu sein, hatte ich vor jenem Vorfall im letzten Sommer noch nie von dieser Organisation gehört", gab sie zu. „Ich hatte keine Ahnung, wie weit ihr Einfluss reicht. Es scheint, als würde sie äußerst geschickt im Verborgenen agieren."

„Was uns am meisten Sorgen bereitet, ist ihre Finanzierung", fuhr Colombo fort. „Abgesehen von alten Vermögenswerten – Gold, Währungen, Immobilien, gestohlene Kunstwerke und, wie Sie sagten, ehemaliges Nazi-Raubgut – gibt es Hinweise auf eine andere Finanzquelle. Wohlhabende Unternehmen und Institutionen mit konservativen oder ultrarechten Agenden leiten beträchtliche Summen an die Novi Ustascha weiter. Natürlich läuft alles über steuerfreie Briefkastenfirmen."

Seine Stimme wich einem kaum hörbaren Flüstern, als wolle er sicherstellen, dass diese Informationen diesen Tisch nicht verließen: „Es gibt sogar Hinweise darauf, dass gewisse Kreise innerhalb der Kirche mit ihnen kooperieren könnten. Aber ich muss Sie bitten, das streng vertraulich zu behandeln."

Hana nickte. „Natürlich, Max. Das bleibt unter uns." Sie hielt kurz inne, dann fügte sie hinzu: „Aber gibt es möglicherweise Namen aktueller Mitglieder, die Sie mir nennen dürfen? Ich frage nicht um einer Story willen, sondern nur, um vielleicht den Kontakt für direkte Gespräche zu arrangieren – falls das überhaupt möglich ist."

Es war Colombo anzusehen, dass er abwog, welche Informationen das Risiko wert waren, preiszugeben zu werden – und was besser unausgesprochen bleiben sollte.

„Lassen Sie mich darüber nachdenken, Hana, und ich werde mich bei Ihnen melden", sagte Colombo schließlich. „Doch in der Zwischenzeit gilt es einen dickeren Fisch zu fangen. Jemanden, mit dessen Vater sie schon Bekanntschaft gemacht haben: Ivan Gović. Es wird gemunkelt, dass er eine Zelle der Ustascha in Argentinien leitet, aber seine Verbindungen reichen weit, bis zu Kollaborateuren hier in Italien und Frankreich. Unsere Kollegen von der AISE, die für Ermittlungen im Ausland zuständig sind, haben Agenten in Buenos Aires stationiert. Sie berichten, dass Ivan seit dem Tod seines Vaters labil ist – und daher auch sehr gefährlich. Es ist gut möglich, dass er auf Rache sinnt, besonders an jenen, die in den Vorfall im Lagerhaus von Tor Bella Monaca involviert waren."

Colombo hielt kurz inne und warf Hanna einen strengen und zugleich warnenden Blick zu, um sicherzugehen, dass sie die Ernsthaftigkeit seiner Worte verstand. „Seien Sie vorsichtig, Hana. Offiziell mag Ihr Name nie in Verbindung mit dem Ereignis aufgetaucht sein, aber unterschätzen Sie nicht, wie weit die Augen und Ohren der Novi Ustascha reichen. Wenn Sie zu tief in der Sache weitergraben und die Ustascha einen Verdacht schöpft oder sie bereits weiß, was Gović tatsächlich vorhatte, könnten Sie ins Fadenkreuz geraten."

Besorgnis keimte in Hana auf, und sie nickte. Eine Warnung wie diese, ausgesprochen von einem Mann, der tagtäglich gegen die Schatten der organisierten

Kriminalität kämpfte, war nichts, was man auf die leichte Schulter nehmen konnte. „Ich werde vorsichtig sein und ich danke Ihnen für Ihren Rat."

In diesem Moment näherte sich ein Kellner, und Colombo bat ihn um die Rechnung. „Für heute Abend belasse ich es bei einem Drink", sagte er und schenkte Hana ein warmes Lächeln, während er sein Portemonnaie zückte. „Bitte lassen Sie mich das übernehmen."

„Molto grazie, Max", dankte Hana ihrem Gesprächspartner. „Es war mir eine Freude, Sie heute kennenzulernen. Ich schätze unser Gespräch sehr. Sollten Sie jemals meine Hilfe benötigen – egal wann, zögern Sie nicht, mich zu kontaktieren."

Sie erhoben sich von ihren Stühlen und schüttelten einander zum Abschied die Hand. „Das Vergnügen war ganz meinerseits, Hana. Ich bin sicher, unsere Wege werden sich wieder kreuzen. Halten Sie mich über Ihre Fortschritte auf dem Laufenden, ja? Und geben Sie gut auf sich Acht."

KAPITEL
SIEBEN

Der unterirdische Teil der Vatikanischen Geheimarchive war mehr als ein Lagerraum – es war ein Labyrinth aus Wissen, verborgen unter der Fläche des sonnengetränkten *Cortile della Pigna* nördlich des ehrfurchtgebietenden Turms der Winde. Hier, an diesem Ort, umgeben von uralten Manuskripten und geheimnisvollen Dokumenten, herrschte eine Stille, die man fast als heilig bezeichnen konnte.

Bernsteinfarbenes Licht flammte nur dort auf, wo die strategisch platzierten Sensoren Bewegung erkannten. Kaum hatte man eine Passage passiert, ging das Licht auch ebenso schnell wieder aus, wie es angegangen war. Fenster suchte man hier vergeblich, ebenso wie jede Form von natürlichem Licht. Alles war darauf ausgelegt, die empfindlichen Dokumente – uralte Pergamente und fragile Papiere – vor schädlicher ultravioletter Strahlung zu schützen.

Dominic schritt durch die Gänge, während die Lichtinseln ihm den Weg durch die dunklen Korridore wiesen. Die Szenerie erinnerte ihn an seine jüngste Expedition in die Höhle von Lombrives, wo die Dunkelheit wie ein lebendiges Wesen alles umhüllte und nur der Lichtkegel seines Helms ihn sicher hindurchführte. Der Gedanke an die klaustrophobischen Engen ließ ihn erschaudern. *Immerhin muss ich mich hier in den Archiven nicht auf allen Vieren fortbewegen*, dachte er sich.

Am Index-Terminal angekommen, begann Dominic, die verschlüsselten Verzeichnisse zu durchforsten. Die gesuchten Dokumente – darunter die Papiere von Guillaume de Sonnac, wie sie von Simon Ginzberg angefordert wurden – mussten hier irgendwo in den Regalen gelagert sein, wobei das „irgendwo" ein sehr weitläufiger Begriff war. Ihm war bewusst, dass die meisten Dokumente der Archive wegen ihrer enormen Menge niemals systematisch katalogisiert worden waren. Es war wie eine Reise durch die Launen vergangener Archivare, die Jahrhunderte zuvor entschieden hatten, welche Dokumente es wert waren, gelistet zu werden – und welche dem Vergessen anheimfielen.

Dominic stieß nach kurzer Suche auf eine Abteilung, die den Tempelrittern gewidmet war, deren Geschichte sich über zwei Jahrhunderte erstreckte. Also begann er seine Suche dort.

Dies war der Teil seiner Arbeit, der Dominic die meiste Freude bereitete: die Reise in längst vergangene Geschichten und das Stöbern in Dokumenten, die vielleicht seit Jahrhunderten niemand mehr gesehen hatte – vielleicht nicht einmal seit ihrer Entstehung durch die alten Schreiber selbst. Kein noch lebender Mensch wusste wirklich, was hier alles gelagert war, und gerade dieses Unbekannte fachte Dominics Neugier an und zog ihn in seinen Bann.

Die *Templer-Folios* waren nach Jahrhunderten geordnet, und Dominic erinnerte sich daran, dass Guillaume de Sonnac um das Jahr 1250 lebte. In einem der Regale fand er zwei große *Folios* mit der lateinischen Aufschrift *„Tertius Decimus Saeculum"* – was übersetzt „Dreizehntes Jahrhundert" bedeutete. Sie waren in dicke Pappdeckel eingefasst und mit einer groben Hanfschnur verschnürt.

Mit den schweren Bänden in den Armen begab er sich zu einem nahegelegenen Lesetisch. Dort zog er an der Schnur der Lampe und streifte ein Paar weiße Baumwollhandschuhe über, bereit seine Zeitreise anzutreten. *Na dann wollen wir mal,* dachte er mit einem zufriedenen Lächeln.

Er öffnete den ersten Folianten und entnahm einen Stapel Dokumente. Korrespondenzen, Petitionen, Ablassbriefe, Rechnungsbücher, Kaufverträge – ein Kaleidoskop mittelalterlicher Bürokratie breitete sich vor ihm aus, größtenteils in Latein und Französisch. Doch trotz seiner gründlichen Suche fand er nichts, das mit Guillaume de Sonnac in Verbindung stand. Er legte den ersten Folianten beiseite und wandte sich dem zweiten zu. In diesem stieß er auf das, was er suchte. Ein fest gebundenes Buch stach unter den Dokumenten hervor. Auf der Vorderseite stand auf Französisch geschrieben „Geschichte der Templer". Darunter prangte ein Name: *Guillaume de Sonnac*.

„Eureka!" murmelte Dominic triumphierend. Es war genau das, wonach Simon gesucht hatte.

Er legte das Buch beiseite, setzte seine Suche jedoch in der Hoffnung, noch mehr Interessantes für Ginzberg zu finden, fort. Dabei stieß er auf militärische Befehle aus den Jahren 1244 bis 1250. Diese Dokumente umfassten Ereignisse vom Ende des Albigenser-Kreuzzugs bis hin zu den Schlachten von Damiette und Al-Mansura in Ägypten. Dominic kam aus dem Staunen nicht mehr heraus.

Als er den Rest der Papiere durchstöberte, kam ein Artefakt zum Vorschein: ein Stapel aus neun Pergamenttafeln, die an den Rändern mit einem flexiblen Material verbunden waren. Das Bündel war etwa 30 mal 30 Zentimeter groß, aber als Dominic es entfaltete, stellte er fest, dass eine Tafel fehlte, während zwei Tafeln im Gegensatz zu den anderen senkrecht standen, wodurch ein dreidimensionaler Effekt entstand. Auf einer der Tafeln fand er eine winzige Signatur: *Pietro Vesconte*.

„Was könnte das sein?", murmelte Dominic, während er das rätselhafte Artefakt betrachtete. Mit einer Mischung aus Neugier und Aufregung beschloss er, die Tafeln zu Simon zu bringen. Vielleicht konnte dieser deren Geheimnis lüften.

KAPITEL
ACHT

„Ich glaube, ich habe gefunden, wonach du gesucht hast, Simon." Mit einem Anflug von Stolz legte Dominic die Chronik der Templer vorsichtig auf den Tisch vor Ginzberg.

Der ältere Mann beugte sich nach vorne, und seine Augen begannen zu leuchten, als er den Einband las. „Mein Gott, Michael, deine Fähigkeiten versetzen mich immer wieder in Erstaunen. Du hast tatsächlich Guillaumes selbstverfasste Aufzeichnungen gefunden? Damit hätte vermutlich niemand gerechnet, dass ein solches Buch überhaupt existiert. Kannst du begreifen, wie unschätzbar wertvoll das für die Forschung zu den Kreuzzügen ist?"

Die ehrliche Begeisterung in Ginzbergs Stimme war ansteckend, und Dominic konnte nicht anders, als das warme Gefühl zu genießen, das die Freude seines Freundes in ihm auslöste. „Dort unten sind noch weitere Dokumente, die für dich von Interesse sein könnten.

Aber du kennst die Regeln: Pro Anforderungsansuchen dürfen immer nur drei Objekte die Archive gleichzeitig verlassen." Er deutete auf den Tisch, wo bereits zwei andere Dokumentenpakete lagen, die Ginzberg zuvor aus dem Archiv angefordert hatte.

„Ja, ja, ich kenne die Vorschriften", murmelte Dominics Freund gedankenverloren, während er seinen Blick nicht von dem Buch abwenden konnte. „Diese Aufzeichnungen werden mich ohnehin für eine ganze Weile auf Trab halten. Ich bin dir unendlich dankbar, Michael, dass du dir die Mühe gemacht hast, sie für mich zu finden. Aber sag mir – was hast du dort unten noch Interessantes gefunden?"

Dominic zögerte einen Moment, bevor er das seltsam geformte Artefakt hervorholte. Äußerst behutsam platzierte er es neben Guillaumes Papieren auf dem Tisch. „Das hier", sagte er langsam, „habe ich ebenfalls gefunden. Ich habe keine Ahnung, was das sein könnte. Hast du je so etwas gesehen?"

Ginzberg schob die anderen Dokumente beiseite, setzte seine Brille auf und musterte das Objekt mit sichtlicher Neugier. Er hob es vorsichtig an, faltete das sieben Zentimeter dicke Pergamentbündel behutsam auf, bis es ausgebreitet vor ihm lag. „Das ist in der Tat äußerst ungewöhnlich", stellte er fest. „Auf den ersten Blick wirkt es wie eine Art Puzzle, aber die Zeichnungen auf den Tafeln passen nicht zueinander. Außerdem scheint jede Tafel mit einem faserartigen Material verbunden zu sein."

Er hielt das Objekt näher an seine Augen, schob seine Brille zurecht und inspizierte die Verbindungen genauer. „Dieses Material ... es sieht aus wie Katgut. Ein flexibler, langlebiger Faden, der seit der Antike verwendet wurde. Die alten Ägypter und Babylonier nutzten das bereits für Bögen oder Saiten von Musikinstrumenten. Eine interessante Wahl für etwas wie das hier."

„Schau mal, hier ist eine Signatur auf einer der Tafeln", sagte Dominic und deutete auf die besagte Stelle.

Ginzberg folgte seinem Finger und seine Augen wurden groß. „Pietro Vesconte. Der Name sagt dir wahrscheinlich nichts, aber Vesconte war einer der bedeutendsten italienischen Kartografen des späten 13. und frühen 14. Jahrhunderts. Ich habe jedoch noch nie etwas von ihm gesehen, das so seltsam ist wie das hier. Die meisten seiner Karten befinden sich heute in Museen oder Bibliotheken – wie der *Bibliothèque nationale* in Paris oder dem *Museo Correr* in Venedig. Und jetzt, offenbar, auch hier im Vatikan. Ein unglaublicher Fund, Michael. Herzlichen Glückwunsch!"

„Es ist faszinierend, nicht wahr?" Dominic betrachtete das Objekt, als würde es jeden Moment sein

Geheimnis von sich aus preisgeben. „Ich werde mir Zeit nehmen müssen, um herauszufinden, was das bedeutet."

Ginzberg zwinkerte ihm zu. „Tu das. Währenddessen werde ich mich meinem neuen Freund Guillaume de Sonnac widmen. Ich kann kaum glauben, dass ich seine persönliche Aufzeichnungen in den Händen halte. Es ist fast zu schön, um wahr zu sein."

Dominic nickte. „Übrigens, Simon, es gibt da noch etwas. Ich habe in den Archiven auch noch militärische Befehle gefunden, die aus dem Albigenser-Kreuzzug stammen. Sie scheinen einige der Schlachten zu betreffen, bei denen de Sonnac zugegen war. Vielleicht willst du das bei deinem nächsten Anforderungsansuchen berücksichtigen. Sag mir einfach Bescheid."

„Du bist wirklich zu großzügig, Michael. Danke".

Als Dominic den Raum verließ, wusste er bereits, was er mit diesem rätselhaften Artefakt machen würde. Es war nicht nur eine wissenschaftliche Entdeckung – es war der Beginn eines neuen Abenteuers.

NEUN

L a *Pergola*, das einzige Michelin Restaurant mit drei Sternen in ganz Rom, thronte wie eine Krone auf einem majestätischen Hügel mit Blick auf die Ewige Stadt. Von hier aus konnte man die leuchtende Kuppel des Petersdoms bewundern – ein Anblick, der wie aus einem Gemälde wirkte.

Der Innenraum des Restaurants erinnerte eher an ein prachtvolles Museum als einen Ort zum Speisen. Antike Wandteppiche, die Szenen aus dem alten Rom darstellten, schmückten die Wände. Die Decke, welche von dunklen Mahagoni-Säulen getragen wurde, hüllte den Raum in eine Aura von zeitloser Eleganz. Es war, als ob die Gäste in ein Kapitel der Geschichte eintauchten, während sie die exquisiten Kreationen der Küche genossen.

Doch an diesem Abend saß Hana in der *Tiepolo Lounge,* der an *La Pergola* angrenzenden und ebenso imposanten Bar des *Cavalieri.* Ihr Blick war auf das

Display ihres *iPhones* geheftet, während sie sich in einem kniffligen *Monument Valley*-Rätsel verlor. Schon in ihrer Jugend auf der renommierten *St. Stephen's School* in Rom hatte sie mit Logik und Mathematik brilliert und ihre Liebe zu kniffligen Denksportaufgaben entdeckt.

In der Schweiz aufgewachsen, hatte Hana früh gelernt, die Oberflächlichkeit des Reichtums zu durchschauen. Die Welt, in der allein die Abstammung und der Familienname über den Wert eines Menschen entschieden, war ihr zu bieder. Deshalb entschied sie sich, ihren Nachnamen von Saint-Clair in Sinclair zu ändern, als sie ihre Karriere als Journalistin bei *Le Monde* begann. Sie wollte keine Anerkennung für ihren Familiennamen, sondern für ihre Leistungen. Wäre die Konferenz nicht gerade in dem Hotel, in dem ihr Großvater eine Residenzsuite besaß, hätte sie ein bescheideneres Hotel gewählt.

„Da bist du ja", riss Dominics Stimme sie aus ihren Gedanken. Mit einem Rucksack über der Schulter hängend, steuerte er mit großen Schritten auf sie zu. „Hana, es ist so schön, dich wiederzusehen!"

Hana schaute von ihrem *iPhone* auf und erhob sich prompt aus ihrem Stuhl, um Dominic in eine herzliche Umarmung zu ziehen.

„Ich kann dir gar nicht sagen, wie sehr ich heute eine Umarmung gebraucht habe", sagte sie und das Funkeln der Wiedersehensfreude in ihren hellgrünen Augen war nicht zu übersehen. „Und nicht von irgendjemandem, wohlgemerkt – sondern von dir. Und wenn ich mir diesen Kommentar erlauben darf. Du siehst ohne deine Priesterrobe attraktiver aus als eh und je."

Dominic lachte laut auf. „Komplimente nehme ich gern an. Auch wenn ich deine Abneigung zu meiner Soutane nicht teilen kann. Ich trage sie immer bei mir." Er deutete auf den Rucksack, den er bei sich trug. „Man weiß ja nie, wann jemand einen Priester in voller Montur braucht." Sein Blick wanderte zum Bildschirm ihres Smartphones. „Was spielst du da?", fragte er.

„Ach, nur ein Rätselspiel, um den Kopf freizubekommen", antwortete Hana. „Es ist eine Sache, investigative Journalistin zu sein, aber eine ganz andere, sich von einer ganzen Konferenz voller Experten sagen zu lassen, wie man es besser machen sollte. Gerade wenn man denkt, man wüsste alles, kommt jemand daher und belehrt einen eines Besseren."

Dominic schmunzelte. „Das klingt nach einem tollen Kalenderspruch. Haben wir vor dem Abendessen noch Zeit für einen Drink?"

„Natürlich. Ich habe die Reservierung extra auf 20:30 Uhr gelegt."

Hana winkte der Kellnerin und bestellte einen Wodka-Martini. Dominic entschied sich für ein Birra Moretti.

„Weißt du", begann er, „ich hatte ganz vergessen, wie sehr du Rätsel liebst. Zufällig bin ich heute auf eines gestoßen, das wirklich außergewöhnlich ist."

Er erzählte Hana von der Entdeckung eines seltsam geformten Artefakts von Pietro Vesconte, das er bei seiner Suche nach Dokumenten für Simon, der es für eine Art Puzzle hielt, gefunden hatte.

„Das würde ich nur zu gerne mit eigenen Augen sehen, Michael. Wenn es Simon schon aus den Socken gehauen hat, würde es mich sicher ebenso beeindrucken."

„Du hast du Glück", sagte Dominic und öffnete seinen Rucksack. „Ich weiß, ich hätte es nicht mitnehmen sollen, aber ich konnte der Versuchung nicht widerstehen. Jeder Mensch hat Laster, bei den einen ist es das Rauchen oder Schokolade, bei mir ist es meine eigene Neugier." Vorsichtig entfaltete er das Artefakt auf dem Tisch. „Es ist aus robustem Pergament, weshalb keine Handschuhe vonnöten sind. Nur die Gläser sollten wir sicherheitshalber wegstellen."

Dominic zeigte Hana, wie sich die Tafeln durch Falten und Drehen immer wieder neu anordneten. „Die Ränder scheinen mit Katgut zusammengenäht zu sein. Simon glaubt, dass es eine Art mechanisches Rätsel ist. Und hier – siehst du das? Es ist von Pietro Vesconte signiert."

Hana nahm das Artefakt in die Hand und drehte es behutsam. „Hier ist noch eine Inschrift … sehr klein", bemerkte sie, während sie auf eine Ecke zeigte. „*Grotte du Trou de la Caune.* Es muss sich also um eine Höhle handeln."

„Warte mal", unterbrach Dominic. „Ich habe letztes Wochenende mit Karl und Lukas eine Caving-Tour unternommen. Karl hatte eine Karte dabei, anhand derer er uns durch die Schächte navigierte. Vielleicht weiß er etwas darüber."

„Caving? Willst du mir ernsthaft erzählen, dass *du* dich durch eine Höhle gequetscht hast?" Zum Glück standen ihre Gläser schon zur Seite, denn Hana hätte sich bei dieser Information garantiert an ihrem Martini verschluckt.

Dominic zuckte mit den Schultern. „Ich weiß, ich kann es selbst kaum glauben. Sagen wir es war eine interessante Erfahrung. Während ich mich auf allen Vieren durch die Korridore schlängelte, ging mir immerzu die Schlagzeile durch den Kopf, sollte genau in diesem Moment ein Erdbeben losbrechen: ,*Priester lebendig begraben – von Gott verlassen*'."

Sie lachten beide, während Hana die einzelnen Pergamentbündel weiter unter die Lupe nahm. „Das ist wirklich ein geniales Rätsel. Es erinnert mich an eine Jakobsleiter. Du weißt schon, diese alten Holzspielzeuge, die sogar in Tutanchamuns Grab gefunden wurden. Darf ich es ein paar Tage behalten? Vielleicht entschlüssle ich das Rätsel."

Dominic nickte. „Natürlich. Rätsel sind ohnehin eher dein Fachgebiet als meines. Aber denk daran, keine Handcreme an den Fingern zu haben und es sicher in einem Safe aufzubewahren – auch wenn ich nicht denke, dass wir uns Sorgen machen müssen, dass jemand es stehlen könnte. Vorsichtshalber. Ich muss ohnehin bereits Beichte ablegen, da ich es ohne Erlaubnis aus den Archiven entwendet habe."

Hana gluckste gerade leise vor sich hin, als der Ober vor sie trat. „Ihr Tisch ist nun bereit, *Signorina*. Sie können Ihre Getränke gerne hier stehen lassen. Wir bringen sie Ihnen gleich zu Ihrem Tisch."

Dominic sprang auf, zog sein *iPhone* hervor und knipste ein Foto von seiner Entdeckung, bevor er es sorgfältig zusammengefaltet Hana überreichte. „Für

Karl", murmelte er. Der Ober führte sie zu ihrem Tisch im *La Pergola*, wo sie gegenüber voneinander Platz nahmen.

„FÜR MICH BITTE DIE Lakritzconsommé als Vorspeise und als Hauptgericht das Wolfsbarschfilet mit römischem Minzaroma." Es war Hana anzumerken, dass sie schon des Öfteren in solchen Nobelrestaurants gespeist hatte. „Und du, Michael?"

„Hmm ...", brummte er, während sein Finger über die Liste an Gerichten streifte. „Die Taube lasse ich heute mal aus. Ich probiere den Heilbutt mit Spargel und Codium."

„Eine ausgezeichnete Wahl, *Signore*", bestätigte der Ober mit einem wohlwollenden Nicken. „Der Heilbutt wird zu Schwarzwurzel und Cardoncelli-Pilzen im Heu gereicht."

Dominic konnte sich sein Schmunzeln nicht verkneifen, als der Ober von dannen zog. „Na, wer könnte zu einer Portion Heu schon nein sagen?"

Hana lachte herzlich und schüttelte den Kopf. „Du hast einen großartigen Sinn für Humor, Michael. Ist das eine Eigenschaft, die du von deiner Mutter vererbt bekommen hast?"

„Oh ja. Aber Humor scheint ohnehin eine Eigenart von uns Jesuiten zu sein. Er entspringt unserer Fähigkeit, die Schwächen der menschlichen Natur klar zu erkennen und zu beobachten."

„Und diese Bescheidenheit ... absolut bemerkenswert", konterte Hana amüsiert.

Dominics Lächeln verblasste ein wenig, als er einen nachdenklichen Ton anschlug. „Weißt du, Hana, ich wünschte, ich hätte meinen Vater gekannt. Manchmal frage ich mich, was für ein Mensch er war und welche Eigenschaften er mir vielleicht mitgegeben hätte. Meine Mutter hat ihr Bestes getan, keine Frage. Und Rico war für mich wie ein Ersatzvater. Aber da ist diese Leere, dieses Loch, das niemand füllen konnte."

Er starrte zum Fenster hinaus auf das Meer von Terrakottadächern. „Am schlimmsten war es, zu sehen, wie es meine Mutter belastet hat. Sie hatte niemanden, der ihr half, die Last des Lebens zu tragen und sich um meine Erziehung zu kümmern. Ich werde nie verstehen, warum mein Vater direkt nach meiner Geburt von uns gegangen ist. Als Kind fragst du dich dann all die Jahre: Was habe ich getan, dass er uns verlassen hat?"

Hana griff über den Tisch und legte ihre Hand sanft auf seine. „Michael, das war nie deine Schuld. Niemand von uns kann die Beweggründe eines anderen Menschen vollständig begreifen. Aber ich bin mir sicher, dass es nichts mit dir zu tun hatte. Wer könnte denn einen kleinen Jungen nicht lieben? Es mussten andere Gründe sein, schmerzhafte und komplizierte, die sein Gehen erklären."

„Erzähl mir von deiner Mutter. Wie war sie?" fragte Hana mit aufrichtigem Interesse.

Erinnerungen an gemeinsame Momente mit seiner Mutter blitzten vor Dominics innerem Auge auf. „Sie war wundervoll. Ihre Name war Grace – und sie machte ihrem Namen alle Ehre. Sie war selbstlos, fleißig und tat alles, was sie konnte, um mir ein gutes Leben zu ermöglichen. Aber sie war auch … sagen wir, streng katholisch. Vielleicht sogar ein wenig puritanisch. Sie hatte diese eigenartige Angewohnheit, Bilder nackter Menschen aus illustrierten Bibeln auszuschneiden. Manchmal frage ich mich, ob das der Grund für meine Probleme mit menschlicher Nähe ist … vielleicht sogar, warum ich Priester wurde.", fügte er glucksend hinzu.

Seine Worte verhallten in der Luft, während er über Hana hinweg hinaus auf die Dächer der Stadt blickte.

Hana zog langsam ihre Hand zurück und beobachtete ihn aufmerksam. Während sie ihm zuhörte, spürte sie, wie eine Flut von Gefühlen in ihr aufstieg. Irgendwo tief in ihr regte sich ein beschützender, fast mütterlicher Instinkt, und ein Kloß formte sich in ihrer Kehle. Sie wollte ihm seine Lasten abnehmen, ihm die Liebe schenken, die er verdient hatte, den verlorenen Jungen in ihm trösten, die Narben seiner Vergangenheit heilen.

Doch sie hielt inne. Sie wusste, dass dieser Weg für sie versperrt war. Michael war Priester, und sein Leben war einem höheren Zweck geweiht – einem Zweck, der sie niemals in einer anderen Rolle als der einer guten Freundin akzeptieren konnte. Dieser Schmerz unausgesprochener Sehnsucht war fast erdrückend.

ZEHN

Der Staatssekretär des Vatikans, Kardinal Enrico Petrini, saß an seinem riesigen Mahagoni-Schreibtisch seines Büros im Regierungspalast, den Telefonhörer in der Hand, während seine Geduld von Sekunde zu Sekunde schwand. Er wartete darauf, dass der Erzbischof von Buenos Aires endlich ans Telefon ging.

„Hier spricht Kardinal Dante", ertönte schließlich eine hochmütige Stimme am anderen Ende der Leitung.

„Gott zum Gruße, Fabrizio, hier ist Enrico", begrüßte Petrini seinen Gesprächspartner mit gezwungener Höflichkeit. „Ich rufe an, um mich zu erkundigen, ob Sie nächste Woche am Konsistorium teilnehmen werden. Der *Camerlengo* hat mir berichtet, dass Ihre Zusage noch aussteht. Und ich wollte Ihnen persönlich mitteilen, dass ich mich auf Ihre Gesellschaft freue."

Dantes Antwort war so kalt wie die Zugluft in einer Kathedrale. „Natürlich werde ich dort sein, Eure

Eminenz. Ich entschuldige mich für das Versäumnis meines Sekretärs, den *Camerlengo* zu informieren. Ich werde das umgehend korrigieren. Wir sehen uns dann am Montag in Rom." Nach einem Moment der Stille fügte er hinzu: „Gibt es sonst noch etwas?"

„Nein, das war alles." Petrini legte abrupt auf und lehnte sich in seinem Stuhl zurück.

Die Beziehung der beiden Männer war seit jeher von Spannungen geprägt. Vor einigen Monaten hatte der Papst Dante als vatikanischen Staatssekretär abgesetzt und Petrini an seiner Stelle berufen. Für Dante, einen gebürtigen Aristokraten, war diese Demütigung ein harter Schlag. Einst ein mächtiger Mann mit Einfluss im Vatikan, fand er sich nun degradiert in Buenos Aires wieder – fernab des Machtzentrums, in dem er sich einst heimelig fühlte. Die wenigen loyalen Informanten innerhalb der Mauern des Vatikans, die ihm geblieben waren, boten daher nur einen schwachen Trost.

Dantes Verachtung für Petrini verblasste im Vergleich zu dem tiefen Hass, den er gegenüber dem Mann hegte, den er für seinen eigenen Niedergang verantwortlich machte: Pater Michael Dominic. Dieser und die unerträgliche Journalistin Hana Sinclair hatten seine akribisch geplanten Intrigen rund um das Magdalenen-Manuskript zunichtegemacht. Ohne ihre Einmischung, davon war er überzeugt, wäre er nie in die Bedeutungslosigkeit abgeschoben worden – denn für Dante war diese „Versetzung" nichts anderes als eine demütigende Verbannung ins Exil.

Ein altes Sprichwort schlich sich in Kardinal Enrico Petrinis Gedanken: *Wer Wind sät, wird Sturm ernten.*

Dante hatte in den letzten Monaten still abgewartet, doch das bevorstehende Konsistorium in Rom könnte die Gelegenheit bieten, alte Rechnungen zu begleichen.

～

LUDMILA GOVIĆ SAß mit ihrem Sohn in der schummrigen Küche ihres kargen Hauses in *La Plata*, einer kroatischen Siedlung am Rande von Buenos Aires. Monate waren vergangen, seit ihr Mann bei einem mysteriösen Interpol-Zwischenfall in Rom ums Leben gekommen war, doch ihr Durst nach Vergeltung brannte noch immer so heftig wie an jenem Tag.

„Wir haben lange genug gewartet, Ivan", sagte sie mit eisiger Stimme. „Es ist deine Pflicht, den Mord an deinem Vater zu rächen. Die *Gadovi*, die das getan haben, müssen leiden."

„Ja, *Majka*, ich weiß", antwortete Ludmilas Sohn kühl. „Aber es gibt eine richtige Zeit und einen passenden Ort für alles. Meine Leute sind auf Abruf, sobald ich mehr von unserem Kontaktmann in Buenos Aires höre."

Ivan Govíć, 28 Jahre alt, hatte ohne Zögern die Rolle seines verstorbenen Vaters Petrov Govíć übernommen. Als *vođa ćelija*, Zellenführer der Novi Ustascha, trat er in die Fußstapfen eines Mannes, der eine moderne, gefährlichere Wiedergeburt der faschistischen Organisation geführt hatte.

Die ursprüngliche Ustascha hatte sich durch unvorstellbare Grausamkeit einen Namen gemacht: Die brutale Verfolgung von Juden, Serben und Roma, getrieben von dem fanatischen Ziel, ein „rassisch reines" Kroatien zu schaffen. Doch die heutige Novi Ustascha suchte nicht nur ethnische Reinheit, sondern globale Macht. Mit ultranationalistischer Ideologie, vehementem Widerstand gegen Migration und der Vorstellung von rassischer Überlegenheit richtete sie sich gegen alles, was sie als Bedrohung ihrer Vision einer neuen Weltordnung sah – insbesondere gegen liberale Demokratien.

Ihre Zellen operierten im Verborgenen. Von außen unsichtbar, waren sie in Frankreich, Deutschland, Italien, Großbritannien und den USA aktiv – überall dort, wo ethnische Spannungen brodelten. Regierungen und Strafverfolgungsbehörden hatten kaum eine Vorstellung davon, wie tief die Novi Ustascha bereits in ihre Strukturen eingedrungen war.

Die Rolle der Kirche blieb, ganz ihrer verschwiegenen Natur entsprechend, im Schatten verborgen – gelenkt von ultrakonservativen Bischöfen und Kardinälen, deren Identitäten wie Schachfiguren hinter einem Schleier der Geheimhaltung verborgen blieben.

Als frisch ernannter Zellenführer von Buenos Aires brannte in Ivan Gović ein unstillbares Feuer. Es war mehr als bloße Loyalität zur Ideologie der Ustascha – es war ein tief verwurzelter Drang, den Tod seines Vaters zu sühnen. Und er wusste genau, dass es da jemanden gab, dessen Macht und Einfluss ihn bei beiden Missionen entscheidend voranbringen konnten.

. . .

„Seine Eminenz erwartet Sie jetzt, *Señor* Govič", sagte die Sekretärin von Kardinal Dante, als sie den jungen Mann in die prunkvolle Suite des Erzbischofs führte. Der Raum war der Inbegriff von opulentem Reichtum und der stillen Autorität der Kirche; ein unheilvoller Schauplatz für das Treffen zweier Männer, die große Pläne hegten.

ELF

N ach einer langen Schicht machte sich Dengler endlich auf den Weg zu seiner Baracke. Den gesamten Tag hatte er das Sicherheitsteam des Papstes unterstützt, um die letzten Vorbereitungen für die bevorstehende Südamerikareise abzuschließen. Auch wenn er selbst nicht mitreisen würde, hatte er alles bis ins kleinste Detail geplant. Der Papst würde Metropolen wie São Paulo, Lima, Bogotá und Buenos Aires besuchen – begleitet werden würde er von einer handverlesenen Truppe aus acht zivil gekleideten Schweizergardisten sowie rund dreißig weiteren Beamten.

Seine Schritte hallten durch die Gänge, als sein Handy plötzlich vibrierte. Ein Blick auf den Bildschirm verriet ihm, dass es eine Nachricht von seinem Freund Michael Dominic war.

[*Zeit für ein Abendessen?*]

Schnell tippte Dengler seine Antwort ein und schickte sie ab.

[*Klar. Wie wäre es in einer Stunde im* Ristorante dei Musei?]

Ein Daumen-hoch-Emoji folgte prompt als Antwort.

DAS *RISTORANTE dei Musei* war ihr Stammrestaurant, nur einen Steinwurf von der nördlichen Vatikanmauer entfernt und meist, wie auch heute, brechend voll. Der verlockende Duft von Tomatensauce, durchzogen von Knoblaucharoma und einem Hauch von frisch gepflücktem Basilikum, empfing Dominic wie eine vertraute Umarmung und ließ Kindheitserinnerungen von Trattoriabesuchen in Queens aufleben.

Dengler hatte einen Tisch am Fenster ergattert, eine halb leere Flasche Lambrusco vor sich. Sein Blick wanderte durch den Raum, blieb jedoch immer wieder bei einem jungen Mann an der Bar hängen, der Dengler immer wieder verstohlene Blicke zuwarf.

„Wenn du noch länger so nachdenklich dreinschaust, steigt bald Qualm aus deinen Ohren auf.", scherzte Dominic, als er auf dem Stuhl gegenüber von Dengler Platz nahm.

Dengler lachte und nahm einen Schluck Wein. „Ein Typ an der Bar starrt mich ungeniert an, aber ich tue mein Bestes, ihn zu ignorieren. Zum Glück ist Lukas nicht hier – er würde garantiert eine Szene machen. Sein … nennen wir es mal ausgeprägter Beschützerinstinkt, kennt da keine Grenzen."

Sie studierten die Speisekarte, entschieden sich dann

aber beide für das *Speciale del Giorno*: Rigatoni al Pomodoro mit gegrillten Zucchini und einer üppigen Auswahl an Antipasti.

Während sie warteten, schenkte Dominic sich ein Glas Wein ein und erzählte Dengler von dem merkwürdigen Rätsel, auf das er bei der Recherche für Dr. Ginzberg gestoßen war.

„Was denkst du, Karl? Hast du so etwas schon mal gesehen?", fragte Dominic und zeigte ihm das Foto auf seinem Handy. Sein Finger deutete auf das französische Wort für ‚Höhle'.

Dengler betrachtete das Bild aufmerksam. „Grotte Trou la Caune … Das ist definitiv eine Höhle, irgendwo im Süden Frankreichs. Ich war selbst nie dort, aber unter Höhlenforschern ist sie bekannt. Es heißt, sie habe etwas mit Maria Magdalena zu tun – wie so vieles in dieser Gegend."

Alles scheint immer wieder auf Maria Magdalena hinauszulaufen, dachte Dominic.

„Wenn du mich fragst, sieht das ganz eindeutig nach einer Höhlenkarte aus. Die Übergänge der Kanten passen zwar nicht richtig zusammen, aber das könnte daran liegen, dass das Rätsel noch nicht gelöst ist. Klar, es ist ziemlich rudimentär – im Vergleich dazu wirken moderne Höhlenkarten wie hochpräzise Baupläne. Aber was erwartet man auch von etwas, das so alt ist, wie du sagst? Und weißt du, was das heißt?" Mit einem breiten Grinsen lehnte er sich zurück. „Wir müssen zur Grotte du Trou la Caune reisen und die Sache vor Ort erkunden."

Dominic stöhnte theatralisch und schüttelte den

Kopf. „Langsam, *Indiana Jones*. Lass Hana das Ding erst mal entschlüsseln, bevor du deine Stirnlampe polierst. Und ehrlich gesagt: Der Gedanke, mich erneut in eine dieser feuchten, klaustrophobischen Spalten zu zwängen, weckt so einiges in mir – aber ganz sicher keine Abenteuerlust."

Dengler lachte laut auf. „Ach, komm schon! Mit Lukas und mir an deiner Seite bist du doch sicher wie ein Goldbarren im Vatikan. Woher kommt eigentlich diese Abneigung gegen Höhlen? Angst vor der Dunkelheit? Oder vor Spinnen?"

Dominic hielt einen Moment inne, sein Blick wurde unerwartet ernst. „Als ich etwa zehn war, hat mich Onkel Rico – du kennst ihn als Kardinal Petrini – zum Fliegenfischen an den Ausable River mitgenommen. Ich bin auf einem moosigen Felsen ausgerutscht, und bevor ich mich versah, hatte mich eine Strömung erfasst. Ein Strudel zog mich unter Wasser. Es war, als hätte mich eine unsichtbare Hand gepackt und durch eine Waschmaschine geschleudert. Ich dachte, ich würde ertrinken. Seitdem überkommt mich manchmal diese Angst vor Tiefe, vor Dunkelheit ... vor dem Gefühl, die Kontrolle zu verlieren."

Denglers Lächeln wich einem Ausdruck aufrichtigen Mitgefühls. „Das tut mir leid, Michael. Aber ich verspreche dir, mit uns wirst du nichts zu befürchten haben. Es gibt nichts, was mit dem Vordringen in die Tiefen der Erde vergleichbar wäre. Es ist wie ein Fenster in eine andere Welt, ein Rätsel, das nur darauf wartet, gelöst zu werden. Und wer weiß – vielleicht führt uns diese Karte zu einem längst vergessenen Schatz." Er hob sein Glas und fügte hinzu: „Aber du hast recht: Warum würde jemand so etwas wie dieses Rätsel erstellen? Eine Karte, getarnt als Puzzle, und das dann im geheimen Archiv des Vatikans verstecken? Doch etwa nicht aus reinem Vergnügen. Das muss doch irgendeinen Zweck haben."

Dominic nickte nachdenklich, während seine Gedanken zu den Templerdokumenten aus dem 13. Jahrhundert abschweiften, in denen das Puzzle entdeckt worden war. „Ich stimme dir zu. Vielleicht sollte ich noch einmal mit Simon sprechen. Wer weiß, vielleicht hat Guillaume de Sonnac in seinen Aufzeichnungen irgendetwas erwähnt, das uns auf die richtige Spur bringt."

Während Dengler ein Glas Lambrusco nachschenkte, eilte der Kellner aus der Küche und stellte die dampfenden Teller vor ihnen auf dem Tisch ab. „Ach, übrigens, der Papst fliegt nächsten Monat nach Südamerika. Daher wird es im Vatikan eher ruhig zugehen. Vielleicht die perfekte Gelegenheit, deine Angst vor Höhlen zu besiegen."

Dominic verdrehte die Augen, während er seine Gabel in die Pasta stach. „Erst mal müssen wir sicher sein, dass es überhaupt diese Höhle ist, Karl. Pläne zu machen, ohne zu wissen, wohin es geht, bringt uns auch nicht weiter."

Gerade in diesem Moment vibrierte Dominics Handy in seiner Tasche. Er zog es heraus und las die Nachricht, die auf dem Bildschirm aufleuchtete:

[*Ich habe das Rätsel gelöst! Wann können wir uns treffen?*]

Er starrte fassungslos auf den Bildschirm, bevor er Dengler mit einem breiten, triumphierenden Grinsen ansah. „Deine Cousine ist einfach unglaublich – sie hat es tatsächlich gelöst! Kommst du nach dem Essen mit?"

Denglers Gesichtsausdruck war Antwort genug. „Was für eine Frage? Natürlich komme ich mit!"

Dominic tippte hastig eine Antwort und schickte sie ab.

[*Karl und ich sind in einer Stunde bei dir.*]

KAPITEL
ZWÖLF

„E ure Eminenz", begrüßte Ivan Gović den Kardinal, als er das opulent ausgestattete Büro des Erzbischofs von Buenos Aires betrat. „Es ist mir eine Freude, Euch wiederzusehen."

Mit einer fast übertrieben devoten Geste ergriff er die ausgestreckte Hand des Kardinals und berührte ehrerbietig den Goldring an seinem Finger mit den Lippen.

„Diese Freude ist beiderseits, Ivan", gab Kardinal Dante mit einem kaum merklichen Grinsen zurück. „Wie geht es Ihrer Mutter?"

„Um ehrlich zu sein, Eure Eminenz, geht es ihr nicht sonderlich gut." Ivans Stimme klang gepresst. „Der Tod meines Vaters hat sie schwer gezeichnet. Selbst nach all diesen Monaten sitzt der Schmerz tief. Deshalb bin ich heute hier."

Dante lehnte sich in seinem ledernen Sessel zurück. Er erinnerte sich gut an Petrov Gović, Ivans Vater – ein

Mann, der genauso nützlich wie gefährlich gewesen war. Als kroatischer Verbindungsmann zu Interpol hatte Petrov Dante über Jahre hinweg wertvolle Dienste geleistet und als diskreter Vollstrecker dessen schmutzige Arbeit immer makellos erledigt. Hintergrundüberprüfungen, fragwürdige Abhöraktionen, Profile über Kardinäle und potenzielle vatikanische Mitarbeiter – und bei Bedarf auch Einschüchterung von Dantes Feinden. Doch all das hatte seinen Preis gehabt. Die Bezahlung? Nicht Geld. Nein, etwas viel Wertvolleres. Gold. Nazi-Gold, verborgen in den tiefen Tresoren der Vatikanbank, eine dunkle Hinterlassenschaft, von der nur wenige Eingeweihte wussten. Dieses nutzte Gović wiederum, um die Expansion der Ustascha in Westeuropa voranzutreiben.

Doch Petrov war gefallen. Sein letzter Auftrag – die Entführung von Hana Sinclair, um ein Manuskript von unschätzbarem Wert zu erpressen – war gescheitert. Und mit ihm Dantes Pläne.

„Wie kann ich Ihnen helfen, Ivan?" fragte der Kardinal.

„Eure Eminenz", begann Ivan, seine Worte sorgfältig wählend, „ich möchte endlich die Wahrheit wissen: Wer ist für den Tod meines Vaters verantwortlich? Als wir das letzte Mal sprachen, baten Sie mich, Geduld zu haben, bis Sie weitere Informationen gesammelt hätten. Nun, habe ich lange genug gewartet?"

Dantes Augen wurden schmal. Die Frage war simpel, aber die Konsequenzen einer Antwort könnten alles andere als unbedeutend sein. Es gab Chancen, die sich boten, und Risiken, die er sorgfältig abwägen musste. Was hatte er zu gewinnen? Vielleicht eine Chance, seine eigenen Niederlagen zu rächen – ein Zug auf dem Schachbrett, der ihn wieder ins Spiel bringen könnte.

„Sagen Sie mir, Ivan, haben Sie nicht einmal erwähnt, dass Sie eine Quelle innerhalb der Schweizergarde haben?", fragte Dante scheinbar beiläufig.

Ivans Mund verzog sich zu einem stolzes Grinsen. „Ja, Eure Eminenz. Einer unserer Männer arbeitet innerhalb der Cohors Helvetica. Warum fragt Ihr?"

Ohne eine Antwort zu geben, öffnete Dante eine Schreibtischschublade, zog ein leeres Blatt Briefpapier hervor und notierte zwei Namen: *Pater Michael Dominic* und *Hana Sinclair*. Er schob das Papier über den Schreibtisch.

„Man sagt, diese beiden waren maßgeblich an der Operation im Lagerhaus beteiligt, in dem Ihr Vater starb. Ob sie jedoch direkt für seinen Tod verantwortlich sind, müssen Sie herausfinden. Vielleicht ziehen Sie Ihren Informanten bei der Schweizergarde zurate."

„Ich verstehe. Vielen Dank für Ihre Offenheit. Meine Mutter wird Ihnen für Ihre Großzügigkeit unendlich dankbar sein."

Dantes Ton wurde härter, fast schon bedrohlich. „Ich erwarte, dass diese Angelegenheit vertraulich bleibt. Auch meine eigenen Quellen in Rom sind auf Anonymität angewiesen."

„Und da wir gerade davon sprechen: Wenn Sie in den nächsten Tagen Zeit haben, möchte ich, dass Sie mich nächste Woche zur Konsistoriumssitzung in Rom begleiten. Es gibt ein oder zwei Aufgaben, mit denen ich Sie dort betrauen möchte – Dienste, wie sie Ihr Vater mir über die Jahre erwiesen hat. Es könnte Ihnen außerdem eine Gelegenheit bieten, mehr über seinen Tod herauszufinden. Mein Sekretär wird Ihre Reise und Unterkunft arrangieren."

Ivan konnte seine aufkeimende Euphorie kaum verbergen. „Euer Eminenz, ich weiß gar nicht, was ich sagen soll. Es wäre mir eine Ehre, Euch zu begleiten."

Dante nickte zufrieden. „Richten Sie Ihrer Mutter meine besten Grüße aus, Ivan. Und lassen Sie sie wissen, dass Ihre Familie beim Papstbesuch im nächsten Monat Ehrenplätze erhalten wird. Bis dahin wünsche ich Ihnen eine angenehme Nacht."

EIN PEITSCHENDER REGEN trommelte gegen die großen Fenster des im Queen-Anne-Stil erbauten Anwesens, das sich wie ein Bollwerk an der Madison Avenue erhob. Dröhnender Donner begleitete den tobenden Sturm, der durch die Stadt wütete, und ließ den Himmel erbeben.

In der Bibliothek seines Herrenhauses saß Kardinal Jorge Bell, Erzbischof von New York, tief in einem ledernen Clubsessel versunken. Das knisternde Feuer im riesigen Kamin malte flackernde Schatten an die Bücherwände. Bell nippte an seinem *Montmartre Napoleon* Brandy, der in dem Kristallschwenker wie flüssiger Bernstein aussah. Der Klang des letzten

Glockenschlags der Standuhr in der Ecke, die sechs Uhr schlug, verhallte gerade in der Stille.

Das schrille Läuten des Telefons durchbrach die Stille, und Bell, der den Anruf erwartet hatte, zuckte dennoch leicht zusammen. Er ergriff den Hörer.

„Kardinal Bell am Apparat."

„Guten Abend, Jorge. Hier spricht Dante."

„Hallo, Fabrizio." Unbehagen schwang in Bells Stimme mit. Er nahm einen kleinen Schluck Brandy. „Was kann ich für dich tun?"

„Ich benötige Informationen", antwortete Dante ohne Umschweife, „aus den Archidiözesanakten. Die Suche sollte sich nicht als allzu schwierig erweisen. Ich muss dich bitten, dies als dringlich und streng vertraulich zu behandeln."

„Welche Informationen sind es, die du benötigst?"

„Zunächst brauche ich dein Versprechen, dass kein Sterblicher – außer uns beiden – von dieser Angelegenheit erfährt."

„Du hast mein Wort."

„Gut. Als Kardinal Petrini noch in deiner Diözese in Queens als Gemeindepfarrer tätig war, hatte er eine Haushälterin – Grace Dominic. Angeblich bekam sie während ihrer Anstellungszeit im Pfarrhaus ein uneheliches Kind. Ein eher unorthodoxer Vorfall, aber wie du weißt, waren die Regeln damals andere. Das liegt etwa dreißig Jahre zurück. Ich brauche die Geburtsurkunde und die Taufunterlagen dieses Kindes. Der Name des Kindes lautet Michael Dominic, der, wie ich gehört habe, unter Petrinis enger Obhut aufgewachsen ist. Alles, was du über ihn herausfinden kannst, könnte ebenfalls aufschlussreich sein."

Bell zog die Stirn kraus. „Bei allem Respekt, wenn ich mir die Frage erlauben darf. Wofür benötigst du diese Information, Fabrizio? Wir reden hier immerhin über den vatikanischen Staatssekretär. Sollte er herausfinden, dass wir uns in seine Angelegenheiten einmischen, gleicht das dem Versuch, einem schlafenden Tiger in die Flanke zu treten."

„Dann tritt vorsichtig", blaffte Dante mit scharfem Unterton. „Warum ich diese Informationen brauche, ist nicht deine Sorge. Deine Aufgabe ist es nur, sie zu finden – und zwar schnell. Sobald du alles hast, schick es mir per E-Mail. Ach, Jorge, wie steht's eigentlich um deine juristischen Schwierigkeiten? Brauchst du dabei vielleicht Hilfe?" Dante spielte ungeniert auf den Skandal an, der Bells Erzdiözese erschütterte – die Vorwürfe des sexuellen Missbrauchs gegen über hundert Geistliche seiner Diözese, die seinen Ruf erheblich beschädigt hatten.

„Diese Zeiten sind für uns alle eine Prüfung", entgegnete Bell zähneknirschend. „Wir tun, was in unserer Macht steht, aber die Medien – diese Aasgeier – machen mein Leben zur Hölle."

„Jeder von uns trägt sein Kreuz, Jorge." Dantes Stimme klang kühl und ohne jede Spur von Mitgefühl, als hätte er keinerlei Geduld für Bells Klagen. „Kann ich darauf zählen, dass du mir die Informationen besorgst? Nächste Woche erwarte ich dich zum Abendessen in Rom. Es werden auch Gäste dabei sein, die … nun ja, sagen wir, völlig unerwartet sind."

„Ich werde sehen, was ich tun kann", murmelte Bell. „Und wie immer freue ich mich auf deine Dinnergesellschaft. Bis dahin – gute Nacht, Fabrizio."

Er legte den Hörer auf, goss sich ein weiteres Glas Brandy ein und starrte gedankenverloren ins Feuer.

Was führt dieser Bastard diesmal im Schilde?, fragte er sich und leerte sein Glas in einem einzigen Zug.

DREIZEHN

N ach dem Abendessen steuerten Dominic und Dengler ihren *Jeep Wrangler* durch die hell erleuchteten Straßen Roms. Ihr Ziel: das *Rome Cavalieri*, eines der luxuriösesten Hotels der Stadt. Es war noch früh, kaum zehn Uhr, und mit der Ausgangssperre für die Schweizergarde um zwei Uhr morgens hatten sie mehr als genug Zeit für einen Absacker und um sich bei einem Glas über die möglichen Deutungen von Vescontes Rätsel auszutauschen.

Der Valet nahm den Wagen entgegen, und der Aufzug summte leise, als er sie in den siebten Stock brachte. Ihr Ziel war die Palermo Suite am Ende des Flurs, die unter anderen Umständen an sich schon ein Spektakel gewesen wäre. Nur wenige Sekunden vergingen, nachdem Dominic an die Tür klopfte und Hana sie öffnete. Ihr strahlendes Lächeln kündigte an, dass sie mit Neuigkeiten wartete.

„Von allen Rätseln, die ich je gelöst habe, war das hier mit Abstand eines der kniffligsten", verkündete sie, während sie die beiden herzlich umarmte. „Ihr werdet nicht glauben, was dabei herausgekommen ist!"

Die Suite war eine Ode an die Eleganz: glänzende Marmorböden, kunstvoll drapierte Vorhänge, und der Duft von teurem Parfüm hing in der Luft. Hana führte sie zur Couch, wo das Artefakt ausgebreitet in seiner ursprünglichen Form auf dem Couchtisch lag. Sie goss drei Gläser Prosecco ein, als sie zu erzählen begann.

„ICH SAG'S EUCH, ich war so in dieses Ding vertieft, dass ich heute zwei Konferenz-Workshops sausen lassen habe. Es war einfach zu fesselnd. Anfangs war ich komplett ratlos. Das filigrane Katgut entlang der Tafelkanten ist so geschickt arrangiert, dass praktisch jede Kombination möglich ist. Zuerst dachte ich, es müsse sich flach zusammensetzen lassen, aber diese beiden senkrechten Ecktafeln haben mich fast in den Wahnsinn getrieben."

Sie nahm einen Schluck Prosecco, bevor sie mit ihren

Erläuterungen fortfuhr. „Also habe ich das Internet
durchforstet und bin auf einen Puzzle-Guru aus
Griechenland gestoßen – ein Typ, der sich ‚Pantazis der
Megistianer' nennt. Er ist ein echtes Genie, was
komplexe Rätsel angeht. Sein Blog zeigte ähnlich
komplexe Rätsel, und ich schickte ihm ein Foto unseres
Puzzles. Er war sofort Feuer und Flamme und erklärte
mir, dass Vesconte ein sogenanntes ‚Faltplatten'-Puzzle
erstellt hatte: neun quadratische Tafeln, durcheinander
arrangiert, mit flexiblen Darmsaiten verbunden. Um es
noch schwieriger zu machen, ließ Vesconte zwei Tafeln
aufrecht stehen und schuf damit eine halbe
Hohlwürfelstruktur."

Hana erzählte, wie Vesconte die Karte in neun
Platten zerteilt, sie absichtlich durcheinandergebracht
und die Kanten mit flexiblen Darmsaiten verbunden
hatte. Zwei der Platten stellte er aufrecht, um einen
halben Hohlwürfel zu bilden, und ließ die letzte Platte
leer, um die Lösung noch kniffliger zu machen.

Mit flinken Fingern faltete Hana die Teile und baute
das Puzzle vor den staunenden Augen von Dominic
und Dengler wieder zusammen, als hätte sie das bereits
Dutzende Male geübt.

„*VOILÀ!*" rief Hanna, nachdem das Artefakt die Form eines quadratischen Turms angenommen hatte. „Es ist genial konstruiert. Aber jetzt gilt es herauszufinden, was es bedeutet. Wohin führt dieser Weg? Was erwartet uns am Ende?"

Dominic und Dengler starrten mit offenem Mund auf das Konstrukt. Die verschlungenen Wege auf den Tafeln passten nun perfekt zusammen. „Hana, das ist einfach unglaublich. Wie hast du das nur geschafft?"

„Ich bin mir jetzt sicher", fügte Dengler hinzu, „Während des Abendessens habe ich die Grotte du Trou de la Caune gegoogelt. Sie liegt in Südfrankreich, in der Nähe von Périllos. Das ist nur ein paar Stunden von Rennes-le-Château entfernt, wo du letztes Jahr das Magdalena-Manuskript gefunden hast. Es gibt Gerüchte, dass Maria Magdalena tatsächlich in Périllos war – oder sogar in dieser Höhle gelebt haben könnte."

Dominic nickte. „Ich werde morgen Simon fragen, ob er etwas in Guillaume de Sonnacs Tagebuch gefunden hat. Vielleicht bringt uns das weiter."

Er nahm die zusammengesetzte Karte in die Hand und drehte sie vorsichtig, als wollte er nach einem offensichtlichen X, das die Stelle markiert, an der ein Schatz liegen könnte, suchen. Doch außer dem verschlungenen Weg durch die Höhle – falls die Zeichnung das darstellte – gab es keine eindeutigen Hinweise. Behutsam entfaltete er die Karte wieder und steckte sie in seinen Rucksack.

„Vielen Dank für deine Mühe, Hana. Falls das zu etwas führt, bist du die Erste, die es erfährt."

„Vielleicht sollte Hana mitkommen, wenn wir die Höhle erkunden!" schlug Dengler vor.

„Das klingt nach einer genialen Idee", sagte Hana mit funkelnden Augen. „Nach all meinen Mühen muss ich einfach dabei sein. Sag mir Bescheid, wann es losgeht, Karl. Ich bin noch eine Woche hier, aber ich verlängere gerne, falls nötig."

Dominic sah auf seine Uhr. „Heilige Maria! Es ist schon spät."

Hana begleitete sie zur Tür, um sich von ihren beiden Gästen zu verabschieden: „Schreibt mir morgen, wenn ihr etwas Neues erfahrt, okay?"

„Ich würde es nicht wagen, das nicht zu tun", scherzte Dominic, bevor sie Richtung Aufzug gingen.

AM NÄCHSTEN MORGEN, in der Kaserne der Schweizergarde, konnte Dengler seine Aufregung nicht mehr verbergen. „Lukas, du hättest Hana sehen sollen! Sie hat das Rätsel gelöst, und die Karte zeigt einen Weg in der Grotte du Trou de la Caune! Stell dir vor, es könnte etwas sein, das mit Maria Magdalena zu tun hat! Michael trifft sich heute mit Dr. Ginzberg, um herauszufinden, ob es neue Erkenntnisse gibt. Aber es sieht ganz danach aus, als würden wir uns Ende nächster Woche auf den Weg machen, um die Sache genauer zu untersuchen." Kaum ausgesprochen, begann er bereits, Details über die nötige Ausrüstung und logistische Vorbereitungen für die Expedition zu besprechen.

Doch sie waren nicht allein. In einer ruhigeren Ecke der Umkleide, verborgen hinter einer Reihe hoher Spinde, stand Sergeant Dieter Köhl. Als dann die Worte „Karte", „Höhle" und schließlich „Maria Magdalena" fielen, – zusammen mit der Erwähnung einer bevorstehenden Expedition nach Frankreich – wurde er schlagartig hellhörig.

KAPITEL
VIERZEHN

S päter am Morgen saß Simon Ginzberg in seinem Büro im Caprioli-Palast der *Teller*-Universität in Zagarolo, als sein Handy vibrierte.

„Michael, was für eine Überraschung!", sagte Ginzberg, als er das Telefonat entgegennahm.

„Hey, Simon", erklang die vertraute Stimme von Michael Dominic. „Bist du heute im Vatikan?"

„Ich bin gerade auf dem Weg dorthin, Michael. Gibt es etwas Dringendes?"

„Dringend vielleicht nicht, aber wichtig. Hast du schon einen Blick in Guillaume de Sonnacs Aufzeichnungen werfen können?"

„Oh, allerdings!" Die Begeisterung in Ginzbergs Stimme war nicht zu überhören. „Ich glaube, ich habe etwas gefunden, das dich interessieren wird – und ja, es geht um dein Rätsel. Es ist wirklich eine Karte, und sie führt zu einem außergewöhnlichen Objekt. Aber ich möchte das lieber nicht am Telefon besprechen.

Kannst du mich in einer Stunde im Pio-Lesesaal treffen?"

„Genau deswegen rufe ich an. Ich bin unterwegs. Bis gleich", verabschiedete sich Dominic und beendete den Anruf.

Im Pio-Lesesaal der Geheimarchive hatte sich Simon Ginzberg bereits gedankenversunken an seinem üblichen Tisch niedergelassen.

Vor ihm lag das vergilbte Tagebuch von Guillaume de Sonnac, aufgeschlagen und mit kleinen Markierungen versehen, die interessante Stellen kennzeichneten. Seine Notizblätter waren voll von handschriftlichen Anmerkungen und Übersetzungen. Ginzberg, ein Meister der historischen Sprachen, arbeitete sich so mühelos durch die im mittelalterlichen Französisch verfassten Texte, als würde er eine Zeitung lesen. Er war so in seine Arbeit vertieft, dass er Dominics Ankunft im Archiv fast nicht bemerkt hätte.

„Setz dich, Michael. Das hier wird dich umhauen."

Dominic nahm gegenüber des Gelehrten Platz.

„Also, Simon, was hast du herausgefunden?"

Ginzberg rückte seine Brille zurecht und begann zu erzählen. „Um zu verstehen, worum es hier geht, müssen wir zuerst einen Ausflug in die Geschichte machen. Du kennst sicherlich die Grafen von Toulouse, diese mächtige Dynastie, die über die südfranzösischen Ländereien herrschte, oder?"

„Natürlich", bestätigte Dominic.

„Gut. Die Hauptfigur, die uns hier interessiert, ist

GARY MCAVOY

Graf Raimund VII. Ein Mann, der als Anführer des
Albigenserkreuzzugs in die Geschichte einging, bis er
von der Kirche exkommuniziert wurde, weil er die
Katharer nicht unterdrückte und Juden dieselben Rechte
wie anderen Bürgern gewährte. Im Jahr 1242 rebellierte
er gegen König Ludwig VIII. von Frankreich, musste
jedoch kapitulieren und seine Ländereien an die
französische Krone abtreten."

Ginzberg blätterte durch die Aufzeichnungen und
deutete auf eine Passage. „Raimund hatte ein
Geheimnis. Es heißt, er habe einen sagenumwobenen
Schatz besessen, der ihm von den Katharern anvertraut
wurde, als ihre Zahl in den Kreuzzügen immer weiter
schrumpfte. Dabei soll es sich um ein heiliges Reliquiar
handeln – eines, das einst Maria Magdalena gehört
haben soll."

Dominic hielt den Atem an.

„Michael, wir sprechen hier von demselben
Reliquiar, das Maria Magdalena in dem Manuskript
erwähnte, das du kürzlich entdeckt hast – dem
Reliquiar, das angeblich die Gebeine Christi selbst
enthält! Sie wollte, dass es mit ihr begraben wird, doch
dazu kam es nie. Das Reliquiar wurde über die
Jahrhunderte hinweg weitergegeben – von Gottfried
von Bouillon, dem ersten Herrscher des Königreichs
Jerusalem, über den Vizegrafen von Carcassonne,
Raymond-Roger Trencavel, bis zu Raimund VI. von
Toulouse. Schließlich vererbte es Raimund VI. an seinen
Sohn, Raimund VII. Doch als dieser fürchtete, dass der
französische König es an sich reißen könnte, ließ er es
zurück zu den verbliebenen Katharern nach Montségur

bringen. Dort wurde es während der Belagerung in einer Höhle versteckt – irgendwo in der Region Languedoc."

Ginzbergs Stimme gewann an Dramatik, als er die nächste Passage von Guillaumes Buch erläuterte: „Raimund wollte sicherstellen, dass das Versteck für die Nachwelt festgehalten wurde. Er beauftragte den italienischen Kartografen Pietro Vesconte, eine Karte der Höhle zu erstellen – aber nicht irgendeine Karte. Es musste ein Rätsel sein, eines, das nur die Klügsten entschlüsseln konnten. Als Raimund spürte, dass sein Ende nahte, übergab er das Rätsel Guillaume de Sonnac, dem Großmeister der Tempelritter."

Dominic rieb sich nachdenklich das Kinn, während die Geschichte Form annahm. „Das ist unglaublich, Simon."

„Und das Beste daran ist, dass du diese Karte gefunden hast – heimlich verborgen in den Archiven der Kirche, über Jahrhunderte hinweg."

Dominic zog die zusammengesetzte Karte aus seinem Rucksack und legte sie auf den Tisch.

„Mein Gott", flüsterte Ginzberg ehrfürchtig, als er die Karte bewunderte. „Was für ein Meisterwerk. Hanas Arbeit, nehme ich an?"

„Ja", bestätigte Dominic. „Für des Rätsels Lösung hat sie sogar einen Puzzle-Experten aus Griechenland kontaktiert. Aber was ist mit dem Eingang zur Höhle? Weiß Guillaume, wo wir anfangen müssen oder sogar, wo das Reliquiar versteckt liegt?"

„Tatsächlich habe ich hier etwas." Ginzberg blätterte ein paar Seiten weiter und zeigte mit dem Zeigefinger auf eine Textpassage. „Schau, was hier geschrieben steht: *Mit dem vollendeten Apparate, geneiget hinzu jenem, der ihn hält, wird der Eingang zur Höhle an der vordersten Grundecke offenbart. Das Reliquiar ruhet begraben in der obersten der zwei Sackgassen auf der oberen Platte, gleich den Fingern an einer Hand. Vier Steine formen das Receptaculum.*"

Mit seinem Finger zeichnete Dominic die Linien der Karte nach, bis er die beschriebene Stelle entdeckte. „Ich sehe es. Aber was bedeutet ‚*Vier Steine formen das Receptaculum*'?"

„Das Wort ‚Receptaculum' stammt aus dem Lateinischen und bedeutet ‚Behälter'. In einer Höhle könnte es eine Art versteckter Hohlraum oder ein steinerner Behälter sein." Ginzberg musterte Dominic. „Also, Michael, wirst du diese Höhle erkunden?"

Dominic zögerte, seine Angst vor engen Räumen machte ihm zu schaffen. Doch dann nickte er langsam. „Ja. Und ich habe das perfekte Team: ein paar Freunde aus der Schweizergarde, die erfahrene Höhlenkletterer sind. Auch Hana will uns begleiten."

Ginzberg sah ihn nachdenklich an. „Bist du bereit für das, was du dort finden könntest? Wenn das Reliquiar wirklich die Gebeine Christi enthält – was bedeutet das für dich? Und für die Welt?"

Bevor Dominic antwortete, hielt er kurz inne. „Ich weiß es nicht, Simon. Ich denke, wir werden es erst wissen, wenn ich es tatsächlich in den Händen halte. Bis dahin können wir nur abwarten."

„Dann wünsche ich euch viel Erfolg, Michael. Möge dein Mut belohnt werden. Und vergiss nicht, mir von euren Erkenntnissen zu berichten, wenn ihr zurückkommt."

Dominic legte eine Hand auf die Schulter des alten Mannes. „Keine Sorge, Simon. Wenn wir etwas finden, wirst du der Erste sein, der es erfährt."

KAPITEL

FÜNFZEHN

D ie Kaserne der Päpstlichen Schweizergarde
war ein verschachtelter Komplex aus
antiken drei- und vierstöckigen Gebäuden,
die im 15. Jahrhundert unter Papst Sixtus IV. errichtet
wurden.

Der Papst hatte früh erkannt, dass loyale Schweizer
Söldner die idealen Beschützer für den Vatikan und sein
eigenes Leben sein würden. Heute lebten hier 110
Gardisten, viele von ihnen mit ihren Familien. Die
Lebensbedingungen waren schlicht, aber bewusst in
einer Weise gestaltet, die den Gardisten ein Gefühl von
Heimat vermitteln und das Leben fern der Schweiz so
angenehm wie möglich machen sollte.

Im Erdgeschoss der Kaserne hielt eine große Küche
den Betrieb am Laufen. Ein französischer Chefkoch,
unterstützt von fünf Albertiner-Nonnen aus Polen,
bereitete hier täglich drei Mahlzeiten zu – eine
Mischung aus italienischen, deutschen und

schweizerischen Gerichten. Der Duft von geschmortem Fleisch, frischem Brot und würzigen Kräutern erfüllte den Raum und brachte ein Stück Heimatgefühl auf die Teller der Soldaten.

SERGEANT DIETER KÖHL, ein Veteran mit fast einem Jahrzehnt Erfahrung in der Garde, saß allein an einem kleinen Tisch in der Kantine.

Vor ihm stand ein dampfender Teller Älplermagronen – eine Schweizer Spezialität aus Nudeln, Kartoffeln, Käse, Zwiebeln und einem Klecks Apfelmus. Er aß langsam und genoss jeden Bissen der deftigen Speise.

Eine der Albertiner-Nonnen trat an seinen Tisch. „Entschuldigen Sie, Sergeant Köhl. Jemand versucht Sie am Empfangssekretariat telefonisch zu erreichen. Soll ich den Anrufer weiterleiten oder ihm etwas ausrichten?"

Köhl schüttelte den Kopf, wischte sich den Mund mit einer Serviette ab und stand auf. „Nein, Schwester, ich nehme den Anruf entgegen. Danke."

Er ging zügig zum Empfangssekretariat und hob den Hörer ab. „Sergeant Köhl am Apparat."

„Hallo, Dieter. Hier ist Ivan Gović. *Za dom spremni.*"

„*Za dom–spremni*, Ivan", flüsterte Köhl kaum hörbar, um sicherzugehen, dass niemand den traditionellen Gruß der Ustascha vernahm. Dann fuhr er mit normaler Stimme fort: „Es ist lange her. Mein Beileid wegen deines Vaters."

„Danke, Dieter. Es ist auch der Grund für meinen

Anruf. Sag mal, kennst du die Leute, die bei dem Zwischenfall in Tor Bella Monaca involviert waren?"

Köhl runzelte die Stirn, während er nachdachte. „Ja, ich erinnere mich. Es ging um eine Geiselnahme – die Tochter eines engen Freundes des Papstes, wenn ich mich recht entsinne. Ein sehr einflussreicher Mann ... ein Schweizer Banker, glaube ich."

„Da bist du falsch informiert", unterbrach Gović ihn und tischte ihm eine glatte Lüge auf. „Das hat man dir so erzählt? Nein, Dieter. Es war eine offizielle Interpol-Operation, ein Schutzgewahrsam, bei dem mein Vater angeblich durch einen Unfall ums Leben kam. Wie dem auch sei, ich brauche Details ... meine Mutter benötigt sie für die Lebensversicherungsunterlagen. Weißt du, welche Gardisten damals vor Ort waren?"

„Natürlich. Es waren drei Schweizergardisten und ein Priester. Alle wurden für ihre Tapferkeit ausgezeichnet."

Am anderen Ende der Leitung knirschte Gović hörbar mit den Zähnen, versuchte jedoch, seine Wut zu zügeln. „Und wie lauten ihre Namen?"

„Lass mich nachdenken", begann Köhl. „Dabei waren Sergeant Karl Dengler, die Korporale Lukas Bischoff und Finn Bachman sowie ein *scrittore* aus den Geheimarchiven, ein gewisser Pater Michael Dominic. Ich bin sicher, sie können dir weiterhelfen. Allesamt gute Männer – auch wenn man munkelt, dass Dengler und Bischoff warme Brüder sein sollen. Nichts, was ich gutheiße, aber in der Garde sind wir alle Brüder. Jedem das Seine. Pater Dominic kenne ich allerdings nicht besonders gut."

Gović notierte sich die Namen. „Vielen Dank, Dieter. Gibt es sonst noch etwas, was du über sie weißt?"

„Gestern habe ich zufällig mitgehört, wie sie in der Kaserne über eine geplante Höhlenexpedition in Frankreich gesprochen haben. Es ging wohl um eine Karte, die zu einem Artefakt führen soll, das angeblich mit Maria Magdalena in Verbindung steht. Klingt für mich nach ziemlich viel Spinnerei, aber offenbar brechen sie schon nächste Woche auf."

Gović horchte auf. „Eine Höhle, sagst du? Haben sie erwähnt, wo genau?"

„Irgendwo bei Périllos, nicht weit von Carcassonne, wenn ich mich recht erinnere. Den Namen der Höhle weiß ich nicht mehr, aber ich kann es herausfinden."

„Das wäre großartig. Weißt du, wer an dieser Expedition teilnehmen wird?"

„Soweit ich gehört habe: Dengler, Bischoff, Pater Dominic und Denglers Cousine Hana."

Ein Gedanke schoss Gović durch den Kopf. Für seinen Plan musste er Köhl unbedingt auf seiner Seite haben. „Übrigens, Dieter, ich bin nächste Woche in Rom. Kardinal Dante hat mich zu einem Dinner in seinem Palazzo eingeladen. Es werden viele wichtige Leute da sein. Hättest du Lust, mich zu begleiten?"

Köhl war sichtlich überrascht. Ein solches Angebot wurde ihm nicht alle Tage unterbreitet. „Natürlich, Ivan. Es wäre mir eine Ehre!"

„Perfekt. Ich schicke dir die Details, sobald ich in Rom bin. Kannst du mir deine Handynummer geben?"

So tauschten die beiden ihre Kontaktdaten aus, bevor das Gespräch sein Ende fand.

GARY MCAVOY

Zurück an seinem Tisch schaufelte Köhl den letzten Bissen seines Älplermagronen in den Mund, bevor er gemächlich in seine Wohnung ging. Er wollte noch vor seiner nächsten Schicht am Tor zur *Sant' Anna dei Palafrenieri* etwas Zeit mit seiner Familie verbringen, Vom Fenster aus beobachtete er, wie seine Tochter im Innenhof mit den anderen Kindern spielte. Ein sanftes Lächeln lag auf seinen Lippen. *Das Leben ist gut,* dachte er.

Der Vatikan war ein Paradies im Vergleich zu Afghanistan, wo er als Sprengstoffexperte der Schweizer Armee gedient hatte. Hier war sein Leben geordnet und sicher.

Doch tief in seinem Inneren klang der Ruf der Novi Ustascha nach, wie ein Echo aus einer vergangenen Zeit. Für Köhl war die Zugehörigkeit zu dieser ultrakatholischen Gruppe weniger eine Überzeugung als ein unausweichliches Erbe – eine Tradition, die von Generation zu Generation weitergegeben wurde. Sein Großvater hatte es ihm immer wieder eingeimpft: „Der Glaube muss um jeden Preis geschützt werden."

Köhl wusste, dass seine Mitgliedschaft in einer solchen Organisation offiziell nicht geduldet wurde, besonders nicht in den Reihen der Schweizergarde. Die dunklen Schatten der Ustascha-Vergangenheit? Die Verbrechen im Krieg? Das waren Narben einer anderen Ära, redete er sich ein. Heute sei alles anders, insbesondere die Ziele der Ustascha. Dafür würde er sein Leben verwetten.

KAPITEL

SECHZEHN

Ein Meer aus schwarzen Soutanen und scharlachroten Kappen flutete Flughäfen und Bahnhöfe, als rund zweihundert Kardinäle aus aller Welt in Rom zusammenkamen.

Der Anlass war ein sogenanntes „geheimes Konsistorium" – ein exklusives Treffen mit einem Namen, der zwar Geheimhaltung suggerierte, sich jedoch vor allem auf den streng begrenzten Teilnehmerkreis bezog. Nur der Papst und seine Kardinäle waren als Gäste geladen. Niederrangige Kirchenvertreter und Laien, die bei öffentlichen Konsistorien oft eingeladen wurden, blieben außen vor.

Im Petersdom standen zentrale Themen auf der Agenda: die Ansprache des Papstes zur weltweiten Verfassung der Kirche und die Ernennung neuer Kardinäle. Rund um den Vatikan herrschte geschäftiges Treiben. Die Kardinäle reisten nie allein, sondern stets mit einem Gefolge, was den Restaurants und Geschäften in der Umgebung rege Tage bescherte. Mietobjekte in bester Lage waren heiß begehrt, denn Dinnerpartys boten die ideale Bühne für Machtspiele, Gerüchte und Intrigen.

Der Palazzo Caravaggio, gelegen im Nobelviertel Via Condotti, war ein Meisterwerk barocker Architektur. Für Kardinal Fabrizio Dante, den Nachfahren eines altehrwürdigen italienischen Adelsgeschlechts mit beträchtlichem Vermögen, war dieses Anwesen die perfekte Bühne, um seinen erlesenen Geschmack und seinen Anspruch auf das Beste vom Besten zu unterstreichen. Die 2.000 Euro pro Nacht waren für ihn eine Bagatelle – zumal der Vatikan die Kosten übernahm.

Dantes privat gecharterter Jet landete pünktlich am Terminal des Flughafens Leonardo da Vinci. Chauffeure warteten neben Limousinen, während Dante und seine Entourage – bestehend aus Sicherheitsleuten, Sekretären und handverlesenen Vertrauten – mit Prosecco empfangen wurden. Die Zollkontrollen waren nicht mehr als ein flüchtiger Blick auf die Pässe.

Für das Abendessen hatte Dante nichts dem Zufall überlassen. Die Wände des Palazzo Caravaggio waren geschmückt mit Originalgemälden von Caravaggio, und der Tisch war mit erlesenem Geschirr und Besteck gedeckt.

Die geladenen Gäste trafen kurz nach acht Uhr ein:

Kardinal Baltazar Antić aus Zagreb und Bischof Klaus Wolaschka, der Präsident der Vatikanbank, kamen gemeinsam in einer Limousine. Wenig später folgte Kardinal Jorge Bell aus New York. Auch Pater Bruno Vannucci, Dantes ehemaliger Assistent und diskreter Informant, ließ sich die Einladung nicht entgehen.

Zuletzt trafen Ivan Gović, ein charmanter, aber gefährlicher argentinischer Kroate, und Sergeant Dieter Köhl von der Schweizergarde ein. Diese beiden waren keine Kardinäle, aber sie spielten eine Schlüsselrolle in Dantes Plänen. Der eigentliche Höhepunkt des Abends jedoch war die Ankunft des emeritierten Papstes, eskortiert von zwei *Gendarmen* des Vatikans.

Mit Ausnahme Seiner Heiligkeit waren alle Anwesenden bekannte Mitglieder der Novi Ustascha.

Der emeritierte Papst war vor allem aus taktischen Gründen eingeladen worden, denn sein Name verlieh der Veranstaltung Prestige. Gerüchte über seine angebliche Nähe zu *Opus Dei* kursierten hartnäckig, doch seine wahre Loyalität blieb ein gut gehütetes Geheimnis. Kardinal Dante hatte den Gästen vorab die strikte Anweisung erteilt, jegliche Themen im Zusammenhang mit der Ustascha zu meiden. Vorsicht war die oberste Maxime.

In der Küche herrschte geschäftiges Treiben, während Entenleberpastete mit Apfel und Kastanien angerichtet wurde, welche die Kellner zusammen mit *Château d'Yquem Sauternes* reichten. Im Salon hatten die Gäste bereits auf den tiefroten Damastsofas Platz genommen und nippten an ihren Gläsern, während das Gold des abendlichen Lichts durch die hohen Fenster fiel. Die Gespräche drehten sich um Gerüchte und Intrigen rund um den Vatikan – ein Thema, das gerade in diesen Tagen an Brisanz gewann. Kardinäle aus aller Welt trafen sich zu den päpstlichen Konsistorien – der perfekte Rahmen, um politische Manöver zu besprechen und Ränke von Angesicht zu Angesicht zu schmieden.

„Meine Herren, Eure Heiligkeit, wollen wir uns setzen?" fragte Dante und verwies mit einer Geste auf den gedeckten Esstisch. Goldene Platzkarten, fein kalligraphiert, verrieten, wer wo sitzen würde. Am Kopfende saß Dante selbst, ihm gegenüber der ehemalige Papst.

Seine Heiligkeit erhob sich, um das Tischgebet zu sprechen, bevor die Runde wieder in angeregten Klatsch und lebhafte Gespräche verfiel. Die Vorspeise, ein delikates Kürbisrisotto mit Kalbsbries, duftete köstlich und war ein wahrer Gaumenschmaus. Dante ließ seinen Blick durch die Runde schweifen und dachte dabei weniger an die gesellige Atmosphäre als an die taktischen Möglichkeiten, die sich ihm boten. Jeder Mann hier war ein Schachfigur auf seinem Spielbrett. Ein Bauer, eine Dame oder vielleicht ein Springer – allesamt Mittel zum Zweck. Sein Ziel war kein Geringeres als seine Rückkehr in die höchsten Ränge des Vatikans. Einst der mächtigste Mann nach dem Papst selbst, wollte sich Dante sein Amt im Staatssekretariat zurückholen – koste es, was es wolle. Doch es gab etwas, oder besser gesagt jemanden, der diesem Vorhaben im Weg stand: Kardinal Enrico Petrini, dessen liberaler Kurs eine Bedrohung für Dantes konservative Vision und die Macht der konservativen Fraktion darstellte.

Die Gäste, allesamt überzeugte Ultrakonservative, schienen von Petrinis Ideen wenig zu halten. Für sie waren christliche Werte etwas Unverhandelbares und Petrinis Reformbestrebungen eine Gefahr, die es zu neutralisieren galt. Doch wo andere zurückschreckten, sah Dante eine Herausforderung, die es zu meistern galt. Er wusste, dass er diese Männer mit der richtigen Taktik für seine Sache einspannen konnte.

Mit dem Hauptgang – einer zart gegarten Lammkeule mit Ziegenkäse und Kapernblättern – steuerte Dante das Gespräch geschickt auf ein Thema, das wie ein Lauffeuer durch die Reihen seiner Gäste gehen würde: die Finanzen der Kirche. Es wurmte ihn, keine Kontrolle mehr über die Goldreserven der Vatikanbank zu haben, vor allem über jene Bestände, die weitgehend abseits der offiziellen Bücher geführt wurden. Diese Vermögenswerte waren immer noch untrennbar mit den dunklen Schatten ehemaliger NS-Funktionäre und den Anführern der ursprünglichen Ustascha aus dem Unabhängigen Staat Kroatien verbunden.

Als der Zweite Weltkrieg sich seinem Ende näherte, wurde der Vatikan zum sicheren Hafen für Vermögenswerte aus aller Welt – Besitztümer prominenter Unterstützer, die über die geheimen Fluchtrouten der Franziskaner nach Südamerika entkommen waren. Viele dieser Schätze ruhen bis heute in den geheimen Tresoren der vatikanischen Bank. Doch im vergangenen Sommer wurde ein Teil davon an die

Erben jüdischer Familien zurückgegeben, denen man einst eingeredet hatte, ihr Gold könne sie vor der Gaskammer bewahren.

Dantes einflussreichste und wohlhabendste Gönner in Buenos Aires gehörten Familien an, deren Wurzeln tief in die düsteren Kapitel der Geschichte reichten. Es waren die Nachkommen von Hunderten ehemaliger Nazi-Führer, die vor Jahrzehnten in südamerikanischen Ländern, insbesondere Argentinien und Brasilien, Schutz gefunden hatten. Die Frage nach der Rückerstattung jener Vermögenswerte, die einst für ihre sichere Flucht in die Hände des Vatikans gelangt waren, nagte nun schwer an Dante. Hochrangige Mitglieder seiner *Metropolitan Cathedral* hatten diskret, aber nachdrücklich darauf bestanden, seit er das Amt des Erzbischofs von Argentiniens größter Stadt übernommen hatte. Sie wussten, dass Dante ihnen wohlgesinnt war – und zweifellos weit zugänglicher als sein Vorgänger, der mittlerweile den Papstthron innehatte.

„Meine Freunde", begann Dante und der ganze Tisch verstummte augenblicklich, „wie Sie sicherlich wissen, hat die Vatikanbank über Jahrzehnte hinweg besondere Goldreserven für langjährige Freunde der Kirche zurückgehalten. Ich denke, wir sind uns einig, dass es an der Zeit ist, diese Reserven den rechtmäßigen Eigentümern zurückzugeben." Seine Augen richteten sich auf Bischof Wolaschka. „Klaus, wie hoch sind diese Reserven nach den jüngsten Ereignissen noch?"

Wolaschka, der die Frage hatte kommen sehen, griff bedächtig nach seiner Serviette und tupfte sich die

Mundwinkel ab, bevor er mit bedachter Stimme antwortete. „Eminenz, ich schätze, dass die verbleibenden Reserven – nach der ‚Abhebung' im letzten Sommer – noch etwa hundert Millionen Euro betragen."

Ein leises Raunen zog durch den Raum. Dante hob beschwichtigend die Hand und lächelte kühl. „Eine beachtliche Summe", kommentierte er trocken.

Kardinal Beneventi aus Sizilien sprach schließlich aus, was alle dachten: „Wenn ich fragen darf, Klaus, worauf genau bezieht sich diese ‚Abhebung' im letzten Sommer, von der du sprichst?"

Wolaschka wollte gerade antworten, als Dante ihm das Wort abschnitt. „Während meiner Zeit als Staatssekretär habe ich die Transaktion eines Teils dieses Goldes autorisiert. Ich möchte betonen, dass es sich dabei nicht um kircheneigene Vermögenswerte handelt. Das Gold ging an Petrov Gović, den Vater von Ivan." Er nickte in Ivans Richtung. „Petrov war zu dieser Zeit Interpol-Beamter. Leider verlief die Operation von Agent Gović nicht wie geplant. Das Gold wurde nach der Übergabe gestohlen und ist seither spurlos verschwunden. Natürlich war der Vatikan von diesem Zeitpunkt an nicht mehr in die Sache involviert. Doch *Signor* Gović hier ist nur einer von vielen, die nach Wiedergutmachung für das streben, was einst seiner Familie und den wohltätigen Organisationen, die sie vertreten, gehörte."

Während Dante sprach, huschten die Kellner lautlos durch den Raum und räumten die leeren Teller des letzten Ganges ab. Kaum war das Geschirr verschwunden, dimmte die Belegschaft die Beleuchtung und präsentierte eine erlesene Auswahl italienischer Käsesorten. Gekühlte Silberschalen mit Risottocreme und Marzipan fanden ihren Platz auf den Tischen, während frische Schwenker mit *Delamain Vesper XO* Cognac gefüllt wurden. Dante ließ seinen Blick durch die Runde schweifen. „Bitte, meine Freunde, genießen Sie diesen außergewöhnlichen Nachtisch. Der Pâtissier von *La Pergola* hat ihn eigens für mich kreiert."

Die Gespräche der Herren setzten sich beim Dessert fort. Bald darauf entzündete Kardinal Antić aus Kroatien genüsslich eine *Montecristo*-Zigarre, hob sein Cognacglas und sprach feierlich: „Meine Herren, ein Toast auf unseren Gastgeber, Kardinal Dante, und Gottes Segen für dieses herrliche Mahl." Die Gäste folgten dem Ruf und hoben ihre Gläser, während Dante die Anerkennung sichtlich genoss.

„Fabrizio", wandte sich Antić mit einem ernsten Tonfall an Dante, „bei allem Respekt für Kardinal Petrini: Du bist der Richtige, um den Vatikanstaat wieder zu führen. Sag uns, wie wir das möglich machen können. Ist das überhaupt dein Wunsch?"

Dante legte die Hand aufs Herz und spielte nach außen hin den demütigen Diener. „Ah, Baltazar, danke. Ich weiß deine Worte und dein Vertrauen zu schätzen. Natürlich stehe ich ganz im Dienst seiner Heiligkeit, des Papstes. Aber, um ehrlich zu sein, vermisse ich meine alte Aufgabe sehr. Buenos Aires ist zweifellos eine eindrucksvolle Erzdiözese, doch mein Italienisch ist erheblich besser als mein Spanisch." Ein herzhaftes Lachen erfüllte den Raum, während die Holzschachtel voller *Montecristo*-Zigarren weitergereicht wurde. „Und mein Zuhause, *il mio cuore*, ist hier in Rom. Sollte Seine Heiligkeit meine Rückkehr wünschen, wäre es mir eine große Ehre."

Kardinal Antić warf dem emeritierten Papst einen vielsagenden Blick zu – eine stille, aber deutliche Aufforderung, in dieser Angelegenheit helfend einzugreifen. Die anderen Gäste bemerkten den subtilen Austausch, hielten sich jedoch bedeckt. Nur Pater Vannucci, ein bekannter Schmeichler, hob eifrig sein Glas. „Hört, hört!", rief er aus. Die Gäste, beschwingt vom edlen Cognac, erhoben ihre Gläser, stießen an und stimmten jubelnd ein.

Dante hob erneut sein Glas und sagte mit gesenkter Stimme, als wolle er die Runde wieder erden: „Wie immer, meine Herren, muss die Kirche in solchen Angelegenheiten Bescheidenheit zeigen. Doch wir sollten Wege finden, um Kardinal Petrinis Rolle in der Frage der Wiedergutmachung zu unterstützen. Ich bin offen für Vorschläge – jedoch nicht heute Abend. Wir können diese Themen im Konsistorium vertiefen. Für den Moment genießen Sie Ihre Zigarren und Aperitifs."

Unterdessen ergriff Ivan Gović die Gelegenheit, Dantes Aufmerksamkeit auf sich zu ziehen. „Eure Eminenz?" fragte er mit gedämpfter Stimme. „Wären Sie einverstanden, wenn Sergeant Köhl und ich uns kurz auf den Balkon zurückziehen?"

Dante nickte nur und machte mit einer beiläufigen Handbewegung klar, dass die beiden Männer sich entfernen durften, während die restlichen Gäste weiterplauderten.

GARY MCAVOY

Mit ihren Cognacgläsern in der Hand schritten Gović und Köhl durch den Raum hinaus auf die weitläufige Terrasse. Umgeben von Bougainvillea bot sich ihnen ein atemberaubender Blick über die Stadt, begleitet vom dezenten Duft gerösteter Kastanien, der von den Straßenhändlern der nahegelegenen Piazza del Popolo heraufzog.

Gović wandte sich mit gedämpfter Stimme an Köhl. „Dieter, ich habe eine persönliche Bitte an dich."

„Alles, Ivan. Was immer du brauchst." Köhl nahm einen Schluck von seinem Cognac. Der Abend hatte ihn in eine heitere Stimmung versetzt, sichtlich angetan von der seltenen Gelegenheit, Teil einer so exklusiven Gesellschaft zu sein.

„Während meines Aufenthalts hier in Rom wohne ich bei meinem Cousin, etwas außerhalb der Stadt. Er besitzt dort einen kleinen Bauernhof und hat mich gebeten, ihm bei ein paar Aufgaben zu helfen. Eine dieser Aufgaben ist es, einen riesigen Felsen zu entfernen, der mitten auf seinem Ackerland liegt. Alle bisherigen Versuche sind gescheitert, und wir sind zu dem Schluss gekommen, dass Sprengstoff die einzige Lösung ist."

Gović hielt inne, um den Ausdruck in Köhls Gesicht zu deuten, bevor er fortfuhr: „Ich weiß, dass du Erfahrung mit Sprengstoffen hast, und ich hoffe, du könntest uns etwas Passendes beschaffen."

Köhl zögerte einen Moment, bevor er fragte: „Was genau schwebt dir vor?"

„Eine kleine Semtex-Ladung sollte ausreichen. Etwas Formbares, aber stabil genug für den Transport. Ich werde die Ladung selbst platzieren – aus meiner Zeit in der kroatischen Armee habe ich genug Erfahrung damit. Was ich brauche, ist nur das Sprengmaterial. Kannst du das für uns besorgen?"

Köhl zog die Stirn kraus und sah ihn nachdenklich an. „Das ist ein ziemlich großer Gefallen, Ivan. Gibt es wirklich keine andere Möglichkeit?"

„Wie gesagt, wir haben alles versucht, aber ohne Erfolg. Mein Cousin benötigt das Land frei von Hindernissen, um es optimal bewirtschaften zu können. Ich wäre dir sehr dankbar für deine Hilfe, Dieter."

Köhl wusste, dass die Waffenkammer der Schweizergarde eine große Auswahl an Sprengstoffen für den Ernstfall beherbergte. Diese wurde allerdings streng bewacht. Doch als Leiter der Waffenkammer und mit seiner Erfahrung war es nicht völlig unmöglich, an das Material zu gelangen. Dennoch war es riskant.

„Ich werde darüber nachdenken", sagte er schließlich. „Vielleicht finde ich einen Weg, aber ich kann nichts versprechen."

„Da ich nächste Woche nach Argentinien zurückkehre, bräuchten wir es spätestens in ein oder zwei Tagen", fügte Gović hinzu.

Köhl nickte, obwohl eine gewisse Besorgnis sich auf seinem Gesicht abzeichnete, während er den letzten Rest seines Cognacs runterkippte. „Sollen wir uns wieder zu den anderen gesellen?"

Gović lächelte zufrieden, klopfte ihm auf die Schulter und sagte: „Komm, lass uns dein Glas nachfüllen."

Der Abend neigte sich gegen Mitternacht allmählich

dem Ende zu. Fabrizio Dante hatte seine Gäste mit der ihm eigenen Höflichkeit zur Tür begleitet und jedem einzeln eine gute Nacht gewünscht – mit einer Ausnahme: Kardinal Bell, den Dante gebeten hatte, noch zu bleiben.

Wie immer, wenn er in Dantes Residenz zu Gast war, hatte sich der New Yorker Erzbischof sein Cognacglas nachgeschenkt und es sich in einem bequemen Sessel am Kamin gemütlich gemacht. Sein Blick haftete fast hypnotisch auf den Flammen, während seine Gedanken einzig und allein um die brisanten Informationen kreisten, die er im Begriff war zu offenbaren.

Dante nahm ihm gegenüber Platz und kam ohne Umschweife zur Sache. „Also, Jorge, was hast du über Kardinal Petrini und unseren jungen Pater Dominic herausgefunden?"

Bell wirkte sichtlich unbehaglich, als er nervös in seinem Sessel hin und her rutschte. „Fabrizio, das Material, das ich entdeckt habe, ist absolut brisant und könnte Petrini schwer schaden. Wenn sich das bestätigt – und sollte es jemals publik werden – wird es ihn unweigerlich sein Amt als Staatssekretär kosten und auch jede Chance zunichtemachen, als *papabile*, als potenzieller Nachfolger des Papstes, in Betracht gezogen zu werden."

„Komm endlich auf den Punkt!", fuhr Dante ihn ungeduldig an. Im Hintergrund wurde das Klappern des Geschirrs in der Küche abrupt leiser. Das Personal, das noch mit dem Aufräumen beschäftigt war, hielt inne – ob aus Respekt vor dem Gespräch oder aus Neugier, war unklar.

Bell griff nach der schlichten Aktentasche, die neben seinem Sessel stand, öffnete sie mit leicht zitternden Händen und zog einen dicken Ordner hervor, der prall gefüllt war mit Dokumenten. Seine Stimme war fortan nur noch ein Flüstern.

„Wir haben eine beglaubigte Kopie der Geburtsurkunde von Michael Patrick Dominic in den Kirchenarchiven gefunden. Darin wird Grace Anne Dominic als Mutter eingetragen. Aber, wie Sie sehen können, gibt es keinen Eintrag zur Vaterschaft." Er reichte Dante das Dokument mit einer bedächtigen Geste.

„Meine Ermittler haben herausgefunden, dass Petrini bei der Geburt anwesend war und sich Grace sowie ihrem Sohn in seiner Pfarrei in Queens annahm, bis Michael aufs College ging. Selbst als er später Bischof und dann Kardinal wurde, sorgte Petrini weiterhin diskret für alle notwendigen Ausgaben, einschließlich Michaels Ausbildung. Da Petrini über ein beträchtliches Familienvermögen verfügt, wurden dafür nie Gelder der Kirche verwendet."

Bell räusperte sich und fuhr mit spürbarer Anspannung fort: „Doch das ist noch nicht alles. Meine Leute haben in den Archiven der Pfarrei etwas entdeckt, das von besonderem Interesse ist – etwas, das Petrini höchstwahrscheinlich selbst nicht wusste. In einer Kiste mit alten Kirchenunterlagen fand sich ein privates Tagebuch, das Grace Dominic über die Jahre geführt hatte. Offenbar hat sie für ihr Tagebuch denselben Typ Notizbuch verwendet wie für die Kirchenregister. Es wurde wohl nach ihrem Tod einfach mit den anderen

GARY MCAVOY

Unterlagen abgelegt. Mein Team hat jede Seite akribisch durchgesehen."

Dantes Interesse war jetzt geweckt. Ein unheilvolles Lächeln spielte um seine Lippen, während er sich leicht nach vorn lehnte. „Und was steht in diesem Tagebuch?"

Bell richtete sich auf, atmete lautstark durch und zog ein weiteres Dokument aus dem Ordner. „Nun ... es enthält eine eindeutige Offenbarung über eine intime Beziehung zwischen Grace und dem damaligen Pater Petrini – etwa zu der Zeit, als Michael gezeugt wurde."

Dante sprang förmlich aus seinem Stuhl. „Ich wusste es!" rief er und schlug die Händen laut zusammen. Er entriss Bell das Dokument und überflog es mit sichtlicher Genugtuung. „Das sind hervorragende Neuigkeiten, Jorge. Wirklich hervorragende Arbeit."

Er begann mit langsamen, gemessenen Schritten durch den Raum zu gehen, die Hände hinter dem Rücken verschränkt. „Jetzt brauche ich nur noch einen endgültigen Beweis für die Vaterschaft, um den Fall zu untermauern", murmelte er vor sich hin, während er aus dem Fenster in die nächtliche Dunkelheit hinausblickte. Nach einem Moment der Stille drehte er sich um, ein entschlossener Ausdruck lag in seinem Gesicht. „Und ich weiß genau, wer der Richtige ist, um diese Aufgabe zu übernehmen."

SIEBZEHN

Das unscheinbare sechsstöckige Gebäude in der Via Giovanni Lanza 184 schien Hana wie geschaffen für eine Zweigstelle des *Agenzia Informazioni e Sicurezza Interna*. Während sie auf den Eingang des terrakottafarbenen Bauwerks zuging, dachte sie, dass es genau die Art von diskreter Schlichtheit ausstrahlte, die zu solch einer Organisation passte.

Massimo Colombo, der Generaldirektor der AISI, hatte sie zum Mittagessen eingeladen, aber Hana vermutete, dass hinter der Einladung mehr steckte als bloß ein freundlicher Austausch. In seiner Stimme lag eine ungewohnte Dringlichkeit, die ihr bereits am Telefon aufgefallen war – untypisch für jemanden, den sie sonst als überaus souverän und gefasst erlebt hatte.

Während die Empfangsdame das Büro des Direktors kontaktierte, nahm Hana im Wartebereich Platz. Sie zog ihr *iPhone* hervor, überprüfte E-Mails und vertrieb sich die Zeit mit einer Puzzle-App. Doch nach fünfzehn Minuten war ihre Geduld erschöpft. Warten gehörte nicht zu ihren Stärken.

Kurze Zeit später trat eine zierliche junge Frau in einem schwarzen, perfekt sitzenden Jersey-Anzug von Armani an sie heran. „Miss Sinclair?" Hana blickte auf und nickte. „Der Direktor erwartet Sie jetzt."

Die Bezahlung hier scheint nicht übel zu sein, dachte Hana, als sie aufstand und der Frau folgte. *Dieser Anzug muss mindestens tausend Euro gekostet haben.*

DER AUFZUG FUHR in den zweiten Stock, wo sich die Türen zu den Büroräumen des Generaldirektors befanden. Die junge Frau führte Hana zu einer Doppeltür aus Rosenholz, klopfte zweimal, öffnete beide Türflügel und bedeutete Hana, einzutreten.

Hinter dem Schreibtisch aus blauem Sicherheitsglas und Edelstahl saß Massimo Colombo, der gerade dabei war, einen Stapel Dokumente zu unterzeichnen. Als Hana eintrat, erhob er sich mit einem strahlenden Lächeln.

„Miss Sinclair – entschuldigen Sie, Hana – es ist schön, Sie wiederzusehen." Er streckte ihr die Hand entgegen. „Bitte nehmen Sie Platz."

„Hallo, Max." Hana ergriff seine Hand, schüttelte sie kurz und setzte sich auf den Stuhl vor seinem Schreibtisch. Ihr Blick wanderte durch den Raum und blieb an einem weiß gedeckten Tisch in der Nähe eines hohen Fensters hängen. Dort standen eine Flasche San Pellegrino, eine kleine Vase mit weißen Rosen und zwei

Speiseteller, die von silbernen Cloche-Abdeckungen bedeckt wurden. Ein sanfter Duft von Lavendel lag in der Luft.

„Max, wie kommt es, dass Ihr Büro so herrlich duftet? Das Gebäude selbst wirkt ja nicht gerade modern."

Colombo lächelte stolz. „Wir haben ein Duftsystem in die Klimaanlage integriert. Unsere Arbeit ist oft anstrengend und stressig, weshalb ich meinen Leuten eine Freude bereiten wollte. Also habe ich eine Duftberaterin hinzugezogen, die das perfekte Aroma für unseren Arbeitsplatz ermitteln sollte. Sie empfahl eine Mischung aus Sandelholz und Lavendel – und das hat wahre Wunder bewirkt. Die Krankentage im Team sind deutlich zurückgegangen, und die allgemeine Stimmung hat sich verbessert. Viele Unternehmen setzen mittlerweile auf solche Maßnahmen."

Hana lächelte anerkennend. „Es ist wirklich angenehm. Ein großes Kompliment für Ihr Engagement, die Arbeitsatmosphäre so positiv zu gestalten."

„Vielen Dank, Hana. Wollen wir einen Happen essen, während wir uns unterhalten?" Beide erhoben sich und gingen zum Fenster. Ganz der italienische Gentleman, zog Colombo Hana den Stuhl zurück, bevor er sich selbst setzte und sprudelndes Wasser in zwei Gläser goss. Unter den silbernen Abdeckungen kamen zwei Langostino-Cobb-Salate mit Spargelspitzen zum Vorschein.

„Unser hauseigener Koch zaubert mit frischen Meeresfrüchten wahre Kunstwerke. Bitte, lassen Sie es sich schmecken."

„Es duftet herrlich, Max. Danke, dass Sie ein so feines Essen arrangiert haben."

„Es ist mir ein Vergnügen, Hana. Leider gibt es aber auch einige weniger erfreuliche Neuigkeiten, die ich Ihnen mitteilen muss." Colombo griff nach einem Ordner, den er neben den Tellern abgelegt hatte, und öffnete ihn.

„Gestern erreichte uns eine Interpol-Warnung. Ivan Gović ist aus Buenos Aires nach Rom gereist – in Begleitung von Kardinal Fabrizio Dante. Anscheinend gehört er zu Dantes Gefolge für das Konsistorium des Papstes in dieser Woche."

Bei der Erwähnung von Dantes Namen verdüsterte sich Hanas Gesichtsausdruck schlagartig. Sie strich sich die Haare zurück, legte die Finger an die Stirn und senkte den Kopf leicht. Ihre Gedanken wanderten zurück zu der letzten Begegnung mit Dante im vergangenen Sommer – einem Mann, dem sie nie wieder begegnen wollte.

Doch die Erwähnung von Govićs Namen in Verbindung mit Dante weckte in ihr wahre Besorgnis, besonders angesichts Colombos früherer Warnungen zu ihrer Sicherheit.

„Haben Sie irgendeine Ahnung, warum die beiden zusammenarbeiten könnten? Das scheint mir eine äußerst ungewöhnliche Allianz zu sein. Ich weiß, dass Dante mit Ivans Vater in eine düstere Ustascha-Verschwörung um Nazi-Gold aus den Tresoren der Vatikanbank verwickelt war, aber …" Hana verstummte, während sie nach draußen blickte und versuchte, diese neue Information einzuordnen.

„Es gibt noch mehr", sagte Colombo mit ernster Miene. „Der junge Gović scheint sowohl in Rom als auch in Südfrankreich Unterstützer zu mobilisieren – offenbar für eine Operation, deren genaue Ziele uns bislang unklar bleiben. Was wir jedoch sicher wissen, ist, dass er einen Verbündeten in den Reihen der Schweizergarde hat. Angesichts der Sicherheitsrisiken für den Papst ist das äußerst alarmierend. Wir haben ein Team, das den Vatikan genau im Blick behält, und ein weiteres in Lyon. Dort hat Govićs Vater einst eine zentrale Novi-Ustascha-Zelle geleitet. Diese Zelle hat immer noch viele loyale Anhänger."

„Zwar sehe ich angesichts der jüngsten Informationen keine direkte Bedrohung für mein eigenes Leben, doch es bereitet mir ernsthafte Sorgen, dass ein bekannter Ustascha-Anführer mit einem prominenten Kirchenführer zusammenarbeitet – und das ausgerechnet mit jemandem, dessen moralische Integrität durch frühere Verbindungen zu dieser Organisation bereits stark infrage gestellt ist. Ehrlich gesagt überrascht es mich, dass er noch immer eine so hochrangige Position innehat."

„In der Politik des Vatikans findet man mehr Korruption als in jener Roms, meine Liebe. Selbst nach den Missbrauchsskandalen der letzten Jahrzehnte werden Priester und Bischöfe häufig wie Schachfiguren herumgeschoben. Sobald ein Bauer in Gefahr ist, wird er einfach aus der Schusslinie gebracht und an einen anderen Ort versetzt. Aber er bleibt trotzdem im Spiel."

Hana, der inzwischen der Appetit vergangen war, nahm einen kleinen Bissen ihres Salats, legte dann aber die Gabel beiseite. Ein weiterer Gedanke schoss ihr durch den Kopf.

„Wie ist es möglich, dass jemand in der Schweizergarde mit einer solch extremistischen Gruppe wie der Novi Ustascha in Verbindung steht? Werden diese Leute nicht sorgfältig überprüft?"

„Natürlich. Sie durchlaufen strenge Überprüfungen und ein rigoroses Training. Aber auch in den besten Organisationen gibt es hin und wieder ein schwarzes Schaf." Colombo lehnte sich zurück und sprach weiter: „1978 wurde die Garde in eine mysteriöse Intrige verwickelt, die als Operation Pigeon bekannt wurde und in Verbindung mit dem Tod von Papst Johannes Paul I. steht. Auch die Vatikanbank, die selbst eine dunkle Vergangenheit hat, spielte dabei eine Rolle. Dann war da ein Fall von 1998, bei dem ein angeblicher Mord-Selbstmord durch den Gardisten Cédric Tornay die Schweizergarde erschütterte. Er soll damals den Kommandanten der Garde, Alois Estermann, und dessen Ehefrau getötet haben. Viele glauben, Tornay sei für die Morde zu Unrecht beschuldigt und letztlich selbst von den wahren Tätern ermordet worden. Solche Vorfälle zeigen, dass niemand, nicht einmal die Schweizergarde, vollständig gegen Korruption oder Intrigen gefeit ist."

Er machte eine Pause, bevor er hinzufügte: „Wir müssen herausfinden, woran sie arbeiten, und sicherstellen, dass keine Verschwörung gegen den Heiligen Vater im Gange ist – das wäre ein Skandal, den weder die Schweizergarde noch wir uns leisten können.

Zum Glück haben wir einen Maulwurf in Govićs Reihen. Bald sollten wir mehr wissen."

„Das ist ganz schön viel auf einmal, Max", meinte Hana und stocherte nachdenklich in ihrem Salat herum. „Ich nehme an, es gibt einen bestimmten Grund, warum Sie mir das alles erzählst?"

„Auch wenn es immer ein Vergnügen ist, eine Mahlzeit mit einer neuen Freundin zu teilen, Hana, tue ich selten etwas ohne Hintergedanken. Neben meiner erneuten Warnung, stets wachsam zu bleiben, habe ich eine Bitte: Alles, was Sie während Ihrer Recherchen zur Novi Ustascha entdecken und von Bedeutung sein könnte, sollten Sie unbedingt mit uns teilen. Oft sind es gerade die kleinen Details, die sich später als unschätzbar wertvoll erweisen. Und solange Sie in Italien sind, liegt es uns sehr am Herzen, Sie sicher zu wissen."

„Das weiß ich zu schätzen, Max. Danke." Hana griff in ihre Handtasche, zog ein kleines Pfefferspray heraus und hielt es mit einem verschmitzten Lächeln hoch. „Wie Sie sehen, gehe ich nie unvorbereitet aus dem Haus."

Colombo lachte herzhaft. „Das ist auf jeden Fall besser als nichts. Ich beneide den Mann nicht, der sich mit Ihnen anlegt."

„Ich habe auch ein bisschen Kampfsporterfahrung – dank der Soldaten, mit denen ich in Afghanistan unterwegs war. Aber ja, Max, sollte ich auf etwas Ungewöhnliches stoßen, werden Sie der Erste sein, der davon erfährt."

Gegenüber vom AISI-Gebäude, in der Via Giovanni

GARY MCAVOY

Lanza 129, befand sich eine zweistöckige Villa im Palladianischen Stil. Daneben ragte ein Baukran empor, mit dem Arbeiter das oberste Stockwerk renovierten. Die Bewohner waren für die Dauer der Bauarbeiten umquartiert worden. Doch da es gerade Mittagspause – *pranzo* – war, hatten die Arbeiter ihre Tätigkeiten für zwei Stunden unterbrochen, und das Gebäude war still und verlassen.

Die Wohnung im oberen rechten Stockwerk, ebenfalls leerstehend, war von den Renovierungsarbeiten nicht betroffen. Zwei Männer hatten den Bauleiter jedoch mit einem großzügigen Trinkgeld dazu gebracht, ihnen eine Stunde ungestörten Zugang zu gewähren. Sie hatten sich an einem offenen Fenster positioniert, geschützt durch die halb geschlossenen Holzjalousien, die ihnen gleichzeitig Sichtschutz boten.

Eine *Nikon* D6-Kamera, ausgestattet mit einem leistungsstarken *Nikkor*-500-mm-Objektiv, stand sicher auf einem Stativ. Die Linse war direkt auf das zweite Stockwerk des AISI-Gebäudes gerichtet, genauer gesagt auf das Büro von Generaldirektor Massimo Colombo.

„Sinclair scheint ihren Salat nicht besonders zu genießen", bemerkte der Mann hinter der Kamera in spöttischem Ton. „Aber Colombo hat einen Ordner neben sich liegen, und ganz oben ist ein Foto von Ivan zu sehen." Er drückte mehrmals den Auslöser und machte eine Serie von Aufnahmen. Der zweite Mann war derweil mit einem Parabolmikrofon beschäftigt, das ebenfalls auf das gegenüberliegende Fenster gerichtet war.

130

„Wie erwartet, hat die AISI einen Störsender im Einsatz", brummte der zweite Mann und runzelte die Stirn. „Ich kann kaum etwas Brauchbares aufnehmen."

„Macht nichts. Sie scheinen sowieso fertig zu sein. Packen wir zusammen und bringen das Material zu Gović."

NACH IHREM GESPRÄCH mit Colombo verspürte Hana das dringende Bedürfnis, Michael Dominic zu sehen. Sie brauchte jemanden, dem sie anvertrauen konnte, was sie gerade erfahren hatte. Vielleicht würde das helfen, ihre Gedanken zu ordnen und ein wenig Sicherheit zurückzugewinnen. Für eine Frau, die sonst vor Selbstbewusstsein nur so strotzte, war dieses nagende Gefühl von Unsicherheit kaum auszuhalten.

Sie griff nach ihrem Handy und schrieb Michael eine Nachricht:

[*Hast du heute um fünf Zeit? Es ist ziemlich dringend.*]

Die Antwort ließ nicht lange auf sich warten:

[*Klar. Treffen wir uns in der Terrace Lounge im Paolo VI Hotel, gegenüber vom Petersplatz. Bis um fünf.*]

Hana erreichte die Terrasse des *Paolo VI Hotels* vor der vereinbarten Zeit. Der *ponentino*, ein kühler Wind, der fast jeden Nachmittag vom Tyrrhenischen Meer durch die Straßen Roms wehte, machte sich auch jetzt bemerkbar. Während er im Sommer als willkommene Erfrischung galt, fühlte er sich im Herbst unangenehm kalt an, besonders wenn die Temperaturen am Abend ohnehin spürbar sanken.

Das Personal hatte die hohen, gläsernen Schiebetüren zur Außenterrasse geschlossen. Dennoch bot sich den Gästen ein ungetrübter Blick auf den Petersdom und den Apostolischen Palast, der die Straße hinunterragte. Der Raum war warm, einladend und gemütlich – der perfekte Rückzugsort vor der aufziehenden Kälte.

Mit einem Glas Pinot Grigio in der Hand ließ Hana ihren Blick über den Petersplatz schweifen. Dort sah sie, wie Michael Dominic zügig über den Platz auf das Hotel zulief. Seine Soutane hatte er gegen hellblaue Jeans, ein schwarzes T-Shirt und eine lässige Lederbomberjacke eingetauscht. *Was für ein beeindruckend attraktiver Mann*, dachte Hana, während sie beobachtete, wie der Wind sein schwarzes Haar zerzauste. *Wenn er doch nur...*

Kurz darauf öffneten sich die Aufzugtüren, und Dominic trat in die Lounge. Er ließ seinen Blick durch den Raum wandern und sofort zog er die Aufmerksamkeit auf sich – Männer wie Frauen drehten sich nach ihm um. Als er Hana am Fenster entdeckte, steuerte er direkt auf ihren Tisch zu.

Hana stand auf, ein strahlendes Lächeln erhellte ihr Gesicht, und sie umarmte ihn herzlich. „Oh, Michael, ich bin so froh, dass du kommen konntest."

„Deine Nachricht hat unmissverständlich klargemacht, dass ich keine andere Wahl hatte!" Er lachte und winkte die Bedienung herbei.

„Für mich bitte ein *Birra Moretti*." Die Kellnerin platzierte einen Untersetzer vor Michael und lehnte sich dabei etwas zu weit nach vorne, sodass Dominic ihre weiblichen Vorzüge nicht übersehen konnte. Hana, die gerade einen Schluck Wein nahm, verschluckte sich fast als sie den plumpen Flirtversuch bemerkte.

Dominic errötete leicht, grinste dann aber und neigte spielerisch den Kopf. „Wenn sie nur wüsste, wie sinnlos ihre Bemühungen sind."

„Ach komm, Michael", neckte Hana ihn, „du weißt genau, welche Wirkung du auf Menschen hast. Der ganze Raum hat aufgehört zu reden, als du hereinkamst."

„Also", wechselte er das Thema mit einem charmanten Grinsen, „was ist so dringend?"

„Du wirst erst dein Bier brauchen."

„So schlimm?", fragte er und hob eine Augenbraue.

„Nun... ich hatte heute Mittag ein Treffen mit Massimo Colombo, dem Generaldirektor des italienischen Nachrichtendienstes. Ich habe ihn Anfang der Woche auf der Konferenz für investigativen Journalismus getroffen. Er hat mir Informationen mitgeteilt, die er von Interpol erhalten hat. Offenbar ist Kardinal Dante wieder aus dem Schatten hervorgetreten. Er ist hier in Rom für das geheime Konsistorium des Papstes und hat einen Begleiter mitgebracht: einen jungen Mann namens Ivan Gović."

In diesem Moment brachte die Kellnerin Dominics Bier. Doch er würdigte sie keines Blickes, da seine Aufmerksamkeit ganz und allein Hana galt. Er nahm einen großen Schluck aus dem Glas.

„Ich hatte es bisher nicht erwähnt, weil es nicht relevant schien, aber Ivan ist der Sohn von Petrov Gović, dem Drahtzieher meiner Entführung letztes Jahr. Dante und er sind zusammen aus Buenos Aires eingeflogen. Max – also Colombo – hat angedeutet, dass Ivan mir möglicherweise schaden will, aus Rache für den Tod seines Vaters. Und weil du auch in den Vorfall in Tor Bella Monaca verwickelt warst, könntest du ebenfalls auf seiner Liste stehen. Max hatte keine weiteren Details, aber wenn der Direktor des AISI dir rät, auf dich aufzupassen, dann nimmst du diesen Rat besser ernst."

Michael stellte sein Bierglas zurück auf den Tisch und runzelte die Stirn. „Wenn Gović seine Hausaufgaben gemacht hat, weiß er auch von Karl, Lukas und Finn. Vielleicht sollte ich sie warnen."

„Max meinte auch, sie hätten Hinweise darauf, dass Gović irgendetwas plant – was genau, ist unklar. Es sieht so aus, als hätte er bereits die Schweizergarde infiltriert." Hanas Ton wurde eindringlich. „Das macht es umso wichtiger, dass Karl Bescheid weiß. Wir sollten uns bald mit ihm treffen."

Michael sah angespannt aus dem Fenster in Richtung des Vatikans.

Hana ließ ihren Blick auf ihm ruhen, während sie an ihrem Weinglas nippte. Doch plötzlich schien der Wein bitter zu schmecken. Die Lounge hatte sich inzwischen mit jungen Gästen gefüllt, die lachten und tranken – ein scharfer Kontrast zu der bedrückenden Stille zwischen ihr und Dominic.

„Karl und ich gehen morgen früh joggen", sagte er schließlich. „Danach trinken wir einen Kaffee. Bei der Gelegenheit werde ich auch gleich mit ihm sprechen. Er muss wissen, was vor sich geht. Ich traue weder Dante

DAS MAGDALENA-RELIQUIAR

noch diesem Gović über den Weg. Bosheit scheint in dieser Familie zu liegen."

„Ich stimme dir zu. Karl sollte auch darauf achten, ob sich jemand in der Garde verdächtig verhält. Nach dem, was wir letztes Jahr durchgemacht haben, mache ich mir wirklich Sorgen, Michael."

Michael legte beruhigend seine Hand auf ihre. „Ich glaube nicht, dass wir uns jetzt schon Sorgen machen müssen, Hana. Lass uns abwarten, wie sich die Dinge entwickeln, und dann darauf reagieren."

KAPITEL

ACHTZEHN

Hoch oben am Himmel leuchtete der aufgehende Sichelmond, während ein Taxi in die geschichtsträchtige Via del Corso einbog und gemächlich die zweispurige Allee entlangrollte. Vor der Kirche Santa Maria dei Miracoli erklangen die tiefen Glockenschläge aus dem 17. Jahrhundert, welche die neunte Abendstunde einläuteten. Auf den schmalen Gehwegen genossen Einheimische in stilvoller Abendgarderobe ihre *passeggiata* – den traditionellen italienischen Abendspaziergang, bei dem man sich elegant kleidete, um zu sehen und gesehen zu werden: *fare la bella figura.*

Das Taxi hielt schließlich vor dem Palazzo Caravaggio. Strategisch platzierte Bodenstrahler tauchten die vergoldete Barockarchitektur in ein warmes, goldenes Licht und ließen die Villa in all ihrer Pracht erstrahlen. Die hintere Tür des Taxis schwang auf, und Ivan Gović stieg aus. Mit einem Ruck zog er seinen Mantel enger, als eine kühle Herbstbrise über den Vorplatz wehte. Die Stufen des Palazzos erklimmend, blieb er kurz stehen, atmete tief ein und drückte dann den Klingelknopf.

Nach einem Moment öffnete sich die schwere Holztür einen Spalt, und eine junge Nonne lugte hinter dem Rahmen hervor. Ihre schüchterne Haltung und die Art, wie sie an ihrem Schleier zupfte, ließen auf Unsicherheit schließen. Doch Ivan erkannte sie sofort als eine Schwester aus dem Haushalt des Kardinals in Buenos Aires.

„*Sí?*" Ihre Stimme war leise, fast ein Flüstern.

„*Buenas noches, Hermana*", grüßte Gović die junge Frau mit einem höflichen Nicken. „Ich habe einen Termin bei Kardinal Dante. Mein Name ist Gović."

„*Sí, por favor*, treten Sie ein, Señor", antwortete die Nonne, bevor sie zur Seite trat. „Seine Eminenz erwartet Sie im Arbeitszimmer. Folgen Sie mir bitte."

Mit leisen Schritten führte die Nonne ihn durch die mit Marmorplatten verkleidete Eingangshalle in ein prachtvolles Zimmer. Dunkles Holz, reich gefüllte Bücherregale und eine Auswahl kostbarer Ölgemälde schmückten den Raum. Ein knisterndes Feuer im Kamin warf tanzende Schatten an die Wände. Neben den hohen Fenstern, deren Ausblick allein ein Vermögen wert war, saß Kardinal Dante mit einem Glas Cognac in der Hand in einem burgunderfarbenen Ledersessel.

„Ah, Ivan, danke, dass Sie meiner Einladung gefolgt sind", begrüßte ihn Dante, ohne aufzustehen. Als Gović nähertrat, streckte der Kardinal ihm die Hand entgegen, damit Ivan seinen Ring küssen konnte.

„Möchten Sie einen Cognac?", fragte Dante beiläufig und deutete auf ein Tablett mit einer Karaffe und Gläsern auf einer Anrichte. „Bedienen Sie sich, dort auf der Anrichte."

„Sehr gerne, vielen Dank. Es ist wirklich kalt heute Abend." Govic zog seinen Mantel aus, hängte ihn an den Garderobenständer in der Ecke und goss sich großzügig ein Glas ein, bevor er im Sessel neben Dante Platz nahm.

Dante, der Smalltalk verachtete, zündete sich eine Zigarette an und blies eine Wolke blauen Rauchs in die Luft. Sein Ton wurde sofort ernst.

„Ivan", begann er, „ich habe eine besondere Aufgabe für Sie. Ähnlich wie jene, die Ihr mutiger Vater über die Jahre für mich erledigt hat. Etwas, das sowohl Feingefühl als auch absolute Verschwiegenheit erfordert."

„Was auch immer Sie wünschen, Eminenz. Ich stehe voll und ganz zu Ihrer Verfügung."

„Ja, ich weiß Ihr Engagement zu schätzen", sagte er mit einem knappen Nicken und ließ seinen Blick wieder zu den züngelnden Flammen im Kamin wandern. „Es gibt einen Priester, von dem ich etwas … Bestimmtes benötige. Erinnern Sie sich an die Namen, die ich Ihnen genannt habe – jene, die mit dem Tod Ihres Vaters in Verbindung stehen? Vor allem an Pater Michael Dominic?"

Bei der Erwähnung dieses Namens flammte augenblicklich Zorn in Govics Augen auf. „Das ist ein

Name, den ich niemals vergessen werde, Eminenz. Tatsächlich habe ich bereits einen Plan, wie ich—"

Dante hob die Hand, um ihn zu unterbrechen. „Ich möchte nichts über Ihre Pläne wissen, Ivan. Aber nun, da Sie wissen, um wen es geht: Ich brauche eine Haarprobe von ihm. Sie müssen einen Weg finden, in seine Wohnung in der Domus Sanctae Marthae zu gelangen. Sie werden sicher welche in einer Bürste oder vielleicht in der Dusche finden. Es muss ein Haar mit intakter Wurzel sein."

Gović, der instinktiv spürte, dass es besser war, keine weiteren Fragen zu stellen, nickte. „Das lässt sich arrangieren."

„Können Sie mir die Probe innerhalb von 48 Stunden beschaffen?"

Nach kurzem Nachdenken erwiderte Gović: „Ich werde mein Bestes tun, Eminenz."

„Gut. Das war alles für heute Abend. Wo sind Sie während Ihres Aufenthalts in Rom untergebracht?"

„In einem kleinen Hotel in Trastevere. Nichts Besonderes, aber es erfüllt seinen Zweck. Wann kehren wir nach Buenos Aires zurück?"

„Nach dem Konsistorium, vermutlich Montag. Ein Grund mehr, warum ich die Probe bald benötige."

Gović stand auf und griff nach seinem Mantel. „Und Sie werden sie bekommen, Eminenz. Ich finde den Weg selbst hinaus. Gute Nacht."

Dante nickte lediglich zum Abschied, bevor er sich wieder seinem Cognac widmete.

Draußen zog Gović sein Handy aus der Tasche. In

der kühlen Nachtluft schrieb er eine kurze Nachricht an Dieter Köhl

[*Morgen 07:30 Uhr, Pergamino Caffè.*]

Ein Daumen-hoch-Emoji erschien als Antwort. Mit einem zufriedenen Lächeln steckte Gović das Handy weg und verschwand in der Dunkelheit der Nacht.

KAPITEL

NEUNZEHN

Die Morgenluft war frisch und der Himmel strahlte in zartem Blau, als Michael Dominic und Karl Dengler schwer atmend die obere Piazza Trinità dei Monti erreichten. Die Jahrhunderte alten Stufen hatten ihnen, wie immer, alles abverlangt – aber genau deshalb liebten sie diese Joggingroute. Oben angekommen, gönnten sie sich eine kurze Verschnaufpause. Von dort aus war es nur ein fünfzehnminütiger Lauf zurück über die Ponte Cavour zum *Pergamino Caffè* in der Nähe des Vatikans, wo sie in Ruhe plaudern konnten.

„ICH DENKE, wir sollten dieses Wochenende nach Frankreich aufbrechen, Michael", sagte Dengler, während er seinen Biscotto in den dampfenden Espresso tunkte und ihn sich genüsslich in den Mund schob. „Das Konsistorium wird bis dahin vorbei sein. Hana wird noch etwas hierbleiben. Einige von uns aus der Garde könnten sich nach dieser Woche auch mal eine wohlverdiente Auszeit gönnen. Die Kardinäle behandeln uns wie Bedienstete – besonders die, die Rom nicht oft besuchen. Es ist unwürdig angesichts unserer Verantwortung um die Sicherheit des Heiligen Vaters. Wir sind nicht ihre Lakaien!"

Er schnaubte verärgert, wohingegen Michael ihm ein beschwichtigendes Lächeln schenkte und versuchte, ihn zu beruhigen. „Ich bin sicher, die meisten Kardinäle verstehen und respektieren eure Aufgabe, Karl. Aber ja, es gibt immer ein paar, die ihre Macht missbrauchen. Vielleicht sprichst du mit deinem Kommandanten darüber?"

„Das bringt nichts, Michael. Ich würde damit nur in ein Wespennest stechen. Der Kommandant berichtet direkt an den Papst und ich bezweifle, dass er den Heiligen Vater mit einer solch trivialen Beschwerde behelligen würde."

Michael lenkte das Gespräch geschickt auf ein erfreulicheres Thema. „Was deinen Vorschlag angeht, die *Grotte du Trou de la Caune* zu besuchen – ich finde, das ist eine großartige Idee. Vielleicht sollten wir bereits am Freitag losfahren."

Denglers griesgrämige Miene wich sofort einem Lächeln.

Dominic fuhr fort: „Du musst mich natürlich wieder mit der Ausrüstung vertraut machen, und denk daran: Hana ist zum ersten Mal dabei. Du wirst zwei Neulinge im Schlepptau haben"

„Das macht nichts. Es ist eine recht einfache Höhle

mit überwiegend horizontalen Passagen. Es gibt kaum Risiken. Wir werden auf jeden Fall eine Menge Spaß haben."

Trotz seiner Worte konnte Michael sich nicht helfen, eine Bemerkung hinzuzufügen: „Was das Finden des Magdalena-Reliquiars betrifft, würde ich mir keine allzu großen Hoffnungen machen. Guillaume de Sonnacs Aufzeichnungen zufolge wurde es vor fast achthundert Jahren dort platziert. Wenn es überhaupt existiert, hat es sicher längst jemand gefunden."

Dengler zuckte die Schultern. „Vielleicht, aber es ist den Versuch wert."

Obwohl er es nicht zugab, hegte Dominic selbst große Hoffnungen, das heilige Artefakt zu finden, insbesondere wenn es tatsächlich ein Ossuar mit den Gebeinen Christi war. „Aber es gibt noch etwas, worüber ich mit dir sprechen muss", begann Dominic.

Die Sonne, die mit jeder Minute weiter den Himmel emporstieg, wärmte den Asphalt. Dengler neigte den Kopf zurück, um die Strahlen auf seiner Haut zu genießen, als er einen anderen Gardisten bemerkte, der in Begleitung eines anderen Mannes die Straße überquerte.

„Dieter!", rief Dengler. „Du? So früh schon auf den Beinen? Pater Dominic und ich haben gerade unsere morgendliche Joggingrunde hinter uns gebracht. Wollt ihr euch zu uns setzen?"

Als die beiden Männer den Tisch erreichten, begann die übliche Vorstellungsrunde. Dengler machte den Anfang und stellte seinen Begleiter, Pater Michael Dominic, vor.

„Pater Dominic, Karl, ich möchte euch meinen guten alten Freund, Ivan Gović, vorstellen. Er ist diese Woche aus Buenos Aires angereist", sagte Köhl, ein Lächeln auf den Lippen.

Dominic erstarrte. Der Name hatte ihn getroffen wie ein Schlag in die Magengrube. Es war, als würde die Zeit stillstehen. Seine Augen trafen die von Gović, und die Spannung war förmlich greifbar.

„Ich fürchte, wir können uns nicht zu euch gesellen", sagte Gović schnell. „Dringende Angelegenheiten.."

„Ein andermal vielleicht", bot Dengler an, spürte aber die seltsame Stimmung.

„Ja, vielleicht", sagte Gović kühl und wandte sich ab. Er und Köhl verschwanden im Inneren des Cafés.

„Alles in Ordnung, Michael?" fragte Dengler. „Dieser Typ kam mir bekannt vor, aber mir will beim besten Willen nicht einfallen, wieso."

„Ich kenne ihn", antwortete Michael mit ernster Miene. „Ich habe seinen Vater letztes Jahr getötet."

Dengler erstarrte. „Mein Gott! Du redest doch nicht etwa von der Sache in diesem Lagerhaus im letzten Sommer? Woher weißt du, dass er es ist?"

„Es ist eine längere Geschichte, aber genau das wollte ich dir erzählen. Hana hat mich gestern Abend gewarnt. Der italienische Geheimdienst vermutet, dass er hier ist, um Rache zu nehmen. Nach seinem Blick eben bin ich mir sicher, dass er genau weiß, wer wir sind."

Dengler schüttelte ungläubig den Kopf. „Aber warum zum Teufel ist er mit Dieter unterwegs? Das ergibt doch keinen Sinn!"

„Hör mir zu, Karl", sagte Michael mit gedämpfter, eindringlicher Stimme. „Wir müssen wachsam sein. Gović hat etwas vor. Das spüre ich. Und seine Verbindung zu Kardinal Dante macht alles nur noch schlimmer. Wir wissen beide, dass Dante selten mit ehrbaren Absichten handelt."

Eine bedrückende Stille legte sich über die beiden. Der sonst allgegenwärtige Straßenlärm Roms wirkte gedämpft, und der Duft von Kaffee und frischen Backwaren verlor plötzlich seine tröstliche Wirkung.

„Und es kommt noch schlimmer", fuhr Michael fort. „Laut dem Direktor der AISI könnte Gović versuchen, die Schweizergarde zu infiltrieren – möglicherweise als Teil einer größeren Operation. Das würde auch erklären, warum Dieter ihn als ‚guten alten Freund' vorstellt. Wenn Gović nach einem Verbündeten in der Garde gesucht hat, hat er ihn jetzt gefunden."

„Soll ich meinen Kommandanten warnen? Was, wenn der Heilige Vater in Gefahr ist?" fragte Dengler.

Michael schüttelte langsam den Kopf, seine Worte nun kaum mehr als ein Flüstern. „Noch nicht. Wir sollten Hana über diese neue Entwicklung informieren, damit sie die AISI auf dem Laufenden halten kann."

Er warf einen schnellen Blick auf seine Uhr. „Wir sollten zum Vatikan zurück. Ich muss bald in den Geheimarchiven sein."

DIETER KÖHL FÜHLTE SICH UNBEHAGLICH, als er mit Ivan Gović in einer Ecke des Cafés saß. Ivan Gović hingegen verschränkte entspannt die Arme und lehnte sich gegen die gepolsterte Rückenlehne seines Stuhls.

„War es nur mein Eindruck, oder war die Stimmung bei unserer kleinen Vorstellung ziemlich ... angespannt?", fragte Köhl beiläufig, bevor er einen Schluck Kaffee trank.

„Nein, Dieter, dein Eindruck täuscht nicht." Er nahm ebenfalls einen Schluck aus seiner Tasse und funkelte Köhl finster an. „Es war Pater Dominic. Er hat meinen Vater ermordet."

Diese unerwarteten Worte trafen Köhl wie eine Abrissbirne. „Was? Das kann nicht stimmen. Bist du dir da sicher?"

„Absolut", entgegnete Gović, ohne mit der Wimper zu zucken. „Ich habe es aus glaubwürdiger Quelle erfahren. Mehr musst du nicht wissen."

Köhl sah sich nervös um. Niemand schien Notiz von ihnen zu nehmen, doch er senkte die Stimme. „Was machst du dann hier, Ivan? Warum bist du wirklich hier in Rom?"

Ein Lächeln huschte über Govićs Gesicht, kalt und ohne Freude. „Darauf wollte ich gerade zu sprechen kommen. Zufälligerweise hat Kardinal Dante eine Bitte, die sich mit meinen eigenen Interessen überschneidet. Er hat mich gebeten, etwas von Dominic zu besorgen – aus seiner Wohnung in der Domus Santa Marta. Dafür brauche ich deine Hilfe."

Köhl rutschte unbehaglich auf seinem Stuhl hin und her. „Und wie genau soll ich dabei helfen?"

Gović durchbohrte ihn mit einem durchdringenden Blick. „Zunächst möchte ich sicher sein, dass das in dich gesetzt Vertrauen auch gerechtfertigt ist. Die Novi Ustascha erwartet nichts Geringeres als absolute Loyalität – gegenüber der Organisation und ihrer Sache. Deine Familie hat eine lange Tradition bei der Novi Ustascha, und Kardinal Dante hat große Stücke auf dich gesetzt. Er spricht in höchsten Tönen von dir."

Ein Hauch von Stolz huschte über Köhls Gesicht. „Ich wusste nicht, dass der Kardinal überhaupt von mir Notiz genommen hat."

„Oh, das hat er", bestätigte Gović. „Er beobachtet dich schon lange, ebenso wie ich. Und wenn du ihm bei dieser Aufgabe hilfst, könnte dir das eine Beförderung oder sogar die Benemerenti-Medaille einbringen, wenn die Zeit reif ist."

Beim Gedanken an diese prestigeträchtige Auszeichnung hatte Gović nun Köhl endgültig am Haken. „Und was genau kann ich für Seine Eminenz tun, Ivan?"

Gović erklärte, was Dante aus Dominics Wohnung in der Domus Santa Marta benötigte. „Warum er es braucht, hat Dante nicht näher erläutert, und ich habe auch nicht danach gefragt. Seine Gründe gehen nur ihn etwas an."

Köhls Zögern blieb nicht unbemerkt, weshalb Ivan energischer drängte. „Ich würde es selbst erledigen, Dieter, aber offensichtlich habe ich keinen Zugang zu den vatikanischen Mauern, wie du ihn hast. Soll ich Kardinal Dante ausrichten, er solle dich persönlich darum bitten? Oder soll ich ihm sagen, dass du der Aufgabe nicht gewachsen bist?"

Köhl fühlte, wie sich sein Magen zusammenzog.

„Nein, das ist nicht nötig. Ich werde es tun. Wann brauchst du die Sachen?"

„Innerhalb von zwei Tagen, vorzugsweise früher", antwortete Gović. „Dominic geht seinen eigenen Worten nach jeden Morgen joggen. Du hast doch gesagt, dass er in den Geheimarchiven arbeitet?"

„Ja."

„Dann wirst du genug Gelegenheiten haben. Es dauert nur ein paar Minuten, und Kardinal Dante wird dir sehr dankbar sein. Wir sollten ihn nicht enttäuschen."

Wir? dachte Köhl. *Das alles hängt an mir!* Ein flaues Gefühl breitete sich in seinem Magen aus, als die Gesichter seiner Frau und seiner Tochter vor seinem inneren Auge auftauchten. *Was, wenn ich erwischt werde?* Er hatte die Domus Santa Marta unzählige Male dienstlich betreten, die Wachen würden ihm sicher keinen zweiten Blick widmen. Sein Herz schlug schneller, während er sich zwang, klar zu denken. Er wusste, dass es keinen Weg zurück gab. Je schneller er es hinter sich brachte, desto eher würde dieser Albtraum vorbei sein.

Als er aufstand, um zu gehen, hielt Gović ihn mit einer letzten Frage auf. „Noch etwas, Dieter. Der Felsen auf der Farm meines Cousins – erinnerst du dich? Hast du das besorgt, worüber wir gesprochen haben?"

Köhl nickte langsam, seine Kehle fühlte sich trocken an. „Noch nicht. Aber morgen."

Mit diesen Worten verließ er das Café, das Gewicht der Aufgabe schwer auf seinen Schultern – und mit dem vagen Gefühl, dass hier etwas nicht stimmte.

KAPITEL
ZWANZIG

N ach einer langen Nacht, die Dominic mit der Lektüre von Pierre Chevaliers Klassiker *Subterranean Climbers* verbracht hatte, um sich auf seine nächste Reise vorzubereiten, schlief er etwas länger als sonst und ließ seine morgendliche Joggingrunde ausfallen – ein seltener Luxus, den er sich sonst nicht gönnte. Die Sonnenstrahlen, die durch die Vorhänge drangen, zwangen ihn schließlich aus dem Bett. Mit einem müden Seufzer schleppte er sich ins Badezimmer, wo die kühle Dusche ihn langsam aus dem Restschlaf rüttelte.

Er trimmt seinen Bart, putzte sich die Zähne und entdeckte dann die Falten in seiner Soutane vom Vortag. Ein leises Grummeln ertönte aus seiner Kehle. Der Gedanke, zerknittert durch die Gänge der Geheimarchive zu schreiten, war inakzeptabel. Also zog er das Bügelbrett aus der Ecke. Kardinäle mögen

Nonnen haben, die sich um jedes Detail ihrer Garderobe kümmern, aber einfache vatikanische Priester wie er mussten selbst Hand anlegen.

Während das Bügeleisen aufheizte, griff Dominic nach seinem Handy, wählte Hanas Nummer und schaltete den Lautsprecher ein. Während er das Eisen schwang, berichtete er ihr von seinem gestrigen Treffen mit Gović und Dieter Köhl. Mit leichter Besorgnis schilderte er die angespannte Atmosphäre zwischen ihm und dem Kroaten sowie das Gespräch, das er anschließend mit Karl Dengler geführt hatte.

„Du solltest Massimo Colombo informieren", schlug er vor. „Er wird sicherlich wissen wollen, dass es eine Verbindung zwischen der Schweizergarde und einer bekannten Zielperson gibt"

Hana stimmte zu und sprach eine deutliche Warnung aus: „Sei vorsichtig, Michael."

Nachdem er aufgelegt hatte, strich er die letzten Falten aus seiner Soutane, zog sich an, kämmte sein Haar und prüfte kurz sein Spiegelbild. Alles saß perfekt. Bereit für den Tag, verließ er seine Wohnung, um sich auf den Weg zu den Geheimarchiven zu machen.

UM ZEHN UHR vormittags trat Unteroffizier Dieter Köhl an die beiden Wachen heran, die den Eingang zur Domus Santa Marta flankierten. Beide kannte er gut, und er ließ es sich nicht nehmen, ein paar Worte mit ihnen zu wechseln.

„Die Kardinäle haben uns mal wieder ordentlich eingespannt, was?"

Die Wachen nickten grimmig, während einer von ihnen mürrisch hinzufügte: „Man könnte meinen, wir sind hier, um für sie den Laufburschen zu spielen, nicht um den Papst zu schützen. Und dann diese Blicke …"

Köhl schnaubte zustimmend. Doch hinter dem humorvollen Austausch lag eine ernstere Wahrheit, die unausgesprochen im Raum schwebte. Hinter vorgehaltener Hand hatten sich einige Soldaten der Schweizergarde über unerwünschte Annäherungsversuche beschwert. Junge, fitte Männer wie die Gardisten waren in den Augen mancher Kardinäle offenbar nicht nur für die Sicherheit zuständig. Doch wie immer in solchen Machtgefügen blieben Beschwerden oft ungehört. Stattdessen folgte oft eine Versetzung. Die Kardinäle jedoch, die für diese Übergriffe verantwortlich waren, blieben unangetastet.

Nach dem kurzen Gespräch verabschiedete sich Köhl von den beiden Wachen und betrat das Gebäude. Im Foyer überflog er die Bewohnerliste und suchte nach der Zimmernummer von Pater Dominic. Als er sie gefunden hatte, machte er sich zielstrebig auf den Weg zum dritten Stock, wo sich die Wohnung des Priesters befand.

Die Domus Santa Marta war um diese Zeit des Morgens beinahe leer. Die wenigen Bewohner des Gebäudes vertrauten auf die ständige Präsenz der Schweizergarde und sahen keinen Grund, ihre Türen abzuschließen. Auch Dominic nicht.

Köhl blieb vor der Tür stehen und sah sich um. Kein Mensch in Sicht. Er klopfte an die Tür. „Pater Dominic?" Nichts. Keine Antwort.

Er wartete einen Moment, lauschte, doch alles blieb still. Vorsichtig drückte er die Klinke hinunter und stellte fest, dass die Tür, wie vermutet, nicht verschlossen war. Ein letztes Zögern, dann trat er ein und schloss die Tür leise hinter sich.

„Pater Dominic?", wiederholte er, diesmal leiser. Stille.

Die Wohnung war klein, aber ordentlich – alles hatte seinen Platz, nichts lag herum. Köhl ließ seinen Blick schweifen, bevor er sich zum Badezimmer begab. Dort fand er, wonach er suchte. Da die Uniformen der Schweizer Garde zwar äußerlich ein eindrucksvolles Bild abgaben, jedoch aufgrund fehlender Taschen wenig praktisch waren, verstaute er seine Beute in der Schultertasche, die er wie die meisten seiner Kameraden mit sich führte.

Mit dem sicheren Gefühl, seine Aufgabe erfüllt zu haben, kehrte er zur Tür zurück und verließ die Wohnung so unauffällig, wie er sie betreten hatte.

EINUNDZWANZIG

E nrico Petrini sah seinem Treffen mit Kardinal Dante nicht gerade mit Freude entgegen. Doch das Erzbistum von Buenos Aires war ein Schlüsselposten, und als Staatssekretär war es seine Pflicht, alle Kardinäle, die während des Konsistoriums in der Ewigen Stadt weilten, persönlich zu empfangen. Die Einladung war verschickt, und Dante würde jeden Moment eintreffen.

Während er wartete, hatte Petrini überlegt, seinen alten Freund und Kameraden aus Kriegszeiten, Pierre Valois – mittlerweile Präsident von Frankreich – anzurufen. Sie mussten über einen möglichen Staatsbesuch des Papstes sprechen. Seit der Regentschaft Karls des Großen im neunten Jahrhundert war der römische Katholizismus Frankreichs Staatsreligion, und die Kirche war nach wie vor der größte Landbesitzer des Landes. Doch in den letzten Jahren hatte der rapide Aufstieg des Atheismus unter Franzosen jeden Alters die Macht der Kirche erheblich geschwächt. Diese Entwicklung bereitete dem Papst Sorgen, der fest entschlossen war, den Glauben dort zu erneuern, wo er am meisten ins Wanken geraten war. Und Frankreich war für die Kirche von zentraler Bedeutung.

Petrini hatte den Hörer schon in der Hand, um Valois anzurufen, als es an der Tür klopfte. Sein Sekretär, Pater Nicholas Bannon, trat ein.

„Ja, Nick?", fragte Petrini und blickte auf.

„Eure Eminenz, Kardinal Dante ist etwas früher eingetroffen. Soll ich ihn warten lassen, oder möchten Sie ihn jetzt empfangen?"

Petrini atmete hörbar aus. „Nein, schon gut. Den Anruf kann ich später machen. Lassen Sie ihn bitte herein."

Er legte den Hörer zurück auf die Gabel und sah prüfend über seinen Schreibtisch, um sicherzustellen, dass keine vertraulichen Dokumente offenlagen. Er hatte allen Grund, diesem Mann nicht zu trauen.

Einen Augenblick später schwang die Tür auf, und Kardinal Dante trat ein. Seine Miene war so düster und steinern wie eh und je. Das angedeutete Lächeln, mit dem er den Raum betrat, war kaum der Rede wert.

„Guten Tag, Eminenz", sagte Dante und ließ den Händedruck aus, während er auf den Stuhl gegenüber des Schreibtisches zusteuerte.

„Guten Tag, Fabrizio", entgegnete Petrini mit widerwilliger Höflichkeit. „Wie ist es, nach all den Monaten wieder in Rom zu sein?"

Dante ließ seinen Blick durch das beeindruckende

Büro schweifen, das eine spektakuläre Aussicht auf die Kuppel des Petersdoms bot – sein eigenes ehemaliges Reich, bevor Petrini ihn im letzten Sommer als Staatssekretär abgelöst hatte.

„Es ist immer ein Privileg, in Rom zu sein, Enrico. Schon allein das Essen ist eine Wohltat im Vergleich zu Argentinien. Man kann nur eine begrenzte Menge Asado und frittierte Empanadas ertragen." Ein weiterer kläglicher Versuch eines Lächelns.

Die folgenden zwanzig Minuten verliefen in halbherziger kollegialer Konversation. Sie sprachen über die kirchlichen Angelegenheiten in Buenos Aires, den bevorstehenden Besuch des Papstes in Südamerika und weitere aktuelle Themen. Doch nach zwanzig Minuten waren die Höflichkeiten aufgebraucht, und Petrini machte deutlich, dass das Treffen sich dem Ende näherte.

„Wann kehren Sie nach Buenos Aires zurück, Fabrizio?", fragte er schließlich.

„Am Montag, Eminenz. Es sei denn, Sie sehen einen Grund, warum ich länger bleiben sollte?"

„Nein, das wird nicht nötig sein. Sie freuen sich bestimmt, bald wieder zu Hause zu sein."

„*Das hier* ist mein Zuhause, Enrico", entgegnete Dante scharf, bevor er seinen Tonfall milderte. „Aber natürlich diene ich auf Wunsch Seiner Heiligkeit, wo immer meine Dienste am meisten gebraucht werden. Und im Moment ist das Argentinien."

„Der Heilige Vater ist mit Ihrer Arbeit dort zufrieden", sagte Petrini, wobei seine Stimme jegliche

Überzeugung vermissen ließ, und stand auf, um sich zu verabschieden.

Dante erhob sich ebenfalls, streckte diesmal Petrini sogar die Hand entgegen. Kaum hatten sich ihre Hände berührt, zuckte Petrini plötzlich zurück.

„Autsch!", rief er, während er seinen Mittelfinger inspizierte. Frisches Blut quoll aus einer kleinen Wunde. „Was zum …?!"

„Mein Gott, Enrico, das tut mir schrecklich leid. Mein Ring – ich wollte ihn schon längst reparieren. Eine der Verzierungen ist locker geworden. Ich hoffe, es ist nichts Ernstes?"

Petrini, der sich ein Taschentuch schnappte, um das Blut von seinem Finger zu tupften, winkte ab. „Schon gut, Fabrizio. Lassen Sie den Ring reparieren."

„Natürlich, Eminenz." Dante wandte sich zur Tür und verabschiedete sich mit einem knappen *Arrivederci.*

Kaum hatte er den Palast verlassen, sah sich Dante aufmerksam um. Niemand war in der Nähe. Vorsichtig zog er seinen Ustascha-Ehrenring vom Finger, an dem noch ein Tropfen von Petrinis Blut klebte. Er steckte ihn in einen kleinen, wiederverschließbaren Plastikbeutel, den er aus seiner Tasche geholt hatte.

Ein kaltes, triumphierendes Lächeln kräuselte seine Lippen. *Das war einfacher als erwartet*, dachte er.

~

NACHDEM SEINE ARBEIT in den Archiven für den heutigen Tag abgeschlossen war, kehrte Michael

Dominic in seine Wohnung zurück, um sich umzuziehen und frisch zu machen. Ein lockeres Treffen bei kühlem Bier mit Hana und Karl klang verlockend. Doch trotz der Aussicht auf eine entspannte Runde konnte er die Sorgen um Calvino Mendoza nicht abschütteln.

Seit der Franziskaner das Manuskript der heiligen Maria Magdalena in der *Riserva* entdeckt hatte, war er kaum wiederzuerkennen. Sein Glaube, der ihn über fünfzig Jahre im Orden getragen hatte, schien jetzt wie ein zerbrochener Spiegel – zersplittert. Dominic stellte sich vor, wie es für einen Mann sein musste, dessen Leben sich um die Göttlichkeit Jesu und die Auferstehung drehte, plötzlich mit der Möglichkeit eines massiven Betrugs konfrontiert zu werden. Die Vorstellung, dass alles, woran er geglaubt hatte, eine Illusion sein könnte, musste für Mendoza ein tiefer, unheilbarer Stich ins Herz sein. Dominic dachte an die Stigmata, die dem heiligen Franziskus wegen seiner tiefen Verbundenheit mit Christus zuteilgeworden waren – und daran, wie Mendoza nun mit seinem eigenen „Makel" gezeichnet war: dem Gefühl, dass der Kern seines Glaubens auf einer Lüge basierte.

Für Dominic war der Glaube nie so absolut gewesen. Für ihn war er eher eine intellektuelle Suche, eine Balance zwischen Erfahrung, Logik und dem Bedürfnis nach Zugehörigkeit zu einer höheren Ordnung. Viele in der Kirche fanden Trost in dieser Form der Theologie. Dominic selbst jedoch sah sich als eine Art christlicher Agnostiker. Er zweifelte an allem, was über die Grundprinzipien des katholischen Glaubens hinausging – und selbst diese Prinzipien waren manchmal schwer mit Überzeugung zu vertreten.

Doch Mendoza war anders. Für ihn war Glaube alles – sein Leben, seine Identität. Jedoch jetzt, in diesem Moment der Krise, schien ihm das Fundament seiner Welt zu entgleiten. *Es muss doch etwas geben, was ich tun kann, um seine Last zu erleichtern,* dachte Dominic.

Während er noch überlegte, was das sein könnte, begann er, sich für den Abend fertigzumachen. Er legte Kragen, Soutane und Unterwäsche ab und reinigte Gesicht und Haar, um den Staub abzuwaschen. Frisch abgetrocknet griff er nach seiner Haarbürste – doch sie war nicht da. Verwirrt schaute er sich im Badezimmer um. Die Bürste war am Morgen noch da gewesen. Vielleicht hatte er sie woanders hingelegt? Er durchsuchte die Schubladen des Badezimmers, die Kommode im Schlafzimmer, sogar die Tasche, die er mit in die Archive genommen hatte. Nichts. *Dinge verschwinden doch nicht einfach spurlos …*

Er ließ sich auf die Kante seines Bettes sinken und ließ den Tag in Gedanken Revue passieren: *Spät aufgewacht. Zähne geputzt. Soutane gebügelt. Mit Hana telefoniert. Mich angekleidet. Haare gebürstet. Noch mal in den Spiegel geschaut. Dann die Wohnung verlassen.*

Er stand auf, ging zurück ins Badezimmer und schaute noch einmal genauer hin. Diesmal fiel ihm auf, dass auch seine Zahnbürste fehlte. Das Glas, in dem sie immer stand, war leer. *Was ist hier los?!*

Er starrte in den Spiegel. Sein Verstand arbeitete auf Hochtouren. *Jemand war hier.*

Mit pochendem Herzen durchsuchte er die

Wohnung, doch alles andere war an seinem Platz. Er besaß kaum etwas, das einen Diebstahl lohnte, aber trotzdem suchte er systematisch alles ab. Es war nichts auffällig – abgesehen von der verschwundenen Bürste und Zahnbürste. Es ergab keinen Sinn.

Ein Blick auf die Uhr riss ihn aus seinen Überlegungen. Wenn er sich nicht gleich auf den Weg machen würde, käme er definitiv zu spät. Das Rätsel musste warten. Er griff nach einer Jeans, seinem schwarzen T-Shirt und seiner Lieblings-Bomberjacke. *Zum Glück haben sie die nicht mitgenommen*, dachte er halb im Scherz.

Bevor er zum Ausgang hinunterging, hielt er inne. Zum ersten Mal seit Monaten schloss er die Tür ab. Das nagende Gefühl, dass jemand seine persönlichen Sachen durchsucht hatte, ließ ihm keine Ruhe. Er würde den Vorfall melden müssen, auch wenn der Gedanke, ein offizielles Protokoll über eine fehlende Haarbürste und Zahnbürste auszufüllen, absurd wirkte. Er konnte sich die spöttischen Blicke und hochgezogenen Augenbrauen bereits lebhaft vorstellen.

DAS STIMMENGEWIRR der Passanten mischte sich mit der warmen Abendluft, die von der nahegelegenen Piazza del Popolo herüberwehte. Ivan Gović stand vor der großen Eingangstür des Palazzo Caravaggio und drückte auf die Klingel. Sekunden später öffnete ihm die gleiche junge Nonne wie beim letzten Mal die Tür.

„*Buenas tardes, Señor* Gović", begrüßte sie ihn mit

einem schüchternen Lächeln und trat beiseite. „Seine Eminenz erwartet Sie bereits."

Ohne ein weiteres Wort führte sie ihn durch den stillen, gedämpft beleuchteten Korridor ins Arbeitszimmer. Dort saß Kardinal Dante, wie auch bei Ivans letztem Besuch, mit einem Glas Cognac in dem gepolsterten Sessel neben dem Kamin.

„Ivan, ich danke Ihnen, dass Sie so schnell gekommen sind", sagte Dante und stellte das Glas auf einen Beistelltisch. Seine Augen fixierten Govextcić mit einer Mischung aus Kalkül und Neugier. „Haben Sie das, worum ich Sie gebeten habe?"

Govextcić antwortete nicht, sondern zog eine weiße Papiertüte hervor und reichte sie wortlos hinüber. Dante nahm sie entgegen und blickte hinein. Darin lagen eine Haarbürste, in deren Borsten dunkle Haare hingen, und ein Plastikbeutel mit einer sichtbar benutzten Zahnbürste.

„Sehr gut", murmelte Dante und ein kaum merkliches Lächeln zuckte um seine Mundwinkel, während er die Tüte beiseitelegte. „An die Zahnbürste hatte ich gar nicht gedacht – klug, sie auch mitzunehmen. Sie haben gute Arbeit geleistet, Ivan."

„Eminenz", begann Govextcić mit bedachter Stimme, „mein Kollege, der diese Gegenstände beschafft hat – der Gardist aus der Schweizergarde – scheint beunruhigt zu sein. Als guter Katholik hat er das Gefühl, dass er in etwas hineingezogen wurde, das gegen seine Prinzipien verstößt. Ich habe versucht, ihn zu beruhigen, ihm gesagt, dass es sich nur um eine kleine Aufgabe handelt, eine Art Loyalitätstest, und dass er keinerlei Konsequenzen fürchten muss. Aber ich spüre, dass ihn sein Gewissen belastet."

Die entspannte Haltung des Kardinals war wie verpufft, und sein Gesichtsausdruck verdüsterte sich augenblicklich. „Halten Sie ihn unter Kontrolle, Ivan. Als ich Ihnen diese Aufgabe anvertraut habe, bin ich davon ausgegangen, dass Sie jemanden auswählen, der sich seiner Pflicht bewusst ist – und schweigen kann. Ich hoffe für uns beide, dass er dieser Verantwortung gewachsen ist. Andernfalls ... müssen entsprechende Maßnahmen ergriffen werden. Haben wir uns verstanden?"

Ein verschlagenes Lächeln spielte um Govićs Lippen. Die Botschaft war klar. Dante hatte ihm soeben die Vollmacht erteilt, die Angelegenheit ganz nach seinem Ermessen zu regeln. „Ja, Eminenz. Klar und deutlich."

ZWEIUNDZWANZIG

D ie Stimmen der Gäste und das Klirren von Besteck drangen durch die Fenster des *Ristorante dei Musei,* wo Hana, Karl und Lukas an einem Tisch nahe der großen Fensterfront saßen. Vor ihnen stand ein riesiger, ovaler Teller mit frischen Antipasti, von dem sie immer wieder naschten, während sie auf Dominic warteten. Der verführerische Duft von Pizzen – der Spezialität des Hauses – vermischte sich mit den intensiven Aromen von Knoblauch und Basilikum und ließ allen das Wasser im Mund zusammenlaufen.

Hana hatte ihre Gabel gerade in eine der eingelegten Artischocken gestochen, als es zweimal an der Fensterscheibe klopfte. Dominic stand draußen auf dem Gehweg und winkte ihnen zu, bevor er zur Tür ging. Karl hatte bereits ein Bier für ihn bestellt, das auf ihn wartete, als er sich neben Hana an den Tisch setzte.

Nach einer kurzen Begrüßung griff Dominic zum Glas und trank gierig.

„Nur noch zwei Tage, bis wir nach Périllos und zur *Grotte du Trou de la Caune* aufbrechen!", sagte Karl aufgeregt. Er lehnte sich zu Lukas hinüber, stieß ihm spielerisch mit dem Ellbogen in die Seite und grinste. „Lukas und ich kümmern uns um die ganze Ausrüstung. Vielleicht campen wir sogar eine Nacht in der Höhle."

Dominic, der sich gerade den Bierschaum von den Lippen wischte, wurde blass. „Müssen wir wirklich in der Höhle schlafen? Gibt es nicht ein Hotel in der Nähe?"

Karl klopfte ihm auf die Schulter. „Mach dir keine Sorgen, Michael. Ich hab ein paar *Xannies* aus der Apotheke im Vatikan besorgt. Die helfen dir, dich zu entspannen. Du wirst es überleben."

Die Skepsis war Dominik förmlich anzusehen. „Eine von denen hätte ich vorhin gut gebrauchen können. Jemand ist in meine Wohnung eingebrochen und hat meine Haarbürste und meine Zahnbürste gestohlen. Sonst fehlt nichts, nur diese beiden Dinge. Findet ihr das nicht merkwürdig?"

Hana, die noch auf ihrer Artischocke kaute, schluckte hastig und legte ihm eine Hand auf den Arm. „Das ist ja schrecklich! Wie kann so etwas im Vatikan passieren? Und warum sollte jemand ausgerechnet deine Bürste stehlen?"

„Keine Ahnung", antwortete Dominic und zuckte mit den Schultern. „Es ist einfach merkwürdig. Niemand schließt in der Domus Santa Marta seine

Türen ab, weil die Sicherheitsvorkehrungen ohnehin so streng sind – schließlich residiert der Papst dort. Entweder war es ein Insiderjob oder die Wachen haben jemanden hereingelassen, den sie kannten. Wie auch immer, ich werde das melden."

„Na ja, eine Haarbürste brauchst du dort, wo wir hingehen, sowieso nicht." Dengler grinste wieder und zog eine Straßenkarte aus seiner Jackentasche. „Hier, ich hab schon alles geplant."

Er faltete die Karte auf und legte sie auf den Tisch. „Also, wir starten am Freitag um fünf Uhr morgens, machen einen Zwischenstopp in Genua für ein Mittagessen, fahren die Küste entlang bis nach Perpignan, essen dort zu Abend und kommen gegen sieben in Périllos an. Dort übernachten wir im Hotel, stehen früh auf und fahren am Samstagmorgen zur Höhle. Am Sonntag geht es zurück. Klingt das für alle gut?"

„Ja, klingt machbar", stimmte Dominic zu. „Das gibt uns genug Zeit, um nach dem Reliquiar zu suchen – falls es überhaupt dort ist."

„Vergiss die ‚Schatzkarte' nicht, Michael", sagte Karl mit einem abenteuerlustigen Funkeln in den Augen.

Dominic griff in seinen Rucksack und zog die Karte hervor. „Hab' sie hier, Karl. Für den Fall, dass wir sie für die Planung brauchen."

Karl nahm sie entgegen und reichte sie Lukas. „Schau dir das an. Das ist die Karte zu dem Magdalenen-Artefakt, von dem ich dir erzählt habe."

Lukas nahm die Karte vorsichtig in die Hände und betrachtete die filigranen Details des Puzzles. Der

Abenteurer in ihm wollte bei der Vorstellung, dieser Karte in der Höhle zu folgen, am liebsten sofort aufbrechen.

Während die Männer über die bevorstehende Reise sprachen, kreisten Hanas Gedanken weiterhin um den Einbruch in Dominics Wohnung. Die investigative Journalistin in ihr konnte sich keinen Reim darauf machen, warum jemand alle Wertsachen zurücklassen und stattdessen nur persönliche Gegenstände wie eine Haarbürste und eine Zahnbürste mitnehmen sollte.

Plötzlich kam ihr ein Gedanke. Es gab nur einen Grund, warum jemand solche persönlichen Dinge stehlen würde.

„Michael", platzte sie plötzlich in das Gespräch, „kannst du dir irgendeinen Grund vorstellen, warum jemand deine DNA brauchen könnte?"

Dominic sah sie entgeistert an. „Meine DNA? Warum sollte jemand die wollen?"

„Das ist die einzige plausible Erklärung. Es wäre der naheliegendste Grund, warum jemand an deinem Haar oder deinem Speichel interessiert sein könnte – an beiden haftet eine Fülle an genetischem Material."

Dominic starrte sie an, sprachlos. Schließlich schüttelte er langsam den Kopf und murmelte: „Das beruhigt mich ja ungemein."

ZWEI JUNGE MÄNNER saßen entspannt an einem Nachbartisch, ein Bier in der einen Hand, ein Stück Pizza in der anderen. Doch ihre scheinbare Gelassenheit war nur Fassade. Seit Dominics Ankunft hatten sie jedes

Wort des Gesprächs am Nebentisch aufgeschnappt. Auf Befehl von Ivan Govíc hatten sie die *Porta Sant'Anna* überwacht und den Priester bis zu diesem Restaurant unauffällig verfolgt.

Sie genossen beiläufig ihre Pizza und horchten eifrig auf jedes Detail des Gesprächs. Doch die Worte „Magdalenen-Artefakt" und „Schatzkarte" ließen sie aufhorchen. Ihre Blicke trafen sich. Das waren genau die Informationen, die Govíc haben wollte. Einer der Männer, Victor, legte sein angebissenes Stück Pizza zurück auf den Teller und ging in Richtung Toilette, um einen Anruf zu machen.

Ein paar Minuten später kehrte Victor an den Tisch zurück. Er beugte sich zu seinem Bruder Eric hinüber und flüsterte: „Govíc hat klare Anweisungen gegeben. Alles hängt davon ab, was der Priester macht, wenn sie das Restaurant verlassen." Eric nickte stumm.

„Lukas und ich fahren zurück zum Vatikan", sagte Dengler und nahm seinen Mantel. „Ich habe in ein paar Minuten Torwache. Braucht jemand eine Mitfahrgelegenheit?"

Hana hob die Hand. „Wenn ihr am *Rome Cavalieri* vorbeikommt, nehme ich das Angebot gerne an. Danke!"

Dominic lehnte lächelnd ab. „Es ist ein schöner Abend. Ich laufe lieber und vertrete mir ein bisschen die Beine." Er stand auf, umarmte Hana kurz und verabschiedete sich von den anderen.

Draußen stiegen Karl, Lukas und Hana in den *Jeep*

Wrangler und fuhren los, während Dominic in die entgegengesetzte Richtung ging. Sein Weg führte ihn nach Westen entlang der Vatikanmauer. Er überquerte die breite Viale Vaticano, bog nach Süden ab und ging weiter südwärts in Richtung der *Porta Sant'Anna*.

Im Park neben dem Pinienhof wurde es merklich dunkler. Dort gab es keine Straßenlaternen, und die Schatten der umliegenden Bäume boten perfekte Deckung für die beiden Männer, die Dominic unauffällig gefolgt waren.

Jetzt, in der Dunkelheit, wurden ihre Schritte schneller – lautlos und zielstrebig wie Wölfe auf der Jagd nach einem wehrlosen Stück Wild. Kaum hatten sie Dominic erreicht, schlugen sie zu.

Mit einem schnellen Sprung und ohne Vorwarnung stürzten sie sich auf ihn. Einer packte seine Arme und Schultern, hielt ihn fest im Griff, während der andere ihm mit gezielten Schlägen in den Magen boxte.

Dominic keuchte, trat um sich, doch seine Füße verfehlten den Angreifer. Er versuchte, sich aus dem Griff zu winden, doch er war in den Händen seines Angreifers wie in einem Schraubstock gefangen. Jeder Schlag trieb ihm mehr Luft aus den Lungen, seine Kräfte schwanden. Plötzlich lockerte sich der Griff um seine Schultern, und Dominic fiel wie ein Sack zu Boden. Seine Sicht verschwamm vor Schmerz, sein Atem kam in flachen, angestrengten Zügen. Die beiden Männer rissen seinen Rucksack an sich und rannten in die Dunkelheit davon. Kein einziges Wort war im Zuge des Angriffs gefallen.

Um Luft ringend blieb Dominic auf dem kalten

Steinboden liegen, zu schwach, um sich sofort zu bewegen. Die Nachtluft fühlte sich kühl auf seiner erhitzten Haut an, doch sie konnte die pochenden Schmerzen in seinem Kopf und seinem Bauch nicht lindern. Nach ein paar Minuten stützte er sich auf einen Arm und versuchte, sich zu orientieren.

Dann fiel es ihm wie Schuppen von den Augen: Sein Rucksack. Er war weg.

Die Karte! Sie haben die Karte gestohlen!

DREIUNDZWANZIG

D ominic kämpfte sich mühsam auf die wackeligen Beine. Er stützte sich mit einer Hand an der Wand ab und betastete vorsichtig mit der anderen die Stelle am Hinterkopf, mit der er am Boden aufgeschlagen war. Zum Glück kein Blut. Sein Arm blieb schützend um seinen schmerzenden Bauch gelegt, wo die Schläge ihn am härtesten getroffen hatten. Die Schläge hatten ihm die Luft geraubt, aber er würde sich erholen – zumindest körperlich.

Doch sein Rucksack war weg.

Die Ereignisse der letzten Tage und Hanas Warnungen schossen ihm durch den Kopf. Konnte das wirklich ein zufälliger Überfall gewesen sein? Nein. Das war ein gezielter Angriff. Jemand hatte ihn im Visier, da war er sich sicher. Und dieser Gedanke ließ ihn noch kälter zittern als die Nachtluft.

Langsam schleppte er sich zurück in Richtung

Vatikan. Jeder Schritt ließ den pochenden Schmerz in seinem Bauch stärker werden, doch er biss die Zähne zusammen und humpelte weiter. Am Tor angekommen, erkannte er Finn Bachman, der Wache hielt. Als der junge Gardist den erschöpften und schwankenden Priester näherkommen sah, eilte er ihm sofort zu Hilfe.

„Pater Michael! Was ist passiert?!" Bachman legte Dominics Arm um seine Schultern, um ihn zu stützen, und führte ihn zu einer Bank in der Nähe des Tors.

In diesem Moment rollte Denglers *Jeep* an das Tor heran.

Bachman winkte hektisch und rief Dengler herbei, der Lukas anwies, das Fahrzeug anzuhalten. Er sprang aus dem Auto und sprintete zur Bank auf der Dominic saß.

„Michael, was ist los? Was ist passiert?!"

„Ich wurde überfallen. Dort hinten an der Mauer", brachte Dominic mühsam hervor. „Sie haben die Karte gestohlen!"

„Was?!" Denglers Stimme überschlug sich beinahe, bevor er sich wieder fing. „Warte, lass mich dich erst ansehen." Er überprüfte Dominics Kopf, suchte nach Wunden oder Prellungen. „Tut dir irgendwas besonders weh?"

„Nicht wirklich. Sie haben mir in den Bauch geschlagen, aber meine Jacke hat das Schlimmste abgefangen. Sie kamen aus dem Nichts. Ich hatte keine Chance, mich zu wehren. Aber Karl, das hier war kein Zufall. Das war geplant. Das riecht förmlich nach Gović."

„Du sagtest, sie haben die Karte?"

„Ja", bestätigte Dominic. „Sie haben meinen Rucksack gestohlen. Viel war nicht drin – nur die Karte, meine Notizen von Ginzberg und ein paar Kleinigkeiten. Aber Karl, die Karte ist nicht einfach nur ein Stück Papier. Sie ist ein historisches Artefakt und gehört dem Vatikan. Wir müssen sie unbedingt zurückbekommen."

Dengler massierte sich die Schläfen und dachte einen Moment nach. „Wenn das ein gezielter Angriff war, um in den Besitz der Karte zu gelangen, dann planen sie auch, sie zu benutzen. Unsere einzige Chance, die Karte zurückzuholen, besteht darin, ihnen in Périllos zuvorzukommen. Zum Glück habe ich Fotos von der Karte gemacht, auf denen das Höhlensystem zu sehen ist. Die können wir als Plan B verwenden."

Dominic nickte schwach. „Selbst wenn wir sie nicht einholen, dürfen sie das Reliquiar nicht in die Finger bekommen, falls es wirklich dort ist", sagte er entschlossen. „Wir müssen am besten vor ihnen dort sein. Übermorgen brechen wir wie geplant auf – keine Verzögerungen."

DIE WAFFENKAMMER der Päpstlichen Schweizergarde vereinte auf eindrucksvolle Weise jahrhundertealte Tradition mit moderner Kampftechnologie. Prächtig verzierte Federhelme und glänzende Brustpanzer, die bei offiziellen Zeremonien getragen wurden, warteten hier auf ihren Einsatz. Doch hinter diesen Regalen verbarg sich das Waffenarsenal: ein Sammelsurium an

Maschinenpistolen und Sturmgewehren mit Bajonetten, die sich unter anderem an Hellebarden, Schwertern, Morgensternen und historischen Schlagstöcken reihten. Unter den modernen Waffen befanden sich auch die hochentwickelten HK MP7 Maschinenpistolen – die bevorzugte Wahl der Leibwächter des Papstes bei öffentlichen Auftritten. Ergänzend dazu trug jeder Gardist stets eine *SIG Sauer P220*-Dienstpistole griffbereit bei sich.

Im Herzen dieses gut ausgestatteten Arsenals stand Unteroffizier Dieter Köhl. Tief verborgen an der nordwestlichen Ecke der Vatikanstadt, fernab vom Apostolischen Palast, reihten sich massive Betonbunker um ihn, jeder gefüllt mit tödlichem Inhalt: Handgranaten, TNT, Dynamitstangen, Plastiksprengstoffen wie *C-4* und *Semtex* sowie Chemikalien und Apparaturen zur Herstellung hochspezialisierter Sprengstoffe.

Ein beißender Geruch erfüllte die stickige Luft des Depots – eine Mischung aus Motoröl, Schuhcreme und einem verräterischen Hauch von Mandeln, der von den gefährlichen Chemikalien ausging.

Köhl, der seit einem Jahrzehnt für das Depot verantwortlich war, kannte das Arsenal wie seine Westentasche. Niemand hatte in all den Jahren die Mühe auf sich genommen, seine Bestandslisten zu überprüfen. Obwohl die meisten der explosiven Materialien seit Jahren nicht benutzt worden waren und nur ab und zu ausgetauscht wurden, wusste Köhl, dass ein einziger entwendeter *Semtex*-Block nicht sofort auffallen würde. Dennoch widerstrebte ihm als gläubigem Katholiken allein der Gedanke, den Vatikan zu bestehlen.

Stattdessen kam ihm eine bessere Idee. Warum etwas entwenden, wenn er mit seinem Wissen selbst eine Bombe herstellen konnte, ohne dass das Inventar darunter litt? Der Gedanke gefiel ihm deutlich besser – nicht zuletzt, weil es im Falle einer Kontrolle weitaus unauffälliger war als das Fehlen einer Ladung *Semtex*.

Köhl war kein gewöhnlicher Gardist. Mit einem Studium der physikalischen Chemie an der Zürcher Hochschule für Angewandte Wissenschaften und jahrelanger Erfahrung beim *Kommando Spezialkräfte* der Schweizer Armee hatte er sein Fachwissen auf höchstem Niveau perfektioniert. Als Sprengstoffexperte der elitären Antiterror-Einheit AAD 10, dem Armee-Aufklärungsdetachement 10, zählte er zu den Besten seines Gebiets. Sein tiefgehendes Wissen über den Bau und die Entschärfung improvisierter Sprengsätze – auch IEDs genannt – sowie die gezielte Sprengung von Hindernissen und feindlichen Befestigungen hatte ihm und seinen Kameraden während der Operation *Enduring Freedom* in Afghanistan mehr als einmal das Leben gerettet.

Köhl war bereits vor seinem Studium von den großen Pionieren der Chemie, allen voran Alfred Nobel, fasziniert gewesen. Der schwedische Wissenschaftler, dessen Name heute für die weltweit wohl bedeutendste naturwissenschaftliche Auszeichnung steht, hatte einst Dynamit und Sprenggelatine, auch Sprenggummi genannt, erfunden. Genau diese Substanz hielt Köhl für Govićs Vorhaben am geeignetsten.

Er streifte einen Schutzanzug über und setzte eine Atemmaske auf, bevor er sich ans Werk machte. Mit ruhiger Hand und der Routine unzähliger Missionen kombinierte er Nitroglycerin, Salpeter, Holzmehl und Kollodiumwolle. Die resultierende Masse – formbar, aber äußerst explosiv – entsprach genau seinen Anforderungen. Der fertige Plastiksprengstoff ließ sich in jede gewünschte Form bringen und konnte vor Ort mithilfe einer Sprengkapsel und Zündschnur aktiviert werden.

Köhl arbeitete konzentriert, mischte die Komponenten und wickelte die fertige Masse schließlich in olivfarbene Mylarfolie. Nachdem er die Zündschnur und die Sprengkapsel ebenfalls in seinen Rucksack gepackt hatte, säuberte er die Werkbank, kontrollierte ein letztes Mal, ob er alles ordentlich verstaut hatte und verließ das Depot. Es war, als wäre er nie hier gewesen.

VIERUNDZWANZIG

U nweit der schlammigen Ufer des strömenden Tibers liegt der Campus des *Genomics Molecular Genetics Laboratory*. Diese hochmoderne Einrichtung, eines der führenden DNA-Diagnosezentren Italiens, ist ein Zentrum für genetische Tests, Forschung und Entwicklung.

An diesem Morgen war im Labor ein Paket aus dem Vatikan eingetroffen. *„Urgente e Confidenziale"* stand als Vermerk darauf, und es wurde per Sonderkurier direkt an Dr. Gabriella Sanguino adressiert, die Leiterin der DNA-Extraktionseinheit. Dr. Sanguino war eine angesehene Wissenschaftlerin und zählte zu den engen Bekannten von Kardinal Fabrizio Dante. Die beiden hatten sich vor Jahren auf einer Konferenz über Wissenschaft und Theologie kennengelernt.

Dr. Sanguino hatte das Paket erwartet, seit Dante sie am Vortag mit ungewöhnlicher Dringlichkeit angerufen hatte.

„Gabriella", hatte er gesagt, „ich muss dich um einen besonderen Gefallen bitten. Morgen wird ein Kurier Ihnen Proben in Form von Haaren und Blut zustellen. Es handelt sich dabei um Proben einer Person von Interesse. Ich möchte herausfinden, ob eine Vaterschaftsbeziehung zwischen diesen beiden besteht. Das Blut stammt vom mutmaßlichen Vater, das Haar gehört jemandem, von dem ich glaube, dass er der Sohn besagter anderer Person ist. Diese Angelegenheit ist von höchster persönlicher Bedeutung und die Zeit drängt. Können Sie die erforderlichen Tests innerhalb eines Tages durchführen?"

„Natürlich, Eminenz", hatte sie geantwortet. „Sobald wir die Proben haben, werde ich unser bestes Team darauf ansetzen."

Der DNA-Extraktionsraum 2 ließ das Herz eines jeden Wissenschaftlers höherschlagen. Er war das Herzstück von *Genomics*: ein lichtdurchflutetes, hochmodernes Labor mit einem nahtlos glänzenden, himmelblauen Boden. Jeder Zentimeter war mit modernster Technologie ausgestattet. Enzo, der leitende Techniker, war ein Perfektionist. Sein Labor war sein Heiligtum, ein Ort, an dem Präzision und Ordnung herrschten. Für Fehler war hier kein Platz.

Er zog einen strahlend weißen Laborkittel an, schnappte sich ein Paar violette Nitrilhandschuhe und öffnete das Paket aus dem Vatikan, an dessen Rückseite das goldene Wappen des Papstes prangte.

Enzo entnahm dem Paket eine hölzerne Haarbürste mit schwarzen Haaren, einen Plastikbeutel, in dem sich eine Zahnbürste befand, und einen weiteren Beutel mit einem ungewöhnlichen Ring. Der Ring war mit einem kleinen roten Fleck getrockneten Blutes versehen und mit seltsamen Runensymbolen verziert. Wenn man genauer hinsah, konnte man auch eine kaum erkennbare Swastika erahnen. *Äußerst merkwürdig*, dachte Enzo, während er die Gegenstände penibel in einer Reihe auf dem makellosen Edelstahltisch anordnete.

Mit Hilfe einer Lupenlampe inspizierte er die Haarbürste und fand einen einzelnen Haarstrang mit einer dicken, weißen Wurzel – perfekt für die Analyse. Obwohl die Zahnbürste ebenfalls DNA liefern konnte, würde dieser Haarfollikel ausreichen.

Enzo unterzog das Haar zunächst einem Prozess, der als Lyse bekannt ist. Dabei werden die Zellen mechanisch aufgebrochen, um die DNA-Moleküle freizulegen. Anschließend werden die Zellproteine mit Hilfe eines Enzyms zersetzt, während eine positiv geladene Salzlösung die DNA stabilisiert und von anderen Bestandteilen trennt. Zum Abschluss werden die Zellmembranen mit Detergenzien vollständig aufgelöst und die DNA freigesetzt. Im nächsten Schritt werden die Proteine in der DNA entfernt, um eine möglichst reine Probe zu erhalten.

Enzo durchlief jeden Schritt sorgfältig, bis er nur noch die überschüssigen Salze mit eiskaltem Ethanol auswaschen musste. Schließlich suspendierte er die gereinigte DNA in einer alkalischen Pufferlösung und schon war diese bereit für die Analyse.

Dasselbe Verfahren wiederholte Enzo mit der Blutprobe und der Zahnbürste. Nachdem er die DNA aus allen Proben extrahiert hatte, verstärkte er ihre Mengen mithilfe der Polymerase-Kettenreaktion (PCR), wodurch Millionen von DNA-Molekülen für jede Probe erzeugt wurden.

Für die nächste Phase, die Short Tandem Repeat Analysis, untersuchte Enzo 16 bis 20 genetische Marker aus jeder Probe, um die relevanten DNA-Informationen zu gewinnen. Im Anschluss übergab er die amplifizierten Proben an die Genetikerin Sofia Bartoli zur abschließenden Analyse.

Mit einem automatischen Sequenzierer, der Fluoreszenztechnologie nutzte, trennte Sofia die DNA-Fragmente nach ihrer Größe. Das Ergebnis waren zwei Balkendiagramme: eines zeigte *Ausschlüsse*, das andere *Zuweisungen*. Wenn im Diagramm der Ausschlüsse keine genetischen Merkmale des mutmaßlichen Vaters beim Kind gefunden wurden, war eine Vaterschaft ausgeschlossen. Wenn jedoch das Diagramm der Zuweisungen zeigte, dass genetische Merkmale vom Vater auf den Sohn übertragen worden waren, war die Vaterschaft eindeutig bestätigt.

Nach Abschluss der Analyse erstellte Sofia den finalen Bericht, unterschrieb ihn und brachte ihn zusammen mit den versiegelten Gegenständen – den Bürsten und dem Ring – persönlich zu Dr. Sanguino.

Es war kurz vor Feierabend, als Dr. Sanguino zum Telefon griff und die private Nummer von Kardinal Dante wählte.

„*Buona sera, Eminenza*", sagte sie. „Wir haben Ihre Ergebnisse vorliegen."

FÜNFUNDZWANZIG

Der unscheinbare weiße Lieferwagen aus dem Fuhrpark des Vatikans rollte gemächlich über den holprigen Feldweg, nachdem er gut zwanzig Kilometer östlich von Rom in das ländliche Corcolle gefahren war. Am Steuer saß Dieter Köhl, die Hände fest um das Lenkrad geschlossen, die Augen aufmerksam auf die unebene Strecke gerichtet. Der Weg führte durch Reihen uralter Olivenbäume, deren knorrige Äste lange Schatten in der Abendsonne warfen und deren süßlich-holziger Duft die Luft füllte. Es war ein scheinbar friedlicher Kontrast zu der heiklen Fracht, die Köhl mit sich führte.

Hinter dem Fahrersitz lag das Paket sicher verstaut. Der Metallkoffer war mit dichtem Schaumstoff ausgekleidet, um die empfindliche Ladung vor Erschütterungen durch Schlaglöcher zu schützen. Köhl hatte sich bei der Vorbereitung des Sprengstoffs keine

Fehler erlaubt und würde auch jetzt kein Risiko eingehen.

Als der Lieferwagen vor einem alten Bauernhaus zum Stehen kam, fiel Köhl sofort auf, dass bereits zwei Fahrzeuge zwischen dem Haus und einer Wellblechhütte geparkt standen. Er schaltete den Motor aus, zog die Handbremse an und stieg aus. Kaum hatte er die Fahrertür geschlossen, öffnete sich die Tür des Bauernhauses, und vier Männer traten heraus. Vorneweg ging Ivan Gović, mit einem Bier in der einen Hand, einer Zigarette in der anderen und einem Lächeln auf dem Gesicht.

„Dieter, wie schön, dass du es geschafft hast", rief Gović und kam auf ihn zu. Er umarmte Köhl brüderlich, bevor er die anderen Männer vorstellte. „Das sind Victor, Eric und Jean-Claude. Sie sind nicht nur Teil unserer Bruderschaft, sondern tatsächlich Brüder."

„Halbbruder, um genau zu sein", korrigierte Jean-Claude. „Gleicher Vater, andere Mutter."

Köhl bemerkte, wie Victor und Eric bei dieser Bemerkung die Gesichter verzogen. Es war klar, dass zwischen ihnen Spannungen herrschten.

„Eric, Jean-Claude", sagte Gović und gestikulierte Richtung Haus, „könnt ihr uns einen Moment allein lassen?"

Die beiden tauschten einen Blick, zuckten mit den Schultern und gingen, wie ihnen geheißen, zurück ins Bauernhaus.

Sobald sie weg waren, wandte sich Gović an Köhl. „Hast du das Paket dabei?"

„Ja", antwortete Köhl. „Aber vielleicht wäre es klug,

wenn du die Zigarette ausdrückst, bevor ich es aus dem Wagen hole."

Gović grinste schief und warf die Zigarette auf den Boden, wo er sie mit dem Absatz seines Stiefels zerdrückte. „Guter Punkt."

„Ich kann dir helfen, die Ladung am Felsen anzubringen", bot Köhl an. „Wo genau ist er?"

„Nein", platzte Gović schnell heraus und hob beschwichtigend die Hand. „Das wird nicht nötig sein, Dieter. Wir reisen heute Nacht nach Frankreich. Es gibt ein paar Dinge, die wir dort zuerst erledigen müssen."

Köhl spürte, dass hier etwas nicht stimmte. Er warf Gović einen prüfenden Blick zu und schielte anschließend zu Victor, der hinter ihm stand. Sein Gesichtsausdruck verhieß ebenfalls nichts Gutes. Die Atmosphäre war angespannt, wie vor einem nahenden Sturm.

Trotz seiner Bedenken öffnete er die hinteren Türen des Lieferwagens, holte den Koffer heraus und entfernte vorsichtig die Schaumstoffpolsterung im Inneren. Nachdem er den Plastiksprengstoff entnommen hatte, holte er noch eine Zündschnur und eine Sprengkapsel hervor und begann, Gović die notwendigen Schritte zu erklären.

„Wenn du die Ladung unter dem Felsen anbringst, schiebst du die Zündschnur vorsichtig in das hohle Ende der Sprengkapsel. Dann klemmst du das Metallende fest um die Zündschnur und steckst die Kapsel in den Plastiksprengstoff. Wenn die Zündschnur abbrennt, zündet sie die Blitzladung, die dann die Hauptladung detoniert."

„Ja, ich weiß, wie das funktioniert", sagte Gović mit leicht gereiztem Unterton. „Wie ich dir schon sagte, ich habe das schon gemacht."

Köhl ließ sich nicht aus der Ruhe bringen und sah ihm eindringlich in die Augen. „Stell sicher, dass du mindestens dreihundert Meter entfernt bist, wenn das Ding hochgeht, Ivan."

„Natürlich. Vielen Dank, Dieter. Du warst eine große Hilfe", sagte Gović und nahm den Koffer entgegen. „Was die andere Sache angeht, Kardinal Dante war äußerst zufrieden mit deiner Arbeit. Ich bin sicher, er wird bei deinem Kommandanten unter einem Vorwand ein gutes Wort für dich einlegen."

Die Worte klangen wie ein Lob, doch für Köhl fühlten sie sich hohl an. Er hatte nichts getan, worauf er stolz sein konnte – Einbruch und Bombenbau waren nicht gerade Taten, die einen Orden verdienten.

Ohne ein weiteres Wort stieg er in den Lieferwagen, startete den Motor und machte sich auf den Weg zurück in den Vatikan. Doch das mulmige Gefühl in seiner Magengrube wollte nicht verschwinden.

ZURÜCK IM BAUERNHAUS standen Ivan und seine Männer um einen massiven Holztisch, auf dem eine große, detaillierte Karte von Südfrankreich ausgebreitet lag.

„Diese Operation verfolgt vier Ziele und umfasst zwei Hauptaufgaben", begann Ivan, während die anderen Männer aufmerksam lauschten. „Unsere Ziele sind die Personen, die für den Tod meines Vaters verantwortlich sind: Pater Michael Dominic, eine Journalistin namens Hana Sinclair sowie die beiden Schweizer Gardisten Karl Dengler und Lukas Bischoff. Wir wissen, dass sie alle am Samstagnachmittag in dieser Höhle sein werden."

Jean-Claude fragte, was genau diese Hauptaufgaben seien, von denen sein Halbbruder sprach.

Gović zeigte mit dem Finger auf die Position der Höhle. „Erstens: Wir beschaffen uns dieses ‚Reliquiar' nach dem sie suchen. Es soll angeblich mit Maria Magdalena in Verbindung stehen."

Er griff nach dem antiken Vesconte-Artefakt, das ebenfalls vor ihnen auf dem Tisch lag und hielt es kurz hoch.

„Dieses Ding scheint von unschätzbarem Wert zu sein. Die Karte und die Notizen, die Victor und Eric in Dominics Rucksack gefunden haben, werden uns zu dem Ort führen, an dem das Reliquiar verborgen ist – falls es noch dort ist. Das ist unsere erste Aufgabe."

Jean-Claude, der sich mit verschränkten Armen gegen die Stuhllehne lehnte, ließ den Blick nicht von Gović ab. „Und die zweite Aufgabe?"

Ein eisiges Lächeln, kalt und berechnend, umspielte Govićs Lippen, während sein Blick langsam durch die Runde schweifte. „Das werde ich euch verraten, sobald wir die Höhle erreicht haben."

KAPITEL
SECHSUNDZWANZIG

Es war neun Uhr morgens, als Dengler am Steuer seines *Jeep Wrangler* mit Lukas auf dem Beifahrersitz sowie Dominic und Hana auf der Rückbank die Stadt Florenz passierten. Sie fuhren durch die Toskana in Richtung Norden auf der Autostrada A1. Nachdem sie insgesamt bereits über vier Stunden auf dem Weg waren, hielten sie am Stadtrand von Florenz, um zu tanken. In der Ferne ragte die ikonische Domkuppel von Brunelleschis Wunder über die Dächer der Stadt. Die in der Morgensonne leuchtenden roten Ziegel waren selbst aus der Entfernung unverkennbar.

Der *Jeep* war bis unter die Decke vollgepackt mit allem, was man für eine Höhlenexpedition brauchte: Seile, Karabiner, Anker, Taschenlampen, Helme, Wasserflaschen und Proviant. Sie hatten unterwegs an Hanas Hotel gehalten, um sie einzusammeln. Kaum im Auto, hatte sie sich vorgenommen, die Fahrt zu nutzen, um etwas Schlaf nachzuholen.

Dominic hingegen blickte mit den Gedanken meilenweit entfernt auf die vorbeiziehenden Hügel, den Kopf gegen die kalte Scheibe gelehnt. Seine Überlegungen kreisten wie ein unruhiger Vogel immer wieder um dasselbe: Wie konnte er Vescontes Karte zurückbekommen? Die Schuld nagte an ihm, sie überhaupt aus den Archiven des Vatikans genommen zu haben. Noch schlimmer war, dass er sie an jenem Abend ins Restaurant mitgebracht hatte. Wie hatte er nur so leichtsinnig sein können?

Wenn das bekannt würde, könnte es ihn seine Karriere und noch weitaus mehr kosten.

„Es bringt nichts, darüber zu grübeln, Michael", sagte Hana plötzlich. „Was geschehen ist, ist geschehen. Jetzt müssen wir einfach einen Weg finden, sie zurückzubekommen."

„Einfach?", fragte er bitter. „Ich habe noch nicht einmal den blassesten Schimmer, wo wir überhaupt anfangen sollten zu suchen. Und wir wissen nicht einmal sicher, wer sie genommen hat. Vielleicht war es gar nicht Gović. Vielleicht ist die Karte jetzt in den Händen eines gewöhnlichen Diebes, der keine Ahnung hat, wie wertvoll sie ist. Es war unverantwortlich von mir, sie aus dem Vatikan zu entfernen."

Hana lehnte sich zurück und verschränkte die Arme. „Michael, konzentrier' dich. Was jetzt zählt, ist nur noch die Höhle und was wir darin zu finden vermögen. Wenn dieses Reliquiar der heiligen Magdalena wirklich existiert, wird das den Vatikan weit mehr interessieren als die Karte, die uns dorthin geführt hat."

„Und was, wenn wir nichts finden?", fragte Dominic.

Hana zuckte mit den Schultern. „Niemand außer uns und Dr. Ginzberg weiß von der Karte, oder? Dein einziges Problem ist dein Gewissen, Michael. Und so lobenswert das auch ist, es hilft weder dir noch uns, wenn du dich deswegen selbst fertigmachst."

Dominic wandte den Blick erneut der hügeligen Landschaft zu, die draußen an ihnen vorbeizog. Hana hatte natürlich recht – außer Simon wusste kein Außenstehender von der Karte. Dennoch kämpften in ihm Schuld und Pflichtgefühl um die Oberhand.

Nach einem Zwischenstopp in einem kleinen Küstenort bei Genua, wo sie zu Mittag aßen, übernahm Lukas das Steuer. Die Fahrt führte sie weiter südwestlich auf der A10 entlang der malerischen Küsten der italienischen und französischen Riviera. Dengler, der sich auf dem Beifahrersitz niedergelassen hatte, gönnte sich ein wohlverdientes Nickerchen.

Als die Abenddämmerung hereinbrach, erreichten sie Perpignan und aßen in einer kleinen Osteria zu Abend. Mit vollen Bäuchen und müden Gliedern fuhren sie schließlich zu einem charmanten Boutique-Hotel, wo sie ihr Nachtquartier bezogen. Die lange Fahrt lag hinter ihnen, doch die wahre Herausforderung stand noch bevor.

NACH EINEM AUSGIEBIGEN Frühstück am nächsten Morgen packten sie ihre Sachen und verließen das Hotel.

Dengler saß am Steuer des *Jeep Wranglers* und lenkte das Fahrzeug über die malerische Autoroute D5 in Richtung Périllos. Die klare Morgenluft und die wärmenden Sonnenstrahlen machten die Fahrt besonders angenehm.

„Die Höhle liegt etwa zwei Kilometer hinter Périllos, etwas nördlich der Stadt. Wir haben jetzt noch knapp zehn Kilometer vor uns", verkündete Dominic, der eine ausgebreitete Karte auf seinem Schoß liegen hatte. „Sobald wir dort sind, müssen wir das Auto parken und uns zu Fuß durch das Gestrüpp schlagen, um den Eingang zu finden."

Die weite, spektakuläre Landschaft von Okzitanien breitete sich vor ihnen aus, und Dominic konnte nicht anders, als sich bei dem Anblick der steinernen Ruinen in Gedanken in die Vergangenheit zu verlieren. Dieses Gebiet war die Heimat der Katharer gewesen, einer religiösen Bewegung, die vor acht Jahrhunderten die unerschütterliche Macht der Kirche infrage gestellt hatte.

Die Katharer glaubten an zwei gegensätzliche Gottheiten: *Amor*, den guten Gott des Neuen Testaments, Schöpfer aller geistigen Dinge, und *Roma*, den bösen Gott des Alten Testaments, der die materielle Welt und alles Irdische erschaffen hatte. Ihre Theologie hatte sich wie ein Lauffeuer im Languedoc verbreitet, was die Kirche als eine Bedrohung ansah, die ausgelöscht werden musste.

Dominic fühlte, wie seine Aufregung zunahm, je näher sie ihrem Ziel kamen. Die Höhle, tief verborgen in diesen Hügeln, könnte der Schlüssel zu einem längst vergessenen Geheimnis sein – und er war dabei, ein Teil davon zu werden.

~

ALS SIE DIE Ruinen des fast gänzlich verlassenen Dorfes Périllos hinter sich ließen, verwandelte sich die Straße zunehmend in einen holprigen, staubigen Schotterweg.

„Da ist es", sagte Dengler und zeigte auf ein verwittertes Holzschild. *Grotte du Trou de la Caune* war darauf zu lesen, begleitet von einem Pfeil, der nach Norden wies und einen schmalen Pfad entlangführte.

Dengler parkte das Fahrzeug in der Nähe der Straße, und alle stiegen aus. Mit vollgepackten Rucksäcken machten sie sich auf den Weg. Der schmale Pfad wirkte wenig begangen und das dichte, widerspenstige Gestrüpp erschwerte ihnen das Vorankommen. Nach etwa fünfhundert Metern entdeckte Dominic schließlich eine dunkle Öffnung im Hang, die fast vollständig hinter Büschen und Bäumen verborgen war.

„Das muss sie sein", sagte Dengler, während er ein ausgedrucktes Bild der Grotte aus dem Rucksack zog, das er im Internet gefunden hatte. „Sieht für mich nach einem Volltreffer aus. Na, bereit für ein Abenteuer?"

Der Höhleneingang erhob sich vor ihnen wie das Tor zu einer anderen Welt – hoch gewölbt, mit orange- und weißgestreiften Kalksteinfelsen, die wie ein natürlicher Baldachin über ihnen hingen. Kaum hatten sie die Schwelle passiert, verschluckte die Dunkelheit die Geräusche der Außenwelt. Die Luft war kühler, dichter, und der Geruch von feuchtem Gestein und Erde drang in ihre Nasen. Die Kammer vor ihnen war gewaltig. Lose Steine und massive Felsbrocken lagen überall verstreut und schlanke Kalksteinsäulen erhoben sich aus dem Boden. Schmale Lichtstrahlen fielen durch Schächte in der hohen Decke und tauchten die Wände in schimmernde Blau- und Violetttöne. Das Echo ihrer Schritte und selbst das leiseste Flüstern hallten durch die gigantische Höhle, als würde sie mit ihnen kommunizieren.

Dengler zückte sein Handy, öffnete die Fotogalerie und schaute sich das Bild der Vesconte-Karte genau an. Zum Glück hatte er noch eines gemacht, bevor diese Halunken sie Dominic entrissen hatte. Er orientierte sich an den Markierungen und zeigte auf einen Fleck auf der Karte.

„Hier entlang." Er deutete auf einen breiten Durchgang, der wie ein Schlund in die Tiefen der Höhle führte. „Wenn die Karte stimmt, sollte es nicht mehr als eine halbe Stunde dauern, bis wir bei der Grabungsstelle sind. Vorausgesetzt, die Topografie macht uns keinen Strich durch die Rechnung."

ZUR GLEICHEN ZEIT saß Dieter Köhl in der kargen, fast trostlosen Küche seiner Wohnung in Rom. Er ließ den Blick zum Fenster schweifen, wo eine Spinne regungslos am Rand ihres Netzes verharrte. Geduldig wartete sie darauf, dass eine unvorsichtige Fliege in ihre Falle geriet. Von außen mochte Köhl ebenso ruhig wirken wie die Spinne, doch in seinem Inneren brodelte es.

Die Begegnung mit Ivan Gović ließ ihn einfach nicht los. Etwas daran war falsch, völlig unstimmig. Der Kroate hatte es äußerst eilig, den Sprengstoff zu bekommen – das war schon verdächtig genug. Aber jetzt musste er plötzlich nach Frankreich, um irgendetwas Dringendes zu erledigen? Das Timing war völlig absurd. Allein die Fahrt dorthin und zurück würde zwei volle Tage in Anspruch nehmen, und das ohne die Zeit, die für diese ominösen „Erledigungen" nötig war.

Und dann war da noch Govićs beiläufige Bemerkung, dass sie am Montag nach Buenos Aires zurückkehren würden. Diese Information nagte an Köhl. *Wieso diese Eile?* Es ergab einfach keinen Sinn, und genau das machte ihn nervös.

Sein Magen zog sich zusammen, als er an das seltsame Verhalten von Gović und seinen Männern dachte, als er ihnen den Sprengsatz übergeben hatte. Sie waren angespannt und misstrauisch – fast so, als ob sie etwas verbergen wollten.

Was übersehe ich?

Er trommelte unruhig mit den Fingern auf die Tischplatte, während er weiter grübelte. *Frankreich ... Was ist die Verbindung?*

Plötzlich durchzuckte ihn ein Gedanke, der ihm das Blut in den Adern gefrieren ließ. Sein Herz begann schneller zu schlagen. *Warte mal ... Dengler hatte doch letztens in der Umkleide beiläufig erwähnt, dass er und seine Freunde genau dieses Wochenende einen Kurztrip nach Frankreich planten!*

Köhl stockte der Atem. Die Worte von Ivan Gović

hallten in seinem Kopf wider. *Was war es nochmal, das er mich gefragt hat? Ob ich die Leute kenne, die in diesen Zwischenfall in Tor Bella Monaca involviert waren?*

Die Puzzleteile begannen sich langsam aber sicher zusammenzufügen. Jedes einzelne Teil schien schwerer zu wiegen als das vorherige, bis sich das Bild vor ihm zu einem unheilvollen Ganzen verdichtete. *Nein ... das kann doch nicht sein. Das wäre Wahnsinn.* Aber je mehr er darüber nachdachte, desto plausibler erschien es.

Mein Gott. Natürlich! Gović will sich für den Tod seines Vaters rächen. Das muss es sein. Aber was hat er mit der Bombe vor?

Die Antwort traf Köhl wie ein Schlag. Plötzlich wurde ihm mit erschreckender Klarheit bewusst, was Gović vorhatte. *Er will die Höhle sprengen – während sie drin sind!*

Die Erkenntnis ließ ihm den Atem stocken, sein Körper fühlte sich auf einmal schwer und gleichzeitig wie gelähmt an. *Wie konnte ich das nur übersehen?* Der Schweiß lief ihm in feinen Rinnsalen über die Stirn, während er hastig nach seinem Handy griff. Er musste Dengler warnen – sofort.

Doch in dem Moment, als er die Nummer wählen wollte, erstarrte er. Ein direkter Anruf würde ihn verraten. Er war derjenige, der die Bombe gebaut hatte. Wenn herauskäme, dass er daran beteiligt war, wäre seine Karriere, nein, sein ganzes Leben ruiniert. Das durfte niemand erfahren. Er musste einen Weg finden, sie zu warnen, ohne sich selbst zu belasten.

Mit zitternden Händen wählte er #31#, um seine Nummer zu unterdrücken. Dann wickelte er das

Telefon in ein dickes Handtuch, um seine Stimme zu dämpfen.

„Hier spricht ein Freund. Ihr seid in großer Gefahr. Gović ist auf dem Weg, den Eingang zur Höhle zu sprengen. Geht nicht hinein! Falls ihr schon drin seid, kommt sofort da raus!"

Doch die Gruppe in der Höhle war längst von der Außenwelt abgeschnitten. Dicke Steinwände verhinderten, dass das schwache Signal sein Ziel erreichte. Seine Warnung landete ungehört direkt auf der Mobilbox.

SIEBENUND-ZWANZIG

Kurz vor Mitternacht, am späten Freitagabend, hatte Ivan Gović mit seinen drei Begleitern Rom verlassen. In ihrem *Fiat Fullback* Pickup waren sie ohne große Unterbrechungen Richtung Périllos gefahren und hatten nur kurz zum Tanken und für schnelles, fade schmeckendes Fast Food gehalten.Nach einer langen, kräftezehrenden Fahrt durch die Nacht hatten sie die Gegend nahe der Höhle kurz vor Samstagmittag erreicht.

Von Höhlenerkundungen hatten sie keine Ahnung, und die Ausrüstung, die sie dabei hatten, war alles andere als professionell. Nicht, dass es sie gestört hätte. Victor hatte sich online über die Beschaffenheit der Höhle informiert und war überzeugt, dass sie nicht viel brauchen würden. Taschenlampen, eine Schaufel und ein paar Wasserflaschen waren in seinen Augen ausreichend. Doch Gović hatte zusätzlich für jeden von ihnen ein Werkzeug parat, das er für wesentlich nützlicher hielt: eine geladene *Glock 19*-Pistole.

„Wozu brauchen wir denn die Pistolen?", fragte Jean-Claude, während er skeptisch auf die Waffe in seiner Hand starrte.

Gović drehte sich auf seinem Sitz um, seine Augen scharf auf Jean-Claude gerichtet. „Das sollte doch offensichtlich sein, meinst du nicht?"

Nachdem sie kurz darauf den Pickup neben einem geparkten *Jeep* – zweifellos Denglers Auto – abgestellt hatten, stiegen die vier Männer aus. Sie streckten ihre Beine, die vom langen Trip steif geworden waren, und öffneten den Kofferraum, um ihre Rucksäcke zu holen. Beladen und zu Allem bereit folgten sie dem unbefestigten Pfad in Richtung der Kalksteinwand, hinter der der Höhleneingang lag.

„In diesen Höhlen tragen Geräusche weit, also bleibt so leise wie möglich", wies Gović seine Truppe an, während sie sich durch das Gestrüpp schlugen. „Der Plan ist klar: Wir schnappen uns das, wonach sie suchen. Sobald wir das haben – fesseln wir sie."

Jean-Claude hielt abrupt inne. „Fesseln? Wozu das?"

Langsam drehte sich Ivan zu ihm um, seine Augen eiskalt. „Damit wären wir bei der entscheidenden zweiten Phase unseres Plans: Wir werden einen Sprengsatz am Höhleneingang platzieren und ihn hochgehen lassen – während sie noch drin sind."

Jean-Claude und Eric starrten ihn entsetzt an, als hätte er gerade den Verstand verloren. Im Gegensatz zu ihnen blieb Victor, der bereits in den Plan eingeweiht war, vollkommen ungerührt.

„Das kannst du nicht ernst meinen, Ivan", sagte Jean-Claude nach einem kurzen Moment des Schweigens. „Vier Leben auszulöschen – was könnte eine solche Tat rechtfertigen? Gibt es keinen anderen Weg, wie du mit dem Tod deines Vaters abschließen kannst? Wir sind Katholiken. Sollten wir nicht nach höheren Maßstäben handeln? Das ist kaltblütiger Mord – und somit falsch!"

Ivan trat einen Schritt näher an Jean-Claude heran, sein Gesicht war vor Wut dunkelrot angelaufen. Langsam ließ er die Hand zu der Pistole an seinem Gürtel gleiten. „Das ist nicht der Moment für moralische Grundsatzdiskussionen, Jean-Claude. Du stehst entweder an unserer Seite – oder ich mache fünf daraus."

Die Spannung in der Luft war fast greifbar, als sich die beiden Männer Auge in Auge gegenüberstanden. Die Sekunden dehnten sich zu einer Ewigkeit. Eric setzte dem Schweigen aber letztlich ein Ende.

„Ich bin gleich zurück", murmelte er und deutete mit einem steifen Nicken in Richtung der Bäume. „Ich muss mal kurz pinkeln."

Jean-Claude hielt Ivans Blick noch einen Moment stand, bevor er tief durchatmete und nickte. „Ich auch", sagte er. Ohne ein weiteres Wort drehte er sich um und marschierte in die entgegengesetzte Richtung, tiefer in den Wald hinein.

Gović beobachtete Jean-Claude, wie er sich Schritt für Schritt von der Gruppe entfernte. Ein ungutes Gefühl machte sich in ihm breit. Würde er wirklich zurückkommen?

Einige Minuten verstrichen, in denen nur das Rauschen der Blätter und das ferne Zirpen von Insekten zu hören waren. Aber entgegen Govićs aufkeimendem Verdacht tauchten sowohl Jean-Claude als auch Eric wortlos wieder aus dem Wald auf. Victor übernahm schweigend die Führung, sein Blick konzentriert auf die Markierungen der Karte gerichtet, die sie Dominic und seinen Leuten gestohlen hatten.

Fast zur gleichen Zeit, nur wenige Minuten zuvor, klingelte ein Satellitentelefon in der Kabine eines *Bombardier-Challenger*-Jets des AISI. Colombo, der an Bord dieses Jets war, griff sofort danach.

„Ja?", nahm er den Anruf entgegen und lauschte aufmerksam den Worten des Anrufers. „Wir sind schon auf dem Weg. Wir sollten innerhalb einer Stunde vor Ort sein. Unser Team ist einsatzbereit. *Grazie.*"

Er legte auf und wandte sich an seine Kollegen in der Kabine. „Das war Jean-Claude. Gović und seine Männer sind kurz davor die Höhle zu betreten. Sein Plan ist es, den Eingang zu sprengen und Hana sowie ihre Freunde darin einzuschließen. Wir müssen schnell handeln. Ist das französische RAID-Team ebenfalls bereits auf dem Weg?"

„Ja", bestätigte sein Assistent. „Zwei Fahrzeuge der französischen Sûreté treffen uns vor Ort, zusammen mit der Spezialwaffen- und Taktikeinheit des RAIDs. Normalerweise dauert die Fahrt von Perpignan-Rivesaltes nach Périllos eine halbe Stunde, aber mit Polizeieskorte werden wir deutlich schneller sein."

KAPITEL

ACHTUNDZWANZIG

I n der riesigen Eingangshalle der Höhle fühlte sich Karl Dengler in seinem Element. Die steilen Wände und die schimmernden Felsformationen erinnerten ihn an die intensiven Trainingstage in den St. Beatus-Höhlen bei Interlaken. Wie sein Kollege Dieter Köhl hatte er als Mitglied der Schweizer Eliteeinheit Armee-Aufklärungsdetachement 10 eine umfangreiche Ausbildung genossen, die ihn nicht nur auf den Kampf, sondern auch auf das Überleben in Extremsituationen vorbereitet hatte. Heute konnte er diese Begeisterung mit seinen Freunden teilen, die staunend die fremdartige Schönheit der Höhle erkundeten.

„Es gibt drei goldene Regeln für die Höhlenforschung: Hinterlasse nichts außer Fußabdrücken. Nimm nichts mit außer Fotos. Und schlage nichts tot außer Zeit." Er hielt kurz inne, ein schelmisches Lächeln spielte auf seinen Lippen, bevor er hinzufügte: „Aber wenn wir das Reliquiar finden, drücken wir bei Regel Nummer zweimal ein Auge zu. Immerhin stammt es ja nicht wirklich aus der Höhle – also zählt das nicht."

Jeder aus der Gruppe trug einen Helm mit einer integrierten LED-Lampe, mit der sie sich immer tiefer in die Höhle vorwagten. Die Schatten tanzten wie Geister an den Wänden, und jede Bewegung des Lichts ließ neue Spalten und Risse in den Felsen sichtbar werden. Hin und wieder streifte ein kühler Luftzug durch die Grotte – ein Hinweis darauf, dass irgendwo in der Höhle offene Lichtschächte existieren mussten.

Dengler zückte sein Handy und warf nochmals einen Blick auf die Fotoaufnahme. „Wenn ich die Karte richtig deute, ist der Weg relativ klar", sagte er und zoomte in das Display hinein. „Abgesehen von ein paar Kurven sollte es immer geradeaus gehen – nur tiefer, als ich anfangs angenommen hatte."

Dominic, der bereits sichtbar schwitzte – mehr aus Unbehagen als aus Anstrengung – war weniger begeistert. „Wie lange wird es noch dauern, bis wir dort sind?" Die Nervosität in seiner Stimme war kaum zu überhören.

„Ist es etwa schon Zeit für die *Xannies*, Michael?", fragte Dengler in einem halb scherzhaften Ton, jedoch mit einem leichten Anflug von Besorgnis.

„Noch nicht, aber danke", antwortete Dominic knapp.

„Aber um deine Frage zu beantworten: Es sollte noch etwa fünfzehn bis zwanzig Minuten dauern", sagte Dengler und deutete in die Richtung, in die sie gehen mussten. „Das hängt davon ab, was uns unterwegs erwartet. Aber spürst du den Luftzug? Das ist ein gutes Zeichen. Und im Vergleich zur Lombrives-Kathedrale, die wir dir vor ein paar Wochen gezeigt haben, ist diese Höhle ein Spaziergang. Dort hast du dich großartig geschlagen, und hier wirst du es auch. Ich verspreche es."

Hana, die direkt vor Dominic ging, warf einen Blick über ihre Schulter. Im Schein ihrer Helmlampe glänzten Schweißperlen auf seiner Stirn, und sein angespannter Gesichtsausdruck verriet mehr, als er vielleicht wollte. Sie wusste, dass er körperlich in Topform war – fitter als sie selbst. Seine Unruhe hatte nichts mit der Anstrengung zu tun, sondern mit seiner Klaustrophobie. Als sie schließlich eine breitere Passage erreichten, blieb Hana abrupt stehen. „Wie wäre es mit einer kurzen Pause? Ich könnte einen Schluck Wasser gebrauchen – und eine Verschnaufpause würde uns allen guttun."

„Kein Problem", sagte Dengler. „Das gibt mir Zeit, unsere Position nochmal zu prüfen."

In dieser Passage lagen mehrere große Felsbrocken verstreut, auf denen sich die Gruppe niederließ. Hana bemerkte, dass Dominic zunehmend unruhiger wirkte. Sein Atem ging flacher, und sie spürte, dass er versuchte, tapferer zu wirken, als er sich tatsächlich fühlte.

Sie setzte sich neben ihn, lehnte sich ein Stück vor und flüsterte: „Weißt du, ich hatte mir das hier viel anstrengender vorgestellt. Aber dieser Luftzug... fühlst du ihn auf deiner Haut? Es ist beruhigend zu wissen, dass wir hier unten immer noch Zugang zu frischer Luft haben. Eigentlich ist das hier doch ein schönes Erlebnis. Oder was meinst du, Michael?"

Dominic hob den Kopf und sah sie an. Er wirkte augenblicklich entspannter – wenn auch nur ein bisschen. „Ich weiß, was du da machst, Madame Freud. Und ich bin dir wirklich dankbar. Es ist nur… Als Kind bin ich beinahe in einem Strudel unter einem Wasserfall ertrunken. Seitdem habe ich Schwierigkeiten mit engen Räumen – besonders, wenn ich das Gefühl habe, die Kontrolle zu verlieren."

Hana nickte verständnisvoll. „Aber schau dich um. Du hast hier doch die Kontrolle, oder? Karl und Lukas wissen, was sie tun, und sie passen auf uns auf. Ich vertraue ihnen genauso wie du. Und wenn es dir hilft – nimm das *Xanax*, das Karl dir angeboten hat. Vertrau mir, die Pillen wirken. Du wirst dich besser fühlen."

Dominic zögerte kurz, bevor er seinen Stolz beiseitelegte. „Okay. Lieber das, als euch noch mehr Sorgen zu machen. Ich weiß, dass das alles nur in meinem Kopf passiert, aber das macht es nicht weniger real."

Hana drückte leicht seine Hand, bevor sie aufstand und zu Dengler ging. „Karl, ich nehme eine von diesen *Xannies*", sagte sie.

Dengler sah sie einen Moment an und wusste sofort, dass die Tablette für Dominic war, nicht für sie. Er zog das Fläschchen aus seinem Rucksack, nahm eine der blauen Tabletten heraus und reichte sie ihr.

Zurück bei Dominic reichte Hana ihm die Tablette zusammen mit einer Wasserflasche. „Bis wir unser Ziel erreicht haben, wird sie wirken", sagte sie aufmunternd.

Dominic nahm die Tablette, spülte sie mit einem Schluck Wasser hinunter und richtete sich auf. „Okay, weiter geht's!" sagte er und versuchte, etwas Begeisterung zu zeigen, auch wenn diese nicht ganz echt war.

Die Gruppe stand auf, überprüfte ihre Ausrüstung und setzte ihren Weg tiefer in die Höhle fort, immer das Ziel vor Augen.

DENGLER BLIEB PLÖTZLICH MITTEN im Gang stehen und starrte konzentriert auf die Karte auf seinem Handy. Sein Atem bildete kleine Nebelwolken in der kühlen Luft der Höhle. „Wir sind fast da", sagte er, während seine Stimme an den steinernen Wänden widerhallte. „Vor uns kommt eine scharfe Linkskurve, dann eine Schleife, die zu einer Sackgasse führt. Wenn Simons Notizen stimmen, sollten wir genau dort das Reliquiar finden."

Er warf einen kurzen Blick auf die Akkuanzeige seines Telefons und verzog das Gesicht. „Verdammt, mein Akku ist gleich leer. Wir sollten die Karte lieber auf dein Handy übertragen, Hana, nur zur Sicherheit."

Sie zog ihr Handy aus der Tasche, überprüfte die Anzeige und nickte. „Keine Sorge, mein Akku ist noch fast voll." Innerhalb von Sekunden war die Karte per *AirDrop* auf Hanas *iPhone* gelandet.

Doch Dengler stutzte, als er ein auffälliges rotes Symbol auf dem Bildschirm seines Handys bemerkte, welches er gerade zurück in den Rucksack packen wollte. „Das ist seltsam", murmelte er. „Ich habe eine neue Nachricht auf meiner Mailbox – von einem ‚Unbekannten Anrufer'. Merkwürdig, dass ich die nicht früher bemerkt habe."

Lukas zuckte mit den Schultern. „Vielleicht kam sie rein, als wir gerade die Höhle betreten haben und das Signal schwach war. Spiel sie mal ab. Vielleicht ist es wichtig."

Dengler nickte und tippte auf „Wiedergabe". Die Stimme, die aus dem Lautsprecher ertönte, war gedämpft, und die schlechte Verbindung machte die Worte nur schwer verständlich.

„Hier … ein Freund … Gović … Höhle… sprengen … in großer Gefahr… sofort da raus!"

Einen Moment lang stand die Gruppe wie versteinert, bevor Hana das Schweigen brach. „Spiel sie bitte noch mal ab."

Dengler drückte erneut auf „Wiedergabe", und die Gruppe scharte sich dichter um ihn, hoffend, dieses Mal mehr zu verstehen. Doch auch beim zweiten Anhören blieb die Nachricht abgehackt und unvollständig.

„Das ist immer noch schwer zu verstehen", sagte Dominic nachdenklich. „Aber warum sollte jemand ausgerechnet *dich* wegen Gović anrufen? ‚Sprengen' … Das lässt wenig Spielraum für Interpretationen. Aber was soll gesprengt werden? Die Höhle?"

Hana schüttelte den Kopf, ihre Stirn in Sorgenfalten gelegt. „Ich weiß nicht, was er meint, aber das hier ist kein Zufall. Es klingt verdammt ernst, und ich habe ein richtig schlechtes Gefühl dabei. Wir sollten uns beeilen und von hier verschwinden."

NEUNUNDZWANZIG

ie Wände der Höhle rückten immer enger zusammen, je weiter sie sich ihrem Ziel näherten. Schließlich kam Dengler, der an der Spitze ging, vor einer dreifachen Weggabelung zum Stehen.

Mit einem kurzen, prüfenden Blick auf die Karte entschied er sich für den mittleren Gang – den einzigen Weg, der zur Schleife und letztlich zur Sackgasse führte. Doch schon der erste Blick auf den schmalen Spalt ließ das Adrenalin in die Höhe schießen. Der schmale Durchgang schien gerade eben breit genug, um einen menschlichen Körper hindurchzuzwängen – und das auch nur mit viel gutem Willen und noch mehr Entschlossenheit.

Dominic spürte, wie sich sein Magen zusammenzog. Die Felsöffnung wirkte wie eine Falle, die nur darauf wartete, zuzuschnappen. Selbst das Beruhigungsmittel, das ihn vor Kurzem noch wie ein sanfter Nebel eingehüllt hatte, schien seine Wirkung zu verlieren. Jetzt galt es, einen kühlen Kopf zu bewahren und nicht in Panik zu verfallen.

Dengler ging als Erster. Er zog seinen Rucksack von den Schultern, ließ ihn zu Boden fallen und schleifte ihn an einem der Gurte hinter sich her, während er sich durch die enge Felsspalte quetschte, die kaum breiter als sein Oberkörper war.

Die anderen folgten ihm, einer nach dem anderen, und jeder hatte seine Mühe, sich durch die unbarmherzige Enge der Felswände zu zwängen. Hana und Lukas hatten zwar ebenfalls Schwierigkeiten beim Hindurchkommen, waren aber mit ihren schlankeren Staturen definitiv im Vorteil.

Dann war Dominic an der Reihe. Er starrte auf den dunklen Spalt vor sich, der wie ein unersättlicher Schlund nur darauf zu warten schien, ihn zu verschlingen. Am anderen Ende sah er drei Stirnlampen, die ihm entgegenstrahlten – als wollten sie ihm den Weg leuchten. Wenigstens wusste er, wohin er gehen musste. „Immer aufs Licht zu", murmelte er. *Aber wenn die Engel zu singen beginnen, dreh ich wieder um,* dachte er und holte tief Luft.

„Komm schon, Michael", rief Dengler ermunternd. „Es sieht schlimmer aus, als es ist."

Dominic nahm seinen Rucksack ab und ließ ihn wie die anderen zu Boden sinken. Dann begann er, sich durch den engen Spalt zu zwängen. Die Wände schienen ihn regelrecht zu umklammern. Kalkstaub rieselte von oben herab, während sein Helm über den rauen Fels schabte. Jeder Atemzug fiel ihm schwerer, und ein unangenehmer Druck machte sich in seiner Brust breit.

„Michael, streck deinen Arm aus! Ich zieh dich durch!" Lukas' Stimme riss ihn aus seiner lähmenden Angst.

Dominic atmete stoßweise, seine Brust hob und senkte sich hektisch. *Ich kann das... ich muss das schaffen.*

„Alles gut, Lukas", brachte er schließlich zwischen zusammengebissenen Zähnen hervor. „Ich schaffe das."

Er setzte noch einmal an. Mit einem letzten Kraftakt stemmte er sich gegen die Felswände, nutzte sein rechtes Bein als Hebel und schob sich Stück für Stück nach vorne. Jeder Zentimeter fühlte sich wie ein Sieg an, bis er schließlich mit einem letzten, befreienden Ruck durch den Spalt hindurch war.

Er stolperte heraus, direkt in Lukas' Arme, keuchte und schnappte nach Luft, als hätte er gerade einen Marathon hinter sich.

„Siehst du?" Dengler grinste breit und klopfte ihm auf die Schulter. „Das war doch gar nicht so schlimm, oder?"

Dominic atmete schwer, während sich seine Brust hob und senkte. Doch in seinen Augen blitzte Erleichterung auf. „Wenn das der schwierigste Teil war, dann kann ich jetzt alles schaffen." Er richtete sich auf und blickte entschlossen in den Gang. „Los – weiter zum Schatz!"

. . .

ALS ALLE WIEDER IHRE Rucksäcke auf den Schultern hatten, ging es weiter. Sie folgten der Karte, die sie um eine breite Wendeschleife und anschließend in eine angrenzende Kammer führte. Bald betraten sie eine große Höhle, die sie mit ihrer schlichten Schönheit innehalten ließ. Ein natürlicher Lichtschacht durchbrach die steinerne Decke über ihnen, in etwa drei Metern Höhe und mit einem Durchmesser von zwanzig Zentimetern. Ein heller Strahl Sonnenlicht fiel wie ein Scheinwerfer in den Raum und tauchte ihn in ein fast heiliges Leuchten. Zwei Gänge führten von der Kammer weg, Sackgassen wie steinerne Finger einer offenen Hand.

Dengler zog Ginzbergs übersetzte Anweisungen hervor und las sie laut vor, wobei seine Stimme in dem stillen Raum nachhallte:

„‚Das Reliquiar ist in der oberen der beiden Sackgassen vergraben… wie Finger einer Hand. Vier Steine bilden das Behältnis.'"

Er hob den Kopf, seine Augen suchten die Umgebung ab. „Das müsste dann der Gang hier links sein", sagte er und zeigte auf die dunkle Öffnung. Ohne zu zögern ging die Gruppe in den breiten Kalksteinkorridor. Die Wände wirkten roh und ungeschliffen, ein wilder Kontrast zu der Klarheit der Anweisungen, die sie hierhergeführt hatten.

„Also suchen wir nach etwas, das wie ein Behälter aussieht, oder?" fragte Hana, während sie ihren Blick über die verstreuten Steine wandern ließ.

„Genau", antwortete Dominic. „Simon meinte, es

wäre etwas wie eine Kiste, vielleicht eine geschützte Spalte oder ein abgedecktes Versteck."

Im Gang lagen überall Felsbrocken verteilt. Manche wirkten, als hätte jemand sie aufgeschichtet, andere ragten natürlich und schroff aus den Wänden heraus. Das Sonnenlicht aus der Kammer hinter ihnen reichte nicht weit, und der Korridor verlor sich in einem diffusen, grauen Nichts. Ihre Helmlampen waren die einzigen Lichtquellen, die den Weg erhellten.

„Hier drüben!" Hanas Stimme durchbrach plötzlich die Stille. „Ich glaube, ich habe etwas gefunden! Aber ich brauche Hilfe!"

Sie deutete auf einen scheinbar zufälligen Steinhaufen. Erst bei genauerem Hinsehen fiel auf, dass darunter ein flacher Stein lag, der fast vollständig von größeren Brocken verdeckt war. Dengler und Lukas traten ohne zu zögern zu ihr und begannen, die schweren Steine mit einem gemeinsamen Kraftakt vom Haufen zu heben. Jeder Stein, den sie beiseitelegten, ließ den verborgenen flachen Stein etwas mehr zum Vorschein kommen.

Dominic zog sein *iPhone* heraus und begann, die Szene zu filmen. Der Gedanke, dass sie einen historischen Moment dokumentieren könnten, ließ sein Herz schneller schlagen. Die Anspannung war beinahe greifbar; niemand sprach ein Wort, während sie jeder Handgriff der Möglichkeit eines unfassbaren Fundes näherbrachte.

Als schließlich der letzte Brocken entfernt war, packten Lukas und Dengler die gegenüberliegenden

Enden der flachen Steinplatte. Mit vereinten Kräften zogen sie sie zur Seite, enthüllten das darunter verborgene Geheimnis. Die Atemzüge der Gruppe setzten aus, als sie sahen, was sie gefunden hatten.

Vor ihnen lag ein Behältnis – drei aufrechte Steinplatten formten eine Art Schutzkasten. Die Helmlampen warfen ihr Licht auf den Inhalt: ein altertümlicher Holzkasten, sorgfältig verziert. Jede der acht Ecken war mit Eisenbeschlägen verstärkt, an den Seiten befanden sich eiserne Griffe, und die Vorderseite war mit einem antiken ägyptischen Schlüsselloch versehen, ein Zeichen seines Alters und seines Wertes.

Keiner sprach. Vier Köpfe beugten sich über die Öffnung, jeder von ihnen gefangen im Moment. Es war mehr als nur eine Entdeckung – es war eine Bestätigung, dass all ihre Mühen und die Hinweise der Karte sie zu diesem Ort geführt hatten. Dominic spürte, wie ihm ein Schauer über den Rücken lief. War dies wirklich der legendäre Schatz der Katharer, wie es Guillaume de Sonnac in seinem Tagebuch beschrieben hatte? Der Gedanke, dass die Karte, die er in den vatikanischen Archiven gefunden hatte, sie tatsächlich hierhergeführt hatte, war überwältigend.

„Und was machen wir jetzt?" flüsterte Hana schließlich, als würde lautes Sprechen die Bedeutung des Augenblicks entweihen.

„Nun ja, ihr übergebt es natürlich uns", erklang plötzlich eine Stimme – tief, ruhig, mit einem unverkennbaren Balkan-Akzent.

Die Gruppe wirbelte herum. Ihre Lampen erhellten den Eingang des Gangs, zurück in die Kammer mit dem

Lichtschacht. Dort, im diffusen Licht des Sonnenstrahls, standen vier Männer. Ivan Gović trat einen Schritt nach vorn, ein kaltes Lächeln auf seinen Lippen, während drei andere Männer ihn flankierten.

Vier Pistolen richteten sich auf das Team.

DREISSIG

Ein feiner Nieselregen fiel auf die Vatikanstadt, während Kardinal Dante mit einer kleinen Ledertasche in der Hand durch die päpstlichen Gärten schritt. Sein Ziel war der Regierungspalast, genauer gesagt das Büro des Staatssekretärs. Neben ihm versuchte Pater Bruno Vannucci, mit einem Regenschirm über das Haupt des Kardinals gespannt, Schritt zu halten, während er sich in einem nicht enden wollenden Monolog aus Klatsch und Tratsch aus der Kurie erging.

„Eure Eminenz, habt Ihr schon die neuesten Munkeleien über den Bischof und diese eine Sekretärin gehört? Es heißt…"

Dante blieb stehen, drehte sich langsam um und sah ihn mit genervtem Blick an. „Bruno", unterbrach er ihn scharf, „es interessiert mich nicht im Geringsten, wer mit wem was wann wo treibt. In wenigen Minuten werde ich über Petrinis Rücktritt und unsere Rückkehr ins Staatssekretariat verhandeln. Reißen Sie sich also gefälligst am Riemen und behelligen Sie mich nicht mit solch nichtssagenden Klatschgeschichten!"

Vannucci, sichtlich getroffen, zog nervös an der Zigarette, die er in der anderen Hand hielt. Er nahm einen letzten, kräftigen Zug, bevor er den Filter zwischen den Fingern zwirbelte, bis die Glut zu Boden fiel und er den verbliebenen Filter hastig in seiner Tasche verschwinden ließ. Offiziell war das Wegwerfen von Zigarettenstummeln in den Gärten streng verboten, doch selbst Dante ließ sich zuweilen zu solch kleinen Sünden hinreißen, wenn niemand hinsah.

Als sie am Eingang des Regierungspalastes ankamen, schüttelte Vannucci den nassen Schirm aus, und hielt dem Kardinal die schwere Holztür auf. Im Foyer saß eine Nonne mit ernster Miene hinter dem Empfangstresen. Sie erkannte Dante sofort, blickte kurz von ihren Papieren auf und neigte den Kopf in Richtung des Aufzugs. „Seine Eminenz erwartet Sie bereits, Kardinal Dante", sagte sie auf Italienisch.

OBEN ANGEKOMMEN, öffnete Dante Petrinis Bürotür, hinter welcher ihn Petrini mit einer Mischung aus gezwungener Höflichkeit und Vorsicht begrüßte. „Verzeihen Sie, wenn ich Ihnen nicht die Hand reiche, Fabrizio", sagte Petrini, kaum dass Dante einen Fuß in das Büro gesetzt hatte. „Ihr letzter Besuch war", er blickte demonstrativ auf seine Hand, wo noch immer eine Narbe der kleinen Einstichstelle zu sehen war, „einprägsam."

Dante nahm vor dem imposanten Mahagonitisch gegenüber von Petrini Platz und legte die Ledertasche auf dem Tisch ab. „Ich bringe eine Angelegenheit von persönlichem Interesse mit." Ein Ausdruck gespielter Sympathie legte sich auf Dantes Gesicht, als ob es ihm tatsächlich leidtun würde, Überbringer schlechter Nachrichten zu sein. „Vor allem für Sie", ergänzte er.

„Es geht um Pater Dominic. Mir wurde zugetragen, dass er in Ihrer Pfarrei in New York geboren wurde, als Sie dort als Pfarrer im Amt waren. Und dass er nie erfahren hat, wer sein leiblicher Vater ist."

Petrini erstarrte, sein Atem stockte. Seine Hände, die er eben noch gefaltet auf dem Tisch abgelegt hatte, begannen unmerklich zu zittern. „Und was, glauben Sie, hat das mit mir zu tun?", fragte er mit belegter Stimme. Er ahnte, nein er wusste, was nun kommen würde.

„Nun", sagte Dante mit einer Ruhe, die beinahe höhnisch wirkte, „ich habe aus zuverlässiger Quelle erfahren, dass wir den Vater ausfindig machen konnten."

„Hören Sie auf mit diesem Katz-und-Maus-Spiel, Fabrizio! Sagen Sie, was Sie zu sagen haben!"

Dante öffnete seelenruhig seine Tasche, zog einen Stapel Papiere heraus und legte sie vor Petrini auf den Schreibtisch. „Die Wissenschaft kann heute Erstaunliches leisten, Enrico. Sie stimmen mir bestimmt zu, wenn Sie sich die Zusammenfassung am Ende der Seite ansehen."

Er tippte mit dem Finger auf eine mit gelben Marker markierte Stelle im Text. „Sehen Sie: *DNA-*

Paternitätsindex: 99,9998%'. Eine nahezu perfekte Übereinstimmung."

Dante lehnte sich zurück und verschränkte die Arme, während er dem kreidebleichen Petrini in die Augen blickte. „Es wird Sie sicherlich interessieren, dass diese ,getestete Person' niemand Geringeres ist als Sie, Eminenz. Ihre DNA und die von Pater Dominic liefern den Beweis: Sie sind sein Vater."

Petrini sackte in seinen Stuhl zurück. Mehr als drei Jahrzehnte hatte er gefürchtet, dass diese Wahrheit irgendwann ans Licht kommen könnte. Nun war der Moment da – und der Mann, der ihm diese Nachricht überbrachte, genoss jede Sekunde davon.

„Sie irren sich", sagte er schließlich, aber seine Stimme verriet den Kampf, den er mit sich selbst ausfocht. „Ihre Informationen sind falsch."

„Und dennoch", erwiderte Dante mit einem amüsierten Unterton, „beweist eines der angesehensten DNA-Labore Italiens das Gegenteil. Ich empfehle Ihnen, weiterzulesen, bevor Sie sich vollends lächerlich machen."

Petrini griff nach den Papieren und überflog die Seiten. Jede Zeile fühlte sich wie ein weiteres Stück Boden an, das ihm unter den Füßen weggezogen wurde. Er wusste, dass sein größtes Geheimnis nun kein Geheimnis mehr war.

Er funkelte Dante bitterböse an und grenzenloser Zorn stieg in ihm auf. „Sie... Sie sind ein elender Bastard, Fabrizio. Warum tun Sie das? Was gedenken Sie damit zu erreichen?"

Dantes ohnehin gespieltes Lächeln schwand. „All die

Jahre haben Sie mit einer Lüge gelebt, Enrico – einer schändlichen Lüge. Der Heilige Vater wird eine solche Unredlichkeit nicht dulden. Verabschieden Sie sich von dem Sessel, in dem Sie sich so bequem eingerichtet haben, denn Sie sind seiner nicht würdig. Und vergessen Sie die Vorstellung, jemals Papst zu werden."

Petrini schluckte schwer und fühlte, wie seine Welt zerbrach. Die Wahrheit schnürte ihm die Kehle zu, doch es war die Aussicht auf das, was noch kommen könnte, die ihn lähmte. Doch dann, in einem Moment klarer Erkenntnis, sah er Dante direkt an.

„Was für ein Mensch sind Sie, Fabrizio? Sie sind ein Teufel, nicht besser als Judas! Wie können Sie es wagen, mich derart zu bedrängen. Lassen Sie mich raten: Die Wunde, die Sie mir bei Ihrem letzten Besuch mit Ihrem Ring zugefügt hatten, gehörte vermutlich auch zu ihrem abscheulichen Plan. Ich will mir gar nicht vorstellen zu welchen hinterlistigen Tricks Sie greifen mussten, um an Michaels DNA zu kommen."

Dante zuckte gleichgültig mit den Schultern. „Ich gestehe mein abscheulich durchdachtes Verhalten ein, wenn es Ihnen dadurch besser geht. Aber die nötigen DNA-Proben von Michael zu erhalten war erstaunlich einfach, Enrico. Ich hatte eine leise Vorahnung und wie Sie sehen, hat sich diese bezahlt gemacht. Sehr bezahlt, hoffe ich."

„Hoffen? Was meinen Sie damit? Was erhoffen Sie sich?"

„Endlich", seufzte Dante und lehnte sich mit verschränkten Armen in seinem Stuhl zurück. „Ich habe darauf gewartet, dass Sie endlich die richtigen Fragen stellen. Tatsächlich habe ich nicht die Absicht, den Heiligen Vater oder sonst jemandem in diese Angelegenheit einzuweihen. Und Michael muss ebenfalls nichts davon erfahren, wenn das in Ihrem Sinne ist."

Dantes Lächeln jagte Petrini einen Schauder über den Rücken. „Ich will meinen alten Posten als Staatssekretär zurück, Enrico. Ihren Posten. Darüber hinaus habe ich einstweilen keine unmittelbaren Forderungen."

„Mit ,einstweilen' meinen Sie wohl, dass Sie diese Beweise absichtlich zurückhalten werden" begann Petrini mit mühsam gezügeltem Zorn, „um sie bei Gelegenheit für zukünftige Erpressungen zu nutzen?"

„Ich sehe, wir verstehen uns bestens, Enrico. Übrigens, wenn Sie möchten, können Sie meinen Posten in Buenos Aires haben. Ich habe dort inzwischen einige einflussreiche Freunde, aber seien wir ehrlich: Mein Platz ist hier, wo ich der Heiligen Mutter Kirche am meisten dienen kann. Dieses Amt – und alles, wofür es steht – ist meine Berufung."

Petrini ließ seine Arme auf die Stuhllehnen sinken. „Und was, wenn der Heilige Vater das anders sieht? Letztlich ist es seine Entscheidung, nicht meine."

Dante zog eine Augenbraue kraus, als sei die Antwort darauf offensichtlich. „Ich erwarte, dass Sie ihn von der Weisheit dieses Schrittes überzeugen, Eminenz. Sie wissen so gut wie ich, dass ich für diese Position hervorragend qualifiziert bin. Immerhin habe ich sie jahrelang erfolgreich ausgefüllt, bevor Sie sich eingemischt haben. Sagen Sie ihm, der Heilige Geist habe Sie erleuchtet, und Sie möchten sich wieder ganz Ihrer seelsorgerischen Aufgabe als Erzbischof von New York widmen."

Petrini schnaubte verächtlich. „Das könnte eine ausgesprochen komplizierte Angelegenheit werden, Fabrizio, und gewiss keine, die sich über Nacht regeln ließe."

Dantes Miene verfinsterte sich und verachtender Blick sprach Bände. „Komplizierte Angelegenheit, sagen Sie? Die hat Sie vor dreißig Jahren auch nicht aufgehalten", schoss er zurück. „Aber machen Sie sich keine Sorgen. Es ist keine Eile geboten. Ich denke, wir sollten alles innerhalb eines Monats regeln können – direkt nach der Südamerika-Reise des Papstes. Das wäre doch ein idealer Zeitpunkt für alle, meinen Sie nicht?"

Petrini erhob sich schwerfällig aus seinem Stuhl und ging zum Fenster. Der Regen prasselte sanft gegen die Scheibe, doch in seinem Kopf tobte ein regelrechter Sturm. Im Glas spiegelte sich sein Gesicht – blass und von Sorgen gezeichnet. Die Wut, die er noch vor wenigen Augenblicken gegen Dante empfunden hatte, war einer resignierten Akzeptanz gewichen. Er wusste, dass er keine Wahl hatte.

„Ich habe eine Bedingung, Dante", sagte er schließlich, ohne sich vom Fenster abzuwenden. „Michael darf nichts davon erfahren. Niemals. Was auch immer passiert, ich werde alles tun, um das zu verhindern. Ich werde mit dem Heiligen Vater sprechen und Ihn davon überzeugen, Sie als meinen Nachfolger zu wählen. Aber Michael bleibt außen vor."

Dante nickte, als hätte er genau jene Bedingung

erwartet. „Wie Sie wünschen, Enrico." Er schnappte sich die Testergebnisse, die noch immer auf dem Schreibtisch lagen, und steckte sie zurück in seine Ledertasche. „Da wir uns ja jetzt einig sind, werde ich umgehend alle nötigen Vorkehrungen für meine Rückkehr nach Rom im nächsten Monat treffen."

Dante stand auf, nahm seine Ledertasche und ging zur Tür. Bevor er ging, warf er Petrini noch einen letzten Blick zu, seine Stimme ruhig, aber unheilvoll. „Für den Moment verabschiede ich mich. *Buona sera*, Eminenz."

EINUNDDREISSIG

Hana fröstelte, doch es war weniger die Kälte in der Höhle, die sie erschauern ließ, als die beklemmende Realität ihrer Lage. Sie warf einen Blick zu Dominic hinüber. Seine Augen glühten vor Verachtung für Gović und dessen Männer, deren gezückte Waffen keinen Zweifel an ihren Absichten ließen.

Langsam und mit der Sicherheit von Raubtieren, die ihre Beute genau da hatten, wo sie sie haben wollten, traten Gović und seine Männer näher.

„Sie haben uns hier eine Menge Arbeit erspart, Pater Dominic", sagte der Kroate mit einem selbstgefälligen Grinsen, das mehr Hohn ausstrahlte, als es seine Worte vermochten. „Was genau habt ihr hier gefunden, wenn ihr mir die Frage gestattet?"

Dominic trat mit ausgestreckten Armen beschützend vor seine Freunde.

„Das hier geht Sie nichts an, Govic", entgegnete er. „Wir handeln im Auftrag der Kirche."

Ein höhnisches Lachen drang aus Govics Kehle, widerhallend von den steinernen Wänden. „Ach ja? Sie wollen mir also weismachen, dass ihr vier – offiziell vom Vatikan beauftragt – eine archäologische Ausgrabung in Frankreich durchführt, um ein Relikt von Maria Magdalena zu finden? Die Kirche greift heutzutage auf sehr unorthodoxe Arbeitsmethoden zurück wie mir scheint."

„Was wollen Sie, Govic?" Dominic wich keinen Zentimeter zurück, als Govic auf ihn zutrat.

„Für den Anfang? Auge um Auge."

Bevor Dominic reagieren konnte, schlug Govic ihm mit voller Wucht den Kolben seiner Pistole gegen den Kopf. Der Schlag war so heftig, dass Dominic mit einem dumpfen Laut zu Boden ging, wo er von einem stechenden Schmerz übermannt wurde.

„Michael!" rief Hana panisch, ließ sich neben ihm auf die Knie fallen und legte schützend die Hände über ihn. „Hören Sie auf! Es gibt keinen Grund für Gewalt. Nehmen Sie, was Sie wollen, und dann gehen Sie Ihren Weg, und wir gehen unseren. Lassen Sie uns einfach in Frieden!"

„Genau das werden wir tun", versprach Govic. „Wir nehmen, was wir wollen, und dann werdet ihr genau die Ruhe bekommen, die ihr euch wünscht. Fesselt sie!"

Die Männer umzingelten die Gruppe, doch Dengler und Lukas reagierten blitzschnell, als ihre Instinkte übernahmen.

Dengler, der Victor am nächsten stand, packte dessen Handgelenk und riss seinen Arm mit aller Kraft nach oben, bevor er ihm mit der anderen Hand einen gezielten Schlag gegen den Kehlkopf verpasste. Victor taumelte japsend nach hinten, erholte sich jedoch schnell wieder. Er war größer und kräftiger als Dengler und nutzte seine körperliche Überlegenheit, indem er seinen Arm um Denglers Hals schlang und ihn in einen festen Würgegriff zog. Dengler wehrte sich mit Händen und Füßen, doch nach nur sieben qualvollen Sekunden sank er bewusstlos zu Boden.

Zur gleichen Zeit stürzte Lukas sich auf Eric. Er packte ihn an der Hüfte und riss ihn zu Boden. Doch während sie fielen, löste sich ein Schuss aus Erics Pistole. Ein ohrenbetäubender Knall hallte durch die Höhle. Lukas schrie auf, als die Kugel seinen Unterarm durchbohrte.

Eric rappelte sich auf, fand wieder festen Stand und richtete die Pistole auf Lukas' Kopf.

„NEIN! Hört auf!", schrie Hana und stürzte sich nach vorne, doch bevor sie Lukas erreichen konnte, packte Gović sie und drückte ihr die Pistole an die Schläfe.

„Noch ein Schritt, und sie ist tot!", brüllte Gović.

Dominic, der sich mühsam aufrappelte, blieb wie erstarrt stehen. Sein Blick wanderte zwischen Hana und Lukas hin und her. Die Situation war völlig außer Kontrolle.

Eric und Victor richteten ihre Waffen auf die Gruppe, während Jean-Claude nervös mit seiner Pistole hin und her zielte, als wüsste er nicht, wen er zuerst ins Visier nehmen sollte.

Dengler kam langsam wieder zu sich. Sein Blick fiel sofort auf Lukas, der am Boden lag und auf die Blutlache um seinen Unterarm, die immer größer wurde. „Lukas! Nein, nein, nein!", schrie er, und Tränen strömten über sein Gesicht.

Hana riss sich aus Govićs Griff los und kniete sich neben Dengler und Lukas. „Karl, bist du verletzt?! Mein Gott, Lukas!" Ihre Stimme zitterte vor Panik.

Dengler, dessen Gesicht von Angst und Wut verzerrt war, zog hastig seine Jacke aus, riss einen Ärmel ab und presste ihn fest auf Lukas' Wunde. „Es ist ein glatter Durchschuss", sagte er mit einem Hauch von Erleichterung. „Gott sei Dank."

Lukas starrte ihn mit schmerzverzerrtem Gesicht an, doch immerhin war er bei Bewusstsein.

„Ihr verdammten Bastarde!", brüllte Dengler in Govićs Richtung. „Ich schwöre bei Gott, dafür werdet ihr bezahlen!"

Doch für Gović blieben das nur leere Worte. Mit einer beiläufigen Handbewegung befahl er seinen Männern, die Gruppe zu durchsuchen. Sie nahmen ihnen die Taschenmesser – das Einzige, dass sie bei sich hatten und als Waffe verwenden konnten – ab. Einer nach dem anderen wurden Dominic, Hana und schließlich auch Dengler mit verstärkten Kabelbindern die Hände auf den Rücken gebunden. Selbst Lukas blieb nicht verschont.

„Warum fesselt ihr ihn?!", protestierte Dengler. „Er kann euch nichts tun! Er braucht einen Krankenwagen!"

Govič würdigte seine Gefangenen keines Blickes, als er und Victor gemeinsam den Reliquienschrein in seiner steinernen Ruhestätte begutachteten. „Was haben wir denn hier?" Mit einem zufriedenen Grinsen strich er über den verzierten Deckel. „Nehmt es, und dann verschwinden wir. Unsere Arbeit hier ist fürs Erste erledigt."

Victor packte die Griffe der kleinen Truhe, die überraschend leicht war, und hob sie aus ihrer acht Jahrhunderte alten Ruhestätte. Vorsichtig stellte er sie auf den rauen Höhlenboden.

Dominic starrte auf die Truhe und versuchte sich trotz der Dunkelheit jedes noch so kleine Detail einzuprägen, bevor sie sie an sich reißen und damit verschwinden würden. Die Truhe war kleiner, als er es für ein Ossuarium erwartet hatte – etwa 50 Zentimeter lang, 30 Zentimeter breit und 35 Zentimeter hoch. Doch was sie wirklich außergewöhnlich machte, war das Material: kein Kalkstein, wie sonst üblich, sondern gealtertes Hartholz, kunstvoll mit byzantinischem Elfenbein verziert. Die aufwendige Gestaltung deutete unmissverständlich darauf hin, dass ihr Inhalt einst als heilig galt.

Ein ägyptischer Sperrmechanismus – ein Schloss, das nur mit einem speziellen Schlüssel geöffnet werden konnte - hielt die Truhe verschlossen. Doch Dominic hatte keinen Zweifel, dass Govič einen Weg finden würde, das Schloss zu knacken – mit oder ohne Schlüssel.

Dann fiel ihm eine verblasste Inschrift auf der Vorderseite auf. Ohne seinen Helm, der bei dem

Gerangel verloren gegangen war, konnte er von der Gravur jedoch nur wenig erkennen.

„Könnte mir wenigstens jemand zeigen, was genau wir hier gefunden haben?", fragte Dominic, ohne jemanden direkt anzusprechen.

Gović warf ihm einen missbilligenden Blick zu, bevor er Jean-Claude ein knappes Nicken zuwarf, woraufhin dieser seine Helmlampe auf die Truhe richtete.

Dominic nutzte den Moment, um die Inschrift zu entziffern, die in aramäischer Schrift eingraviert war. Sein Herz schlug schneller, als er erkannte, dass die Gravur möglicherweise bis zu zweitausend Jahre alt sein könnte. Er beugte sich näher heran, um die blockartigen Buchstaben des alten Alphabets Stück für Stück zu entschlüsseln.

Langsam lehnte er sich zurück, unfähig zu glauben, was er sah. Dominics Kenntnisse des Aramäischen waren ausgezeichnet, und wenn seine Übersetzung korrekt war, dann war der Inhalt dieses Schreins weltverändernd.

Ein überwältigendes Gefühl aus Demut, Wut und Verzweiflung überkam ihn. Dieses historische Artefakt – potenziell wegweisend für die Geschichte der Menschheit – könnte in die Hände eines dubiosen Sammlers fallen. Oder noch schlimmer.

Gović, der Dominics Reaktion genau beobachtete, ging vor ihm in die Hocke und musterte ihn mit einem durchdringenden Blick. „Was hast du da gelesen? Irgendetwas, das ich wissen sollte?"

Dominic erwiderte seinen Blick kühl. „Ihr wisst genauso viel wie ich."

Gović wusste, dass er von Dominic keine Antworten zu erwarten hatte. „Wir gehen", befahl er. Dann wandte er sich an seine Männer. „Sagt unseren neuen Freunden Lebewohl, Kameraden. *Za dom spremni!*"

Victor und Eric packten die Griffe der Truhe, doch schon im nächsten Moment gerieten sie in einen Streit darüber, wer sie tragen sollte. Währenddessen sagte Jean-Claude beiläufig: „Ich überprüfe nochmal, ob die Fesseln auch wirklich fest sitzen."

Doch Eric und Victor hörten ihm gar nicht zu. Während die beiden schließlich zu einer Einigung kamen, wer die Truhe tragen würde, begann bereits die nächste Diskussion: Wie sollten sie die Truhe durch die engen Spalten bekommen, durch die sie in die Kammer gelangt waren?

Während die beiden also überlegten, nutzte Jean-Claude die Gelegenheit, um die Fesseln zu kontrollieren. Als schließlich Dengler an der Reihe war, drückte er ihm unauffällig ein kleines Schweizer Taschenmesser in die Hand. „Der AISI ist auf dem Weg, um euch zu retten. Aber bleibt vom Eingang fern – Gović will die Höhle sprengen und euch hier einschließen. Ich kann ihn nicht alleine aufhalten, also seid ihr auf euch gestellt."

Dengler, der diese Wendung beim besten Willen nicht kommen sah, hustete absichtlich, um Jean-Claudes Flüstern zu überdecken, und nickte ihm kaum merklich zu.

„Los jetzt!" rief Gović ungeduldig, bevor er und

seine Männer samt der Truhe in Richtung Höhleneingang verschwanden.

Kaum waren sie außer Sicht, klappte Dengler das Taschenmesser auf und begann, die Plastikfesseln um seine Handgelenke durchzuschneiden. Dabei flüsterte er den anderen zu: „Jean-Claude arbeitet für den AISI! Er hat mir ein Messer zugesteckt. Jetzt wissen wir auch, was die Nachricht auf meiner Mobilbox bedeutete. Gović will den Eingang sprengen. Colombo und sein Team sind auf dem Weg, aber wir müssen hier raus!"

Sobald Dengler seine Fesseln gelöst hatte, schnitt er die von Dominic und Hana durch und eilte dann zu Lukas.

„Wie geht's dir? Ist es sehr schlimm?", fragte Dengler, während er die Wunde inspizierte.

„Es tut höllisch weh, Karl, aber ich halte durch. Mit dem Arm bin euch jedoch keine große Hilfe."

Dengler zückte das Erste-Hilfe-Set aus seinem Rucksack und ersetzte die provisorische Bandage durch einen ordentlichen Druckverband. „Halt' durch, mein Lieber. Ich bringe dich hier raus."

„Was machen wir jetzt?" Dominic blickte ihn fragend an.

Dengler überlegte kurz, bevor er eine Entscheidung traf. „Sammelt eure Sachen ein, und folgt mir."

Mit Lukas, der sich auf ihn stützte, führte Dengler die Gruppe in die große Kammer, über die sie in die Sackgasse gelangt waren. Sein prüfender Blick wanderte zur Decke empor und nachdem er kurz seine übrigen Möglichkeiten abwog, zog er eine lange, orangefarbene

Kletterseilrolle, eine Spitzhacke sowie Karabiner und Anker aus seinem Rucksack.

„Wenn Gović den Eingang sprengt, bleibt uns keine andere Wahl. Wir müssen das Lichtloch da oben vergrößern und versuchen, uns durchzuwinden."

Er wandte sich an Dominic. „Michael, ich brauche deine Hilfe. Heb mich auf deine Schultern, damit ich den Schacht breiter machen kann. Zum Glück ist es nicht allzu hoch. Hana, du bleibst auf Abstand, wegen der herabfallenden Steine. Aber halte das Seil bereit."

„Alles klar, Karl", antwortete Hana. „Gott segne die Schweizer Armee."

„Diese Bastarde werden zu spüren bekommen, was Schweizer Rache bedeutet", murmelte Dengler mit geballter Faust. „Und das schon sehr bald. Bereit, Michael?"

„Na dann los, Karl", antwortete Dominic und stellte sich breitbeinig hin, um einen besseren Stand zu haben. Er verschränkte die Hände hinter dem Rücken und spannte jeden Muskel seines Körpers an.

Dengler setzte seinen Fuß in die geschaffene Stütze und drückte sich gekonnt an Dominics Schultern hoch. Seine Beine umschlangen Dominics Nacken, während er seine Balance wieder fand – gerade hoch genug, um mit der Spitzhacke am Lichtschacht zu arbeiten.

Das Loch maß vielleicht zwanzig Zentimeter im Durchmesser und etwa 25 Zentimeter in der Tiefe. Denglers Spitzhacke war wie geschaffen für das verdichtete Erdreich, welches das Loch umgab. Kleine Gesteinsbrocken und Staub rieselten auf Dominics Helm nieder, der glücklicherweise wieder auf seinem Kopf saß. Unermüdlich hackte Dengler weiter und arbeitete sich mit präzisen Schlägen durch das Material, bis das Loch langsam größer wurde.

Nach zwanzig Minuten harter Arbeit war das Loch groß genug, damit ein Mensch hindurchpasste – wenn auch nur mit Mühe.

„Okay, Michael", keuchte Dengler schon etwas außer Atem, während er die Hacke an seinem Gürtel befestigte. „Jetzt stelle ich mich auf deine Schultern und ziehe mich durch das Loch hoch. Hältst du noch durch?"

„Geht schon, Karl. Aber gut, dass du kein bisschen schwerer bist. Lass es uns durchziehen. Wir müssen dieses Reliquiar zurückbekommen."

„Hana?", rief Dengler nach unten. „Das Seil!"

Hana griff nach dem aufgerollten Seil und reichte es ihrem Cousin, der es sich über die Schulter legte.

Vorsichtig verlagerte er sein Gewicht auf Dominics Schultern, während er sich aufrichtete. Mit einem letzten Kraftakt hielt sich Dengler an der Felskante des Lochs fest, spannte seine Muskeln an und zog sich durch den engen Schacht nach oben. Für einen Moment war er verschwunden, bis er schließlich seinen Kopf durch das Loch streckte. Er lächelte.

„Ich werde das Seil hier oben befestigen, damit ihr hochkommen könnt. Bleibt, wo ihr seid."

Dominic sah zu Hana und hob eine Augenbraue. „Als ob wir eine Wahl hätten", murmelte er.

Hana, die sich um Lukas kümmerte, überprüfte noch einmal, ob der Druckverband noch an Ort und Stelle saß. Die Blutung schien unter Kontrolle, aber sie wusste, dass sie ihn schnell aus dieser Höhle bringen mussten.

Oben hatte Dengler einen großen, stabilen Felsbrocken gefunden, an dem er das Seil befestigen konnte. Er zog mit seinem ganzen Gewicht daran, doch der Fels bewegte sich keinen Millimeter. Dann knotete er in regelmäßigen Abständen Schlaufen in das Seil, um eine improvisierte Kletterhilfe zu schaffen. Zusätzlich befestigte er einen Karabiner, an dem sie ihre Rucksäcke festmachen konnten.

Dann ließ er das Seil durch den Schacht hinab.

„Michael, holt alle Rucksäcke zusammen und hängt sie an den Karabiner. Die holen wir als Erstes hoch."

Dominic tat, wie ihm geheißen, und Dengler zog die Ausrüstung mit wenig Mühe nach oben.

„So, und jetzt Hana", entschied Dengler. „Sie kann mir helfen, Lukas nach oben zu bekommen."

Hana drehte sich zu Lukas, strich ihm sanft eine Haarsträhne aus der Stirn und zwinkerte ihm zu. „Ich sehe dich in ein paar Minuten oben wieder."

Sie ging zum Seil und hielt einen Moment inne, bevor sie zu Dominic aufsah. „In was haben wir uns diesmal wieder hineingeritten?"

Er zog sie in eine feste Umarmung, die sie dankbar erwiderte. „Lass uns dich hier rausschaffen."

Hana setzte einen Fuß in die erste Schlaufe, dann die nächste, und bald ragte ihr Kopf durch den Lichtschacht. Dengler packte sie unter den Armen und zog sie auf sicheren Boden. Dann beugte er sich wieder über das Loch und sah zu Dominic hinunter.

„Michael, sei vorsichtig mit Lukas, okay?"

„Wertvolle Fracht kommt hoch", antwortete Dominic mit einem aufmunternden Ton. Er beugte sich zu Lukas hinab. „Wie fühlst du dich, mein Freund?"

„Gedemütigt", gab Lukas zu und verzog das Gesicht. „Es war verdammt dumm von mir, nach der Waffe zu greifen."

„Du hast genau das getan, wofür du ausgebildet wurdest. Gegen diese zahlenmäßig überlegene Truppe skrupelloser, schwer bewaffneter Söldner hatten wir keine realistische Chance. Mach dir also keine Vorwürfe."

Dominic half Lukas, sich mit seiner gesunden Hand an der improvisierten Leiter hochzuziehen. Trotz des Schmerzes und seines schlechten Allgemeinzustandes biss er die Zähne zusammen und kämpfte sich nach oben. Dengler und Hana griffen nach ihm und hievten ihn vorsichtig aus der Höhle.

Oben angekommen, schloss Dengler ihn kurz in die Arme, bevor er ihn zu einem großen Felsen führte, an dem er sich ausruhen konnte.

„Fast geschafft. Jetzt fehlst nur noch du", rief Dengler und blickte hinunter zu Dominic.

Dominic schaute sich ein letztes Mal in der Höhle um, um sicherzugehen, dass sie auch nichts zurückgelassen hatten. Sein Blick verweilte einen Augenblick auf dem Eingang zu jener Kammer, in der sie den Reliquienschrein gefunden hatten. Er nahm das Bild in sich auf, als wollte er es für immer in seinem Gedächtnis abspeichern. Dann atmete er tief durch, schüttelte den Kopf und setzte seinen Fuß in die erste Seilschlaufe.

Doch genau in diesem Moment erschütterte eine gewaltige Explosion die Höhle.

Die Wände erzitterten mit einem tiefen, drohenden Grollen unter der Wucht der Detonation. Staub und Gesteinsbrocken fielen von der Decke herab.

Dominic griff mit der Hand nach oben, in der Hoffnung, sich irgendwo festhalten zu können. Doch die Druckwelle traf ihn mit voller Wucht. Er verlor das Gleichgewicht und stürzte hart zu Boden.

KAPITEL

ZWEIUNDDREISSIG

Der *Fiat Fullback* donnerte mit heulendem Motor über die staubige Landstraße, während Ivan Gović durch den Rückspiegel einen letzten Blick auf das Chaos hinter ihnen warf. Dort, wo einst der Höhleneingang gewesen war, stieg eine dichte, schwarze Rauchsäule in den Himmel – ein düsteres Monument der Zerstörung. Ein zufriedenes Grinsen breitete sich auf seinem Gesicht aus.

Endlich konnte er seiner Mutter sagen, dass die Blutschuld seines Vaters beglichen war. Und im gleichen Zuge hatten sie ein möglicherweise unschätzbares religiöses Artefakt erbeutet. Dieses lag gut verborgen unter einer Plane auf der Ladefläche des Trucks.

Doch sein Gefühl des Triumphs verpuffte augenblicklich, als er ein rhythmisches und tiefes *Whup-Whup-Whup* von Rotorblättern vernahm, das mit jeder Sekunde näherkam.

· · ·

Ein Hubschrauber näherte sich von Süden und kreiste nun direkt über der Explosionsstelle, während drei Polizeifahrzeuge mit heulenden Sirenen auf das Dorf Périllos zurasten.

Ein BRI-Scharfschütze, bewaffnet mit einem *MK14 Enhanced Battle Rifle*, saß mit einem *Steiner*-Fernglas in der offenen Tür des Helikopters. Er durchkämmte die Umgebung – bis er den Truck entdeckte, der sich mit hoher Geschwindigkeit vom Explosionsort entfernte. Sofort funkte er seine Beobachtung an die Bodentruppen der *Sûreté* weiter.

Von seinem SUV aus gab AISI-Direktor Massimo Colombo über Funk den Befehl, dass der Helikopter und die beiden begleitenden Fahrzeuge Govićs Truck verfolgen sollten. Er selbst fuhr weiter in Richtung der aufsteigenden Rauchwolke.

Unterdessen, tief unter den Trümmern in der Höhle begraben, umgab Dominic nur schwarze, undurchdringliche Dunkelheit. Als sein Bewusstsein wieder einsetzte, keimte für einen Moment die Angst, lebendig begraben zu sein, in ihm auf. Er versuchte, sich zu bewegen, den Schutt um ihn herum von sich zu schieben. Konnte er es hier wieder rausschaffen? Oder war dies sein Ende?

Sein rechter Arm war frei. Mit zitternden Fingern wischte er sich den Dreck aus dem Gesicht, um etwas sehen zu können. Und dann – ein Hoffnungsschimmer. Licht.

Er atmete tief durch und zwang sich zur Ruhe. Angst würde ihn nun nur lähmen. Nur wenn er jetzt Ruhe bewahrte, hatte er vielleicht eine Chance.

Mit neuer Kraft begann er, den Schutt und die Trümmer beiseitezuschieben. Er war dankbar, dass sein Helm ihn vor schlimmeren Verletzungen bewahrt hatte. Als sein Kopf endlich an die steinige Oberfläche tauchte, sog er gierig die staubige Luft ein. Doch dann hielt er ungläubig inne – die Explosion hatte den Lichtschacht über ihm noch weiter aufgerissen.

„Michael! Bist du in Ordnung?!" Denglers Stimme hallte von oben wider.

Dominic atmete tief durch und rief zurück: „Ja, es geht mir soweit gut. Ist das Seil oben noch sicher befestigt?"

Dengler zog prüfend daran. „Ja, es hält! Beeil dich, bevor der Boden weiter nachgibt!"

Mit Bedacht setzte Dominic seine Füße in die Schlaufen der provisorischen Seilleiter und kletterte langsam nach oben. Als er den Rand erreichte, packte Dengler ihn fest am Arm und zog ihn mit einem kräftigen Ruck zu sich hinauf.

Kaum hatte Dominic wieder sicheren Boden unter den Füßen, zog Dengler ihn in eine Umarmung – ein Moment wortloser Erleichterung. Doch es gab keine Zeit zum Verschnaufen. Ohne zu zögern, wandte sich Dengler wieder Lukas zu.

Hana hatte in der Ferne bereits die heulenden Sirenen gehört. Basierend auf Jean-Claudes Informationen schlussfolgerte sie, dass Colombo und sein Team bald hier sein müssten.

Sie griff nach ihrem Handy und wählte die Nummer des AISI-Direktors. Colombo nahm sofort beim ersten Klingeln ab.

„Hana! Seid ihr in Sicherheit? Seid ihr noch in der Höhle?"

„Max! Es tut so gut, Ihre Stimme zu hören. Wir haben es rechtzeitig rausgeschafft", sagte sie. „Aber wir brauchen dringend einen Krankenwagen! Lukas wurde angeschossen. Er ist stabil, aber er braucht so schnell wie möglich medizinische Hilfe."

„Wo seid ihr?", fragte Colombo.

Hana schaute sich um, konnte ihren Standort jedoch nicht genau lokalisieren. „Ich bin mir nicht sicher, aber ich kann eure Sirenen hören. Wir sind also in der Nähe. Warten Sie kurz..." Sie wandte sich an Karl. „Wie weit sind wir ungefähr vom Höhleneingang entfernt, und in welche Richtung zu ihm befinden wir uns?"

Dengler ließ seinen Blick über die Landschaft schweifen, sah den Hubschrauber, der in einiger Entfernung flog und in die entgegengesetzte Richtung abdrehte.

„Ungefähr 250 Meter östlich von der aktuellen Position des Helikopters", bestätigte er.

Colombo hatte Denglers Standortmeldung bereits mitgehört.

„Bleibt, wo ihr seid, Hana. Ich lasse euch mit dem Hubschrauber abholen."

„Danke, Max. Ich schulde Ihnen was."

Colombo funkte den Piloten an. „Dreht nach Osten und haltet in der Vegetation Ausschau nach vier

Personen. Sobald Sie die vier an Bord haben, lautet ihr nächsten Ziel: *Centre Hospitalier de Perpignan.*"

Als sie den Helikopter näherkommen sahen, zog Dominic sein Shirt aus und begann, es in der Luft herumzuwirbeln, um den Piloten auf sich aufmerksam zu machen. Dengler suchte derweil nach einer geeigneten Fläche für die Landung. Gemeinsam mit Hana stützte er Lukas, während sie sich zur provisorischen Landezone begaben.

Der Pilot entdeckte mitten im Grünen einen weißen Fleck – Dominics Shirt – und senkte die Maschine genau dort ab, wo Dengler ihn einwies. Kaum hatten die Kufen den Boden berührt, sprang der Bordschütze aus dem Hubschrauber, um Lukas zu helfen.

Sobald alle gesichert an Bord des Helikopters waren, stieg dieser wieder in die Luft und nahm Kurs auf Perpignan.

Während Dominic wieder sein Shirt über den Kopf streifte, grinste Lukas schwach.

„Kein Grund, es nur meinetwegen gleich wieder anzuziehen, Michael."

„Oder meinetwegen", fügte Hana mit errötenden Wangen hinzu.

„Hey, und was ist mit mir?!", rief Dengler gespielt empört.

Sie alle lachten, während Dominic verlegen wurde. „Schön zu sehen, dass du deinen Humor nicht verloren hast, Lukas", sagte er. „Aber die Show ist vorbei. Ich bin nur froh, von dieser Höhle und dem ganzen Wahnsinn hier wegzukommen."

DER SCHWARZE *FIAT FULLBACK* bretterte weiter über die D9 – in die entgegengesetzte Richtung des Hubschraubers. Sie hatten einen großen Vorsprung – kein Polizeifahrzeug war in Sicht. Gović war überzeugt, dass sie ihre Verfolger abgehängt hatten.

Aber Vorsicht war besser als Nachsicht.

„Victor, fahr nach Port Fitou", befahl er. „Dort können wir eine Weile untertauchen."

Sie bogen ab und hielten schließlich vor einem unscheinbaren Bistro direkt an der Mittelmeerküste. Ein perfekter Unterschlupf. Während sie sich ein spätes Mittagessen aus frischen Garnelen und kaltem Bier gönnten, behielten sie den Truck und die kostbare Ladung unter der Plane stets im Auge.

DREIUNDDREISSIG

Während Lukas in der Notaufnahme versorgt wurde, tigerte Dengler rastlos durch die Wartehalle. Es war ihm unmöglich, einfach nur still dazusitzen und auf das Schlimmste zu warten. Zur gleichen Zeit saßen Hana und Dominic etwas abseits im Wartebereich.

„Wenn Jean-Claude nicht gewesen wäre, dann hätten wir es vermutlich nicht aus dieser Höhle geschafft", sagte Hana, nachdem sie dem Geheimdienstleiter die Ereignisse der letzten Stunden geschildert hatte.

Colombo nickte. „Er ist einer unserer besten Undercover-Agenten", erklärte er. „Wir beobachten diese Ustascha-Zelle und Govićs Machenschaften schon seit Langem."

Er verschränkte die Arme und lehnte sich leicht vor. „Zum Glück konnte er euch helfen. Zwar haben wir die Spur des Trucks verloren, aber unser Maulwurf in Govićs Organisation ist weiterhin aktiv. Wir werden herausfinden, was er mit eurem Artefakt vorhat. Was mir jedoch noch größere Sorgen bereitet, ist seine Verbindung zu Sergeant Köhl, dem Sprengstoffexperten der Schweizergarde."

Hana runzelte die Stirn. „Glauben Sie, Dieter hatte etwas mit der Bombe zu tun?"

Bevor Colombo antworten konnte, meldete sich Dominic zu Wort. „Jemand hat Karl eine Voicemail hinterlassen, um uns vor Govič zu warnen. Aber wir haben sie zu spät abgehört, und das, was wir hören konnten, war so verzerrt, dass wir kaum etwas daraus schließen konnten. Außerdem war die Nummer unterdrückt. Es muss jemand sein, der sowohl über Govič als auch von der Bombe Bescheid wusste. Meinen Sie, dass Karl Dieter darauf ansprechen soll?"

Colombo schüttelte den Kopf. „Das wird nicht nötig sein, Pater Dominic. Wir werden Sergeant Köhl sehr genau zu den Ereignissen und seinen Verbindungen zu Govič befragen. Ich glaube nicht an Zufälle."

Dann wechselte er das Thema. „Übrigens – darf ich fragen, was genau sich in diesem Reliquienschrein befindet? Ist es von Bedeutung?"

Hana setzte gerade an, begeistert zu antworten: „Wir glauben, dass es sich um …"

„Eigentlich", fiel Dominic ihr ins Wort und warf ihr einen warnenden Blick zu, „wissen wir es nicht genau. Wir haben ihn erst kürzlich, auf Grundlage von Hinweisen, die ich in den Archiven des Vatikans gefunden habe, entdeckt. Aber keiner von uns hatte die Chance, den Inhalt der Truhe genauer zu untersuchen. Was allerdings klar ist: Wir müssen ihn zurückholen –

unversehrt, wenn möglich. Er könnte für die Kirche von enormer Bedeutung sein."

Colombo musterte ihn einen Augenblick lang. „Vielleicht kann Jean-Claude uns dabei helfen. Sobald er sich wieder meldet, werde ich ihn über die Dringlichkeit der Lage informieren. Aber wie ihr euch sicher denken könnt, laufen Undercover-Einsätze nicht nach einem festen Drehbuch ab. Wir wissen nicht, wie weit er gehen kann, ohne seine Tarnung zu gefährden."

„Wir wären Ihnen sehr verbunden, Max", sagte Dominic ernst.

Colombo erhob sich und verabschiedete sich, als ein Arzt auf Karl zukam. „Ich halte euch auf dem Laufenden."

Nachdem Dengler mit dem Arzt gesprochen hatte, ließ er sich erschöpft auf einen Stuhl neben Hana und Dominic sinken, fuhr sich durch die Haare und sah zu ihnen auf.

„Lukas hatte verdammtes Glück", erklärte er mit sichtlicher Erleichterung. „Die Kugel ist glatt durch den Unterarmmuskel gegangen, ohne Knochen oder Sehnen zu verletzen. Er wird ein paar Wochen brauchen, um wieder diensttauglich zu sein, aber er wird wieder vollkommen genesen."

Dann stöhnte er leise. „Jetzt bleibt mir nur noch die undankbare Aufgabe, das alles unserem Kommandanten zu erklären. Und das wird alles andere als spaßig – vor allem, weil nun auch noch der AISI involviert ist."

GARY MCAVOY

Dominic schmunzelte und schlug vor: „Sag ihm einfach, dass wir beim Höhlenerkunden auf ein paar ungehaltene Einheimische gestoßen sind – und belass es dabei."

Dann wurde sein Ton wieder ernst. „Colombo wird Lukas' Rolle bei dem Ganzen diskret behandeln. Da bin ich sicher. Aber was deinen Freund Dieter anbelangt ... Der wird sich auf unangenehme Fragen einstellen müssen."

Sein Blick wanderte nun zwischen Dengler und Hana hin und her. „Und noch etwas. Solange wir nicht mehr wissen, sollten wir das Reliquiar und alles, was damit zu tun hat, für uns behalten."

Dengler nickte. „Verstanden. Aber ich sage dir eines: Ich will dabei sein, wenn wir diesen Mistkerl zur Strecke bringen."

Dominic konnte Karls Wut nur zu gut nachempfinden. Er fühlte genauso. „Ich weiß, Karl. Aber wir müssen nun klug vorgehen. Gović denkt wahrscheinlich, dass wir in der Höhle gestorben sind. Das könnte uns einen entscheidenden Vorteil verschaffen."

Dengler rieb sich müde das Gesicht. „Wie auch immer ... Für den Moment bleibe ich jedenfalls über Nacht hier bei Lukas. Das Krankenhauspersonal ist ziemlich hilfsbereit und hat mir ein Feldbett in seinem Zimmer organisiert."

Er sah Dominic fragend an. „Wie sieht es bei euch beiden aus? Fahrt ihr zurück nach Rom?"

Dominic schüttelte entschieden den Kopf. „Nicht ohne dich! Wir suchen uns ein Hotel und bleiben hier,

240

bis Lukas transportfähig ist. Ich werde den Vatikan informieren. Wir treffen uns morgen früh beim Frühstück."

Hana lächelte und nickte zustimmend.

Dengler lehnte sich zurück, rieb sich den Nacken und schenkte den beiden ein schwaches, aber zugleich dankbares Grinsen. „Klingt nach einem Plan."

NACHDEM SIE EIN geeignetes Hotel nahe dem Krankenhaus in Perpignan gefunden hatten, zog sich Dominic in sein Zimmer zurück, um einen dringenden Anruf zu tätigen.

Er wählte die Nummer von Enrico Petrini und wartete, während das Freizeichen in seinem Ohr summte. Schließlich nahm der Kardinal ab.

„Enrico, ich wollte dich kurz informieren, dass wir eine kleine Autopanne in Frankreich hatten – und ein paar andere unerwartete Zwischenfälle."

„Andere Zwischenfälle?", fragte Petrini misstrauisch.

„Lange Geschichte", erklärte er vage. „Ich werde dir alles zu gegebener Zeit erklären, aber kannst du mir einen Gefallen tun und dem Kommandanten der Schweizergarde in Kenntnis setzen, warum Karl und Lukas nicht wie geplant zurückgekehrt sind. Außerdem muss auch Bruder Mendoza über meine eigene Abwesenheit informiert werden. Wir werden in ein bis zwei Tagen zurück sein."

Nachdem Dominic aufgelegt hatte, waren Hana und

er zum ersten Mal seit ihrer dramatischen Flucht aus der Höhle allein – und ausgehungert.

Eine große Auswahl an Wechselkleidung hatten sie nicht mitgebracht, also mussten sie mit dem Vorlieb nehmen, was sie hatten. Im hoteleigenen Bistro gönnten sie sich endlich ein wohlverdientes Essen: Seezungenfilet à la meunière, dazu Linsensalat und eine eisgekühlte Flasche *Côte d'Or Chardonnay* – genau das, was sie jetzt brauchten.

Mit jedem Schluck Wein schien der Stress des Tages ein wenig von ihnen abzufallen. Der Druck, die Anspannung – alles verblasste für einen Moment, bis sie sich wieder in das eine Thema vertieften, das ihnen keine Ruhe ließ: das Reliquiar.

„Hast du schon eine Idee, wie wir es zurückbekommen, Michael?", fragte Hana, während sie mit der Gabel in ihrem Salat stocherte.

Dominic nahm einen Schluck Wein und lehnte sich zurück. „Noch nicht. Aber da du die Rätselmeisterin bist, bin ich mir sicher, dass dir früher oder später eine brillante Idee einfällt ..."

Dann wurde sein Blick ernst. „Mich beunruhigt eher die Frage, was Gović damit vorhat. Er wird es vermutlich auf dem Schwarzmarkt verhökern. Falls dieser Fall eintritt, sind unsere Chancen, es wiederzubekommen, so gut wie Null. Der Handel mit geraubten Antiquitäten floriert – besonders in Italien. Dieses Artefakt würde auf dem Schwarzmarkt eine absurde Summe Geld einbringen. Das einzig Gute daran: Solche Objekte erregen Aufmerksamkeit. Wir brauchen jemanden, der Zugang zu Roms Unterwelt hat und der mitbekommen würde, wenn ein solch wertvolles Artefakt zum Verkauf steht."

Hana stocherte noch immer in ihrem Essen herum, doch in Gedanken war sie längst woanders. Sie erinnerte sich an den Moment in der Höhle, als sie das, was sie *Receptaculum* nannten, entdeckt hatten. Daran, wie schnell sich das Blatt gewendet hatte, als Gović und seine Männer auftauchten.

„Dass Jean-Claude genau im richtigen Moment auftauchte, war ein verdammter Glücksfall", murmelte sie. „Ich hoffe, er kann irgendwie verhindern, dass Gović das Reliquiar an den Höchstbietenden verscherbelt."

Dann sah sie Dominic fragend an.

„Übrigens … das wollte ich dich schon die ganze Zeit fragen: Was genau stand dort auf der Seite des Reliquiars? War es überhaupt von Belang?"

Ein kaum merklicher Schatten zog über Dominics Gesicht. Dominic nahm sich eine Serviette, tupfte sich den Mund ab und sah Hana mit gespielter Gelassenheit an. „Oh, das. Ja, das habe ich ganz vergessen zu erwähnen." Er machte eine Pause, bevor er mit ruhiger Stimme fortfuhr: „Darauf stand: *Sarah, Tochter von Yeshua und Mariam.*"

KAPITEL
VIERUNDDREISSIG

Hanas Gabel fiel klirrend auf den Porzellanteller. Ihr Blick war auf Dominic gerichtet, doch ihre Augen schienen durch ihn hindurchzusehen, als hätte er gerade die Grundfesten ihrer Realität erschüttert.

„Ich kann nicht fassen, dass du vergessen hast, das zu erwähnen!" zischte sie leise, während einige der anderen Gäste im Bistro neugierige Blicke in ihre Richtung warfen. „Sarah, Tochter von Jesus und Maria?!"

Dominic hob abwehrend die Hände. „Wann hätte ich denn die Gelegenheit dazu gehabt?", flüsterte er. „Seit der Flucht aus der Höhle hatte ich keine ruhige Sekunde! Außerdem macht es die Sache ohnehin nur noch komplizierter, als sie ohnehin schon ist. Die ganze Zeit dachten wir, das Reliquiar könnte die Gebeine Christi enthalten. Aber wenn wir die Inschrift richtig deuten und es tatsächlich Sarahs Überreste sind, dann wirft das ein völlig neues Licht auf alles."

Hana starrte ihn fassungslos an. „Jesus hatte eine Tochter?!" Ihre Stimme überschlug sich fast. „Wie passt Sarah in dieses Bild?"

Dominic lehnte sich näher zu ihr und sprach gedämpfter. „In den Evangelien gibt es hierzu keine Hinweise, aber in der mündlichen Überlieferung – und ich betone, dass es sich hierbei nur um Legenden handelt – heißt es, dass Maria Magdalena schwanger war, als Christus gekreuzigt wurde. Sie soll drei Monate später eine Tochter zur Welt gebracht haben: *Sarah*, hebräisch für *‚Prinzessin'*. Ein passender Name für die Tochter des Königs der Juden. Die Legende besagt weiter, dass Sarah in Ägypten geboren wurde. Das wäre plausibel, denn viele jüdische Flüchtlinge fanden damals in Alexandria Zuflucht, wenn sie in Israel verfolgt wurden."

Hana lauschte gebannt, ihr Kopf voller Fragen, während Dominic weitersprach: „Zur Zeit von Jesus' Tod war Israel unter römischer Besatzung. Wenn es bekannt geworden wäre, dass Jesus eine Nachfahrin hatte, wäre das für Maria und das Kind lebensgefährlich gewesen. Seine Anhänger hätten diese Wahrheit um jeden Preis geschützt. Zu jener Zeit stand Israel unter römischer Besatzung. Wäre bekannt geworden, dass Jesus eine Nachfahrin gezeugt hätte, hätte das fatale, oder vielmehr tödliche Folgen gehabt – für Maria, für das Kind und für jeden, der sie zu schützen versuchte. Dieses Geheimnis musste um jeden Preis bewahrt werden."

Dominic nahm einen Schluck Wein, ließ die Worte einen Moment sacken und fuhr dann fort. „Jahre nach der Kreuzigung wurden Maria Magdalena und ihre engsten Vertrauten aus Jerusalem verbannt. Eine Gruppe feindlich gesinnter Juden setzte sie zusammen mit Martha, Lazarus, Josef von Arimathäa *und* einer ‚jungen Maid' namens Sarah auf ein steuerloses Boot – ohne Ruder, ohne Segel. Sie trieben sie hinaus auf das tosende Mittelmeer – wohl in der Annahme, dass sie dort sterben würden. Doch durch etwas, was viele für ein Wunder hielten, ertranken sie nicht, sondern strandeten schließlich an der südlichen Küste Galliens, unweit von Marseille."

Hana hörte das alles zum ersten Mal. Als Journalistin war sie es gewohnt, Geschichten auf ihren Wahrheitsgehalt zu prüfen, nach Quellen und Belegen zu suchen. Aber das hier … das fühlte sich an wie der Stoff, aus dem Mythen und Revolutionen gemacht waren.

Dann erinnerte sie sich an etwas.

„Aber Moment – was ist mit dem Papyrus der Magdalena, den wir letztes Jahr gefunden haben?", fragte sie plötzlich.

„Darin schrieb sie doch eindeutig, dass sie ein Reliquiar mit nach Frankreich brachte, in dem die Gebeine ihres Ehemanns, Jesus, ruhten. Also wo ist dieses Reliquiar jetzt?!"

Dominic ließ sich langsam in seinen Stuhl zurückfallen. „Ja …", murmelte er. „Das ist die entscheidende Frage."

Er fuhr sich müde mit der Hand über das Gesicht.

„Selten habe ich mich so hilflos gefühlt wie in den letzten vierundzwanzig Stunden. Ich weiß gerade nicht einmal, wo wir anfangen sollen."

Hana dachte nach, suchte nach einem neuen Anhaltspunkt.

„Was ist mit Simon? Vielleicht kann er uns helfen."

Dominic gab einen zustimmenden Laut von sich.

„Gute Idee. Ich werde mit ihm sprechen. Aber nicht im Vatikan. Das Gespräch muss an einem sicheren Ort stattfinden. Ich werde mich mit ihm in Verbindung setzen, sobald wir zurück sind."

Er trank den letzten Schluck Wein aus seinem Glas und stellte es mit einem leisen *Klonk* auf den Tisch.

„Lass uns für heute Schluss machen. Morgen früh sehen wir, wie es Lukas geht. Wenn er stabil genug ist, reisen wir ab. Wir müssen so schnell wie möglich zurück nach Rom."

DIE MORGENSONNE TAUCHTE Perpignan in ein goldenes Licht und es war für die Jahreszeit ungewöhnlich warm. Auf der Terrasse ihres Hotels, mit Blick auf den sanft dahinfließenden Têt-Fluss, genossen Dengler, Hana und Dominic ein spätes Frühstück.

Entlang des Flussufers erstreckten sich schier endlose, makellos gepflegte Rasenflächen – ein Zeugnis davon, wie stolz die Bürger von Perpignan auf ihr Erbe in der Roussillon-Ebene waren.

Dengler saß mit einem Espresso in der einen und einem frisch gebutterten Croissant in der anderen Hand am Tisch, und meinte schließlich zwischen zwei Bissen:

„Lukas wird heute Mittag entlassen, also können wir dann aufbrechen. Der gestrige Tag wird zwar ein paar Narben nach sich ziehen, aber glücklicherweise keine bleibenden Schäden hinterlassen."

Hana musterte ihren Cousin mit einem wissenden Blick. Sie hatte keinen Zweifel daran, dass Karl die halbe Nacht an Lukas' Seite verbracht hatte – nicht nur aus Pflichtgefühl, sondern vorrangig aus Liebe.

Sie legte ihre Hand auf seinen Arm. „Ich übernehme zuerst das Steuer, Karl. Das Wetter ist perfekt für einen Roadtrip, und nach den Strapazen von gestern kannst du sicher etwas Ruhe gebrauchen."

Dengler seufzte theatralisch. „Deal."

Dann beugte er sich vor und stellte seine Kaffeetasse ab. „Aber sobald wir zurück in Rom sind, will ich mir als Erstes Dieter Köhl vorknöpfen. Ich wüsste gern, ob er seine Finger in unserem kleinen Abenteuer hatte. Die Vorstellung, dass er mit Gović gemeinsame Sache macht, gefällt mir überhaupt nicht."

Dominic nickte nachdenklich. „Da bist du nicht allein, Karl. Ich denke, die AISI sieht das genauso. Max ist ziemlich erpicht darauf, Dieter persönlich zu verhören. Ich bin gespannt, wohin das führt."

Während Hana und Dominic den *Jeep Wrangler* für die Rückfahrt betankten, kümmerte sich Dengler um die Entlassung von Lukas.

Er schob Lukas' Rollstuhl so langsam durch die Wartehalle des Krankenhauses, dass Lukas schon dachte, sie würden nie an der großen Fensterfront ankommen. „Karl, du kannst jetzt wirklich aufhören, mich zu bemuttern."

„Ich bemuttere dich doch nicht", protestierte Dengler.

„Doch, das tust du. Wir sind beide zwei toughe Soldaten, die schon oft mit solchen Situationen konfrontiert waren. Mir geht es gut. Die Kugel hat weder einen Knochen noch eine Arterie getroffen. Es ist lediglich eine Fleischwunde. Ich bin in Nullkommanichts wieder fit!"

Dengler schnaubte. „Du bist erst wieder fit, wenn ich sage, dass du wieder fit bist."

Dann lehnte er sich leicht nach vorne und sah Lukas mit ernster Miene an. „Außerdem – du musst schnell wieder auf die Beine kommen, damit wir diese Bastarde gemeinsam zur Strecke bringen können."

Der *Jeep* stand nun startklar und vollständig beladen vor dem Krankenhaus.

Hana hatte den Wagen vor dem Eingang geparkt, damit Dominic Lukas auf den Rücksitz helfen konnte. Karl setzte sich direkt neben ihn, während Dominic den Rollstuhl zurück ins Gebäude brachte.

Mit einem breiten Grinsen kehrte er zurück, schnallte sich an und trommelte auf das Armaturenbrett. „Auf geht's!", rief er, zeigte in Richtung der Autobahn und lehnte sich entspannt zurück.

Die Rückkehr nach Rom konnte beginnen.

KAPITEL

FÜNFUNDDREISSIG

Unter den angesehensten Antiquitätenhändlern Roms galt Vincenzo Tucci als feste Größe – ein Mann mit einem unvergleichlichen Gespür für etruskische Kunst und einer Diskretion, die ebenso berühmt wie berüchtigt war.

Er war eine Erscheinung, die man nicht so schnell vergaß. Von kleiner, korpulenter Statur und mit einer Haut so blass wie unberührtes Pergament, wirkte er wie eine Figur aus einer alten rumänischen Volkssage. Seine Haarlosigkeit, eine Folge von Alopezie, verlieh ihm ein noch porzellanartigeres Aussehen. Trotz seiner 75 Jahre sah er erstaunlich jung aus. Seine Kunden – meist wohlhabende Kunstsammler und Händler – ließen sich in der Regel nichts anmerken, doch ihre Blicke blieben oft länger als höflich an ihm haften, wenn sie seinen Laden in der Via del Governo Vecchio betraten.

Tucci war ein Meister seines Fachs und ein

angesehener Experte für etruskische Kunst. Sein Geschäft galt als Pilgerstätte für Kunstliebhaber aus aller Welt – ein wahrer Schatzfundus, gefüllt mit Bronzestatuen, filigranen Vasen, antikem Schmuck, gläsernen Artefakten und unzähligen weiteren Kostbarkeiten. Kenner und Sammler traten frühzeitig mit ihm in Kontakt, um sich exklusive Vorkaufsrechte an besonders seltenen Stücken zu sichern, die durch seine Hände gingen.

Doch während seine legale Fassade nach außen hin glänzte, war es sein geheimes Nebengeschäft, das ihm Zugang zu Netzwerken verschaffte, von denen andere nur träumen konnten.

Vincenzo Tucci war mehr als nur ein Antiquitätenhändler. Er war auch *Capo Zona* der *Tombaroli* von Rom – der regionale Boss jener Schwarzmarkträuber, die archäologische Stätten plünderten.

Mit seinem unfehlbaren Instinkt für juristische Grauzonen hatte er es geschafft, nie direkt in die Schusslinie der Justiz zu geraten.

Seit Jahrhunderten florierte der Schwarzmarkt für antike Kunst in Italien.

Lange bevor Michelangelo den Pinsel schwang und andere Künstler der Renaissance mit Marmor und Leinwand Meisterwerke hervorbrachten, hatten Kunsthandwerker des Alten Griechenlands, Roms und Ägyptens Bronzeskulpturen, Terrakotta-Vasen und andere Schätze geschaffen. Während einige dieser Werke in Museen ihren Platz fanden, befand sich der

Großteil in den privaten Sammlungen wohlhabender Käufer – die oft selbst in zwielichtigen Kreisen verkehrten.

Die *Tombaroli* führten eine geheime Liste von Hehlern und Vermittlern. Fand jemand ein seltenes Fundstück von besonderem Wert, dessen Verkauf nicht auf legalem Wege erfolgen konnte, gab es keine Frage, an wen er sich zuerst wandte. Und dieser Jemand war Tucci.

Er hatte die richtigen Kontakte – Experten, die ein Artefakt diskret authentifizieren konnten, und Käufer, die bereit waren, Unsummen für Stücke zu zahlen, die eigentlich in ein Museum gehörten.

Doch mit solchen Geschäften ging ein Risiko einher.

Italien verteidigte sein kulturelles Erbe mit eiserner Faust, und die Strafen für den Handel mit gestohlenen Antiquitäten waren hart.

An der vordersten Front dieses Kampfes stand eine Spezialeinheit der Carabinieri, die weltweit eine der führenden Organisationen im Kampf gegen den illegalen Handel mit Kunst und Kulturgütern ist: Die *Tutela Patrimonio Culturale*.

Ihr Hauptquartier lag in einem prächtigen, vierstöckigen Barockpalast an der Piazza Sant'Ignazio – direkt gegenüber der Jesuitenkirche St. Ignatius, berühmt für ihre atemberaubenden Trompe-l'oeil-Fresken von Andrea Pozzo.

An der Spitze dieser Einheit? Colonel Benito Scarpelli. Ein Mann mit scharfem Verstand, Ende sechzig, der seine Karriere nicht in einer Polizeischule begonnen hatte, sondern als Kurator für Antiquitäten bei Sotheby's in London.

Er selbst kannte sich in der Welt des Kunsthandels besser aus als seine Feinde. Sein Name war in Schmugglerkreisen gefürchtet - und sein Weg hatte sich schon oft mit dem Vincenzo Tuccis gekreuzt.

Was Tucci jedoch nicht wusste, war, dass Scarpelli seit Jahren eine permanente Telefonüberwachung auf Tuccis Leitungen eingerichtet hatte. Alle fünfzehn Tage wurde die Genehmigung für diese erneuert, wie es das italienische Gesetz vorschrieb. Und jedes Mal erwies sie sich als äußerst lohnend.

~

WÄHREND KARDINAL DANTE nach dem Abschluss des päpstlichen Konsistoriums wieder nach Buenos Aires zurückgekehrt war, um seine nächsten politischen Schachzüge zu planen, hatte sich Ivan Gović entschieden, noch eine Weile in Rom zu bleiben.

Das großzügige Angebot des Kardinals, ihn nach Argentinien mitzunehmen und die Flugkosten zu begleichen, hatte er höflich abgelehnt.

Bevor er nach Hause zu seiner Familie zurückkehren konnte, gab es noch eine Angelegenheit zu klären. Eine, die weitaus lohnender sein könnte, als Dante ahnte.

Es hatte kaum Mühe gekostet, die hölzerne Truhe zu öffnen, die sie aus der Höhle geborgen hatten – bevor sie den Eingang gesprengt und Dominic und seine Freunde ihrem Schicksal überlassen hatten. Doch das war nur der erste Schritt.

GARY MCAVOY

Das eigentliche Reliquiar, das sich in der Truhe befand, war durch ein antikes Schloss gesichert – und Gović wusste, dass er es nicht einfach mit Gewalt aufbrechen konnte, wenn er das Artefakt gewinnbringend verkaufen wollte.

Für diesen Job brauchte er einen Spezialisten. Jemanden mit geschickten Händen und einer gewissen Affinität für das Unmögliche. Zufällig kannte er jemanden, dessen außergewöhnliche Fähigkeiten im Schlösserknacken einen legendären Ruf in der Underground-Szene genossen. Einen Meister im Öffnen komplexester Schlösser.

Das uralte, gesicherte Schloss des Reliquiars leistete kaum Widerstand gegen die erfahrenen Hände des Mannes.

Mit einer Sammlung antiker Skelettschlüssel und dem präzisen Feilen der Zähne eines Buntbartschlüssels brachte er die Sperrzungen des Schlosses exakt in die richtige Position.

Er führte den Schlüssel in den Schließzylinder, drehte ihn langsam – ein Moment der Stille. Dann: *Klick*.

Das Schloss war offen.

Gerade als der *Locksport*-Enthusiast den Deckel anheben wollte, legte Gović schnell eine Hand darauf. „Ich öffne es lieber selbst. Danke."

Der Mann nickte, zog seine Hand zurück und überreichte Gović den Schlüssel.

Nachdem Gović ihn gebührend entlohnt hatte, wartete er, bis die Tür seines Hotelzimmers zu war, bevor er sie von innen verriegelte.

Allein in der abgeschiedenen Dämmerung seines

Hotelzimmers, stand Gović vor dem Reliquiar und atmete tief durch. Seine Finger strichen über das abgenutzte Holz und sein Herz begann einen Takt schneller zu schlagen. Langsam hob er den Deckel an und warf einen Blick ins Innere der Truhe.

Doch anstatt des erhofften Schatzes sah er etwas, das ihn stutzen ließ.

KAPITEL

SECHSUNDDREISSIG

R om. Endlich.
Die hohen Mauern des Vatikans, die kühlen
Schatten der Archive, das beständige Flüstern
der Gelehrten – Dominic hatte selten solch eine
Erleichterung verspürt, wieder hier zu sein. Hier fühlte
er sich sicher und zu Hause und dafür gab es zwei
Gründe.

Zum einen hatte Colombo ihm versichert, dass Ivan
Gović sich derzeit auf der Flucht befände und keine
unmittelbare Gefahr mehr für ihn oder seine Freunde
darstelle. Die AISI hatte Gović im Visier und es war nur
noch eine Frage der Zeit, bis sie ihn fassen würden.
Seine Tage in Freiheit waren also gezählt.

Doch der zweite Grund war persönlicher – und fast
ebenso beruhigend. Denglers unermüdlicher Eifer, ihn
für die Faszination des Cavings zu begeistern, hatte
endlich ein Ende gefunden. Dominic hatte endgültig

genug von engen Felsspalten, stickiger Luft und allem, wofür eine Kletterausrüstung vonnöten war.

Seine Abenteuer lagen zwischen den Seiten alter Manuskripte – nicht in dunklen Steingräbern oder vor dem Lauf einer Waffe.

Er genoss lieber die Schönheit Roms, beim Lauf durch die farbenfrohen, lebhaften Straßen seiner Wahlheimat.

Wie so oft fand er Simon Ginzberg im Pio-Lesesaal, mit dem Gesicht über einem Stapel Pergamenten und vollkommen vertieft in seine Arbeit, ohne von der Welt um ihn herum Notiz zu nehmen.

Seine Finger strichen über die vergilbten Seiten, sein Blick war konzentriert auf die Schlachten von Damiette und Al Mansurah in Ägypten gerichtet. Es waren genau die Papiere, die Dominic ihm gegenüber kürzlich erwähnt hatte – und die noch immer darauf warteten, analysiert zu werden.

„*Buongiorno*, Simon." Dominic setzte sich ihm gegenüber auf einen Stuhl.

Der Gelehrte blickte auf, blinzelte und ein breites Lächeln erhellte sein Gesicht. „Michael! Welch eine Freude, dich wiederzusehen." Er legte seinen Bleistift beiseite und streckte die Arme zur Seite, um seine steifen Glieder etwas zu lockern. „Was verschafft mir die Ehre?"

„Tut mir leid, Simon, ich habe nicht viel Zeit – und dies ist ohnehin nicht der richtige Ort für dieses Gespräch." Dominic sprach leise, sodass nur Ginzberg ihn hören konnte. „Wir müssen dringend reden. In den letzten Tagen ist so viel passiert, das selbst ich kaum begreifen kann."

„Nun, mein junger Freund, du hast, wie immer, meine volle Aufmerksamkeit." Er schob seine nach vorn gerutschte Brille zurück auf ihren Platz. „Wie wäre es mit heute Abend in meinem Büro an der Universität?"

Dominic nickte. „Perfekt. Vielleicht kommt Hana auch mit, wenn sie Zeit hat. Wir sind gerade erst aus Frankreich zurückgekehrt und haben eine Menge zu erzählen."

Ginzberg beugte sich vor, seine Stimme kaum mehr als ein Flüstern. „Habt ihr gefunden, wonach ihr gesucht habt, Michael? War das Reliquiar dort?"

Dominics Blick schweifte prüfend durch den Raum, bevor er antwortete: „Ja, wir haben ein Reliquiar gefunden. Aber nicht das, welches wir zu finden erwarteten. Und dann haben wir es… verloren. Das ist eine lange Geschichte. Wir reden am besten heute Abend darüber."

Ginzberg schloss für einen Moment die Augen, als müsse er sich sammeln. „Du stellst meine Geduld wie mir scheint auf eine wahre Probe."

Dominic grinste und klopfte ihm zum Abschied auf die Schulter. „Ja, aber jetzt hast du etwas, worauf du dich freuen kannst. Ich verspreche dir – es wird eine Geschichte sein, die es wert ist, erzählt zu werden. Bis heute Abend, Simon."

~

AM ABEND SCHWANG sich Dominic hinter das Steuer von Denglers *Jeep*, holte Hana an ihrem Hotel ab und lenkte den Wagen hinaus aus dem geschäftigen Herzen Roms in Richtung Zagarolo, wo die *Teller*-Universität lag, an der Ginzberg lehrte.

Als sie den Campus erreichten, war es bereits spät, doch trotz der fortgeschrittenen Stunde herrschte dort noch reges Treiben. Überall standen kleine Gruppen von Studenten beisammen. Eine Gruppe Chassidim hatte sich mit Gebetsbüchern in den Händen um ein Spiegelbecken versammelt und betete die sogenannte Achtzehnbitte. Sanft wippend sprachen sie leise und rhythmisch ihr Gebet.

Dominic parkte den *Jeep* in der Nähe des Caprioli-Palastes, und gemeinsam machten sie sich auf den Weg zu Simon Ginzbergs Büro im obersten Stockwerk.

Ginzberg war gerade in ein Gespräch mit einem seiner Studenten vertieft, als Hana und Dominic die Tür zu seinem Büro öffneten. Kaum hatte er Hana erblickt, hellte sich sein Gesicht auf, und er erhob sich freudig aus seinem Stuhl.

„Meine liebe Hana! Ich freue mich, dich wiederzusehen! Mir ist bereits zu Ohren gekommen, dass ihr ein außergewöhnliches Abenteuer hinter euch habt – doch Dominic war bisher sehr wortkarg, was das anbelangt", begrüßte er sie herzlich und deutete auf die beiden Stühle vor seinem Schreibtisch.

Hana warf Dominic einen Blick zu – eine stumme Aufforderung, das Reden zu übernehmen.

Simons Augen folgten ihrem Blick, bis beide erwartungsvoll zu dem Priester sahen. Dieser seufzte leicht und schmunzelte. „Dann bin ich wohl an der Reihe."

Als alle Platz genommen hatten, begann Dominic zu erzählen – von der rätselhaften Karte, die er in den Vatikanischen Archiven entdeckt hatte, bis hin zu dem Überfall vor der Vatikanmauer, bei dem ihm sein Rucksack mitsamt der Karte und seinen Notizen gestohlen wurde.

Ginzberg schüttelte fassungslos den Kopf. „Diese Halunken!", zischte er empört.

„Schon damals hatten wir den Verdacht, dass Ivan Gović dahintersteckt – der Sohn von Petrov Gović, dem Ustascha-Anführer. Du erinnerst dich sicher an ihn. Letztes Jahr in diesem Lagerhaus, als Hana entführt wurde? Wir wurden gewarnt, dass er auf Rache für den Tod seines Vaters sinnen könnte."

„Ja, ich erinnere mich. Schrecklich, was da passiert ist – aber immerhin hatte es einen guten Ausgang."

Dominic fuhr fort und schilderte ihre Erkundung durch die Höhle – den Moment der Entdeckung des Reliquiars und wie dieser sich innerhalb von Sekunden in einen Albtraum verwandelte, als Gović unerwartet auftauchte.

„Stell dir vor, Simon: Wir standen inmitten eines Augenblicks voller Ehrfurcht, bereit, das Reliquiar zu bergen – und dann, aus dem Nichts, wurden wir mit Waffen bedroht! Lukas wurde in einem Handgemenge sogar angeschossen, aber die Kugel hatte Gott sei Dank ‚nur' seinen Unterarm getroffen. Leider riss sich Gović das Reliquiar unter den Nagel und ließ uns gefesselt zurück. Er hatte vor, die ganze Höhle in die

Luft zu jagen und uns unter den Trümmern zu begraben."

Ginzberg starrte ihn mit offenem Mund an.

„Zum Glück war einer der Männer ein Undercover-Agent des AISI. Ohne ihn wären wir jetzt nicht hier und würden mit dir sprechen."

„Gott sei Dank!" rief Ginzberg aus. Dann, mit ungeduldiger Neugier: „Aber sag mir, Michael – was genau hat es mit diesem Reliquiar auf sich?"

Bevor Dominic antworten konnte, meldete sich Hana zu Wort: „Wir hatten kaum Gelegenheit, es genauer zu untersuchen, aber Michael hat etwas entdeckt, dass dich interessieren dürfte."

Ginzberg platzte schier vor Neugierde und richtete seinen Blick gespannt auf Dominic, der die Hände vor sich auf dem Tisch faltete. Er beschrieb die äußerliche Erscheinung des Reliquiars: die Maße; das Material; die byzantischen Elfenbeinverzierungen, die eindeutige Hinweise darauf waren, dass es als heilig galt; und das ägyptische Kastenschloss. „Und, Simon – an der Seite war eine aramäische Inschrift, wie wir sie von Ossuarien kennen, auf denen die Namen der Verstorbenen eingraviert sind."

Er hielt einen Moment inne, bevor er den entscheidenden Satz aussprach: „Die Inschrift lautete: *Sarah, Tochter von Yeshua und Mariam*'"

Ginzberg hielt den Atem an. Das einzige Geräusch im Raum war das leise Knarren des Stuhls, in dem er sich zurücklehnte. Sekunden verstrichen, bevor er murmelte: „Das hatte ich nun wirklich nicht erwartet. Dann könnten die Legenden also tatsächlich wahr sein."

Dominic nickte. „Genau das dachte ich auch."

Doch dann schärfte sich Ginzbergs Blick.

„Aber das wirft eine neue Frage auf", überlegte Ginzberg laut. „Wo ist das Christus-Reliquiar, von dem Maria Magdalena in ihrem Papyrus sprach?"

Dominic zuckte mit den Schultern. „Ich weiß es nicht – noch nicht jedenfalls. Aber im Moment müssen wir nur eines tun: Dieses Reliquiar zurückholen, bevor es auf dem Schwarzmarkt verhökert wird. Nenn es eine Vorahnung, aber ich bin mir sicher, dass Gović genau das plant."

„Das klingt plausibel, Michael. Da könntest du vermutlich recht haben", sagte Ginzberg und strich sich nachdenklich durch seinen Van-Dyke-Bart. „Ich werde meine Kontakte spielen lassen. Falls jemand versucht, etwas so Außergewöhnliches zu verkaufen, wird jemand in meinen Kreisen Wind davon bekommen. Meiner Erfahrung nach haben wir allerdings nicht viel Zeit. Solche Schätze wechseln auf dem Schwarzmarkt meist blitzschnell den Besitzer."

Dominic atmete tief durch. „Danke, Simon, ich hatte gehofft, dass du uns in irgendeiner Weise helfen könntest."

„Ich kann meine Faszination für dieses Sarah-Reliquiar gar nicht in Worte fassen. Wir müssen es unbedingt wiederfinden, Michael. Es könnte von ungeahnter Bedeutung sein."

Dominic war derselben Meinung. „Das Reliquiar ist jetzt meine oberste Priorität, Simon. Das – und Gović seiner gerechten Strafe zuzuführen. Ich weiß nicht, worauf Agent Colombo noch wartet, aber ich hoffe, dass seine Ermittlungen bald abgeschlossen sind."

„Ich überlasse dir, was du mit Govic tun willst, aber ich gebe dir einen jiddischen Rat: Freue dich nicht über den Sturz deines Feindes – aber eile auch nicht, ihm aufzuhelfen."

Dominic lachte. „Weise Worte. Ich werde es mir merken."

Nach einer herzlichen Verabschiedung verließen Dominic und Hana Ginzbergs Büro.

„Hast du Lust, gemeinsam zu Abend zu essen, Michael?"

„Ich habe gehofft, dass du das fragst. Ich sterbe vor Hunger."

Zurück im *Rome Cavalieri Hotel* reservierte Hana einen Tisch im *La Pergola*. Die nächste Stunde verbrachten sie in der *Tiepolo Lounge*, wo sie bei einem Drink ihre nächsten Schritte planten.

SIEBENUND-
DREISSIG

Im Laufe der Jahre waren die exquisitesten Antiquitäten durch die Türen seiner Galerie gewandert. Neben seiner unbestreitbaren Expertise für etruskische Artefakte hatte er ein geschultes Auge für Kunstschätze aus unterschiedlichsten Kulturen und Epochen entwickelt. Er verstand den Handel als Kunst und nutzte jede Gelegenheit, seltene Stücke an zahlungskräftige Sammler zu vermitteln – doch am Ende blieben sie für Tucci nichts weiter als Waren, reine Tauschgüter, mit denen er Geschäfte machte. Die überschwängliche Begeisterung für solche Sammlerstücke überließ er seinen Kunden.

Doch als Ivan Gović in seinem privaten Hinterzimmer ein uraltes Reliquiar auf den schweren Holztisch stellte, verschlug es selbst ihm kurz die Sprache.

Normalerweise gehörten Fragen zur Herkunft eines Objekts zum notwendigen Standard – zumindest, wenn es sich um legale Transaktionen handelte. Es gab jedoch Gelegenheiten, in denen es klüger war, keine Fragen zu stellen. Diesmal siegte die Neugier.

„Wo haben Sie ein solch außergewöhnliches Stück gefunden?", fragte er, während sein Blick förmlich an dem Reliquiar klebte.

Gović zögerte einen Moment. „Ähm... in einer abgelegenen Höhle in Frankreich. Man sagte mir, es habe dort seit achthundert Jahren gelegen und stehe wohl in irgendeiner Verbindung zu Maria Magdalena."

Der Name der ehrwürdigen Heiligen ließ den Antiquar aufhorchen. „Stammt diese Information aus einer verlässlichen Quelle?", fragte Tucci, während er den Deckel des Reliquiars vorsichtig anhob und einen ersten Blick auf dessen Inhalt warf.

Gović griff wortlos in seinen Rucksack und zog eine alte, kunstvoll gefertigte Karte hervor – Vescontes Karte – sowie Ginzbergs Übersetzung der Guillaume-de-Sonnac-Aufzeichnungen. „Diese beiden Stücke könnten Ihre Frage beantworten", sagte er und legte alles auf den Tisch.

Tuccis Blick wanderte langsam vom Reliquiar zur Karte. Er nahm sie vorsichtig in die Hand, fuhr mit den Fingern über die filigran gearbeiteten Katgutschnüre und griff nach einer Lupe. Es dauerte nicht lange, bis der Antiquar auf die winzige Signatur stieß, welche den Schöpfer dieses Werkes preisgab – Pietro Vesconte. Ein Name, der für sich sprach. Tucci kannte die legendären

Arbeiten Vescontes nur zu gut. Allein diese Information war ein starkes Indiz für die Echtheit beider Artefakte.

„Die Karte führte uns zu dem Reliquiar", erklärte Gović und deutete auf die Dokumente von Guillaume de Sonnac. „Und hier finden Sie Aufzeichnungen über seine Geschichte. Ich weiß nicht genau, woher diese Dokumente stammen, aber sie waren der Karte beigelegt."

Tucci blätterte durch die Seiten und begann zu begreifen, womit er es hier zu tun hatte.

„Ich werde Zeit brauchen, um all das genauer zu prüfen und einige Kontakte zu bemühen, um die Echtheit zu verifizieren. Haben Sie es eilig?"

„Je schneller, desto besser", entgegnete Gović.

Tucci rieb sich das Kinn und überlegte kurz, bevor er fortfuhr: „Nun, wenn wir uns einig werden, gibt es zwei Möglichkeiten. Eine Möglichkeit wäre die Kommission, bei der…"

„Ich bevorzuge eine diskretere, inoffizielle Handhabung", unterbrach ihn Gović abrupt. „Verschwiegenheit ist mir in jeder Hinsicht wichtig – wenn Sie verstehen, was ich meine. Ich habe mich im Vorfeld über Sie und Ihr Geschäft informiert, Vincenzo. Meine Kontakte bei den *Tombaroli* sprechen von Ihnen in den höchsten Tönen – vor allem wegen Ihrer Diskretion."

Tucci schwieg einen Moment. Aus geschäftsmäßiger Routine wurde kalkulierende Vorsicht. „Ich werde natürlich darauf bestehen, den Namen Ihres Kontakts in dieser Gemeinschaft zu erfahren. So wie Sie auf Ihre Sorgfalt bedacht sind, achte auch ich darauf, meine

Geschäftspartner eingehend zu prüfen, bevor ich mit ihnen Geschäfte abschließe."

„Mein Kontakt bei den *Tombaroli* ist Alfredo Moretti. Er wird für mich bürgen."

Tucci nickte. „Ja, ich kenne Fredo. Seien Sie versichert, dass ich mit ihm sprechen werde. Bis dahin bleibt unser Geschäftsvorhaben selbstverständlich unter uns – ganz in Ihrem Sinne. Wie Sie sich denken können, lege ich Wert auf beiderseitige Diskretion."

Gović grinste zufrieden. „Selbstverständlich."

KAUM HATTE Gović den Laden verlassen, verschloss Vincenzo Tucci die Eingangstür und löschte das Licht in der vorderen Galerie, bevor er zurück in sein privates Hinterzimmer ging, wo noch immer das Reliquiar auf dem massiven Holztisch lag. Dort angekommen, öffnete er die Truhe erneut – diesmal ohne Zeitdruck und mit viel Ruhe und Muße.

Was er sah, war ein Anblick, den er nicht alle Tage zu sehen bekam: Knochen – ein kleiner Schädel, ein Paar Hände, sowohl die linke als auch die rechte. Dazwischen lagen mehrere filigrane Schmuckstücke sowie eine kleine Phiole mit Myrrhe – jenem alttraditionellen Graböl, das für Leid und Gebrechen stand. Doch unter all dem verbarg sich das kostbarste Artefakt dieses Fundes. Mit größter Sorgfalt hob er ein vergilbtes Pergament aus dem Reliquiar. Es war übersät mit rätselhaften Symbolen und einer Schrift, die auf den ersten Blick Koine-Griechisch zu sein schien.

Tucci betrachtete das Reliquiar von außen etwas

genauer und stieß auf die eingravierte Inschrift auf der Vorderseite. Er zückte sein Telefon und knipste ein paar Fotos – von der Inschrift, von den Knochen, von den Schmuckstücken, dem Pergament und den Dokumenten, die Gović beigelegt hatte. Er legte sein Smartphone beiseite, griff zum Telefonhörer und wählte eine private Nummer in Russland. Das Freizeichen ertönte zweimal, dann hob jemand ab.

„*Da?*", meldete sich eine Stimme.

„Guten Abend, Mister Zharkov. Hier spricht Vincenzo Tucci aus Rom", begrüßte Tucci ihn mit seiner üblichen Geschäftsstimme. „Ich habe hier ein außergewöhnliches Objekt auf meinem Tisch, das Sie brennend interessieren dürfte – ein uraltes Reliquiar von enormer biblischer Bedeutung. Es wird gerade auf seine Authentizität geprüft. Wird es Ihnen in nächster Zeit möglich sein, nach Italien zu reisen? Ich verspreche Ihnen, das sich diese Reise lohnen wird."

Am anderen Ende der Leitung blieb es für einen Moment still. Dann kam die Antwort, nüchtern, bedauernd.

„Das wird leider nicht möglich sein, Vincenzo", erwiderte Zharkov schließlich. „Die italienischen Behörden haben mir ein Einreiseverbot erteilt – eine unglückliche Konsequenz gewisser früherer Geschäfte. Dennoch bleibt mein Interesse ungebrochen. Ich vertraue auf Ihr geschultes Auge. Fahren Sie mit Ihren Prüfungen fort, und danach besprechen wir, wie wir weiter verfahren. In der Zwischenzeit – könnten Sie mir einige Bilder von dem schicken, was Sie dort haben?"

Ein zufriedenes Lächeln huschte über Tuccis Gesicht. „Aber selbstverständlich, *Signore*", sagte er mit spürbarer Begeisterung. „Sie haben die Bilder in Kürze in Ihrem Mailpostfach."

ACHTUNDDREISSIG

Dmitry Zharkovs Penthouse im obersten Stockwerk des 58-geschossigen *Imperia Towers* an Moskaus *Goldener Meile* war nicht nur eine der begehrtesten Immobilien der Stadt – es war auch eine Festung.

Von hier aus konnte er auf den Kreml blicken, auf die leuchtenden Kuppeln der Basilius-Kathedrale und das nahe gelegene Zachatevsky-Kloster. Doch das Penthouse in Moskva-City war nur eines von vielen, die Zharkov rund um den Globus besaß. Was ausgerechnet dieses Domizil so besonders machte, war nicht die Aussicht, sondern das, was sich darin befand. Es war eine wahre Schatzkammer, die einen Teil seiner gewaltigen Sammlung beherbergte. Darunter befanden sich kostbare russische Ikonographie, frühe Meisterwerke von Picasso, Braque und Matisse, antike Vasen und steinerne Drachenschildkröten aus der Ming-Dynastie. Und dann die Stücke, die nie in offiziellen

Katalogen auftauchen würden – sogenannte „Trophäenkunst", die von den Nazis während des Zweiten Weltkriegs beschlagnahmt wurden und nun offiziell Eigentum der Russischen Föderation waren. Doch was waren schon Gesetze für jemanden mit den richtigen Verbindungen? Besonders, wenn diese bis an die Spitze der Macht reichten.

Sein jüngster Neuzugang war sein drittes Fabergé-Ei – eine Rarität, von der es nur 57 bekannte Exemplare auf der Welt gab.

Als einer der reichsten Oligarchen Russlands stand Dmitry Maksimovitch Zharkov an der Spitze der Sammlerelite. Was er wollte, bekam er auch. Geld? Eine reine Formalität. Doch seine wahre Leidenschaft galt jenen Objekten, die auf legalem Wege schlicht unerreichbar waren.

Sein neuestes Begehren richtete sich auf Artefakte aus dem Heiligen Land: uralte religiöse Relikte, Tongefäße aus der Bronzezeit, seltene etruskische Büsten … Schätze, nach denen selbst die renommiertesten Museen der Welt lechzten, doch die für sie unerreichbar blieben.

In den exklusiven Kreisen des globalen Antiquitätenhandels war Zharkov eine bekannte Größe – nicht nur unter ehrbaren Händlern, sondern auch außerhalb der offiziellen Märkte. Und oft waren es gerade diese Kreise, in denen die begehrtesten Schätze auftauchten. Ob legal oder nicht – für ihn spielte das keine Rolle.

Als sein Handy klingelte und der Name Vincenzo Tucci auf dem Display erschien, wusste Zharkov sofort, dass dies kein Anruf aus reiner Höflichkeit war. Tucci gehörte zu seinen zuverlässigsten Vermittlern. Er hatte Zugang zu Objekten, die so selten waren, dass sie eine nächtliche Störung auf seinem privaten Telefon rechtfertigten.

Doch es gab ein Problem. Dmitry Zharkov war in Italien zur *Persona non grata* erklärt worden. Die *Tutela Patrimonio Culturale*, eine Spezialeinheit zur Bekämpfung von Kunstkriminalität, hatte über ihn wegen seiner berüchtigten Machenschaften mit gestohlenen Antiquitäten ein Einreiseverbot verhängt. Doch das kümmerte ihn wenig. Er musste nicht selbst nach Italien reisen, um zu bekommen, was er wollte. Dafür hatte er Leute – darunter einen gut platzierten Maulwurf in den Reihen von Interpol, der ihm regelmäßig geheime Informationen zuspielte. Wissen war Macht. Und Macht bedeutete, dass Zharkov immer einen Schritt voraus war.

Denn es gab nur wenige Dinge im Leben, die berauschender waren als der Besitz von unersetzlichen, einzigartigen Artefakten – Dinge, die niemand sonst je in den Händen halten würde.

Und nun hatte Tucci seine ungeteilte Aufmerksamkeit.

NEUNUNDDREISSIG

„Ich nehme an, Sie wissen, warum Sie hier sind, Sergeant Köhl?"

Massimo Colombo saß mit verschränkten Armen gegenüber von Dieter Köhl am Tisch in *Verhörraum 2* des AISI-Hauptquartiers. Die einzige Lichtquelle war eine Hängelampe über dem Tisch, die gnadenlos jede Regung, jede Spur von Nervosität hervorhob. Keine Fenster, keine Lüftung – nur Hitze und stickige Luft, die langsam an den Nerven zerrte. Ebenso anwesend war ein Sprengstoffspezialist der Behörde – ein unübersehbarer Hinweis darauf, dass dieses Gespräch nicht aufgrund einer Lappalie stattfand.

„Ich habe nicht die leiseste Ahnung", entgegnete Köhl und versuchte, Haltung zu bewahren. „Der *Poliziotto*, der mich abgeholt hat, sagte nur, es gehe um eine Angelegenheit von nationaler Sicherheit."

Colombo neigte den Kopf leicht zur Seite und ließ

sich Zeit, bevor er fragte: „Kennen Sie einen Mann namens Ivan Gović?"

Köhl erstarrte für den Bruchteil einer Sekunde. Schweißperlen begannen sich über seiner Oberlippe zu bilden. „Ja, ich kenne Ivan. Warum?"

„Wie lange kennen Sie ihn schon, und wie genau würden Sie Ihre Beziehung zu ihm beschreiben?"

Köhl zögerte. „Ich erinnere mich nicht mehr genau, wann oder wo wir uns kennengelernt haben, aber es ist schon eine Weile her. Wir sind nicht besonders eng befreundet, falls Sie das wissen wollen."

„Mir ist bekannt, dass Sie ein Experte für Sprengstoffe sind. Korrekt? Dass Sie durch Ihre Zeit in Afghanistan mit Bomben bestens vertraut sind?"

„Das ist richtig", antwortete Köhl. „Ich habe im Armee-Aufklärungsdetachement 10 gedient, bevor ich zur Schweizergarde kam." Er hielt kurz inne. „Darf ich erfahren, worum es hier eigentlich geht?"

Colombo ließ sich Zeit mit der Antwort und wählte seine nächsten Worte mit Bedacht. „Wir haben Grund zu der Annahme, dass *Signor* Gović kürzlich eine Bombe gezündet hat – eine Plastiksprengladung, um genau zu sein. Sie wurde bei einer Straftat in Südfrankreich eingesetzt. Wissen Sie etwas über einen solchen Sprengsatz?"

Köhl spürte, wie seine Kehle plötzlich staubtrocken wurde. Mit einem Schlag wurde ihm klar, dass man ihn ausgenutzt hatte – und dass nun er den Kopf hinhalten musste.

„Agent Colombo, ich hatte keine Ahnung!" Er sprach jetzt schneller, fast hektisch. „Ich wusste nicht, dass Gović den Sprengstoff für kriminelle Zwecke einsetzen würde! Er versicherte mir, dass er ihn für eine Farm außerhalb Roms benötige um einen riesigen Felsbrocken zu entfernen! Ich schwöre Ihnen, ich hatte nichts mit dem, was in Südfrankreich passiert ist, zu tun! Sie müssen mir glauben! Ich habe eine Frau und eine Tochter und würde niemals sie oder mich selbst in Gefahr bringen!"

Das Verhör zog sich noch eine ganze Weile. Eine Stunde, in der die stickige Hitze des Raumes zu einer physischen Tortur wurde. Köhl lief der Schweiß in dünnen Rinnsalen den Nacken hinunter. Er betonte immer wieder, dass er mit Govićs wahren Absichten nichts zu tun hatte.

Schließlich nickte Colombo, klappte seinen Notizblock zu und stand auf. „Danke für Ihre Ehrlichkeit, Sergeant. Sie können gehen. Aber falls Sie Gović erneut begegnen, sprechen Sie mit ihm über unser Treffen kein Wort. Um ihn kümmern *wir* uns."

„SEINE AUSSAGE DECKT sich mit dem, was Jean-Claude uns berichtet hat", sagte Colombo später zu seinem Kollegen, während sie den Flur entlang zu ihren Büros gingen. „Köhl war wirklich überzeugt, dass der Sprengstoff für landwirtschaftliche Zwecke bestimmt war. Ich glaube nicht, dass er wissentlich an Govićs eigentlichem Plan mitgewirkt hätte – sein Gewissen hätte das nicht zugelassen.Vorerst können wir ihn also aus der Schusslinie nehmen."

Er blieb stehen, sein Blick wurde ernst. „Aber es wird Zeit, die Falle für Gović zuschnappen zu lassen. Stellen Sie morgen früh das Team zusammen – wir beginnen mit der Einsatzplanung. Und kontaktieren Sie Benny Scarpelli vom *Art Squad*. Das gestohlene Reliquiar fällt jetzt auch in seinen Zuständigkeitsbereich."

ALS DIETER KÖHL das AISI-Gebäude verließ, kochte in ihm eine ungezähmte Wut. Ivan Gović hatte ihn ausgenutzt, verraten, ihn zum perfekten Sündenbock gemacht. Und er war dumm genug gewesen, darauf hereinzufallen.

Dass er sich mit dem leeren Versprechen einer Beförderung hatte ködern lassen – schlimmer noch, mit der Aussicht, vielleicht sogar die *Benemerenti*-Medaille zu erhalten – war eine Schmach, die ihn bis ins Mark traf. Ein bitterer, brennender Kloß der Demütigung fraß sich durch seinen Magen.

Doch eine Erniedrigung dieser Art würde nicht ungesühnt bleiben. Für das, was Gović ihm angetan hatte, würde er bezahlen.

KAPITEL

VIERZIG

Im Laufe seiner langen Karriere im Antiquitätenhandel hatte Vincenzo Tucci ein breites Netzwerk aus Kunstkennern, Historikern und Restauratoren aufgebaut – Koryphäen auf ihren Fachgebieten, die er jederzeit um Rat fragen konnte.

Doch diesmal lag die Sache anders. Dieses Reliquiar und das dazugehörige Pergament verlangten nach einer ganz besonderen Expertise – nach jemandem, dessen Wissen, Diskretion und Urteilsvermögen außer Frage standen. Es gab nur eine Person, die dafür in Betracht kam: Bruder Calvino Mendoza, Präfekt der Geheimarchive des Vatikans.

Tucci griff zum Telefonhörer und wählte die Nummer. „Buongiorno, Calvino. Hier spricht Vincenzo Tucci."

Am anderen Ende der Leitung erklang die vertraute, ruhige Stimme des Geistlichen. „Ah, Vincenzo! Welch seltene Ehre. Was verschafft mir das Vergnügen? Es ist schon eine ganze Weile her, dass wir gesprochen haben."

„Stimmt. Das ist wohl meine Schuld", räumte Tucci ein. „Doch ich brauche deine Hilfe in einer besonderen Angelegenheit. Ich bin in den Besitz eines außergewöhnlichen Pergaments gelangt, das, soweit ich beurteilen kann, in Koine-Griechisch verfasst ist. Ich brauche dringend eine Übersetzung. Kann ich dich damit betrauen?"

Mendoza überlegte einen Moment. „Wie umfangreich ist der Text?"

„Oh, recht kurz. Vielleicht hundert Zeichen."

Mendoza dachte nach, ging gedanklich seinen vollen Terminkalender und die verfügbaren Gelehrten durch, die ihm bei dieser Aufgabe zur Hand gehen könnten. „Ich habe da jemanden im Sinn – einen *scrittore*, der für diese Aufgabe geradezu prädestiniert ist. Wie schnell kannst du es mir bringen?"

„Ich kann es dir noch heute Nachmittag persönlich vorbeibringen, falls dir das recht ist."

„Perfekt. Ich freue mich darauf, dich zu sehen, Vincenzo. Ciao."

MICHAEL DOMINIC WAR BEREITS seit Stunden mit Toshi Kwan in die Arbeit am *In Codice Ratio*-Projekt vertieft, als Bruder Mendoza mit einem Besucher an seiner Seite auf ihn zukam. Die äußerliche Erscheinung des breitschultrigen, untersetzten Mannes sprang Dominic sofort ins Auge – allerdings weniger wegen seiner Statur als wegen seines außergewöhnlichen Stils.

Ein makelloser weißer Leinenanzug von *Zegna*, kombiniert mit einem blassrosa *Rubinacci*-Hemd mit typischem Saint-Tropez-Kragen und einer schmalen *Canali*-Seidenkrawatte – ein Look, der mehr nach Riviera als nach Vatikan aussah. Doch es war nicht nur die extravagante Garderobe, die einem ins Auge stach.

Es war das Gesicht des Mannes – oder vielmehr das, was daran fehlte. In seinem Gesicht war kein einziges Haar zu finden, seine Haut so glatt wie polierter Marmor. Mendoza stellte seinen Begleiter vor, doch als die beiden sich die Hand gaben, fiel Dominic ein weiteres Detail auf. Der Händedruck war fest, aber seine Fingernägel waren stark geriffelt und verfärbt. Eine so ausgeprägte Form von Alopezie hatte er noch nie gesehen, aber er erkannte die Symptome der Krankheit auf einen Blick.

„Miguel, das ist *Signor* Tucci – ein geschätzter Antiquitätenhändler hier in Rom. Von Zeit zu Zeit bittet er uns um Unterstützung bei der Übersetzung historischer Dokumente. Heute hat er uns mit einem besonders interessanten Stück Pergament betraut."

Tucci hatte das Pergament bereits sorgfältig in eine säurefreie Schutzfolie eingeschlagen, bevor er es Dominic überreichte. Wie immer, wenn er ein derart altes Dokument in den Händen hielt, durchströmte Dominic diese einzigartige Mischung aus Ehrfurcht und Faszination. Der Zustand war bemerkenswert – vollständig, makellos erhalten, fast unberührt von der Zeit. Die Schriftzeichen, präzise und gestochen scharf, wirkten, als wären sie erst gestern aufgetragen worden.

Dieses Pergament trug eine Geschichte in sich, die erst noch entschlüsselt werden musste.

ΕΔΩ ΒΡΊΣΚΟΝΤΑΙ ΤΑ ΙΕΡΆ ΛΕΊΨΑΝΑ ΤΗΣ ΣΆΡΑΣ: ΚΌΡΗΣ ΤΟΥ ΙΕΣΙΟΎΑ ΓΙΟΎ ΤΟΥ ΙΩΣΉΦ ΚΑΙ ΤΗΣ ΜΑΡΙΆΜ ΤΗΣ ΜΑΓΔΑΛΑ

Toshi Kwan saß bereits vor dem Computer, der für die *In Codice Ratio*-Übersetzungen genutzt wurde, und schlug ohne große Umschweife eine Lösung vor. „Das können wir problemlos durch das ICR-System laufen lassen, Michael. Genau dafür wurde es entwickelt – schnelle, präzise Übersetzungen."

„Gute Idee, Toshi. Dann überlasse ich das dir", sagte Dominic und reichte ihm das säuberlich verpackte Pergament.

Sorgfältig und mit geübten Fingern entnahm Kwan das Pergament vorsichtig seiner Hülle und legte es auf die Glasplatte eines speziell kalibrierten Flachbettscanners. Er schloss den Deckel und nur ein paar wenige Tastenbefehle später, leuchtete auch schon die Kathoden-Fluoreszenzlampe auf.

Der Scanvorgang verlief nahezu geräuschlos, während der Scanner in perfekter 9600-dpi-Auflösung Schicht für Schicht erfasste. Bei jeder Wiederholung deckte er ein anderes Farbspektrum ab, um selbst feinste Details sichtbar zu machen.

Dann, nach nur wenigen Sekunden, erschien die Übersetzung auf dem Bildschirm.

HIER RUHEN DIE HEILIGEN GEBEINE VON SARAH, TOCHTER VON YESHUA, SOHN DES JOSEPH, UND MARIAM VON MAGDALA.

Ein kollektives Keuchen ging durch den Raum.

Dominic fühlte, wie sein Puls raste. Er starrte auf den Bildschirm, als könnte er den Worten darauf nicht trauen.

Sarah?! Das konnte kein Zufall sein. Sein Blick huschte über den Text. *Yeshua* – die hebräische Form von ‚Jesus'. *Mariam von Magdala* – Maria Magdalena.

Sein Verstand arbeitete fieberhaft, doch es gab nur eine logische Erklärung. Dieses Pergament musste mit dem gestohlenen Reliquiar zusammenhängen. Und wenn das so war, hatte Tucci das Relikt in seinem Besitz.

Seine Stimme klang angespannt, als er sich an den Antiquitätenhändler wandte. „*Signore*, darf ich fragen, woher Sie dieses Pergament haben?"

Tucci sah ihn mit ausdruckslosem Gesicht an, doch in seinen Augen flackerte etwas. Vorsicht.

„Normalerweise gebe ich über solche geschäftlichen Angelegenheiten keine Auskunft, Pater Dominic. Doch da Sie so freundlich waren, mir den Inhalt zu übersetzen … Ich habe es in einem Reliquiar gefunden, das mir auf Kommission überlassen wurde."

DOMINIC ZWANG SICH ZUR SELBSTBEHERRSCHUNG. Tucci war ein erfahrener Händler, aber er war auch ein gewiefter Geschäftsmann. Dominic konnte ihn nicht einfach der Hehlerei bezichtigen – nicht hier, nicht jetzt. Doch es war offensichtlich, dass Tucci entweder bewusst oder unbewusst in einen Schwarzmarkthandel verwickelt war.

Trotzdem war die Sache nun eindeutig. Er trat einen Schritt näher und atmete tief durch, bevor er sprach.

„*Signor* Tucci, wie es der Zufall will, wurde mir vor wenigen Tagen ein hölzernes Reliquiar gestohlen. Eingelegtes Elfenbein, eiserne Verzierungen, zwei Tragegriffe und eine aramäische Inschrift auf der Vorderseite mit den Worten: ‚*Sarah, Tochter von Yeshua und Mariam*'. Der Diebstahl ereignete sich in einer Höhle in Frankreich – unter vorgehaltener Waffe von einem Mann namens Ivan Gović. Und jetzt frage ich Sie: War er es, der Ihnen dieses Reliquiar gebracht hat?"

Tucci erstarrte für den Bruchteil einer Sekunde – kaum merklich, aber Dominic entging es nicht. Das leichte Zittern seiner Hand, die winzige Falte auf seiner Stirn.

„Ich … ich fürchte, ich kann das weder bestätigen noch dementieren, Pater Dominic. Meine Kunden erwarten absolute Diskretion. Das werden Sie sicher verstehen."

Mendoza, ebenso schockiert wie Dominic, öffnete den Mund, um etwas zu sagen, als Dominic die Hand hob und ihm bedeutete, noch zu warten. Mendoza presste die Lippen zusammen und überließ Dominic das Wort. „*Signore*, darf ich dieses Reliquiar sehen?"

Tucci richtete sich auf und setzte ein höfliches, aber unnachgiebiges Lächeln auf.

„Es tut mir leid, meine Herren, aber ich muss mich nun verabschieden." Er nahm das Pergament vom Scanner und stand abrupt auf – sein Tonfall höflich, aber distanziert. „Danke für Ihre Unterstützung, aber eine Besichtigung wird nicht möglich sein, Pater. Ich glaube kaum, dass es sich um dasselbe Reliquiar handelt, von dem Sie sprechen. Mein Kunde ist eine angesehene

Persönlichkeit in der Welt der Antiquitäten. Ich halte es für höchst unwahrscheinlich, dass er dieses Objekt auf unlautere Weise erworben hat."

Er wandte sich an Mendoza. „Bruder, wären Sie so freundlich, mich aus dem Vatikan zu begleiten?"

Dominic fühlte, wie sein Blut zu kochen begann und ballte unbewusst die Fäuste. Er wollte Tucci aufhalten. Ihn festhalten. Ihn zwingen, sich zu verantworten. Wenn er es vorher nicht gewusst hatte, dann wusste er spätestens jetzt, dass seine ‚Ware' aus einem Schwarzmarktgeschäft stammte. War ihm nicht klar, dass bei diesem Raub vier Menschen beinahe ihr Leben gelassen hätten?

Er konnte ihn nicht einfach festhalten. Nicht hier, mitten im Vatikan.

Aber eins wusste er jetzt mit absoluter Sicherheit: Er musste handeln. Und zwar schnell. Bevor das Reliquiar für immer verschwinden würde.

KAPITEL

EINUNDVIERZIG

E s war fast Mitternacht in Moskau.
Dmitry Zharkov saß in seinem Ledersessel,
ein Kristallglas mit altem schottischen Whisky
in der Hand, als sein privates Mobiltelefon leise
vibrierte. Eine verschlüsselte *ProtonMail*-Nachricht –
direkt aus Rom, abgeschickt von Vincenzo Tucci.

Zharkov richtete sich leicht auf, stellte das Glas
beiseite und öffnete die Nachricht. Ein kurzer
Einleitungstext, sachlich und knapp. Mehr brauchte es
nicht. Angehängt waren Fotos des Reliquiars selbst und
des Pergaments, Nahaufnahmen der Knochen, und eine
handschriftliche Übersetzung Tuccis, die er auf ein
einfaches Stück Papier geschrieben hatte, mit dem
Hinweis:

[*Vom Vatikan bestätigt.*]

Zharkov lächelte schmal. Tucci wusste, wie man ein
Geschäft abwickelte – so diskret wie möglich. Kein

unnötiger Austausch am Telefon, kein Risiko, das ihn identifizierbar machte. Eine Vorsichtsmaßnahme, die Zharkov zu schätzen wusste. Ihm war klar, dass Telefone abgehört werden konnten. Ein unvermeidliches Risiko in seiner Branche.

Dann las er den wohl verheißungsvollsten Part der Mail:

[AUSSERGEWÖHNLICHES BIBLISCHES RELIQUIAR

Erst kürzlich in einer Höhle in Frankreich entdeckt. Unikat. Der Preis liegt bei 100 Millionen Euro.]

Zharkov sah sich die Anhänge genauer an – Bild für Bild, Detail für Detail.

Das war nicht bloß ein antiker Fund, nicht irgendein wertvolles Stück aus der Vergangenheit. Das war ein einzigartiges Artefakt, das niemand sonst besitzen würde.

Den Preis verstand er eher als Nebensächlichkeit. Wenn er etwas wollte, spielte Geld keine Rolle. Doch als erfahrener Sammler, jemand, der sich nicht allein von der Faszination eines Fundes blenden ließ, wusste er: Solche Schätze wurden nicht einfach gutgläubig gekauft. Sie erforderten Echtheitsnachweise – eine lückenlose Provenienz, detaillierte Dokumentation, gründliche Authentifizierung. Das volle Paket.

Er brauchte einen Experten – jemanden, der jedes Detail prüfen konnte, der mit unbestechlichem Blick zwischen Wert und Täuschung unterschied. Und für diese Aufgabe gab es in Rom nur einen einzigen Mann: Dr. Simon Ginzberg von der *Teller*-Universität.

Sie waren mehr als Geschäftspartner. Beide waren jüdischer Abstammung, verbunden durch eine Freundschaft, die weit über akademische Kreise hinausging. Zharkov war sogar der Patenonkel von Ginzbergs Tochter Rachel, auch wenn es im Judentum ein solches Konzept nicht gab. Es war mehr eine Geste der Freundschaft und dennoch nahm er seine Verpflichtungen sehr ernst. Denn es war Zharkov, der Rachels Studium an der *Harvard Law School* finanzierte – etwas, das sich Ginzberg mit seinem Gelehrtengehalt niemals hätte leisten können.

Ginzberg hatte Zharkovs Großzügigkeit mit stillem Respekt angenommen.

Morgen früh würde er Simon anrufen, denn er wusste genau, dass sein Freund ihm helfen würde.

„*SHALOM ALEICHEM*, Simon.“

Dmitry Zharkov saß in seinem luxuriösen Moskauer Penthouse, eine Hand lässig auf der Armlehne seines Sessels, die andere am Telefon.

„Dmitry! *Aleichem Shalom, yedidi*“, erwiderte Simon Ginzberg warmherzig. Es tat gut, die Stimme eines alten Freundes zu hören.

Die beiden Männer tauschten zunächst einige Minuten lang Höflichkeiten aus – erkundigten sich nach der Familie, nach der Gesundheit, nach den alltäglichen Dingen des jeweils anderen. Das übliche Geplauder. Doch Zharkov war kein Mann, der lange um den heißen Brei redete.

„Mein Freund, ich benötige einen besonderen Gefallen."

„Alles für dich, Dmitry. Frag nur."

„Ich bin dabei, ein außergewöhnliches Objekt von einem angesehenen Antiquitätenhändler in Rom zu erwerben. Vielleicht ist dir der Name Vincenzo Tucci ein Begriff. Ich selbst bin jedoch verhindert und kann mir daher das schöne Stück nicht *in persona* ansehen, um es zu begutachten. Und offen gesagt habe ich nicht die nötige Expertise, um eine fundierte Einschätzung abzugeben. Hättest du Zeit, dich in meinem Namen mit *Signor* Tucci zu treffen?"

„Selbstverständlich. Um was für ein Objekt handelt es sich?"

Zharkov ließ sich etwas Zeit mit seiner Antwort. „Tucci beschreibt es als ein heiliges Reliquiar, das in einer Höhle in Frankreich entdeckt wurde. Es soll sehr alt und von unschätzbarem Wert sein. Angeblich enthält es die Gebeine von Sarah, die, so sagt man, die Tochter von Jesus Christus und Maria Magdalena gewesen sein soll. Ich überlasse es dir, diese Behauptung so gut es geht zu prüfen."

Stille.

Ein eisiger Schauer lief Ginzberg den Rücken hinunter. *Das Reliquiar. Es konnte nur dasselbe sein, das Michael und seine Freunde an Gović und seine Männer verloren hatten!*

Seine Stimme war merklich angespannt, als er antwortete: „Ich habe von diesem Reliquiar gehört, Dmitry. Doch soweit ich weiß, ist die Frage um die Eigentümerschaft alles andere als eindeutig – und äußerst heikel. Ich würde äußerste Vorsicht walten lassen."

Zharkov versuchte Ginzbergs Bedenken zu entkräften. „Diese Dinge lassen sich klären, falls es nötig ist, Simon. Sollte ich es erwerben, stehen mir zahlreiche Möglichkeiten offen – eine öffentliche Ausstellung, wissenschaftliche Studien... falls sich deine Bedenken darauf beziehen. Aber solange Tucci im Besitz dieses Artefaktes ist, hat er in meinen Augen jedes Recht, es weiterzuverkaufen – unabhängig davon, wie er in dessen Besitz gelangt ist."

Ginzberg spürte, wie sich sein Magen zusammenzog. Er kannte solche Argumente wohlhabender Sammler nur zu gut. Die Moral war für sie oft dehnbar – abhängig von den eigenen Interessen. Besitzfragen konnten geregelt werden, Dokumente beschafft, Genehmigungen erteilt – solange die richtige Menge Geld an die richtigen Stellen floss. Was man sich leisten konnte, gehörte einem irgendwann auch.

Doch nun befand sich Ginzberg in einer unangenehmen Zwickmühle, zwischen zwei Freunden mit völlig gegensätzlichen Interessen.

Der Historiker in ihm brannte darauf, dieses Artefakt zu sehen, es zu untersuchen, seine Bedeutung zu begreifen. Aber die Erinnerung an Michaels Schilderungen – an das, was ihm und seinen Freunden in dieser Höhle widerfahren war – lastete schwer auf ihm.

Er presste die Lippen aufeinander, rang mit sich. Dann atmete er langsam aus. „Ich werde tun, worum du mich gebeten hast, Dmitry. Aber", fügte er mit Nachdruck hinzu, „angesichts der fragwürdigen Besitzverhältnisse – und du kennst meine Einstellung dazu, wem solche historisch bedeutsamen Artefakte eigentlich gehören sollten – werde ich meine Einschätzung ausschließlich dir gegenüber abgeben. Ich werde keine offizielle Echtheitsbestätigung ausstellen oder eine Authentifizierung für Dritte vornehmen. Abgesehen davon würde eine gründliche Untersuchung Jahre dauern und endlose Analysen beinhalten."

Zharkov ließ sich seine Zufriedenheit nicht direkt anmerken, doch seine Stimme verriet eine gewisse Befriedigung. „Das ist mehr, als ich verlangen kann, mein Freund. Ich weiß, dass eine so bedeutende Entdeckung nicht über Nacht bewertet werden kann. Aber falls es auch nur die geringste Chance gibt, dass das Reliquiar echt ist – ich habe die Mittel, um das Risiko einzugehen."

Er machte eine kurze Pause, dann senkte er die Stimme.

„Und natürlich hoffe ich auf deine absolute Verschwiegenheit. Niemand darf von meinem persönlichen Interesse an diesem Objekt erfahren. Ich werde dir die Kontaktdaten von Tucci weiterleiten." Dann, fast beiläufig: „Oh, und richte Rachel meine herzlichsten Grüße aus. Ich hoffe, es geht ihr gut in *Harvard*."

Ginzberg beendete das Telefonat, legte langsam den Hörer nieder und rieb sich die Stirn.

Noch eine weitere Komplikation. Er war jetzt in

etwas hineingezogen worden, das sich nicht mehr so leicht entwirren ließ.

Sollte er Michael überhaupt sagen, dass er nicht nur wusste, wo sich das Reliquiar befand, sondern dass sein eigener nächster Schritt nun über dessen Verbleib entschied?

ZWEIUNDVIERZIG

Für Karl Dengler war es der erste Arbeitstag nach seiner Rückkehr und dieser neigte sich bereits dem Ende zu. Doch statt sich auf den Heimweg zu machen, saß er auf einem hohen Holzschemel an einer Werkbank in der Waffenkammer der Schweizergarde. Mit routinierten Handgriffen polierte er seinen stahlgrauen Harnisch. Doch in seinen Gedanken war er ganz woanders. Alles, woran er denken konnte, war die stickige Enge und die Ereignisse, denen sie in der *Trou de la Caune* vergangenes Wochenende ausgesetzt waren.

Seitdem war kaum Zeit zum Nachdenken geblieben. Er hatte sich um Lukas' Genesung gekümmert und sich eine Auszeit genommen. Doch selbst jetzt, zurück im Alltag, ließ ihn das Geschehene nicht los. *Was, wenn Jean-Claude nicht zur Stelle gewesen wäre? Wer genau steckt hinter der Explosion? Und – ganz wie es die Denkweise eines*

Soldaten verlangt – habe ich in der Hitze des Moments richtig gehandelt?

Gerade als er sein Poliertuch zur Seite legte, schwang die Tür auf.

Dieter Köhl betrat die Waffenkammer. Noch immer in voller Uniform blieb er wortlos stehen und sah Dengler direkt in die Augen. Etwas an ihm wirkte gezwungen, als ob er sich überwinden musste, diesen Raum zu betreten. Schweigend nahm er seinen Stahlhelm mit dem Federbusch ab und stellte ihn an seinen Platz im Regal.

Dengler stand instinktiv auf und half ihm dabei, die schwere Rüstung abzulegen, wie es Kameraden in der Garde eben taten. Es war eine Art Ritual, so selbstverständlich wie das Salutieren. Doch diesmal lag Schwere in der Stille.

Minuten vergingen bis schließlich das letzte Stück seiner Rüstung abgelegt war und Köhl das Schweigen brach. „Karl", begann er leise, „ich muss dir etwas sagen. Es fällt mir nicht leicht, aber es ist das Einzige, was ich tun kann, um mich selbst noch im Spiegel ansehen zu können."

Dengler, der schon längst von Köhls Verstrickung in die ganze Angelegenheit wusste, verzog keine Miene. „Sprich weiter."

Die Worte brachen aus Köhl heraus, als könnte er sie nicht länger zurückgehalten. „Ich weiß, dass du letztes Wochenende mit deinen Freunden in einer Höhle in Frankreich warst. Und ich weiß, dass Ivan Gović eine Bombe am Höhleneingang gezündet hat, um euch darin lebendig zu begraben. Ich weiß das, weil ich selbst herausgefunden habe, was Gović wirklich vorhatte – und ich weiß es, weil ... weil ich die verdammte Bombe gebaut habe!"

Dengler erstarrte.

„Er sagte mir, der Sprengstoff sei für seinen Cousin, der außerhalb von Rom eine Farm besitzt – um einen großen Felsbrocken aus einem Feld zu entfernen. Ich schwöre dir, Karl, ich hatte keine Ahnung, dass er sie für eine solche Gräueltat einsetzen würde! Du musst mir glauben!" Köhls Atem ging schwer, seine Stimme bebte vor Wut und Reue. „Wenn es keine Todsünde wäre, hätte ich Gović schon längst mit meinen eigenen bloßen Händen erwürgt – für seine Lügen, für seine Manipulation, für das, was er euch antun wollte."

Er rieb sich mit beiden Händen über das Gesicht, als wollte er den Ekel abwischen, den er vor sich selbst empfand.

„Ich erwarte keine Vergebung. Ich musste es einfach loswerden. Seit Tagen finde ich keinen Schlaf, weil ich weiß, dass ich unwissentlich eine Teilschuld an dem ganzen Schlamassel auf mich genommen habe."

Dengler sagte nichts. Er musterte Köhl – sah die tiefen Schatten unter seinen Augen, die Anspannung in seinen Schultern, hörte die Schuld in seiner Stimme. Er sah einen Mann, der seine Taten wirklich bereute.

Er streckte die Hand aus. „Danke, Dieter."

Köhl blinzelte überrascht.

„Ich wusste, dass du irgendwie in die Sache verwickelt warst. Ich wusste nur nicht, in welchem Ausmaß. Aber ich glaube dir. Und ja ... ich vergebe dir."

Für einen Moment standen sie einfach da, die Hände

fest ineinander verschränkt. Doch dann verfinsterte sich Denglers Miene. „Aber ob Sünde oder nicht – ich werde meine Rache an Gović nehmen. Einer seiner verdammten Lakaien hat Lukas angeschossen. Und was er mit uns in der Höhle vorhatte, ist unverzeihlich."

Köhl riss entsetzt die Augen auf. „Lukas wurde angeschossen?!"

„Ja. Die Kugel ging glatt durch seinen Unterarm – zum Glück ohne größere Schäden. Er wird Ende der Woche wieder eingeschränkt im Dienst sein."

Köhl atmete schwer, als würde er gerade erst das wahre Ausmaß seiner Taten begreifen. „Mein Gott ... Das wusste ich nicht." Dann, nach einem Moment des Schweigens, sagte er: „Die Behörden haben mich gestern verhört. Ich kooperiere mit ihnen. Ich werde alles tun, um Gović vor Gericht zu bringen."

Dengler nickte. Ein Teil seines Zorns loderte noch, aber die Erkenntnis, dass Köhl nun auf der richtigen Seite stand, stimmte ihn etwas milder.

Dann verzog sich sein Mundwinkel zu einem dunklen, zynischen Lächeln. „Vielleicht sollten wir uns zusammentun. Ich bin mir sicher, uns fällt eine angemessene Strafe ein."

DREIUNDVIERZIG

Als Simon Ginzberg am frühen Abend vor Vincenzo Tuccis Antiquitätengeschäft stand, war das Eingangsschild bereits auf „*Chiuso*" gedreht und der Laden geschlossen. Doch durch die dunklen Rollläden vor den Schaufenstern konnte er ein schwaches Licht erkennen, das aus dem Hinterzimmer zu kommen schien.

Er klopfte an die Tür.

Im hinteren Teil der Galerie tauchte eine Silhouette auf, die langsam und bedächtig auf die Tür zusteuerte. Ein leises Klicken ertönte, als Tucci die Tür entriegelte und sie einen Spalt weit öffnete.

Ginzberg schenkte ihm ein freundliches Lächeln. „*Buona sera. Signor* Tucci, nehme ich an?"

Tucci nickte und zog die Tür ganz auf. „Doktor Ginzberg. Ich schätze es sehr, dass Sie sich die Zeit genommen haben, hierher zu kommen. Mein Kunde, Herr Zharkov, hält große Stücke auf Sie."

„Ja, Dmitry und ich haben eine lange gemeinsame Geschichte. Aber lassen Sie mich eines gleich klarstellen: Ich tue ihm hier einen persönlichen Gefallen. Meine Einschätzung dient einzig und allein seiner eigenen Gewissheit."

Tucci nickte verständnisvoll. „Selbstverständlich."

Nachdem er die Tür hinter Ginzberg wieder verriegelt hatte, führte er ihn durch den schmalen Verkaufsraum. Sie gingen vorbei an verstaubten Glasvitrinen, antiken Schränken und kunstvoll gearbeiteten Statuetten, bis sie den hinteren Bereich des Geschäfts erreichten.

Dort, auf einem massiven Holztisch unter einem viktorianischen Bronzeleuchter, lag das Reliquiar – verborgen unter einem schweren, bordeauxroten Damasttuch.

Mit einer fast zeremoniellen Geste zog Tucci den Stoff zurück und enthüllte, was sich darunter verbarg.

Ginzberg stockte der Atem.

Seine Hände zitterten leicht, als er sich vorbeugte. Nur wenige Dinge auf dieser Welt konnten ihn sprachlos machen – aber das hier? Das hier war anders.

„Einfach außergewöhnlich", flüsterte er ehrfürchtig.

Seine Finger strichen sanft über das dunkle Holz, folgten den feinen Gravuren der Inschrift, während seine Augen hinter den dicken Brillengläsern vor Neugier und Staunen förmlich zu leuchten begannen. „Darf ich einen Blick hineinwerfen?"

„Natürlich", sagte Tucci bedächtig.

Mit größter Vorsicht klappte er den Deckel auf. Dann reichte er Ginzberg ein Paar weiße

Baumwollhandschuhe, die dieser sich langsam überstreifte, ohne den Blick von den Relikten im Inneren der Truhe abzuwenden.

Wenn dies tatsächlich die Gebeine von Sarah waren – der Tochter von Jesus und Maria Magdalena – würde das dutzende neue Fragen aufwerfen.

Hatte sie Geschwister? Hatte sie eigene Nachkommen hinterlassen? Und wenn ja – wo waren sie heute?

So viele Fragen. So wenige Antworten.

Vorsichtig hob er das Pergament an, das über den Knochen lag. Sein Blick glitt über die alten Schriftzeichen – und ohne Mühe setzte sich der Text in seinem Kopf zusammen. Fließend in Koine-Griechisch, verstand er jede Silbe.

Langsam legte er das Pergament beiseite und widmete sich den antiken Schmuckstücken. Zeitlos. Schlicht. Meisterhaft gearbeitet. Kein übertriebener Prunk – ganz im Stil jener Epoche. Dann fiel sein Blick auf eine dicke Glasphiole mit Myrrhe. Er wagte nicht, sie zu öffnen, aus Angst, dass sie unter seinem Griff zerspringen könnte. Dennoch führte er sie instinktiv an die Nase, obwohl längst jeder Hauch ihres ursprünglichen Dufts verflogen war. Die Knochen jedoch ließ er unberührt. Sie lagen genau dort, wo sie seit Jahrhunderten ruhten – und er würde nicht derjenige sein, der ihre heilige Stille störte.

Ginzberg atmete tief durch, richtete sich auf und sah Tucci an.

„Als ersten Schritt, *Signor* Tucci, empfehle ich eine C-14-Analyse." Er hielt kurz inne. „Wir können das diskret in meinem Labor an der Universität durchführen. Da für Herrn Zharkov offenbar Eile geboten ist, schlage ich vor, dass wir unverzüglich beginnen. Können Sie das Reliquiar morgen früh um acht zur *Teller*-Universität bringen?"

Einen Moment lang herrschte Stille. Tucci schluckte kaum merklich, seine Stimme klang einen Hauch angespannter als zuvor. „Ja … ja, das lässt sich arrangieren."

Ginzberg zog eine Visitenkarte aus seiner Manteltasche, notierte neben der Adresse auch seine Büronummer und reichte sie Tucci. „Wir sehen uns morgen früh."

Tucci nickte.

„Ich danke Ihnen für Ihre Zeit, Doktor Ginzberg."

PUNKT ACHT UHR morgens erschien Vincenzo Tucci am Caprioli-Palast zu seinem Treffen in der *Teller*-Universität – pünktlich wie erwartet. Das Reliquiar, erneut mit schwerem bordeauxrotem Damast verhüllt, lag sicher in seinen Armen, als er durch das altehrwürdige Gebäude schritt.

Simon Ginzberg war gerade in ein Gespräch mit dem jungen Labortechniker Noah vertieft, als Tucci an die Tür seines Büros klopfte. Nach einem kurzen, höflichen Austausch führte Ginzberg ihn und den Labortechniker durch die langen Korridore der Universität zum Labor für Beschleuniger-Massenspektrometrie.

„Noah wird heute die Tests für uns durchführen", erklärte Ginzberg und deutete auf den jungen Mann. „Wir sollten relativ schnell Ergebnisse erhalten. "

Kaum im Labor angekommen, nahm Noah das Reliquiar entgegen, stellte es auf einen sterilen Edelstahltisch und öffnete den Deckel. Mit routinierter Sorgfalt nahm er die Artefakte heraus und legte sie neben die hölzerne Truhe auf den Tisch.

Keine Begeisterung, kein Staunen. Er sah die Welt in Daten und Zahlen, weshalb für ihn das alles nichts weiter als ein wissenschaftliches Objekt war.

Dann begann er mit seiner Arbeit.

Zunächst entnahm er eine winzige Holzprobe vom Reliquiar und legte sie in einen Achatschleifmörser. Mit einem Stößel zermahlte er das Material zu feinem Pulver, bevor er es mit Salzsäure versetzte, um die chemische Reaktion zu beschleunigen.

Nachdem er die Verunreinigungen herausgefiltert hatte, wurde die Probe gefriergetrocknet, um überschüssige Flüssigkeit zu entfernen und das Material für die weitere Analyse vorzubereiten.

Während er das Prozedere durchführte, erklärte Noah die wissenschaftliche Methodik dahinter.

„Die Radiokarbondatierung basiert auf dem Zerfall von Stickstoff in Kohlenstoff-14. C-14 entsteht durch Wechselwirkungen zwischen Stickstoff-14 in der Atmosphäre und Neutronen, die durch kosmische Strahlung erzeugt werden. Pflanzen und Tiere nehmen diesen Kohlenstoff über Nahrung und Luft auf. Solange ein Organismus lebt, bleibt das Verhältnis von Kohlenstoff-14 stabil. Doch wenn er stirbt, beginnt der

Kohlenstoff-14-Gehalt im Gewebe allmählich zu zerfallen."

Tucci verstand kein Wort, doch der Professor hörte aufmerksam zu.

„Die Halbwertszeit von Kohlenstoff-14 beträgt 5 730 Jahre. Das bedeutet, dass sich nach dieser Zeit die Hälfte des ursprünglichen Radioisotops aufgelöst hat. Da dieser Zerfall konstant ist, können wir anhand der verbliebenen Menge berechnen, wann ein Baum gefällt oder ein Mensch gestorben ist – in diesem Fall anhand des Holzes des Reliquiars und der Knochen darin."

Nachdem die chemische Verarbeitung abgeschlossen war, füllte Noah die Mischung in ein Flüssigszintillationsspektrometer. Der Computer errechnete mittels Radiokarbonmethode das Alter der Probe. Anschließend wurde das Ergebnis mit bekannten Vergleichsdaten abgeglichen. Mithilfe einer speziellen terrestrischen Kalibrationskurve wurde schließlich das exakte Alter bestimmt.

Noah blickte von seinem Bildschirm auf.

„Die Datierung reicht zurück auf das Jahr 25 bis 60 nach Christus."

Ginzberg ließ sich nichts anmerken, doch sein Puls schoss in die Höhe. Das Reliquiar stammte aus einer Zeit, die mit der Geburt Sarahs übereinstimmen konnte.

Unwillkürlich wanderten seine Augen zu den kleinen Knochen in der Truhe. Die geringe Größe des Schädels und der Hände ließ darauf schließen, dass sie jung gestorben war – vielleicht gerade erst in ihren Jugendjahren.

Doch er ließ sich seine Aufregung nicht anmerken. Tucci durfte nicht wissen, was in ihm vorging.

Noah wiederholte die Analyse mit den Knochen. Der Prozess war der gleiche – und das Ergebnis ebenso.

Ginzberg schloss für einen Moment die Augen. Jetzt hatte er eine Bestätigung. Die Gebeine gehörten zumindest zu einer Person, die zur selben Zeit wie Maria Magdalena gelebt hatte.

Aber was nun? Was sollte er mit diesem Wissen tun?

Er musste Zharkov seine Ergebnisse übermitteln. Keine Frage.

Doch was war mit Michael Dominic? Sein alter Freund war wegen dieses Reliquiars beinahe gestorben.

Und noch eine ganz andere Frage drängte sich ihm auf:

Wie sicher war er überhaupt noch, nachdem er nun ebenfalls in die Geschichte miteingeweiht war?

KAPITEL
VIERUNDVIERZIG

E nrico Petrini saß nachdenklich in seiner prächtigen Wohnung im San-Carlo-Palast des Vatikans. Den funkelnden Lichtern Roms hinter den Fenstern schenkte er kaum Beachtung. In der einen Hand hielt er seine Pfeife, in der anderen ein Glas *Puni Alba* Scotch. Der süßliche Duft von geröstetem *Cavendish-* und *Burley*-Tabak hing in der Luft seines Wohnzimmers, dessen Fenster eine atemberaubende Aussicht auf die Gärten des St.-Martha-Platzes boten. Ein Genuss, den er normalerweise voll auskostete.

Doch nicht heute.

Heute schmeckten weder der Whisky noch der Tabak so, wie sie es sollten. Das Ultimatum von Kardinal Dante hing wie eine dunkle Wolke über ihm – eine, die nicht einfach weiterziehen, sondern unweigerlich ihren Regen auf ihn niederprasseln lassen würde. Es beunruhigte ihn mehr, als er zugeben wollte.

In solchen Momenten wanderte sein Geist in die Vergangenheit – zu besseren Zeiten, zumindest was die Menschen betraf, die ihn damals umgaben. Nicht jedoch die Welt, in der sie gelebt hatten. Dunkel, brutal, gnadenlos – der Zweite Weltkrieg.

Petrini erinnerte sich an die düstersten Jahre der NS-Zeit und an seine Zeit als Anführer der Maquis, der französischen Résistance – jener geheimen Widerstandsgruppe, die sich den Nazis in Frankreich entgegenstellte. Aber nicht der Kampf war es, an den er jetzt dachte.

Es waren die Freundschaften.

Die Brüderlichkeit.

Seine Kameraden Pierre Valois und Armand de Saint-Clair.

Damals, in den Wirren des Krieges, kannte man sie als das „Team Hugo" – eine verschworene Einheit, deren Einsatz in der Operation *Jedburgh* eine entscheidende Rolle spielte. Ihre Sabotageakte, geheimen Operationen und unerschütterliche Loyalität hatten Hitlers Kriegsmaschinerie ins Stocken gebracht und den Alliierten einen entscheidenden Vorteil verschafft.

Armand de Saint-Clair, sein Stellvertreter und engster Vertrauter innerhalb des Widerstandes, war nicht einfach ein Soldat gewesen. Er war der Spross einer drei Jahrhunderte alten Schweizer Bankiersfamilie.

Die Banque Suisse de Saint-Clair galt als eine der angesehensten Institutionen der Schweiz und hatte die Zeit des Krieges unberührt von den

Nachkriegsermittlungen, die so viele andere Banken in den Abgrund rissen, überstanden.

Das war keine Selbstverständlichkeit, denn die Umstände waren brutal.

Schweizer Banken saßen auf einem Pulverfass. Kooperierten sie mit Hitler, blieben sie ungeschoren – und wurden reich. Verweigerten sie sich ihm, riskierten sie alles.

Die meisten entschieden sich für den leichteren Weg – sie nahmen das geraubte Gold, die fremden Währungen, das Blutgeld der Nazis. Doch nach dem Krieg kam die Abrechnung. Die Welt verlangte Gerechtigkeit.

Armand de Saint-Clair hatte das Spiel besser gespielt als die meisten. Er hatte sich geweigert, Hitlers Blutgeld anzunehmen – doch ebenso hatte er es vermieden, dessen Zorn zu wecken. Er wusste, wie man überlebt und das war sein Talent.

Während des Krieges wurde aus ihrer geschäftlichen Verbindung eine echte Brüderschaft. Armand, Enrico und Pierre hatten gemeinsam gekämpft – als Soldaten, als Widerstandskämpfer, als Männer, die wussten, dass ihr Kampf einem höheren Wohl diente.

Heute war Pierre Valois, damals Funkoperator, Präsident von Frankreich.

Und Armand? Er war weiterhin ein Mann mit unverändertem Einfluss – ein Überlebender der alten Welt und ein Stratege, der wusste, wie er ein schlechtes Blatt Erfolg bringend ausspielen konnte.

Und genau diesen Mann brauchte Petrini jetzt.

Er zog nachdenklich an seiner Pfeife, sein Blick verlor sich in den gepflegten Gärten des Vatikans.

Armand war ein Vertrauter des Heiligen Vaters und kannte die perfiden Machtspiele, deren Gefahren und Akteure.

Er würde aber vor allem wissen, wie er Kardinal Dantes Ultimatum begegnen sollte.

Petrini nahm einen großzügigen Schluck aus seinem Glas, bevor er zum Hörer griff.

„*GRAND-PÈRE!*", rief Hana voller Freude, als sie am nächsten Morgen einen unerwarteten Anruf entgegennahm. „Dein Anruf kommt wie gerufen! Ich wollte dich ohnehin gerade anrufen. Es gibt so viel zu erzählen! Wo steckst du gerade?"

„Ah, *ma petite* Hana", erklang die warme, melodische Stimme von Armand de Saint-Clair. „Ich bin in Genf, meine Liebe. Aber wir werden schon sehr bald Gelegenheit haben, uns persönlich zu sehen. Ich komme heute Abend nach Rom und wollte sichergehen, dass du noch dort bist. Wie läuft deine Arbeit?"

„Eigentlich bin ich für eine einwöchige Konferenz hier, aber ich durfte noch ein paar Tage dranhängen. Also bleibe ich noch etwas länger in Rom – nicht nur aus beruflichen Gründen"

„Deine Redakteure bei *Le Monde* scheinen dir wohlgesonnen, Hana", bemerkte er. „Aber das liegt wohl daran, dass sie genau wissen, was sie an dir haben."

„Ich freue mich auf heute Abend, *Pépé*. Was bringt dich nach Rom? Ein weiteres Treffen mit dem Papst?"

„Ja, ich werde Seine Heiligkeit treffen, aber in erster Linie bin ich hier, weil Enrico meine Unterstützung in einer ernsten Angelegenheit benötigt. Ich fürchte, ich kann dir leider keine Details nennen. Aber es wird sich klären – auf die eine oder andere Weise." Er hielt kurz inne. „Ich nehme an, du wohnst im Cavalieri?"

„Ja, genau. Ich sorge dafür, dass das Personal dein Zimmer vorbereitet. *Au revoir* und bis heute Abend, *Pépé*."

DIE STRAHLEND WEIßE *Dassault Falcon 900* setzte mit einem sanften Ruck auf Landebahn 33 des Flughafens Ciampino auf, während die Sonne hinter den Kuppeln Roms verschwand. Ein kühler Regen prasselte auf die Rollbahn, als die Maschine zum Stillstand kam.

Der Pilot steuerte das Flugzeug in Richtung eines privaten Hangars, der an das Signature-Terminal angrenzte – das VIP-Terminal für Diplomaten, Würdenträger und jene, die keine Zeit hatten, um sie an Flughafenschaltern zu vergeuden.

Baron Armand de Saint-Clair sammelte die Dokumente zusammen, mit denen er während des Fluges gearbeitet hatte, und verstaute sie in seiner Ledermappe. Frederic, sein persönlicher Assistent, der gleichzeitig Flugbegleiter, Chauffeur und Leibwächter war, reichte ihm den frisch gebürsteten Mantel.

„Werden wir lange in Rom bleiben, Baron?", fragte

Frederic, während er Saint-Clair dabei half, in seinen Mantel zu schlüpfen.

„Ich vermute, dass wir nur ein paar Tage hier verweilen werden, Frederic." Saint-Clair straffte die Schultern. „Nutze die Zeit und besuche deine Familie. Ich werde dich anrufen, sobald meine Angelegenheiten erledigt sind."

„Danke, Sir. Ich wünsche Ihnen einen angenehmen Aufenthalt."

Am Fuße der Flugzeugtreppe wartete bereits eine weiße *Mercedes S500*-Limousine des Vatikans, bereitgestellt mit den besten Empfehlungen von Kardinal Petrini.

Ein hochgewachsener, athletischer Chauffeur, der zugleich als Leibwächter für Saint-Clairs Sicherheit verantwortlich war, wartete neben dem Wagen.

Als Saint-Clair die Treppe hinabstieg, trat der Mann einen Schritt vor und neigte respektvoll den Kopf. „*Buona sera, Barone.* Möchten Sie direkt in den Vatikan oder erst ins Hotel?"

„Zum Hotel, bitte – das *Cavalieri*."

Der Chauffeur nickte, schloss die Tür und setzte sich hinters Steuer.

Saint-Clair ließ seinen Blick durch die regenverschleierten Straßen Roms schweifen, während seine Gedanken zurück zu Enricos Anruf drifteten.

Was genau hatte seinen alten Freund so in Aufruhr versetzt?

Offensichtlich war die Angelegenheit derart brisant, dass sie nicht am Telefon besprochen werden konnte.

Und dass sie ein persönliches Treffen erforderte,

konnte nur eines bedeuten: Petrini steckte in ernsten Schwierigkeiten.

Was auch immer es war – Saint-Clair würde für ihn da sein.

So, wie er es immer gewesen war.

KAPITEL
FÜNFUNDVIERZIG

„Willkommen, *Grand-père!*", rief Hana freudestrahlend, als sie die Tür zur Suite öffnete und ihren Großvater herzlich umarmte.

„Ah, *ma petite*, welch eine Freude!", erwiderte Armand de Saint-Clair mit einem Lächeln und musterte sie mit prüfendem Blick. „Du siehst blendend aus. Die freie Zeit scheint dir zu bekommen."

„Sagen wir so – es tut gut, einmal keine Fristen und Redaktionssitzungen im Nacken zu haben."

Hinter ihnen rollte der Hotelportier den Gepäckwagen ins Foyer, schob ihn direkt ins Schlafzimmer des Barons, wo er die Koffer auf die dafür vorgesehene Ablage stellte und den Kleidersack in den Schrank hing. Anschließend machte er sich daran, ein wärmendes Feuer im Kamin des Salons zu entfachen.

Hana dankte ihm, geleitete ihn zur Tür und schloss diese leise hinter sich.

„Mach es dir gemütlich, *Pépé*. Ich habe eine Menge zu erzählen. Möchtest du etwas trinken?"

„Gleich, *ma chère*. Lass mich erst einmal ankommen." Für einen Mann, der sich seinen Neunzigern näherte, war Armand de Saint-Clair bemerkenswert rüstig. Er war ein Mensch, der das Alter niemals als Bürde angesehen hatte. Sein Geist war scharf, sein Gedächtnis brillant, sein Körper noch immer erstaunlich vital.

Als einer der mächtigsten Bankiers Europas war er Wohlstand, Privilegien und Einfluss gewohnt – das Vermächtnis einer Dynastie, deren Wurzeln bis ins 11. Jahrhundert zurückreichten. Sein Stammbaum führte bis zu Henry de Saint-Clair, Baron von Rosslyn, der im Jahr 1096 an der Seite von Godefroy de Bouillon zum Ersten Kreuzzug aufbrach. Die Saint-Clairs waren nie bloße Zuschauer der Geschichte – sie hatten sie mitgestaltet.

Über Generationen hinweg hatten mächtige aristokratische Familien persönliche Dienste für das Papsttum geleistet. Sie waren eine elitäre Gruppe, bekannt als die Päpstliche *Consulta*. Die Saint-Clairs waren also seit Jahrhunderten Teil dieser Elite gewesen. Und Armand selbst hatte drei Päpsten als Berater gedient.

Es gab kaum eine Tür im Vatikan, die ihm verschlossen blieb.

Nachdem er sich kurz frisch gemacht hatte, trat Saint-Clair aus dem Schlafzimmer und zog die Manschetten seines maßgeschneiderten Jacketts zurecht „Jetzt nehme ich doch gerne einen Drink. Brandy, falls wir welchen haben."

Hana nickte und ging zur Bar, um ihrem Großvater ein Glas einzuschenken, während dieser langsam zur großen Fensterfront trat.

Draußen erstreckte sich die Stadt unter ihm, lebendig und doch ruhig in der nächtlichen Stille. Die warmen Lichter der Straßenlaternen spiegelten sich in den Regenpfützen auf dem glänzenden Kopfsteinpflaster, während die Farbe des Himmels mit jeder vergehenden Minute in ein tieferes Mitternachtsblau überging.

„Was glaubst du, möchte Kardinal Petrini so dringend mit dir besprechen, *Pépé*?", fragte Hana, als sie ihm das Glas reichte.

Saint-Clair nahm einen kleinen Schluck und ließ den Geschmack auf der Zunge entfalten, bevor er antwortete. „Ich kann es noch nicht sagen. Er war am Telefon ausgesprochen zurückhaltend – aber er erwähnte, dass Kardinal Dante in dieser dringenden Angelegenheit eine entscheidende Rolle spielt. Egal, wo dieser Schurke seine Finger mit im Spiel hat, kann das nichts Gutes bedeuten. Für ihn zählen nur seine eigenen, niederträchtigen Interessen."

Hana erschauderte. Schon sein Name reichte aus, um ihr Unbehagen zu bereiten.

„Schurke" ist noch eine überaus milde Bezeichnung für diesen abscheulichen Menschen, dachte sie.

„Nun, morgen wirst du mehr wissen, wenn du Enrico triffst." Sie nahm einen Schluck Martini und sah ihren Großvater ernst an. „Falls ich helfen kann, sag es mir."

Saint-Clair legte die Hand auf ihre Schulter und

drückte sie leicht. „Natürlich, meine Liebe. Aber jetzt erzähl mir von deinen Abenteuern der letzten Woche – du hast meine volle Aufmerksamkeit."

Hana ließ sich in einen bequemen Sessel am Kamin sinken, schwenkte ihr Martiniglas in der Hand und überlegte, wo sie denn anfangen sollte, bevor sie zu erzählen begann.

Sie berichtete ihm von Dominics Entdeckung der Pietro-Vesconte-Karte, von der rätselhaften Erwähnung einer Höhle in Frankreich und ihrer eigenen Rolle bei der Entzifferung der Hinweise.

Dann erzählte sie von ihrem Aufbruch zur Trou de la Caune, der wachsenden Spannung, dem Moment der Ankunft – und dem plötzlichen Überfall durch Ivan Gović und seine Männer.

Saint-Clair sagte nichts. Er saß nur da, das Glas halb erhoben, sein Blick auf Hana gerichtet – doch in seinen Augen lag pure Fassungslosigkeit.

„Das sind schreckliche Nachrichten, Hana!" Seine Stimme war hart. „Es scheint, als würde das Unheil dich regelrecht verfolgen. Dieser Gović – hat er etwas mit den Ereignissen des letzten Jahres zu tun? Ich erinnere mich, dass damals ebenfalls ein Mann namens Gović involviert war."

Hana nickte. „Ja. Ivan ist der Sohn von Petrov Gović – dem Interpol-Agenten, der mich damals entführt hat, um sich persönlich zu bereichern. Wie der Vater, so der Sohn."

Saint-Clair wurde unwohl, als er hörte, dass sie nach allem, was im vergangenen Jahr geschehen war, nun auch noch mit Govićs Sohn Bekanntschaft machen musste.

„Und dieses Reliquiar, von dem du gesprochen hast? Wo befindet es sich jetzt?"

„Wir haben Grund zu der Annahme, dass er versucht, es auf dem Schwarzmarkt zu verkaufen. Michael – Pater Dominic – vermutet, dass ein Antiquitätenhändler hier in Rom es bereits in seinem Besitz hat. Und wir werden tun, was nötig ist, um es zurückzubekommen, Grand-père. Siehst du irgendeine Möglichkeit, wie du uns in der Sache helfen könntest?"

Saint-Clair schwieg einen Moment, bevor er sagte:

„Ich weiß noch nicht, wie ich euch dabei helfen könnte, meine Liebe. Aber du hast meine volle Unterstützung, falls du sie brauchst."

Er trank den Rest seines Brandys in einem Zug aus, stellte das Glas ab und lächelte müde.

„Doch jetzt muss ich mich zurückziehen. Ich treffe mich morgen früh mit Enrico und möchte dafür in bester Verfassung sein."

Er trat an Hana heran und drückte ihr einen sanften Kuss auf die Stirn.

„Gute Nacht, *ma chère*."

KAPITEL

SECHSUNDVIERZIG

Simon Ginzberg starrte auf das Telefon auf seinem Schreibtisch, als könnte er es mit bloßer Willenskraft dazu bringen, den Anruf für ihn zu erledigen. Er wusste, was er sagen musste, doch es war eine dieser Situationen, in denen man sich wünschte, jemand anderes würde die Verantwortung übernehmen.

Nach einem tiefen Seufzer griff er zum Hörer und wählte Zharkovs Nummer in Moskau.

„Guten Morgen, Dmitry. Hier ist Simon."

„Simon, mein Freund!" ertönte Zharkovs vertraute Stimme nach dem zweiten Klingeln. „Alles in Ordnung bei dir, hoffe ich?"

„Ja, alles bestens, danke. Ich habe Neuigkeiten für dich – es geht um das Reliquiar."

„Tatsächlich? Ich bin ganz Ohr."

Ginzberg lehnte sich zurück, tippte mit den Fingern auf die Schreibtischplatte, um sich zu sammeln.

„Wir haben eine Reihe von Tests durchgeführt –

darunter eine Radiokarbondatierung des Holzes und der Knochen."

Er pausierte kurz, um seine Worte wirken zu lassen, dann sprach er weiter.

„Tests wie diese sind äußerst präzise, und ich habe die Unterstützung eines meiner besten Studenten in Anspruch genommen. Die Ergebnisse sind eindeutig: Die Proben stammen aus einer Zeitspanne zwischen 25 und 60 nach Christus."

„Das bedeutet…"

„Das bedeutet, dass es genau aus der Zeit stammt, in der Maria Magdalena lebte."

Die Stille am anderen Ende der Leitung dehnte sich.

„Wie *Signor* Tucci dir sicher bereits mitgeteilt hat, wurde ein Pergament mit dem Reliquiar gefunden. Darin steht, dass die Knochen zu Sarah gehören – der Tochter von Jeschua und Mariam. Allein aufgrund dieser Inschrift könnte ich geneigt sein, an die Authentizität zu glauben. Aber, Dmitry, du musst verstehen, dass ich dir keine hundertprozentige Gewissheit geben kann. Um ein endgültiges Urteil zu fällen, wären weitere archäometrische Untersuchungen notwendig – Dendrochronologie, Thermolumineszenz, UV- und Röntgenanalysen sowie eine DNA-Untersuchung der Knochen. Aber all das braucht Zeit. Was ich jedoch mit Sicherheit sagen kann, ist, dass die Objekte aus der richtigen Epoche stammen. Ob sie tatsächlich von Sarah – falls sie tatsächlich existiert hat – stammen, bleibt zu klären. Ich hoffe, diese Antwort genügt dir vorerst."

Zharkov presste die Lippen aufeinander.

Er war ein Mann, der klare Antworten gewohnt war – und diese hier war alles andere als das.

Zharkov brauchte eine Bestätigung, eine Garantie. Doch er wusste, dass er fürs Erste nicht mehr bekommen würde. Die Zeit lief ihm davon, und er konnte nicht riskieren, dass die italienischen Behörden irgendwann Wind von dem Handel bekamen.

Er musste handeln. Schnell.

Hundert Millionen Euro waren für ihn nur ein Tropfen auf den heißen Stein – ein kalkuliertes Risiko, das sich lohnen konnte. Denn wenn dieses Reliquiar echt war, würde ihn die halbe Welt um diesen Besitz beneiden.

Er wusste, was zu tun war.

„VINCENZO, hier spricht Zharkov. Ich möchte das Reliquiar kaufen."

Tucci war einen Moment sprachlos. Er hatte nicht damit gerechnet, dass Zharkov so schnell zusagen würde.

„Das sind hervorragende Neuigkeiten, *Signor* Zharkov! Ich nehme an, Dr. Ginzbergs Einschätzung war zufriedenstellend?"

„So gut, wie es unter diesen Umständen möglich war. Aber ich vertraue auf seine vorläufige Analyse und bin bereit, das Risiko zu tragen. Wenn jedoch weitere Tests diese These widerlegen, Vincenzo, dann erwarte ich eine vollständige Rückerstattung."

„Selbstverständlich, *Signore*."

„In der Zwischenzeit habe ich einige Anweisungen für die Übergabe des Artefakts. Wie hieß der junge Mann noch gleich, der dieses Objekt gefunden hat? Gović?"

„Das ist richtig. Sein Name ist Ivan Gović."

Zharkovs Stimme wurde noch eine Spur bestimmter.

„Gut. Ich möchte, dass Gović das Reliquiar persönlich nach Genf bringt. Er soll es mir in zwei Tagen im Geneva Free Port übergeben. Er wird allein reisen. Niemand darf von seinem Vorhaben oder seinen Reiseplänen erfahren. Er soll sich ein *Burner Phone* besorgen und mir die Nummer per Fax zukommen lassen – ein Fax ist für die Behörden schwerer abzufangen. Dieses Fax will ich innerhalb der nächsten Stunde auf meinem Schreibtisch haben. Ich werde die fünfzig Millionen Euro Anzahlung noch heute auf dein Schweizer Konto überweisen. Was die restliche Summe angeht, werde ich das direkt mit Gović regeln, wenn ich ihn in Genf treffe. Ich werde für ihn ein Schweizer Bankkonto eröffnen – er selbst könnte Schwierigkeiten haben, das persönlich zu tun. Ist das für dich akzeptabel, Vincenzo?"

Tucci zögerte keine Sekunde.

„Aber natürlich, *Signore*. Ich werde Ihre Anweisungen genau befolgen und wie gewünscht weiterleiten. Es ist, wie immer, eine große Ehre, mit Ihnen Geschäfte zu machen."

Nachdem Zharkov Tucci seine Faxnummer durchgegeben und sich verabschiedet hatte, legte er auf.

Tucci lehnte sich zurück, wippte langsam mit der Lehne seines Stuhls und ließ den Moment auf sich wirken. Ein zufriedenes Lächeln zog sich über sein Gesicht.

Er hatte es geschafft.

Ein paar Tage Arbeit – und er hatte sich in den Olymp der Kunsthändler katapultiert. Ganz zu schweigen von der satten Provision.

Er hoffte – nein, er betete, dass Zharkovs Tests die Echtheit des Reliquiars bestätigen würden.

Aber selbst wenn nicht ...

Tucci kannte Sammler wie Zharkov. Er wusste, dass Menschen oft nur das glaubten, was sie glauben wollten.

Nicht selten war es genau dieser Glaube, der den Wert eines Objekts bestimmte – mehr als jede wissenschaftliche Analyse.

Denn was war schon eine schnöde Gewissheit, verglichen mit dem Gefühl, etwas Einzigartiges zu besitzen?

Fünfzig Millionen als Anzahlung.

Mehr, als er je zu träumen gewagt hatte.

Und wenn alles nach Plan lief, würde Gović mit seinen fünfzig Millionen ebenso zufrieden sein wie er selbst.

Zumindest ... solange er nichts vom tatsächlichen Verkaufspreis erfuhr.

„IVAN, hier spricht Vincenzo Tucci. Ich habe ausgezeichnete Neuigkeiten: Mein Kunde hat soeben bestätigt, dass er deine Ware kaufen wird!"

Einen Moment herrschte Stille am anderen Ende der

Leitung. Dann folgte ein kaum hörbares Einatmen. „Wirklich?" Seine Stimme klang ungläubig, als könne er nicht fassen, was er da hörte.

„Wirklich", bestätigte Tucci mit spürbarer Genugtuung. „Und jetzt hör mir genau zu, denn es gibt spezifische Anweisungen, die du befolgen musst. Erstens: Besorge dir sofort ein Burner-Handy. Sobald du es hast, faxst du mir die Nummer – innerhalb der nächsten Stunde. Kein Anruf, keine E-Mail. Nichts, was auf dich zurückzuführen ist. Nur Fax."

Tucci machte eine kurze Pause, damit Gović auch wirklich all seine Anweisungen im Gedächtnis abspeichern konnte. „Zweitens: Du wirst alleine nach Genf reisen. Doch du musst unbedingt unter dem Radar bleiben. Niemand darf von deinen Reiseplänen erfahren. Somit kommen wir zu Punkt drei: Sobald du in Genf angekommen bist, wartet dort ein Schweizer Bankkonto auf dich, auf dem sich fünfzig Millionen Euro befinden – persönlich eingerichtet von Herrn Zharkov."

Gović rang nach Worten.

„Ich ... ich weiß nicht, was ich sagen soll, Vincenzo. Ich bin ... sprachlos!" Seine Stimme bebte leicht, ein Gemisch aus Euphorie und Ungläubigkeit. „Und unendlich dankbar, dass du das für mich arrangiert hast. Fünfzig Millionen sind mehr als ich mir je erwartet hätte. Das ist ... das ist gewaltig! Ich werde alles genau so machen, wie du oder dein Kunde es verlangt. Wann soll ich die Ware abholen?"

„Komm morgen früh als Erstes hier vorbei." Tucci lehnte sich entspannt in seinem Stuhl zurück. „Ich muss das Reliquiar noch sorgfältig verpacken, damit du es sicher transportieren kannst. Nimm anschließend den ersten Zug nach Genf, den du bekommen kannst. Plane genug Zeit für die Abholung und ein Taxi zum Bahnhof ein."

Er hielt einen Moment inne, dann wurde sein Tonfall ernster, eindringlicher.

„Und, Ivan ... das hier ist mein bester Kunde. Keine unnötigen Risiken. Keine Spontanität. Und vor allem keine Fehler. Verstanden?"

„Klar und deutlich. Du kannst auf mich zählen."

KAPITEL

SIEBENUNDVIERZIG

Das Operationszentrum des AISI-Hauptquartiers in Rom war erfüllt von einem summenden Crescendo aus flackernden Bildschirmen, surrenden Servern und dem Geklapper leise auf Tastaturen tippenden Fingern – eine Schaltstelle für Geheimdienstoperationen, Überwachungsmissionen und verdeckte Ermittlungen.

Doch in diesem Chaos galt Massimo Colombos volle Aufmerksamkeit nur einer einzigen Arbeitsgruppe.

Er stand mit verschränkten Armen hinter der Datenanalystin für Kommunikation. Beide trugen Headsets und lauschten angespannt dem Gespräch, das gerade im tausende Kilometer entfernten Moskau und in Rom zwischen Tucci und Dmitry Zharkov stattfand.

Jede Silbe wurde registriert. Jeder Atemzug analysiert.

Dann war der Anruf vorbei.

Colombo nahm sein Headset ab. Seine Stimme war

ruhig, doch hinter der vermeintlichen Gelassenheit brannte das Feuer der Entschlossenheit. Dann drehte er sich zu der Analystin um.

„Also. Jetzt haben wir es schwarz auf weiß. Tucci ist in Besitz des Reliquiars. Und Gović wird es nach Genf bringen."

Nachdenklich trommelten seine Finger auf die Schreibtischkante. Dann schüttelte er den Kopf – die Entscheidung war gefallen.

„Schick mir sofort eine Abschrift der Aufnahme per E-Mail. Und stell bitte eine Verbindung zu Oberst Scarpelli vom *Art Squad* her. Ich brauche ihn *sofort* am Apparat."

Die Analystin nickte und machte sich an die Arbeit.

Colombo nahm derweil an einem freien Schreibtisch im hinteren Bereich des Raums Platz, fuhr sich mit der Hand über das Gesicht und wartete.

Wenige Augenblicke später klingelte das Telefon, und er griff zum Hörer.

„Benny? Ich bin's, Max."

Keine Floskeln. Keine Zeit für Smalltalk.

„Wir haben eine heiße Spur zu Gović und dem gestohlenen Reliquiar. Wir wissen jetzt, dass es sich bei dem Käufer um Dmitry Zharkov handelt. Er hat Tucci angewiesen, dass Gović das Reliquiar in Genf übergeben soll. Übergabeort ist das Freeport-Zollfreilager. Du und ich müssen ein Team zusammenstellen und schnell zuschlagen. Während der Übergabe. Keinen Moment früher. Ich werde mich mit den Schweizer Behörden absprechen, damit die Festnahme auch gesetzeskonform vonstatten geht."

Noch nie war er Gović so nah wie jetzt.

Ein einziger sauberer Zugriff – und sie würden sowohl Gović als auch Zharkov auf einen Schlag aus dem Spiel nehmen. Ein Erfolg von internationalem Kaliber.

Aber während sich in seiner Brust eine Welle der Genugtuung breit machte, schlich sich auch ein weniger erfreulicher Gedanke in seinen Kopf. *Was, wenn sie mir entwischen?*

KAPITEL

ACHTUNDVIERZIG

I m Staatssekretariat des Vatikans herrschte emsiges Treiben. Sekretäre eilten durch die Gänge, Stimmen murmelten durcheinander, und auf zahllosen Tischen und Schreibtischen stapelten sich Mappen, Berichte und handbeschriftete Notizen. In den einzelnen Büroräumen saßen Teams aus Beratern, Koordinatoren und Delegierten des Sicherheitsstabs, die mit ernster Miene ihre jeweiligen Aufgaben für die bevorstehende Südamerika-Reise des Papstes koordinierten.

In einem abgeschirmten Raum, fernab der üblichen Geschäftigkeit, standen Sergeant Karl Dengler und Dieter Köhl über eine Reihe großformatiger Landkarten von São Paulo, Lima, Bogotá und Buenos Aires gebeugt. Dicke schwarze Linien markierten die offiziellen Routen des Papstes und seines Gefolges

Ihre Aufgabe war klar: Sie waren für die Unversehrtheit und Sicherheit des Heiligen Vaters verantwortlich. Die vatikanische Gendarmerie würde ihn in Menschenmengen und im Papamobil schützen, während das Ehrenkontingent der Schweizergarde ihn bei offiziellen Zeremonien begleiten sollte.

Aber es waren vor allem die rot markierten Bereiche auf der Karte, die Dengler Sorge bereiteten. Sie markierten Orte, an denen der Heilige Vater einem potenziellen Angriff ausgesetzt sein könnte.

„Hier, genau hier–das ist eine Schwachstelle." Dengler deutete mit dem Finger auf einen engen Platz in Bogotá, wo der Papst durch eine Menschenmenge würde fahren müssen. „Wir müssen hier doppelt so viele Sicherheitskräfte wie am Rest der Route postieren."

Selbst mit der Unterstützung der örtlichen Behörden hatte Dengler ein ungutes Gefühl in der Magengrube. Als Mann, der gerne die Kontrolle behielt, hasste er es, sich auf die Kompetenz und Fähigkeiten fremder Einheiten verlassen zu müssen. Und in Südamerika waren Kontrolle und Vorhersehbarkeit oftmals eine Illusion.

Da öffnete sich die Tür. Kardinal Enrico Petrini, Staatssekretär des Vatikans, trat ein. „Wie verläuft die Planung, Sergeant Dengler?", fragte er.

Dengler richtete sich auf. „So gut, wie es unter den gegebenen Umständen möglich ist, Eure Eminenz. Ich habe jedoch einige Bedenken, was die lokalen Sicherheitskräfte angeht." Er zögerte kurz. „Können Sie uns ein paar Minuten Ihrer Zeit schenken, um das zu besprechen?"

Petrini schüttelte nach einem kurzen Blick auf die

Wanduhr bedauernd den Kopf. „Leider nicht. Ich bin auf dem Weg zu einer Besprechung. Ich wollte nur kurz vorbeischauen, um mich zu erkundigen, wie gut Sie mit der Planung vorankommen und wie weit Sie bereits sind."

Er drehte sich bereits in Richtung Tür, hielt aber noch einmal inne. „Lassen Sie uns das später ausführlich durchgehen."

„Natürlich, Eminenz. Ich richte mich da ganz nach Ihnen."

„Danke, Sergeant. Weitermachen."

Armand müsste jeden Moment hier sein, dachte Petrini, während er zur Tür hinaus auf den Gang bog.

GERADE ALS KARDINAL PETRINI das Foyer zu seinem Büro passierte, ertönte das charakteristische Klingeln des Fahrstuhls, bevor sich dessen Türen öffneten. Baron Armand de Saint-Clair trat mit gewohnter Imposanz heraus.

Die beiden Männer musterten sich einen Moment – ein stilles Einverständnis lag in ihrem Blick, die unausgesprochene Vertrautheit jahrzehntelanger Freundschaft.

„Armand."

„Enrico."

Ohne ein weiteres Wort gingen sie zusammen in Petrinis privates Büro. Dort wartete bereits Pater Bannon mit einem silbernen Tablett in der Hand, darauf zwei dampfende, weiße Tassen feinsten Kaffees und ein Teller mit Biscotti.

Er stellte alles auf den Beistelltisch zwischen den beiden Queen-Anne-Sesseln vor der großen Fensterfront mit Blick auf den Petersdom.

„Nick, bitte nimm für die nächste Stunde meine Anrufe entgegen und richte aus, dass ich nachher zurückrufen werde", wies Petrini seinen Sekretär an.

Bannon nickte und zog sich diskret zurück. Noch bevor die Tür ins Schloss fiel, hatten die beiden auch bereits Platz genommen. Petrini nahm einen Schluck Kaffee, ließ den leicht bitteren Geschmack für einen Moment auf der Zunge zergehen. Dann stellte er die Tasse langsam ab.

Er atmete tief durch.

„Armand", begann er mit einer ungewohnten Ernsthaftigkeit, „in all den Jahren unserer Freundschaft habe ich deinen Rat nie so dringend gebraucht wie heute."

Saint-Clair legte langsam seinen Biscotto zurück auf den Teller und musterte seinen Freund mit prüfendem Blick.

„Das klingt ernst, Enrico. Aber du weißt, dass du mir alles sagen kannst, mein alter Freund."

Petrini sah ihn an, nahm einen weiteren Atemzug, um sich zuerst noch einmal zu sammeln. „Ich habe ein gutes Leben geführt – so gut, wie es einem Mann in meiner Position möglich war. Aber es gibt ein Geheimnis oder besser gesagt einen Teil meines Lebens, den ich vor der Welt verborgen habe. Aus gutem Grund, wie du gleich verstehen wirst."

Er holte tief Luft.

„Ich fürchte, der Moment ist gekommen, an dem

dieses Geheimnis ans Licht kommt. Denn wenn ich es nicht selbst tue, wird es jemand anderes für mich tun."

Saint-Clair blieb still, wartete, ließ ihm Zeit.

Dann fuhr Petrini fort.

„Vor etwa dreißig Jahren, als ich noch Pfarrer in New York war, hatte ich eine langjährige Haushälterin in meiner Pfarrei. Du erinnerst dich vielleicht an sie. Ihr Name war Grace Dominic."

Saint-Clair hob eine Braue.

„Ja, natürlich. War sie nicht die Mutter von Pater Michael Dominic?"

Petrini senkte den Blick. Seine Hände zitterten leicht.

Dann sprach er die Worte aus, die er sein ganzes Leben verschwiegen hatte: „Ich bin sein Vater."

Saint-Clair zeigte sich nur wenig überrascht. Stattdessen stellte er langsam die Tasse ab, beugte sich vor und legte eine Hand auf Petrinis Schulter. „Enrico, das überrascht mich nicht."

„Ich wusste, dass du und Grace euch viele Jahre nahegestanden habt. Und ehrlich gesagt, hatte ich eine kleine Vorahnung. Michael hat viele deiner Züge. Aber ich habe mir nie das Recht herausgenommen, nachzufragen."

Dann musterte er seinen Freund eindringlich.

„Aber warum ist das jetzt ein Problem?"

Petrini lehnte sich schwer in seinen Sessel zurück.

„Kardinal Dante."

Saint-Clairs Miene verfinsterte sich bei der Erwähnung des Namens augenblicklich.

„Er hat in meiner Vergangenheit herumgewühlt und erpresst mich nun. Wenn ich mein Amt nicht niederlege und ihn als Nachfolger für meinen Posten vorschlage, droht er, die Angelegenheit öffentlich zu machen und mich bloßzustellen.

Saint-Clair erhob sich und trat mit verschränkten Armen ans Fenster, während er nachdachte. Dann drehte er sich langsam um.

„Dante wird damit nicht durchkommen. Ich schlage vor, wir wenden uns damit sofort an den Heiligen Vater."

Petrini stockte.

„Du meinst, ich soll es ihm selbst sagen?"

„Ja. Du wärst nicht der erste Priester, der ein Kind gezeugt hat."

„Aber das hier ist nicht mit einer bloßen persönlichen Beichte gleichzusetzten."

„Ich weiß, dass der Papst dich Dante jederzeit vorziehen würde. Er wird sich der Sache annehmen und mit Dante persönlich abrechnen."

Petrini schluckte, doch er vertraute auf Saint-Claires Meinung. Er griff langsam zum Telefonhörer, hob ihn an sein Ohr und atmete noch einmal kurz durch, bevor er die private Nummer des Papstes wählte.

DAS TELEFON im Büro des Erzbischofs der Metropolitan-Kathedrale in Buenos Aires durchbrach die morgendliche Stille mit zwei durchdringenden, schrillen Klingeltönen.

Pater Bruno Vannucci verzog jedes Mal das Gesicht, wenn es ertönte.

Sein feines Gehör war an die sanften Töne seines Smartphones gewöhnt – nicht an dieses grell scheppernde Relikt aus einer anderen Zeit.

Genervt griff er nach dem Hörer.

„Hola?", brummte er.

Am anderen Ende meldete sich eine kühle, fast schon mechanische Frauenstimme.

„Bitte bleiben Sie in der Leitung für den Heiligen Vater."

Vannucci erstarrte. Einen Sekundenbruchteil lang meinte er, sich verhört zu haben, doch dann erklang eine andere, weit vertrautere Stimme.

„Kardinal Dante?", fragte der Papst direkt und ohne Umschweife.

Vannucci schluckte. *Der Papst höchstpersönlich?* Sein Herz machte einen Satz.

„Verzeihung, Eure Heiligkeit! Hier spricht Pater Vannucci, der Sekretär seiner Eminenz. Ich hole sofort Kardinal Dante für Sie ans Telefon. Bitte bleiben Sie in der Leitung!"

Er legte den Anruf in die Warteschleife, sprang auf und sprintete zur doppelflügeligen Tür in das angrenzende Büro.

„Eure Eminenz!" keuchte er völlig außer Atem, als er in Dantes Büro platzte. „Der Papst ist am Telefon! Er wartet in der Leitung auf Sie!"

Dante sah nicht einmal auf.

„Unsinn, Bruno. Irgendein Scherzbold erlaubt sich einen Spaß mit dir. Der Papst ruft mich nie an."

„Ich schwöre es, Eminenz! Der Anruf kam direkt aus der vatikanischen Zentrale!"

Langsam, fast misstrauisch, legte Dante seine Feder beiseite. Er musterte seinen Sekretär scharf, dann richtete er sich im Stuhl auf, strich seine Soutane glatt und griff mit einer gewissen kalkulierten Vorsicht nach dem Hörer.

„Hier spricht Kardinal Dante."

Die messerscharfe Stimme, die folgte, ließ keinen Zweifel daran, in welchem Gemütszustand sich der Heilige Vater befand.

„Fabrizio, was höre ich da? Du erpresst Kardinal Petrini? Ist das wahr?"

Dante erstarrte. Es fühlte sich an, als hätte man ihm einen Dolch zwischen die Rippen gestoßen. Darauf war er nicht vorbereitet. *Wie zum Teufel…?*

Er schluckte, zwang sich zur Ruhe, obwohl sein Herz wie ein Vorschlaghammer in seiner Brust pochte.

„Ich… ich, äh… nein, natürlich nicht, Eure Heiligkeit!"

Verzweifelt suchte er nach einem Ausweg. Nach irgendeinem Strohhalm, an den er sich klammern konnte.

„Ich hatte lediglich ein freundschaftliches Gespräch mit Kardinal Petrini. Ich verstehe nicht, wovon Ihr sprecht. Er muss mich missverstanden haben. Um die Integrität der Kirche zu wahren, wollte ich lediglich…"

„Spare dir deine Spielchen, Fabrizio", fiel ihm der Papst eiskalt ins Wort.

„Wir haben gerade mit Kardinal Petrini gesprochen. Wir wissen über seine Vergangenheit Bescheid – und er hat unsere persönliche Absolution erhalten. Aber was dich betrifft…"

Die Worte des Papstes hingen wie eine Gewitterwolke in der Luft.

„Sollte auch nur ein einziges Wort nach außen dringen – oder sollte Pater Dominic von dieser Angelegenheit erfahren, wird das Konsequenzen nach sich ziehen."

Stille. Dann folgte der finale Dolchstoß für Dante:

„Wenn dir Buenos Aires nicht zusagt, finden wir sicher eine noch angemessenere Position für dich."

Dantes Rücken war schweißnass. Er hatte verloren. Und er wusste es.

„Ich bitte Euch inständig um Verzeihung, Heiliger Vater. Ich versichere Euch, ich hatte nie die Absicht…"

„Das wäre alles, Fabrizio", unterbrach ihn der Papst. „Und nun setze deine Arbeit in Argentinien fort."

Dann – ein durchgehender Ton. Die Leitung war tot.

Dante hatte sich die falschen Feinde gemacht. Und jetzt? Jetzt zahlte er den Preis.

NEUNUNDVIERZIG

N ach einem langen, zermürbenden Vormittag mit Toshi Kwan am ICR-Projekt kreisten Michael Dominics Gedanken nur noch um Gović.

Colombo mochte die Dinge auf seine Weise regeln wollen, aber das Reliquiar – die wohl bedeutendste religiöse Entdeckung dieses Jahrhunderts – drohte unwiederbringlich verloren zu gehen. Die Zeit lief davon, und das nagende Gefühl, dass sie bereits zu spät sein könnten, wurde in seinem Kopf immer stärker.

Er zog sein *iPhone* aus der Soutane und tippte eine Nachricht an Karl Dengler:

[*Kannst du mich jetzt mit Dieter in der Kantine zum Mittagessen treffen?*]

Die Antwort ließ nur wenige Sekunden auf sich warten:

[*Perfektes Timing. Wir machen auch gerade Pause. Sehen uns dort.*]

Als Dominic die geschäftige Kantine betrat, fiel sein Blick sofort auf Dengler, der sich bereits einen Tisch am Fenster gesichert hatte. Neben ihm saß Dieter Köhl.

Er trat an den Tisch, deutete aber mit dem Kopf zur Essensausgabe. „Holen wir uns erst etwas zu essen, dann reden wir."

Sie reihten sich in die lange Schlange ein, umgeben von Geistlichen, Schweizergardisten und Angestellten des Vatikans. Der Duft von frisch gebackenen Brötchen, geröstetem Knoblauch und würzigen Tomaten lag in der Luft. Jeder lud sich den Teller voll – Pasta in verschiedenen Variationen, gebackener Lingfisch mit karamellisierter Andouille-Wurst, gegrillte römische Tomaten und als Dessert ein Stück Tiramisu.

Mit vollen Tabletts kehrten sie zum Tisch zurück. Dominic sprach ein kurzes Tischgebet, bevor sie zu essen begannen. Für einige Minuten hörte man nichts als das Klappern von Besteck, bis Köhl schließlich das Schweigen brach.

„Ich will helfen, wo ich kann, um Gović zu schnappen und das Reliquiar zurückzuholen", sagte Köhl bestimmt und tunkte ein Stück Brot in Olivenöl. „Und wie du selbst sagtest, Michael – es muss sehr bald geschehen."

Dominic legte seine Gabel beiseite und verschränkte die Finger.

„Ich habe mir bereits ein paar Gedanken gemacht, Dieter. Du solltest ihn heute anrufen und um ein Treffen bitten. Sag ihm, dass du etwas mit ihm besprechen musst – etwas, wofür du seinen Rat benötigst und das du nur persönlich klären kannst. Spiel mit seinem Ego."

Dengler hingegen war weniger subtil. Er ließ sein Besteck klirrend auf den Teller fallen, lehnte sich zurück und verzog das Gesicht.

„Warum bringen wir ihn nicht einfach um und erledigen die Sache ein für alle Mal?"

Dominic erstarrte. Sein Blick huschte kurz durch den Raum, um sicherzugehen, dass niemand sie belauschte. Dann beugte er sich vor zu Dengler.

„Ich habe ebenfalls keine Sympathie für Gović übrig, Karl. Aber das können wir nicht tun. Wir brauchen das Reliquiar zurück. Vielleicht ist es sogar schon zu spät. Wenn Dieter ihn zu einem Treffen lockt, haben wir eine Chance. Allein die Tatsache, dass wir die Explosion in der Höhle überlebt haben, sollte ihn genug aus der Fassung bringen."

Köhl nickte.

„In Ordnung. Ich rufe ihn an. Dann sehen wir je nach seiner Reaktion, wie wir weiter vorgehen."

Die drei Männer sahen sich an.

Sie wussten: Das war ihre letzte Chance.

FÜNFZIG

D er rechteckige Block aus festem, grauem
Schaumstoff ruhte auf Vincenzo Tuccis
Arbeitstisch. Gerade erst hatte er ihn aus
dem schwarzen *Pelican*-Transportkoffer gehoben, in
dem das Reliquiar sicher von A nach B gebracht werden
sollte.

Jetzt lag es an Tucci, den Schaumstoff so zu
schneiden und zu formen, dass das wertvolle Artefakt
sicher eingebettet war – zusammen mit seinem
Skelettschlüssel und der Vesconte-Karte. Mit geübtem
Blick betrachtete er den *Pelican*-Koffer: ein robustes
Ding, groß genug, um alles darin unterzubringen, mit
einem Innenmaß von siebzig mal fünfzig mal
fünfundvierzig Zentimetern und vier stabilen
Polyurethanrädern. Schwer, aber sicher und vor allem
unauffällig – perfekt, um das Reliquiar darin zu
verbergen, während Gović es nach Genf brachte.

Tucci griff nach seinem Maßband und notierte sich

die exakten Abmessungen des Reliquiars und der Karte. Mit ruhiger Hand setzte er einen schwarzen Marker an und zeichnete die Konturen auf den Schaumstoff. Zufrieden mit seinen Markierungen setzte er mit einem elektrischen Schneidemesser an einer der Linien an und schnitt Zentimeter für Zentimeter Material aus dem Block. Er durfte dabei keinen Fehler machen. Die Klinge surrte leise, als Tucci erst das Fach für das Reliquiar und anschließend jenes für die Karte ausschnitt. Die übrigen Polsterstücke sollten später als zusätzlicher Schutz in den Zwischenräumen dienen.

Als das maßgefertigte Schutzgehäuse endlich vollendet war, bettete er es zurück in den Koffer. Behutsam legte er das Reliquiar und die Karte in ihre Mulden, bevor er mit den übrigen Polsterstücken nochmal alles stabilisierte. Zufrieden klappte er den Deckel zu, drückte ihn fest ins Schloss und verriegelte ihn an den doppelten Riegelverschlüssen mit zwei massiven Ingersoll-Vorhängeschlössern.

Nun war alles bereit, und Gović konnte die wertvolle Fracht in Empfang nehmen.

Es war zehn Uhr am Freitagabend, als Gović sein Handy klingeln hörte. Er hob ab.

„Hallo, Ivan, hier ist Dieter. Hast du eine Minute?"

„Aber wirklich nur eine Minute, Dieter, also mach es kurz." Gović drückte auf das Lautsprechersymbol und fuhr mit dem Packen seiner Tasche fort.

„Es gibt etwas Dringendes, worüber ich mit dir

sprechen muss. Die italienischen Behörden haben mich zu einem Vorfall befragt, der mit dem Sprengstoff in Verbindung steht, den ich für dich beschafft habe. Können wir uns morgen früh treffen?"

Am anderen Ende herrschte für einen Moment Stille, bevor er antwortete: „Das wird nicht gehen. Ich verreise geschäftlich und nehme den ersten Zug nach Genf. Das muss warten, bis ich zurück bin."

„Schade", sagte Köhl wenig begeistert. „In Ordnung. Aber sag mir Bescheid, sobald du wieder da bist. Wir müssen unsere Version der Geschichte abstimmen."

Gović verzog kaum eine Miene. „Viel zu erzählen gibt es ohnehin nicht – nur ein paar Steine, die aus einem Feld geräumt wurden. Aber egal. Ich muss jetzt los. Gute Nacht, Dieter." Ohne eine weitere Sekunde zu verschwenden, tippte er auf den roten „Beenden"-Button.

Seine Tasche war gepackt. Doch ein flaues Gefühl hatte sich in seiner Magengrube eingenistet. Warum waren die Behörden Dieter auf die Spur gekommen? Hatte er einen Fehler gemacht? Er schüttelte den Gedanken ab. In ein paar Tagen würde das alles keine Rolle mehr spielen. Mit dem Geld, das auf ihn wartete, würde er direkt von Genf nach Buenos Aires fliegen – und nie wieder zurückkehren. Was auch immer die italienischen Behörden von ihm wissen wollten – seine Anwälte würden sich schon darum kümmern.

Er nahm seine Glock 19 vom Tisch, steckte sie in die Seitentasche seines Rucksacks, hob das Glas mit Wodka an die Lippen und kippte den letzten Schluck hinunter.

Dann legte er sich aufs Bett und wartete, bis der Schlaf ihn übermannte.

~

„MICHAEL, er verlässt die Stadt und bricht schon morgen früh nach Genf auf. Was sollen wir tun?", fragte Köhl panisch, während er mit Karl Dengler und Michael Dominic in der Telefonkonferenz sprach.

„Genf?", fragte Dominic. „Was will er dort?"

„Er sagte, es sei geschäftlich", antwortete Köhl. „Vielleicht hat er bereits einen Käufer gefunden und will das Reliquiar mitnehmen. Wie Karl bestätigen kann, ist die Schweiz ein *Eldorado* für Schwarzmarkthändler. Der perfekte Ort für ein Geschäft wie dieses."

Dominic schwieg einen Moment. Die Zahnräder in seinem Kopf ratterten. Er musste Colombo einschalten – aber würde der AISI schnell genug reagieren? Ivan durfte auf keinen Fall entwischen.

„Ihr beide müsst ihm folgen – nur zur Sicherheit. Es ist Wochenende, also seid ihr offiziell nicht im Dienst, oder?"

„Ja", antworteten Dengler und Köhl wie aus einem Mund.

„Gut. Seid noch vor dem Morgengrauen an der Stazione Termini in Rom. Haltet nach Gović Ausschau und steigt in denselben Zug ein wie er. Aber bleibt unauffällig – verkleidet euch, haltet Abstand, was auch immer nötig ist, damit Gović euch nicht sieht. Karl, hast du noch den *AirTag*, den ich dir letzten Sommer gegeben habe?"

„Klar, liegt in meinem Spind."

„Perfekt. Ihr müsst einen Weg finden, den Tracker in Govićs Gepäck unterzubringen. Falls er das Reliquiar dabeihat, wird es sicher in einem Koffer, einer Kiste oder etwas Ähnlichem verstaut sein. Platziert den Tracker so, dass er ihn nicht bemerkt. Und denkt daran, ihn vorher in deiner *iCloud* zu registrieren – sonst ist er nutzlos."

„Hana und ich versuchen ebenfalls, so schnell wie möglich nach Genf zu kommen und euch dort zu treffen. Ich informiere Colombo und bringe ihn auf den neuesten Stand. Wie auch immer – diesen Mistkerl kriegen wir."

EINUNDFÜNFZIG

An der Route du Grand-Lancy, einer unscheinbaren Allee am südlichen Ende des Genfersees, steht ein grau-gelber Lagerhauskomplex, der auf den ersten Blick kaum Beachtung findet. Doch hinter seinen unspektakulären Mauern verbirgt sich das Paradies der Superreichen: die *Ports Francs*, die Genfer Freihandelszone. Hier lagern die Schätze der globalen Elite – fernab von neugierigen Blicken und jeglicher Steuerpflicht.

Darin schlummern angeblich Kunstwerke im Wert von über hundert Milliarden Euro – darunter tausend Werke von Pablo Picasso sowie eine unbekannte Anzahl von jahrhundertealten Meisterwerken von unschätzbarem Wert und musealer Qualität. Insgesamt sollen sich hier über eine Million der großartigsten Kunstwerke der Welt befinden – für viele von ihnen sind die Lagerhäuser ein permanentes Zuhause.

Doch die Lagerhallen beherbergen weit mehr als nur

Kunst. Goldbarren stapeln sich hier neben etruskischen, griechischen und römischen Antiquitäten. Und dann wäre da noch eine erlesene Weinsammlung bestehend aus rund drei Millionen Flaschen. Alles sicher verwahrt, während ihre Besitzer von steuerlichen Schlupflöchern profitieren. Denn solange die Schätze in der Hochsicherheitsanlage verbleiben, gelten sie offiziell als „in Transit". Formal gesehen befinden sie sich also gar nicht in der Schweiz, sondern außerhalb des Zollgebiets – und damit fallen weder Einfuhrzölle noch Steuern an.

Da sich kaum jemand von diesen Wertanlagen trennt, verlassen nur selten Objekte diesen exklusiven Schutzraum. Stattdessen gibt es luxuriöse, diskrete Räumlichkeiten, in denen Sammler ihre Schätze präsentieren, kaufen und verkaufen können – völlig steuerfrei, völlig geheim.

Allerdings haben sich auch die *Ports Francs* – wie auch viele andere wirtschaftliche Sonderzonen weltweit – längst einen Ruf als Drehscheibe für gestohlene Schwarzmarkt-Antiquitäten und gewaschene Gelder erarbeitet. Viele dieser Schätze liegen dort seit Jahrzehnten unangetastet, während ihr Wert ins Unermessliche steigt – und kaum jemand bekommt sie je zu Gesicht.

Dmitry Zharkov wusste das besser als die meisten, denn er war nicht nur der größte Anteilseigner der *Ports Francs*, sondern auch einer ihrer aktivsten Kunden. Gleiches galt für weitere Freihandelszonen in Luxemburg, Kroatien, Belarus und Russland. Seine Stellung verschaffte ihm weitreichenden Einfluss –

sowohl unter den Superreichen als auch in den dunklen Kreisen des illegalen Antiquitätenmarktes, aus denen er einen beträchtlichen Teil seiner Sammlung bezogen hatte.

AN DER ROSENHÖLZERNEN Bar seines Penthouses schenkte sich Zharkov ein Glas *Beluga Noble* Wodka ein. Während das eiskalte Destillat langsam seine Kehle hinunterrann, nahm sein Plan für Ivan Gović Gestalt an.

Sobald der junge Kroate im Zug nach Genf saß, würde Zharkov ihn über sein *Burner*-Handy kontaktieren und ihm die nächsten Anweisungen durchgeben. Es bestand die Gefahr, dass er verfolgt wurde – ob von der Kunstfahndung oder anderen, noch gefährlicheren Interessenten. Dieses Risiko durfte Zharkov nicht eingehen. Es stand zu viel auf dem Spiel.

Er setzte sich an seinen Laptop und ließ seinen *Airbus A319* für den morgigen Abflug vom Moskauer Flughafen Wnukowo nach Genf startklar machen. Danach informierte er das Personal *des Les Rives d'Argentière*, eines luxuriösen Fünf-Sterne-Resorts hoch oben in den Alpen bei Chamonix-Mont-Blanc. Sein privates Chalet sollte für seine Ankunft am Nachmittag vorbereitet werden.

Vielleicht konnte er noch ein paar Pistenabfahrten genießen, wenn die Zeit es zuließ.

KAPITEL

ZWEIUNDFÜNFZIG

Ivan Gović klopfte pünktlich um sechs Uhr morgens mit einem Rucksack über der Schulter gegen die Tür von Vincenzo Tuccis Laden.

Nach einem kurzen Moment klackte das Schloss, und Tucci öffnete die Tür einen Spalt, bevor er einen prüfenden Blick auf die leere Straße warf. Niemand in Sicht. Kaum jemand war um diese Uhrzeit an einem Samstagmorgen unterwegs. Nachdem er sich überzeugt hatte, ging Tucci einen Schritt zur Seite und ließ die Tür ganz aufschwingen. Gović trat ein während sein Taxi mit laufendem Motor am Bordstein wartete – bereit, ihn überallhin zu fahren. Tucci schloss wortlos die Tür, verriegelte sie und führte seinen Besucher in den hinteren Raum.

„Dieser Spezialkoffer ist absolut sicher. Ich habe beide Stücke sorgfältig verpackt", sagte er und drückte Gović die Schlüssel zu den Vorhängeschlössern des massiven *Pelican*-Koffers in die Hand. „Verlier ihn nicht aus den Augen. Sobald du unterwegs bist, erwartet Mr. Zharkov deinen Anruf für weitere Anweisungen. Wann fährt dein Zug?"

„Abfahrt nach Genf ist um 7:15 Uhr", antwortete Gović knapp. „Die Fahrt dauert etwa sieben Stunden mit einem Zwischenstopp in Mailand."

Tucci nickte. „Dann will ich dich nicht länger aufhalten. *Arrivederci*, Ivan. Ruf mich an, falls es Schwierigkeiten gibt."

Gović nickte, nahm den Koffer und zog ihn auf seinen Rollen über den Boden nach draußen zum wartenden Taxi. Der Fahrer öffnete den Kofferraum, nahm Gović den Koffer ab und warf ihn ohne jegliches Feingefühl hinein.

„Hey, vorsichtig damit!", fuhr Gović ihn an. „*¡Estúpido tanos!*", knurrte er auf Spanisch, bevor er in scharfem Italienisch nachsetzte: *„Stazione Termini, velocemente!"* – was so viel bedeutete wie: „Zum Bahnhof, und zwar schnell!"

Der Fahrer schlug den Kofferraum zu, stieg ein und drückte aufs Gaspedal.

„Gović ist soeben losgefahren, Signor Zharkov", meldete sich Tucci, als sein Kunde den Telefonhörer abnahm. „Er nimmt den 7:15-Uhr-Zug nach Genf. Ich habe ihm gesagt, dass er Sie anrufen soll, sobald er an Bord des Zuges ist."

„Danke, Vincenzo", erwiderte Zharkov gelassen. „Ab hier übernehme ich."

~

IM AISI-HAUPTQUARTIER HATTE ein
Kommunikationsanalyst das Gespräch zwischen Tucci
und Zharkov abgefangen und alarmierte sofort
Colombo, der keine Minute später Dominic anrief.

„Pater Michael, Max Colombo hier. Gović wird heute
Morgen den 7:15-Uhr-Zug nach Genf nehmen, Abfahrt
vom Hauptbahnhof. Sagen Sie Köhl und Dengler, dass
er allein reist, aber das Reliquiar dabei hat. Wenn wir
Agenten auf ihn ansetzen, laufen wir Gefahr, dass er
Verdacht schöpft. Aber wir haben ein Team in der
Schweiz bereit, das von da an übernimmt. Wir müssen
Gović und Zharkov zusammen erwischen, um die
beiden dingfest zu machen – und das wird
höchstwahrscheinlich in der Zollfreizone passieren.
Lassen Sie Ihre Leute also Abstand halten, aber sie
dürfen ihn nicht aus den Augen verlieren. Solange er
sich unbeobachtet fühlt, sollte alles glattgehen.“

„Verstanden, Max. Danke für die Info“, sagte
Dominic. „Baron Saint-Clair hat uns seinen Jet für den
Flug nach Genf angeboten. Wir brechen in Kürze auf.
Werden Sie auch dort sein?“

„Selbstverständlich. Nach all der Arbeit, die wir da
hineingesteckt haben, werde ich mir das nicht entgehen
lassen. Hoffentlich gibt es heute Abend Anlass zum
Feiern. Sie haben meine Nummer. Rufen Sie an, falls Sie
etwas brauchen.“

Nach einem kurzen Abschied legte Dominic auf.

Dominic, der von Hanas Suite im *Cavalieri* aus
telefoniert hatte, wandte sich an ihren Großvater.

„Baron, ich kann gar nicht genug betonen, wie dankbar ich für Ihr großzügiges Angebot bin, uns mit nach Genf zu nehmen."

Saint-Clair winkte ab. „Unsinn, Michael. Ich war ohnehin auf dem Heimweg. Es ist also kaum ein Umweg für mich. Und wer weiß – vielleicht kann ich Ihnen noch auf andere Weise behilflich sein. Die Schweizer Behörden machen mir in gewissen Angelegenheiten durchaus Zugeständnisse. Behalten Sie das im Hinterkopf, falls es relevant werden sollte."

DREIUNDFÜNFZIG

Selbst an einem frühen Samstagmorgen herrschte am Hauptbahnhof von Rom reges Treiben. Frühaufstehende Touristen hasteten mit ihren Koffern über den polierten Marmorboden, während eine Durchsage nach der anderen aus den Lautsprechern ertönte. Die Ewige Stadt schlief nie – nicht einmal am Wochenende.

Dominic hatte gerade Karl Dengler angerufen und ihm die neuesten Informationen über Govićs Reisepläne durchgegeben: Welcher Zug. Welche Uhrzeit. Welcher Bahnsteig. Dengler hatte daraufhin zwei Tickets für sich und Dieter Köhl in der zweiten Klasse des *Frecciarossa* gebucht, der sich um 7:15 Uhr nach Genf aufmachen würde. An einem der zahlreichen gelben Entwertungsautomaten im Terminal stempelte er die Fahrkarten ab.

Um sicherzugehen, dass Gović ihnen nicht entwischte, – oder im letzten Moment doch in einen anderen Zug sprang – nahmen die beiden Schweizergardisten unauffällig ihre Positionen auf der oberen Galerie des Bahnhofs ein. Ihre Baseballkappen tief ins Gesicht gezogen, die Sonnenbrillen griffbereit, ihre Kleidung so gewöhnlich, dass sie im Strom der Reisenden kaum auffielen. An den gegenüberliegenden Enden der Balustrade postiert, überblickten sie die darunterliegenden vierundzwanzig Bahnsteige, die Fahrkartenschalter und die Menschenansammlung.

Ein Koffer von der Größe des Reliquiars würde nicht leicht zu übersehen sein, selbst in einer Menge wie dieser.

Der *Frecciarossa*, Italiens ganzer Stolz, machte seinem Namen alle Ehre. In leuchtendem Apfelrot glänzte er unter dem künstlichen Licht des Bahnhofs, seine aerodynamische Schnauze wie ein gespannter Pfeil. Mit einer Höchstgeschwindigkeit von 300 km/h war er das Pendant zu den französischen *TGVs* und den japanischen *Shinkansen* – ein Geschoss auf Schienen.

Auf Gleis 3 wartete der Zug auf die letzten Passagiere. Von seinem Platz auf der Galerie aus konnte Dengler das Geschehen am Bahnsteig überwachen. Sein Blick wanderte zur massiven Bahnhofsuhr, deren römische Ziffern selbst aus der Ferne gut zu erkennen waren. 6:50 Uhr.

Dann entdeckte er die ihm vertraute Gestalt.

Govic hatte soeben den Fahrkartenschalter verlassen und ging zielstrebig auf Gleis 3 zu. Er trug blaue Jeans und einen schwarzen Kapuzenpullover. In schnellem Schritt zog er einen großen schwarzen *Pelican*-Koffer auf

Rollen hinter sich her und steuerte direkt auf den Erste-Klasse-Bereich an der Spitze des *Frecciarossa* zu.

Dengler griff sofort nach seinem Handy und tippte eine kurze Nachricht an Köhl, der sich am anderen Ende des Bahnhofs befand:

[*Er ist da. Treffpunkt an Gleis 3. Jetzt*]

KAUM HATTEN sich Dengler und Köhl in der zweiten Klasse des letzten Wagens niedergelassen, machten sie es sich in ihren Sitzen bequem – so gut es unter diesen Umständen ging.

Sie hatten gegenüberliegende Plätze am Fenster gewählt, mit freier Sicht auf den Gang. In ihren Rucksäcken, die sie sicher zwischen ihren Hüften und der Kabinenwand verstauten, befanden sich ihre *Sig Sauer P220*-Pistolen und weiteres Equipment.

Auf dem Bahnsteig schrillten die Signalpfeifen der Schaffner, ein letztes Zeichen für verspätete Passagiere. Dann setzte sich der Zug langsam in Bewegung, rollte sanft aus dem Bahnhof und beschleunigte auf seinem Weg nach Norden.

Nächster Halt: Mailand. Dort würden sie in den Zug nach Genf umsteigen.

VIERUNDFÜNFZIG

In Italiens modernen Hochgeschwindigkeitszügen gibt es am Ende jedes Waggons, direkt gegenüber der Toilette, eine großzügige Gepäckablage für sperrige Koffer, die in den Fächern über den Sitzen keinen Platz finden. Das Verstauen solcher Gepäckstücke im Sitzbereich war strikt untersagt, also blieb Gović nichts anderes übrig, als seinen *Pelican*-Koffer dort abzustellen. Doch er achtete darauf, ihn von seinem Platz aus, der sich im Gangbereich weiter vorne im Wagon befand, stets im Blick zu behalten. Nicht, dass er sich übermäßig Sorgen machte. Wohin sollte der Koffer schon verschwinden? Schließlich befanden sie sich in einem fahrenden Zug.

Die letzte Nacht hatte er kaum geschlafen. Sein Verstand kreiste unaufhörlich um die fünfzig Millionen Euro, die bald ihm gehören würden. Noch immer konnte er es nicht fassen. Ein Leben lang hatte er von so einem Coup geträumt – und jetzt? Jetzt war es fast zu einfach gewesen. Mit gerade einmal neunundzwanzig Jahren würde er finanziell ausgesorgt haben.

Das gleichmäßige Rattern des Zuges auf den Schienen und das sanfte Schaukeln wirkten wie eine Art Beruhigungspille und versetzten ihn allmählich in eine Art Trance. Seine Augenlider wurden schwer. Ja, er musste Zharkov noch anrufen, aber in Moskau war es noch früh. Das konnte warten. Erst noch ein kurzer Powernap.

„WIE SOLLEN wir diesen *AirTag* in einen verdammten *Pelican*-Koffer bekommen?", fragte Dengler, während er das kleine Gerät mit seinem *iPhone* koppelte.

Köhl lehnte sich zurück und schmunzelte. „Tja, von uns beiden bin wohl nur ich in der Lage, ein Schloss zu knacken, oder? Also ist die Entscheidung um die Frage, *wer* ihn dort reinbekommen wird, schon gefallen. Ich muss nur sicherstellen, dass Gović mich nicht erkennt."

„Und wie genau willst du das anstellen?"

„Das Einfachste wäre, zu warten, bis Gović auf die Toilette muss. Die Fahrt dauert eine Weile, also ist es nur eine Frage der Zeit. Wir müssen nur näher an ihn ran und den perfekten Moment abpassen."

Köhl drehte den *AirTag* in seinen Fingern. „Wie funktionieren diese Dinger eigentlich?"

Dengler gab ihm eine Kurzfassung. „*AirTags* sind Bluetooth- und Ultrabreitband-Tracker von *Apple*. Du kannst sie an so ziemlich allem befestigen und dann weltweit über die ‚*Wo ist?*'-App orten. Das Signal wird von jedem beliebigen *iPhone* in der Nähe aufgenommen, auch von Fremden in einer Menschenmenge. Das Handy sendet dann die Position an die *iCloud* und – *voilà* – du weißt, wo dein Objekt ist. So haben wir letztes Jahr Hana gefunden, als Govićs Vater sie entführt hatte."

Köhl ließ einen beeindruckten Pfiff ertönen. „Verdammt clever! Also gut, dann setzte ich mir mein Käppi und meine Sonnenbrille auf und schlendere gemütlich nach vorne, um mir mal einen Überblick zu verschaffen. Was hat Govie nochmal an?"

„Er trägt einen schwarzen Hoodie. Als ich ihn am Bahnhof gesehen habe, war die Kapuze unten. Der Koffer ist zu groß für die Ablage über den Sitzen, also muss er sich im Stauraum neben der Toilette befinden."

„Also gut. Jetzt oder nie." Köhl streckte die Hand aus. „Gib mir dein Messer."

Dengler runzelte die Stirn. „Mein Messer? Wozu?"

„Weil ich die Pinzette sowohl aus deinem als auch aus meinem Schweizer Messer brauche. Ich benutze sie als Spanner, während ich mit dem Zahnstocher aus meinem versuche, die Stifte im Vorhängeschloss zu knacken. Jeder halbwegs fähige Schweizer Soldat kennt diesen Trick."

Dengler schmunzelte über den kleinen Seitenhieb. Vor einem Jahr hätten sie kaum ein Wort miteinander gewechselt, doch nach dem Bombenanschlag und Köhls aufrichtiger Entschuldigung war aus Misstrauen echte Kameradschaft geworden. Jetzt kämpften sie auf derselben Seite, mit einem gemeinsamen Ziel: Ivan Govie zur Strecke bringen.

Mit einem gequälten Ausdruck sah Dengler zu, wie Köhl die Pinzette aus seinem Schweizer Messer zog und eine der Spitzen in einem perfekten Neunzig-Grad-Winkel verbog.

„Tut mir leid, mein Freund", sagte Köhl mit gespieltem Bedauern, „aber das dient alles einem höheren Zweck. Ich besorge dir ein neues."

SIE VERLIEßEN ihr Abteil und arbeiteten sich langsam nach vorne durch den Zug, immer mit einem prüfenden Blick durch die Glasfenster der Verbindungstüren, bevor sie den nächsten Waggon betraten.

Dengler konzentrierte sich auf die Passagiere der linken Seite, während Köhl die rechte Seite übernahm. Es waren insgesamt neun Passagierwagen – Dengler hatte diese selbst nach dem Einsteigen in den Zug gezählt. Sechs davon hatten sie bereits durchkämmt, bevor sie im siebten schließlich fündig wurden. Der schwarze *Pelican*-Koffer, abgestellt im Gepäckbereich neben der Toilette.

Zu ihrem Glück standen mehrere Erstklassereisende in einer Schlange vor der Tür. Perfektes Timing. Die wartenden Leute boten ihnen einen willkommenen Sichtschutz.

Köhl spähte zwischen den stehenden Passagieren hindurch und entdeckte Gović neun Reihen weiter hinten auf einem Gangplatz – mit geschlossenen Augenlidern, den Kopf zur Seite geneigt. Offenbar schlief er. Köhl tippte Dengler unauffällig an und deutete mit dem Kopf in Govićs Richtung.

„Wir müssen schnell sein", flüsterte Dengler. „Solange der im Klo sich weiterhin nicht beeilt, haben wir eine Chance."

Köhl drückte lautlos den Knopf für den Türöffner, schlängelte sich zwischen den sich öffnenden Türen hindurch und kniete sich neben den *Pelican*-Koffer. Dengler folgte ihm dichtauf, stellte sich mit dem Rücken zu Gović und erweckte den Anschein, als würde er selbst in der Toilettenschlange warten.

Während Köhl sich ans Werk machte, versuchte Dengler, möglichst entspannt zu wirken.

Doch insgeheim staunte er darüber, mit welchem Geschick Köhl das erste, und dann das zweite Ingersoll-Vorhängeschloss mit nichts weiter als zwei Schweizer Taschenmessern knackte.

Er wusste genau, was er tat.

Die verbogene Pinzette fungierte als Spannwerkzeug, der Zahnstocher aus seinem Messer als Dietrich. Sanft hebelte er die Stifte im Schlüsselloch nach oben, bis sie schließlich einrasteten. Nach nur vierzig Sekunden – was Dengler wie eine gefühlte Ewigkeit vorkam – hatte er beide Schlösser geknackt.

Dengler zog sein Handy hervor, um schnell ein Beweisfoto vom Koffer zu knipsen – für den Fall der Fälle. Dann riskierte er einen kurzen Blick über die Schulter.

Gović schlief noch. Doch die Warteschlange vor der Toilette löste sich schneller auf, als ihnen lieb war. Nur noch drei Personen standen in der Schlange. Bald würde jeder, der an der Gepäckablage vorbeikam, genau sehen, was sie da trieben!

Als Köhl den Deckel geöffnet hatte, griff er in seine Hosentasche und zog den *AirTag* heraus. Doch in der Eile rutschte er ihm aus den Fingern und fiel mit einem hellen *Klack* auf den Linoleumboden. Blitzschnell griff er nach dem kleinen, runden Gerät, das nahe der Tür gelandet war, und schob es so weit es ging unter die Schaumstoffeinlage des Koffers.

In diesem Moment öffnete sich die Toilettentür. Eine Frau trat heraus und die nächste in der Schlange ging in die Toilettenkabine.

Damit waren nur noch zwei Wartende übrig.

Und Gović begann sich zu rühren.

Durch die Beine der verbleibenden Passagiere hindurch sah Köhl, wie sich der Kroate langsam streckte und verschlafen aus dem Fenster blickte.

Sie mussten hier weg – sofort!

Mit zittrigen Fingern klappte er den Deckel des Koffers zu, verriegelte die Schlösser und drückte den Türknopf. Kaum sprang die Tür auf, stand er auf und trat dicht gefolgt von Dengler mit scheinbar lässigem Schritt hinaus.

Zurück in ihrem Abteil im letzten Waggon sanken sie erschöpft in ihre Sitze. Das Adrenalin rauschte jedoch weiter durch ihre Adern.

Dengler zog sein *iPhone* hervor, öffnete die *Wo ist?*-App und aktualisierte den Standort.

Da war er. Ein kleiner, blinkender Punkt auf der Karte, nur 125 Meter vor ihnen.

Sie hatten es geschafft! Mission erfüllt.

• • •

WÄHREND DAS GLEICHMÄßIGE *Tack-tack* des Zuges auf den Schienen einige Passagiere sanft in den Schlaf wiegte, bewirkten genau diese Vibrationen, dass sich ein nicht vollständig eingerasteter Bügel an einem der Vorhängeschlösser des *Pelican*-Koffers allmählich lockerte. Sekunden später – *klack!* – sprang es auf.

FÜNFUNDFÜNFZIG

„Darf ich Ihnen ein Getränk anbieten, Pater Dominic?", fragte der Flugbegleiter mit professioneller Freundlichkeit.

„Gern. Eine Flasche Sprudelwasser, falls Sie welches haben. Danke."

„Und für Sie, Miss Sinclair?"

„Dasselbe für mich, Frederic, danke."

„Und Sie, Baron. Was darf es für Sie sein?"

Saint-Clair warf einen kurzen Blick auf seine *Patek Philippe*. Elf Uhr morgens.

Er zuckte kaum merklich mit den Schultern. „Ich nehme einen kleinen Dram Whisky, Frederic."

Hana schüttelte belustigt den Kopf und sah ihren Großvater mit gespieltem Tadel an.

Er zwinkerte ihr zu. „Es ist mein Flugzeug, daher bestelle ich, wonach meinem Gemüt beliebt. Vielen Dank."

Dominic lachte laut auf. „Des Menschen Wille ist

sein Himmelreich", sagte er, den Kopf in den Nacken geneigt.

„Wir sollten in etwa einer Stunde in Genf sein", sagte Hana und blickte zu Dominic. „Was ist unser Plan?"

„Gović wird erst gegen vier Uhr ankommen, also haben wir ein paar Stunden zu überbrücken. Max meinte, er hat ein Team im Genfer Zollfreizone bereitstehen, um ihn abzufangen. Ich nehme an, sie haben dort Undercover-Agenten, aber genau weiß ich das nicht. Ehrlich gesagt bleibt uns nichts anderes übrig, als zu warten."

„Wir könnten in *Grand-pères* Château bleiben, bis Max sich meldet. Ist das in Ordnung, *Pépé*?"

„Aber natürlich, meine Liebe. Ihr beide seid im *La Maison des Arbres* jederzeit willkommen – so lange ihr möchtet."

„Aber nur, wenn es wirklich keine Umstände macht", sagte Dominic höflich.

Hana schmunzelte. „Michael, das Château hat zwölf Schlafzimmer. Ich denke, Platzmangel wird kein Problem sein. Es gibt sogar eine Kapelle – du wirst dich also ganz wie zu Hause fühlen."

MITTLERWEILE VOLLKOMMEN WACH, machte sich Gović auf den Weg zum Bistrowagen. Ein Sandwich und ein kaltes Bier – nicht gerade ein Gourmet-Frühstück, aber es musste reichen. Zurück an seinem Platz zog er das Burner Telefon aus der Tasche. Es war Zeit für den Anruf.

Er tippte die Nummer ein, die Tucci ihm gegeben hatte und hielt es ans Ohr.

„*Da?*", ertönte eine tiefe, kurz angebundene Stimme.

„Mister Zharkov? Hier ist Ivan Gović."

„Ja, Ivan. Danke, dass Sie anrufen. Das Artefakt ist bei Ihnen, korrekt?"

„Ja, Sir. Ich habe es im Auge." Sein Blick wanderte den Gang entlang zum schwarzen Koffer.

„Gut", sagte Zharkov. „Es gibt eine Planänderung. Ich habe Grund zu der Annahme, dass Sie bei Ihrer Ankunft in Genf von der Polizei abgefangen werden könnten. Deshalb habe ich eine alternative Route für Sie organisiert."

„Ich will, dass Sie in Mailand unauffällig aussteigen. In der *Europcar*-Station am Bahnhof Milano Centrale wartet ein Mietwagen auf Sie – reserviert auf Ihren Namen. Von dort fahren Sie nach Chamonix-Mont-Blanc in den französischen Alpen. Die Fahrt sollte nicht länger als vier Stunden dauern. Ich werde Sie in meinem Chalet in Chamonix erwarten. Die Adresse werden Sie gleich per SMS erhalten. Sobald ich das Reliquiar überprüft habe, werde ich die Bezahlung veranlassen. Danach bringen Sie es nach Genf in das Zollfreilager. Ist das soweit klar?"

„Ja, Mister Zharkov. Ich steige in Mailand aus, fahre mit dem Mietwagen nach Chamonix und dann weiter nach Genf."

„*Da*. Und setzen Sie niemanden über diesen neuen Plan in Kenntnis. Keine Anrufe – außer bei mir. Ich sehe Sie dann bald, ja?"

Mit diesen Worten beendete Zharkov den Anruf.

Gović starrte eine Sekunde auf das Burner Telefon. Dann schaute er den Gang hinunter zum *Pelican*-Koffer. *Die Polizei? Woher zur Hölle sollten die wissen, dass ich in diesem Zug bin?* Jetzt konnte er nichts und niemandem mehr trauen.

KAPITEL

SECHSUNDFÜNFZIG

Der Hauptbahnhof *Milano Centrale* war ein architektonisches Meisterwerk. Kein Geringerer als Frank Lloyd Wright hatte ihn einst als „den schönsten Bahnhof der Welt" bezeichnet.

Seine monumentale Art-Déco-Fassade ragte wie eine steinerne Festung der Moderne auf, gekrönt von einer gläsernen Kuppel. Mit einer Breite von über zweihundert Metern und einer Höhe von zweiundsiebzig Metern überspannte das Bauwerk vierundzwanzig Gleise – ein beeindruckendes Drehkreuz, durch das Jahr für Jahr mehr als hundert Millionen Reisende strömten.

Als Ivan Gović zum ersten Mal durch diese Hallen ging, hatte ihn die Geschichte und schiere Wucht der Architektur regelrecht überwältigt. Er hätte sich gern die Zeit genommen, Mailand zu erkunden, doch Zeit war ein Luxus, den er sich gerade nicht leisten konnte.

Wenn alles nach Plan lief, würde er in wenigen

Stunden Reichtum erlangen, der seine kühnsten Vorstellungen übertraf.

Er würde zurückkommen – als reicher Mann.

Der leuchtend rote *Frecciarossa* fuhr langsam in den Bahnhof ein. Ein sanftes Zischen, ein leises Rumpeln, dann kam der Zug mit einem Ruck zum Stillstand. Wie die anderen Passagiere stand Gović auf und machte sich bereit zum Aussteigen. Er schwang seinen Rucksack über die Schulter, bahnte sich einen Weg zur Gepäckablage und erstarrte, als seine Hand zum Griff des Koffers wanderte.

Ein Vorhängeschloss baumelte unverschlossen am Koffer.

Ein eisiger Schauer lief ihm über den Rücken.

Langsam kniete er nieder und musterte das Schloss genauer. Hatte Tucci es nicht richtig verriegelt? Unwahrscheinlich – so nachlässig war er nicht. Und selbst wenn, Gović hätte es irgendwann bemerkt.

Sein Blick huschte durch den Waggon. War hier irgendjemand, der ihm bekannt vorkam? Jemand, der sich anders verhielt als die übrigen Passagiere?

Oder war es einfach ein unglücklicher Zufall?

Er zog die Schlüssel aus der Tasche, öffnete auch das zweite Schloss und hob vorsichtig den Deckel des Koffers an.

Das Reliquiar lag unversehrt in seiner Schaumstoffmulde. Daneben die Vesconte-Karte.

Er atmete tief durch. Es war alles noch da. Nichts fehlte.

Vielleicht war es wirklich nur eine Nachlässigkeit von Tucci, und er hatte sich umsonst Sorgen gemacht.

Er drückte den Deckel zu, verriegelte beide Schlösser und zog fest an ihnen, um sicherzugehen, dass sie diesmal wirklich eingerastet waren. Sie saßen bombenfest.

„WELCHER ZUG FÄHRT WEITER nach Genf?", fragte Köhl, während sie sich zum Aussteigen bereit machten und sich hinter den anderen Passagieren in die Schlange einreihten.

„Der *Eurocity Express* auf Gleis 12", antwortete Dengler und warf einen kurzen Blick auf sein Ticket.

Doch dann erstarrte er mitten in der Bewegung. Im Augenwinkel, direkt vor ihrem Fenster, erkannte er Gović – wie er den *Pelican*-Koffer über den Bahnsteig zog.

Durch das getönte Glas konnte Gović sie nicht sehen, doch instinktiv wandten Dengler und Köhl ihre Köpfe in die entgegengesetzte Richtung.

„Ich will ihn nicht aus den Augen verlieren, Dieter", flüsterte Dengler. „Komm, wir müssen uns beeilen."

Ohne zu zögern, drängten sie sich an den anderen aussteigenden Passagieren vorbei, eilten hinaus auf den Bahnsteig und suchten im Labyrinth aus Kiosken, Fahrkartenautomaten und Reisenden nach Gović.

Da – sie hatten ihn wieder.

Doch anstatt sich in Richtung Gleis 12 zu bewegen, marschierte Gović weiter – direkt auf die Bahnhofsausgänge zu.

„Wohin zur Hölle will er?" murmelte Köhl.

„Das finden wir nur heraus, wenn wir ihm folgen.

Setz deine Sonnenbrille auf und wickle dir den Schal um."

Sie griffen in ihre Taschen, zogen Schals und Sonnenbrillen heraus und zogen ihre Baseballkappen tiefer ins Gesicht. Keine perfekte Verkleidung – aber inmitten der Hektik des Bahnhofs würde es genügen.

Gović war nun etwa zehn Meter vor ihnen.

Obwohl es noch nicht einmal Mittag war, herrschte in der riesigen Bahnhofshalle wuselndes Chaos. Koffer rumpelten über den Boden, Kinder kreischten, und gestresste Pendler sowie Touristen hetzten zu ihren Gleisen. Über allem lag ein ständiges Stimmengewirr, durchbrochen von unablässigen Lautsprecherdurchsagen auf Italienisch. Und mittendrin – unsichtbar für die Eilenden, aber stets wachsam – lauerten Taschendiebe auf ihre nächste Gelegenheit.

Dengler und Köhl hielten den Atem an, als Gović durch die Tür des *Europcar*-Mietwagenbüros ging.

„Warte hier!", sagte Dengler und folgte ihm unauffällig ins Büro.

Vier Schalter. Vier kurze Schlangen.

Er stellte sich hinter den Kunden, der direkt hinter Gović wartete. Den Kopf leicht gesenkt, Ohren gespitzt.

„Ich habe eine Reservierung. Ivan Gović."

Gović reichte der Angestellten seinen Reisepass.

„Ja, *Signor* Gović, ich sehe hier: Sie fahren nach Chamonix-Mont-Blanc und anschließend weiter nach Genf. *Signor* Zharkov hat die Reservierung für Sie vorgenommen – ein Audi R8."

Denglers Augen wurden groß. *Ein Audi R8?!*

„Da Sie in die Schweiz fahren, benötigen Sie eine Schweizer Autobahnvignette. Diese wurde bereits auf der Windschutzscheibe angebracht. Wenn Sie hier bitte unterschreiben." Es folgte eine kleine Pause. „Der Wagen wird gerade für Sie vorgefahren. Sie können draußen im markierten *Europcar*-Bereich warten und dem Parkservice Ihre Papiere zeigen. Gute Reise, *Signore*."

Dengler wandte unauffällig den Blick ab, als Gović mit den Autoschlüsseln in der Hand an ihm vorbeiging.

Jetzt musste er schnell sein.

Er trat an den nächsten freien Schalter: „Ich brauche ein Auto. Ich habe vor, nach Frankreich zu fahren und anschließend vielleicht weiter in die Schweiz."

„Haben Sie eine Reservierung, *Signore*?"

„Nein. Ich verreise spontan."

Die Angestellte musterte ihn kurz und tippte auf ihrer Tastatur.

„Ich fürchte, wir haben nur noch ein einziges Fahrzeug mit Schweizer Vignette, *Signore*. Aber es ist ein exzellentes Modell – ein *Porsche 911*. Wäre das in Ordnung?"

Dengler konnte sich ein Grinsen nicht verkneifen. „Ja, das ist mehr als in Ordnung. Danke."

Während die Sekretärin die Papiere vorbereitete, tippte er ungeduldig mit den Fingern auf den Tresen. Kaum waren die Papiere unterschrieben und die Schlüssel überreicht, eilte er aus dem Büro.

„Zharkov hat für Gović ein Auto gemietet – einen *Audi R8*. Das Ding kostet locker 180.000 Euro! Er hat vor, damit bis nach Chamonix zu fahren. Aber keine Sorge, mit unserem Gefährt, stehen wir seinem in nichts nach."

„Tja – wir reden von Zharkov. Für einen Milliardär ist das Portokasse. Und was haben wir bekommen?"

Dengler grinste breit.

„Einen *Porsche 911*! Dieter, wir werden nach Chamonix *fliegen*!"

KAPITEL

SIEBENUNDFÜNFZIG

E in blauer *Porsche 911 Carrera* bretterte über die A4 Autostrada Richtung Chamonix. Während Dengler am Steuer saß und mit einer Hand das Lenkrad hielt, drückte er mit der anderen sein *iPhone* ans Ohr.

„Zharkov hat Gović angewiesen, in Mailand auszusteigen und mit einem Mietwagen nach Chamonix-Mont-Blanc zu fahren – tief in die französischen Alpen. Es ist ein bekanntes Skigebiet und ein Magnet für die Reichen und Schönen. Dieter und ich kennen den Ort gut. Ich war selbst schon dort, also finde ich mich zurecht. Wir sind direkt hinter ihm."

Am anderen Ende der Leitung saß Dominic in einem der großen Ohrensessel in einer Suite des *La Maison des Arbres*, dem Château von Hanas Großvater. Das Anwesen bot ihm einen sagenhaften Ausblick auf den Genfersee, doch auch dieser konnte seine Anspannung angesichts Denglers neuester Erkenntnisse nicht lindern.

„Wenn Zharkov den ursprünglichen Plan ohne offensichtlichen Grund geändert hat, weiß er wahrscheinlich, dass die Behörden in Genf auf ihn warten. Ein Mann mit seinen Ressourcen ist garantiert gut vernetzt. Das ist kein gutes Zeichen, Karl. Ich werde Colombo und Scarpelli informieren – sie müssen Bescheid wissen."

„Wir konnten den *AirTag* im Koffer platzieren, den er bei sich hatte. Ohne das Ding hätten wir ihn vermutlich nicht so schnell wiedergefunden, nachdem er auf den Mietwagen umgestiegen ist. Wenn alles nach Plan läuft, erreichen wir Chamonix gegen drei Uhr nachmittags. Wirst du auch dort sein? Wie sieht dein Plan aus? Ich hätte kein Problem damit, mich selbst um Gović zu kümmern – aber du weißt genau, was passiert, wenn ich die Gelegenheit bekomme…"

„Nein, Karl, das ist keine Option. Er wird sich vor Gericht verantworten, genau wie Zharkov. Beide haben mit gestohlenen Antiquitäten gehandelt und noch weitaus schlimmere Straftaten begangen, weshalb sie hinter Gitter gehören. Lass Colombo seine Arbeit machen. Ich rufe dich zurück, sobald ich mit ihm gesprochen habe. Falls sich etwas ändert, sag mir sofort Bescheid."

„Verstanden, Michael. Pass auf dich auf."

Hana und ihr Großvater Armand hatten das Gespräch mitgehört, während sie mit Dominic im riesigen Wohnzimmer des Anwesens saßen. Der offene Kamin knisterte leise.

„Gović wirft also seinen ursprünglichen Plan hin

und fährt nach Chamonix. Was denken Sie, Baron? Wird er sich dort mit ihm treffen?"

Saint-Clair lehnte sich in seinem Sessel zurück und presste die Fingerspitzen aneinander. „Zunächst einmal würde ich vorschlagen, dass wir uns duzen – nach all der Zeit wäre das wohl mehr als angebracht. Zumal Hanas Freunde auch meine Freunde sind."

Dominic nickte zustimmend und ein kleines Lächeln breitete sich auf seinem Gesicht aus, während Saint-Clair hinzufügte: „Aber um deine Frage zu beantworten: Es ist sehr wahrscheinlich. Zharkov besitzt dort im *Les Rives d'Argentière-Resort* ein riesiges Chalet, das eher einem Herrenhaus gleicht. Ich habe vor einiger Zeit darüber im *Billionaire Magazine* gelesen."

Hanas Augenbraue wanderte in die Höhe. „Es gibt für euch sogar ein eigenes Magazin? Ich habe definitiv den falschen Beruf gewählt."

Saint-Clair schmunzelte. „Nun, ich kann mich selbst nicht wirklich zu diesem erlauchten Kreis zählen. Aber als Banker interessiere ich mich natürlich dafür, wofür meine Kunden ihr Geld ausgeben."

Während die beiden scherzten, ging Hana bereits alle möglichen Szenarien im Kopf durch. „Was, wenn Zharkov das Reliquiar direkt nach Moskau bringt, anstatt es in das Genfer Zollfreilager zu schaffen? Dann hätten wir ein echtes Problem. Max und sein Team könnten ihn nicht mehr erwischen – ebenso wenig wie Gović."

Dominic nickte zustimmend. „Ich rufe ihn gleich an. Mal sehen, was er dazu sagt."

Colombo nahm sofort ab. Schnell fasste Dominic die

neuesten Entwicklungen zusammen und stellte dann auf Lautsprecher, damit alle mithören konnten.

„*Merda*! Das macht die Sache um einiges komplizierter. Richten Sie den Sergeants Köhl und Dengler aus, dass sie keine voreiligen Schritte unternehmen dürfen. Sie sollen ihn einfach im Auge behalten. Wir sind bereits in Genf, also brechen wir jetzt nach Chamonix auf. Die Fahrt dauert nur neunzig Minuten, weshalb wir vor ihnen dort ankommen werden."

„Wir sind ebenfalls in Genf und werden uns sofort auf den Weg machen, um Sie und Ihr Team dort zu treffen."

Nach dem Telefonat wandte sich Dominic an Hana. „Steht uns ein Auto zur Verfügung?"

Saint-Clair antwortete für sie. „Selbstverständlich. Wir nehmen meinen Wagen. Frederic ist nicht nur mein Butler, sondern auch mein Chauffeur. Er bringt uns schnell und sicher überall hin, wo wir wollen."

Dann drehte er sich um und rief laut in den Flur: „Frederic! Mach bitte den *Rolls* startklar. Wir fahren nach Chamonix!"

Dominic schüttelte ungläubig den Kopf und sah zu Hana. „Ein *Rolls-Royce*?"

Hana legte mit gespieltem Hochmut eine Hand auf die Brust. „Aber natürlich. Oder dachtest du, wir quetschen uns alle in einen *Fiat 500*?"

ACHTUNDFÜNFZIG

Eingebettet im Schatten der majestätischen, schneebedeckten Gipfel des Mont Blanc liegt das idyllische Chamonix – ein malerisches Bergdorf voller kleiner Boutiquen, uriger Gasthäuser, gemütlicher Bistros und historischer Kirchen. Ein Dorf, das nicht einmal zehntausend Einwohner zählt.

Doch sobald der Winter die Alpen in sein eisiges Weiß taucht, strömen mehr als zwanzigtausend Skifahrer, Jetsetter und Adrenalinjunkies in die Region. Allen voran wohlhabende Europäer und russische Oligarchen, die in den luxuriösen Chalets und Resorts des Wintersport-Mekkas ein Vermögen lassen.

Dior. Hermès. Prada. Die großen Namen der Modewelt sind in der gesamten Auvergne-Rhône-Alpes-Region genauso präsent wie in Paris oder Mailand. Und ihre Kassen klingeln das ganze Jahr über – besonders dank der russischen Besucher, die, wenn sie kein Französisch verstehen, einfach das teuerste Gericht auf der Karte bestellen. Denn das Teuerste kann ja nur das Beste sein.

Die Einheimischen beobachteten die Touristen mit einer Mischung aus Faszination und ungläubigem Staunen. In ihren Augen waren sie robuste Naturen, die anscheinend ein Wochenende auf 1 000 Metern Höhe ohne Schlaf überstehen, allein angetrieben von einer Diät aus Kaffee, Zigaretten, Wodka und Frauen.

Dmitry Zharkovs *Airbus A319* rollte am Genève Aéroport über die Landebahn zu seinem reservierten Stellplatz.

Punkt zwölf Uhr erreichte sein Zwei-Wagen-Konvoi das charmante Chamonix und passierte die schmiedeeisernen Tore des *Les Rives d'Argentière-Resorts*, das sich wie eine versteckte Festung am Ufer der Arve erstreckte.

Bevor er auch nur einen Fuß über die Schwelle setzte, schwärmte sein Sicherheitsteam aus. Wanzen, Kameras, versteckte Mikrofone – jede potenzielle Gefahr musste erkannt und eliminiert werden. Erst als das Anwesen für sicher erklärt wurde, betrat Zharkov mit seinem Gefolge das Haus.

Nach dem vierstündigen Flug aus Moskau blieben ihm noch ein paar Stunden, bis Gović eintreffen würde. Zeit genug, um sich etwas Entspannung zu gönnen.

Er drehte sich zu den beiden jungen Frauen um, die ihn im Eingangsbereich erwarteten.

„Tatiana, Katerina – wir gehen in die *Banya*, ja? Und bringt zwei eiskalte Flaschen *Stoli Elit* und Gläser mit. Wir müssen uns von dieser langen Reise erholen."

KARL DENGLER LENKTE den *Porsche 911 Carrera* gekonnt über die engen Bergstraßen.

Er wusste, dass dieses Auto für solche Straßen gebaut war. Enge Serpentinen, steile Anstiege, schnelle Abfahrten – ein Traum für Fahrer wie ihn. Er genoss jede Kurve und jeden Moment, in dem ihn die Beschleunigung in den Sitz presste. Hätte er nicht gerade einen hochgefährlichen Kriminellen beschattet, hätte er dieses Biest völlig entfesselt und die Fliehkraft auf die Probe gestellt.

Ein gutes Stück voraus fuhr der tiefschwarze *Audi R8*. Gović hatte im Gegensatz zu Dengler ein Tempo drauf, das selbst für diese Straßen grenzwertig war.

„Es wäre schön, wenn er ein bisschen langsamer machen würde", murmelte Köhl und umklammerte das Armaturenbrett so fest, dass seine Knöchel weiß wurden. „Ich habe eine Frau und eine Tochter, die mich lebend wiedersehen wollen."

Dengler grinste. „Entspann dich, Dieter. Wir fahren gerade mal hundertdreißig. Diese Schönheit ist für genau diese Art von Straßen gebaut. Noch eine Stunde, dann sind wir in Chamonix."

EIN STÜCK hinter ihnen steuerte Frederic, mit der Souveränität eines Butlers, der ein Silbertablett trägt, den silbernen *Rolls-Royce Phantom* auf der Autoroute 40 durch die Bergpassagen.

Im Fond des Luxuswagens saßen Saint-Clair, Hana und Dominic und genossen die spektakuläre Aussicht auf die steilen Bergflanken.

Kein Straßenlärm. Kein Ruckeln. Nur das sanfte, unaufhörliche Summen des V12-Motors, der sie mühelos durch die Alpen beförderte.

„Schade, dass wir keinen *Grey Poupon* haben", murmelte Dominic mit einem verschmitzten Lächeln und hoffte, dass jemand die Anspielung auf die alte Werbung verstand.

Hana blinzelte. „Was?"

„Schon gut. Man muss es gesehen haben, um es zu verstehen…"

Ein kurzer Blick von Frederic in den Rückspiegel, ein wissendes Lächeln. „Ich fürchte, wir bräuchten einen zweiten *Rolls-Royce*, damit dieser Witz funktioniert, Pater Dominic."

Dominic lachte. „Danke, Frederic. Dank Ihnen bleibt meine Würde intakt."

„Ich wünschte, wir wüssten, wie das hier ausgeht", sagte Hana und drehte nervös einen Ring an ihrem Finger.

„Das liegt jetzt bei Max", erwiderte Dominic, bevor er seine Hand auf ihre legte. „Das Beste, worauf wir hoffen können, ist, dass wir das Reliquiar nach Rom bringen dürfen. Als Finderlohn, sozusagen. Aber ich fürchte, die Franzosen werden auch ein Wörtchen mitzureden haben."

Er wandte sich an Saint-Clair. „Armand, glaubst du, dass Präsident Valois uns helfen könnte, falls es hart auf hart kommt?"

Saint-Clair dachte kurz nach. „Vielleicht." Dann ein leichtes Grinsen. „Aber ich bin in solchen Angelegenheiten auch nicht ohne Einfluss. Wir werden tun, was nötig ist. Agent Colombo wird hier eine entscheidende Rolle spielen."

Da vibrierte plötzlich Hanas Handy.

„Es ist Max." Sie nahm ab und stellte das Gespräch auf Lautsprecher.

„Hana, wir sind gleich in Chamonix – ich nehme an, ihr seid ebenfalls bald da. Wenn ihr angekommen seid, trefft uns bitte in der Lobby des *Grand Hôtel des Alpes*, 75 Rue du Docteur Paccard. Wir machen das zu unserem Einsatzzentrum."

„Danke, Max. Wir sehen uns dort."

NEUNUNDFÜNFZIG

Der schwarze *Audi R8* rollte lautlos an das Sicherheitstor des exklusiven *Les Rives d'Argentière Resorts*.

Noch bevor der Wagen ganz zum Stehen kam, trat ein uniformierter Wachmann mit einem Klemmbrett unter dem Arm aus seiner kleinen Kabine.

„Guten Tag, Monsieur. Haben Sie eine Reservierung oder besuchen Sie einen Gast?"

„Ich bin zu Besuch. Dmitry Zharkov erwartet mich", antwortete Gović. „Mein Name ist Gović. Ivan Gović."

Der Wachmann nickte knapp, verschwand für einen Moment in seinem Kabuff und kehrte wenige Sekunden später mit einem Plan des Resorts zurück.

„Darf ich bitte Ihren Reisepass sehen, Monsieur?"

Wortlos reichte Gović ihm seinen Reisepass, woraufhin der Wachmann das Foto mit dem Gesicht des Mannes vor sich verglich. Er musterte ihn kurz und gab ihm schließlich den Ausweis zurück.

„Monsieur Zharkov erwartet Sie bereits. Hier ist eine Karte mit der Wegbeschreibung zu seinem Chalet. Begeben Sie sich bitte auf den direkten Weg dorthin und halten Sie sich an das Tempolimit auf dem Gelände. *Au revoir.*"

Mit einem Surren öffnete sich das große schmiedeeiserne Tor, und Govićs Wagen rollte auf das Anwesen.

Das Resort war gewaltig.

Breite Alleen schlängelten sich durch ein Wintermärchen aus meterhohem Schnee, gesäumt von prunkvollen Chalets, deren Dächer unter einer schweren Schicht Pulverschnee lagen. Riesige Fenster, dunkles Holz, funkelnde Lichter – ein Winterparadies für die Superreichen.

Nach ein paar Minuten Fahrt erreichte er sein Ziel. Er bog in die lange, gepflasterte Auffahrt ein und bemerkte zwei bereits geparkte Fahrzeuge. Als er den Motor abstellte, traten zwei bullige Männer aus dem Schatten des Gebäudes hervor.

Einer von ihnen hielt eine *FN P90* Maschinenpistole auf ihn gerichtet, während der andere an Gović herantrat und begann, ihn abzutasten.

Dann kam die stumme Aufforderung: Weitergehen. Mit festem Griff auf seine Schulter schob er Gović durch die offene Tür des Chalets, während sein bewaffneter Kollege draußen stehen blieb.

Kaum war die Tür hinter ihm ins Schloss gefallen, stand Gović allein im gewaltigen Foyer, das nahtlos in einen zweigeschossigen Salon überging. Die bodentiefe Fensterfront – zweifellos aus schusssicherem Glas –

gewährte einen atemberaubenden Blick auf das verschneite Tal von Chamonix.

Doch sein Blick schweifte weiter – und das, was sich über dem Kamin und an den Wänden offenbarte, war weit weniger idyllisch. Eine makabre Sammlung von Trophäenköpfen starrte ihm entgegen: Antilopen, Springböcke, Rehe ... sogar ein sibirischer Tiger.

„Ivan Gović, nehme ich an?" Die tiefe, donnernde Stimme, die wie aus dem Nichts ertönte, ließ ihn zusammenzucken.

Er drehte sich um. Oben auf einer halbmondförmigen Holztreppe stand ein massiger Mann, Anfang fünfzig.

„Mister Zharkov, nehme ich an?" Gović streckte ihm die Hand entgegen.

Doch anstatt die Geste zu erwidern, zog der Russe ihn in eine kräftige Bärenumarmung.

„Willkommen in meinem Haus, Ivan!", sagte Zharkov und klopfte ihm auf den Rücken.

Er ließ ihn los und rief mit befehlendem Ton: „Tatiana! Bringt eine Flasche Wodka ins Kaminzimmer! Bring Hering und Gewürzgurken mit, mein Schatz. Unser Gast muss hungrig sein!"

Dann wandte er sich wieder Gović zu. „Wie war die Fahrt? Keine Probleme?"

„Nein, Sir, die Fahrt war sehr angenehm – wie denn auch nicht bei solch einer Aussicht auf die Berge. Und danke für das Auto – ein Traum auf vier Rädern."

Zharkov nickte zufrieden. „Du hast mir einen großen Dienst erwiesen, Ivan. Ich wusste, ich kann auf dich zählen. Komm, lass uns anstoßen."

Während sie sich unterhielten, brachten die beiden Sicherheitsleute den *Pelican*-Koffer ins Esszimmer und stellten ihn auf einen massiven Eichentisch.

Eine atemberaubend schöne Blondine betrat den Salon – gekleidet in einen glänzenden, goldenen Jumpsuit und Stilettos.

In ihren Händen balancierte sie ein silbernes Tablett, auf dem eine Flasche Wodka, zwei elegante Gläser und kleine Schälchen mit Hering und eingelegten Gurken standen.

Zharkov klatschte begeistert in die Hände. „Iss *zakuski*, Ivan! Eine russische Tradition – Wodka und Snacks! Und dazu einen *Russo-Baltique*, den teuersten Wodka der Welt. Aber ab heute kannst du ihn dir auch leisten."

Tatiana stellte das Tablett ab, schenkte ein und trat anschließend ein paar Schritte zurück.

„Dann wollen wir mal sehen, was du mir Schönes mitgebracht hast."

Gović griff in seine Tasche, zog einen Schlüssel heraus, öffnete die schweren Vorhängeschlösser und hob den Deckel des Koffers an.

Zharkov trat näher. Seine Augen weiteten sich, als er in den Koffer blickte – und das Reliquiar sah.

„Außergewöhnlich", flüsterte er ehrfürchtig, während er das Artefakt vorsichtig aus der passgenauen Schaumstoffverkleidung hob. Mit dem Zeigefinger strich er über die filigrane Inschrift. „Die Tochter von Jesus Christus und Maria Magdalena. Ein Artefakt, das kein anderer Mensch auf Erden besitzt."

Langsam hob er den Deckel an.

Ein Schädel. Handknochen. Antiker Schmuck. Ein Fläschchen Myrrhe. Ein Pergament. Und daneben – die Vesconte-Karte. Alles war da.

„Die Karte hat uns zum Reliquiar geführt", erklärte Gović. „Sie stammt aus dem 13. Jahrhundert."

Zharkov nickte abwesend. „Ja, Vincenzo hat mir davon erzählt. Ein Schatz für sich."

Während Zharkov das Reliquiar bewunderte, hatte Gović nur eine Zahl im Kopf – fünfzig Millionen Euro. Gleich würde er diesen Salon als reicher Mann verlassen.

Es herrschte einige Minuten ehrwürdiges Schweigen, bis Zharkov die Karte zur Seite legte. „Du hast gute Arbeit geleistet, Ivan. Aber ich habe noch eine letzte Aufgabe für dich. Mein Informant bei Interpol sagt, die italienische Kunstfahndung sei bereits hier in Chamonix. Sie warten nur darauf, dass ich das Artefakt in Besitz nehme, um mich festzunehmen. Doch das wird nicht passieren."

Govićs Herz hämmerte. *Wie zur Hölle kann er das wissen?!* „Was soll ich tun, Mister Zharkov?"

„Tatiana! Bring mir mein *iPad*."

Die Blondine tat wie ihr geheißen und verschwand durch eine massive Holztür.

Dann wandte er sich wieder Gović zu und sagte: „Ich will, dass du das Reliquiar wie ursprünglich geplant in das Genfer Zollfreilager bringst. Sobald du dort ankommst, verlangst du nach Herrn Heinrich Becker. Er wird dich erwarten." Zharkov hielt einen Moment inne, bevor er fortfuhr: „Du musst jetzt aufbrechen, Ivan. Du wirst mit einem anderen Auto nach Genf fahren, nur für den Fall, dass du verfolgt wurdest. Betrachte es als eine kleine Gefälligkeit für deine Dienste. Ein schicker *BMW* steht bereits für dich bereit."

In diesem Moment betrat Tatiana das Esszimmer mit einem *iPad Pro* in der Hand, und reichte es Zharkov. Mit seinem Zeigefinger tippte er ein paarmal auf das Display, um sich in seinem Bankkonto einzuloggen. Binnen weniger Sekunden hatte er fünfundzwanzig Millionen Euro auf Govićs neues Schweizer Konto transferiert. Dann zeigte er Govié die Transaktionsbestätigung, damit er sich selbst davon überzeugen konnte.

„Fünfundzwanzig Millionen jetzt. Die restlichen fünfundzwanzig Millionen werden überwiesen, sobald die Sache erledigt ist und das Reliquiar sicher in der Zollfreizone liegt."

Dann griff er in seine Brusttasche und zog eine kleine Plastikkarte hervor. Mit einem zufriedenen Lächeln überreichte er sie Gović. „Das ist eine *Carte Maestro* – eine spezielle Debitkarte für dein Konto. Damit kannst du sofort auf das Geld zugreifen." Ein Lächeln huschte über sein Gesicht. „Sag mal, Ivan, wie fühlt es sich an, reich zu sein? Sehr gut, habe ich recht?"

Gović bekam eine Gänsehaut. Der Nervenkitzel, die plötzliche Macht des Geldes waren einfach berauschend! „Ja, es fühlt sich verdammt gut an, Mister Zharkov! Vielen Dank!"

Fast wie auf Kommando betraten Zharkovs Männer den Raum. Sie packten das Reliquiar behutsam wieder in den *Pelican*-Koffer, verriegelten die Schlösser und verschwanden wortlos mit der kostbaren Fracht durch die Tür. Zharkov selbst hielt noch immer die Vesconte-Karte in der Hand.

„Das Reliquiar kann nicht hierbleiben. Ich rechne damit, dass die Italiener jeden Moment hier reinschneien. Du musst dich auf den Weg machen, Ivan. Sei äußerst vorsichtig. Ich verlasse mich darauf, dass du den Job sauber zu Ende bringst. Herr Becker wird sich noch heute Nachmittag mit mir in Verbindung setzen, sobald das Reliquiar in meinem Tresor im Zollfreilager liegt. Dann überweise ich dir den Restbetrag. Einverstanden?"

„Einverstanden. Und nochmals vielen Dank, Mister Zharkov."

Zharkov stand auf und führte Gović hinaus in die breite, sechsstöckige Garage. Mit einer ausladenden Geste zeigte er auf einen perlweißen *BMW i8 Roadster* mit offenem Verdeck und dunkel getönten Scheiben. *Perfekt.*

„Sieh' ihn dir an – ganz in Weiß, wie eine jungfräuliche Braut!" Zharkov krümmte sich vor Lachen und klopfte Gović auf die Schulter. „Er gehört ganz dir. Fahr vorsichtig. Du weißt ja – wertvolle Fracht an Bord."

Gović stand einen Moment da, überwältigt von dem, was gerade geschah. Er war reich – und als Sahnehäubchen gab es auch noch ein brandneues Auto obendrauf. Ein Hochgefühl durchströmte ihn. Er hatte es geschafft. Er war frei.

Die *Pelican*-Kiste war bereits von Zharkovs Männern im Kofferraum verstaut worden, und der Schlüssel steckte im Zündschloss. Gović ließ sich in den Fahrersitz sinken, strich mit den Fingern über das lederne Lenkrad und nahm den satten Neuwagenduft in sich auf. Er ließ seinen Blick über das Cockpit wandern, um sich mit den Bedienelementen vertraut zu machen. Da das Wetter jedoch alles andere als cabriotauglich war, schloss er das Verdeck per Knopfdruck.

Dann drehte er den Schlüssel. Der satte, tiefe Klang des Motors ertönte – pure deutsche Ingenieurskunst. Ein Klang wie eine Verheißung.

Bevor er losfuhr, stieg er aus dem Wagen, um Zharkov die Hand zu schütteln. Ein fester Griff, ein kurzer Blick in die Augen – dann stieg er wieder ein und fuhr vom Gelände.

Er hielt sich an die vorgeschriebene Geschwindigkeit, bis er am Sicherheitstor des Resorts angelangt war. Kaum passierte er die Schranke, tauchten auf der Gegenspur zwei schwarze Vans und ein *Rolls-Royce* auf, die sich dem Grundstück näherten.

Vielleicht sollte ich mir auch einen Rolls-Royce *zulegen,* dachte er mit einem selbstgefälligen Grinsen auf den Lippen.

Währenddessen zog sich Zharkov in sein Büro zurück. Die Vesconte-Karte legte er in einen kleinen Wandsafe hinter einem Gemälde. Seine uneingeladenen Gäste, die er bereits erwartet hatte, würden bald eintreffen.

KAPITEL

SECHZIG

„Wir sind hier in einer offiziellen Angelegenheit, um *Monsieur* Dmitry Zharkov zu sprechen", verkündete Inspektor Émile Boucher von der französischen Sûreté. Er hielt dem Wachmann am Tor von *Les Rives d'Argentière* seinen Dienstausweis vor die Nase und fügte mit unmissverständlichem Ton hinzu: „Lassen Sie uns sofort passieren."

Der Wachmann griff bereits nach dem Telefonhörer. „Sir, ich muss zuerst *Monsieur* Zharkov anrufen, um…"

„Das werden Sie nicht tun", fiel Boucher ihm ins Wort, „Es sei denn, Sie möchten wegen Behinderung der Justiz in Gewahrsam genommen werden. Öffnen Sie augenblicklich die Tore – und ich rate Ihnen dringend, *Monsieur* Zharkov nicht über unsere Ankunft zu informieren."

„*Oui, Monsieur.*" Er schluckte und tat, wie ihm geheißen. Doch kaum hatten die drei Fahrzeuge das Tor passiert, griff er erneut zum Telefon und wählte Zharkovs Nummer. Eine Frau nahm den Anruf entgegen, und er warnte sie: *„La gendarmerie est en route."* – „Die Gendarmerie ist auf dem Weg zu Ihnen"

Nur wenige Minuten später fuhren Colombo und Scarpelli mit ihren jeweiligen Teams die Auffahrt zu Zharkovs Chalet hinauf. Neben den französischen Sûreté-Beamten waren auch Dominic, Hana und Saint-Clair dabei. Beim Vorbeifahren bemerkten sie den Mietwagen, den Gović in Mailand geliehen hatte.

Nachdem die Fahrzeuge nacheinander zum Stillstand gekommen waren, stiegen alle, mit Ausnahme der Insassen des *Rolls-Royce,* aus, während sich Boucher und Colombo an die Spitze der Gruppe reihten.

Kein Empfangskomitee. Kein Zharkov.

Boucher trat an die schwere Holztür und drückte auf die Klingel. Sekunden verstrichen. Dann öffnete sich die Tür, und eine stämmige russische Frau mit misstrauischem Blick erschien im Türrahmen.

„Да, чего ты хочешь?", brummte sie in barschem Ton.

Boucher ließ sich nicht beirren. „Spricht hier jemand Französisch? Englisch? Deutsch? Italienisch vielleicht?"

Die Frau zuckte lediglich mit den Schultern – ob aus Unverständnis oder schlichter Gleichgültigkeit, war schwer zu sagen.

Bouchers ohnehin knappe Geduld war endgültig erschöpft. Er trat einen Schritt vor, seine Stimme scharf und unüberhörbar: *„Monsieur* Zharkov! Wir wissen, dass Sie hier sind. Sie reden also entweder freiwillig mit uns oder wir stellen jedes einzelne Zimmer auf den

Kopf, bis wir Sie gefunden haben. Die Entscheidung liegt bei Ihnen."

Boucher vernahm ein Geräusch, das aus dem Inneren des Hauses ertönte – schwere Schritte, die eine Treppe hinunterkamen. Die Haushälterin wandte sich wortlos ab und ließ die Tür einen Spalt breit offen stehen.

Dann erschien Dmitry Zharkov in der Tür, gekleidet in einem maßgeschneiderten Anzug, ungerührt, fast amüsiert. „Meine Herren", sagte er mit gespielter Höflichkeit. „Was kann ich für Sie tun?"

Boucher kam gleich zur Sache. „Ich bin Inspektor Boucher von der Sûreté. Das sind die *Messieurs* Colombo und Scarpelli, Vertreter der italienischen Behörden. Sie ermitteln in einem hochbrisanten Fall von Kunstraub. Ein äußerst wertvolles Reliquiar wurde gestohlen, und wir haben Grund zu der Annahme, dass es sich in Ihrem Besitz befindet. Hier ist unser Durchsuchungsbefehl."

Zharkov verzog keine Miene, als er das Schreiben entgegennahm. „Ich habe nicht die geringste Ahnung, wovon Sie sprechen, Inspektor. Aber bitte, nur zu. Ich habe nichts zu verbergen." Er trat zur Seite und machte mit der Hand eine einladende Geste. „Kommen Sie herein. Aber seien Sie versichert, dass ich mich persönlich beim französischen Justizminister über diese Unverschämtheit beschweren werde. Wir sind enge Bekannte."

Colombo und seine Männer verschwendeten keine Zeit. Sie schwärmten aus und durchsuchten das Chalet systematisch nach dem Koffer und dem Reliquiar –

Schränke, Regale, Truhen. Colombo hatte seinen Leuten das Foto des Koffers, das Dengler im Zug aufgenommen hatte, gezeigt, weshalb sie genau wussten, wonach sie suchen mussten.

Colombo hatte allerdings wenig Hoffnung, dass sie fündig werden würden. Dazu war das Chalet einfach zu groß und zu verwinkelt. Diese Durchsuchung war in erster Linie ein Schachzug – ein Signal an Zharkov, dass sie ihn im Visier hatten. Doch wenn sie Glück hatten, konnte sich daraus eine Spur ergeben.

Er wandte sich erneut dem Hausherrn zu. „Wo ist *Signor* Gović? Ist er nicht hier?"

Zharkov legte den Kopf leicht schräg, als müsse er über diese Frage ernsthaft nachdenken. „Ich kenne keinen Gović. Außer mir sind nur meine Angestellten hier. Sie alle sind mit mir aus Moskau angereist. Und was dieses... wie nannten Sie es? Reliquiar? ... angeht, so muss ich Sie enttäuschen, Agent Colombo. Sie sind falsch informiert."

Zwanzig Minuten später versammelten sich Colombos Leute wieder im Foyer – mit leeren Händen.

„Nichts, Chef", gab einer der Beamten als Statusmeldung. „Wir haben sogar die Fahrzeuge durchsucht."

Colombos Kiefermuskeln spannten sich an. Das wäre die Gelegenheit gewesen, Zharkov und Gović auf frischer Tat zu ertappen. Dass das Reliquiar gut versteckt sein würde, war keine Überraschung – aber wo war Gović?

Wäre er hier gewesen, hätten sie einen soliden Grund für eine Festnahme gehabt, was einen noch weitreichenderen Durchsuchungsbefehl ermöglicht hätte. Doch ohne ihn...

Er atmete tief durch, dann richtete er sich zu voller Größe auf und blickte Zharkov direkt in die Augen. *„Signor* Zharkov, ich muss Sie darauf hinweisen, dass es ein internationales Verbrechen ist, Kriminelle – in diesem Fall *Signor* Gović – zu verstecken und mit gestohlenen Kulturgütern zu handeln. Sollten wir weitere belastende Beweise für Ihre Verwicklung in eine dieser Straftaten finden, können Sie sich auf ein baldiges Wiedersehen freuen. Und dann werden wir mit wesentlich mehr Befugnissen zurückkehren."

Zharkov lächelte dünn. „Darf ich nun wieder meiner Arbeit nachgehen, meine Herren? Wie Sie sehen, gibt es hier nichts von Interesse für Sie."

Colombo und Boucher tauschten einen Blick aus. Ihnen blieb keine andere Wahl. Ohne ein weiteres Wort verließen sie mit ihrem Team das Chalet und machten sich auf den Rückweg ins *Grand Hôtel des Alpes*, um ihre nächsten Schritte zu besprechen.

ALS ER DEN schlanken *Roadster* auf den engen, kurvigen Alpenstraßen lenkte, fühlte Ivan Gović ein elektrisierendes Wechselbad der Gefühle – ein berauschender Mix aus Triumph und unterschwelliger Wut.

Triumph, weil er nun auf einen Schlag Multimillionär war, mit unbegrenzten Möglichkeiten, zu tun und zu kaufen, wonach auch immer ihm der Sinn stand. Und Wut, weil Zharkov ihm unmissverständlich klargemacht hatte, dass die Behörden ihnen bereits auf den Fersen waren – ein störendes Ärgernis, das seiner Euphorie einen bitteren Beigeschmack verlieh.

Doch eines war klar: Der Russe würde ihn nicht ans Messer liefern. Dafür stand für sie beide zu viel auf dem Spiel. Außerdem hatte er das Reliquiar.

Er brauchte eine Pause. Als er mit gemächlichem Tempo durch die malerischen Straßen von Chamonix fuhr, vorbei an den luxuriösen Boutiquen und Designerläden, fiel ihm eine elegante Juwelierboutique an einer Straßenecke ins Auge. Ohne lange nachzudenken, lenkte er den Wagen in eine schmale Seitenstraße, parkte am Bordstein und stellte den Motor ab.

Er atmete noch einmal tief ein – dieser unverkennbare Duft von feinstem Leder – sein erster eigener Neuwagen. Und was für einer! Ein *BMW i8*. Das war ein verdammtes Statement.

Seine Hand griff nach der Maestro Platin-Karte in seiner Hosentasche, die Zharkov ihm gegeben hatte. Während er sie gedankenverloren zwischen den Fingern drehte, malte er sich aus, wie ein Tresor voller Banknoten im Wert von fünfundzwanzig Millionen Euro wohl aussehen würde. Fünfundzwanzig Millionen Euro, sicher verwahrt auf seinem Schweizer Konto – nur darauf wartend, mit vollen Händen ausgegeben zu werden.

Er musste sie testen. Musste sehen, ob er wirklich die Macht besaß, die er zu haben glaubte, oder ob das alles nur ein riesiger Schwindel war.

Mit einem selbstzufriedenen Lächeln stieg er aus, sperrte das Auto ab, und überquerte die Straße zum Juwelier auf der gegenüberliegenden Seite. Es wäre nur ein kleiner Testlauf. Nichts Großes. Nach allem, was er durchgestanden hatte, hatte er sich einen kleinen Luxus redlich verdient.

~

„DIESE ROLEX SUBMARINER steht Ihnen *fantastique, Monsieur*", säuselte die Verkäuferin – kultivierte ältere Französin, die das Funkeln in den Augen eines frischgebackenen Neureichen kannte. „Das Armband kombiniert massiven Edelstahl mit achtzehnkarätigem Gold, was wiederum perfekt mit dem tiefen Ozeanblau des Zifferblatts harmoniert. Diese Uhr trägt eine klare Botschaft: *Sie haben es geschafft*. Und das für gerade einmal vierundzwanzigtausend Euro."

„Ich nehme sie", sagte Govič ohne zu zögern.

Er reichte ihr stolz seine Maestro Karte und hielt unwillkürlich den Atem an, während sie die Karte durch das Lesegerät zog. Mit einem höflichen Lächeln übergab sie ihm die edel laminierte, weiße Einkaufstasche, in der die *Rolex*-Box sorgfältig verstaut war, zusammen mit der Quittung.

„*Merci beaucoup, monsieur*. Ich wünsche Ihnen viel Freude mit diesem exquisiten Stück und einen wundervollen Abend."

Nach zwanzig Minuten im Laden, in denen er zahlreiche Modelle betrachtet hatte, war Govič überglücklich mit seiner Wahl. Das schiere Gewicht der

Uhr an seinem Handgelenk bereitete ihm ein geradezu körperliches Vergnügen. Als das Gold in der Nachmittagssonne aufblitzte, dachte er mit einem Hauch von Selbstgefälligkeit: *Kann das Leben noch schöner werden?*

Während er die Straße überquerte, haftete sein Blick an der funkelnden *Rolex* an seinem Handgelenk. Zu seinem Glück war kaum Verkehr. Jetzt brauchte er nur noch einen Happen zu essen, bevor er sich auf den Weg nach Genf machte. Etwas Schnelles – immerhin warteten dort weitere fünfundzwanzig Millionen auf ihn!

Seine Augen klebten förmlich an den Schaufenstern der anderen Geschäfte, während er überlegte, ob ihn noch etwas anderes reizen könnte. Er schüttelte das Handgelenk, spürte das satte Gewicht der teuren Uhr – ein herrliches Gefühl.

Mit federndem Schritt bog er in die Seitenstraße ein, wo er seinen *BMW* geparkt hatte. Doch dann stockte Gović, als seine Euphorie mit einem Schlag verpuffte. Sein Blick wanderte suchend über den Parkplatz.

Der *BMW* war weg.

EINUNDSECHZIG

Am äußersten Rand von Chamonix-Mont-Blanc, jenseits der Touristenpfade, liegt das kleine Dorf Les Pèlerins – ein malerisches, alpines Fleckchen. Viele Besucher verirren sich nicht hierher, doch wenn die schicken Hotels und Restaurants von Chamonix während der Hochsaison aus allen Nähten platzen, reißen sich die Touristen förmlich um ein Zimmer.

Am südlichsten Zipfel von Les Pèlerins, dort, wo die Alpen wie eine unüberwindbare Wand in den Himmel ragen, erstreckt sich eine Ansammlung von notdürftigen Behausungen. Schiefe Wellblechhütten, Plastikplanen als Dächer, heruntergekommene Zelte. Hier haust eine kleine Gruppe nomadischer Roma – in Europa oft „Reisende" genannt, doch für die meisten sind sie schlicht Außenseiter.

Die Roma stammen ursprünglich aus Indien und kamen vor knapp einem Jahrtausend nach Osteuropa.

Viele ließen sich in Rumänien und Bulgarien nieder, doch zahlreiche Gruppen zogen weiter – rastlos, immer auf der Suche nach Arbeit, immer auf der Flucht vor Verfolgung. Doch wohin sie auch gingen, sie wurden nie willkommen geheißen. Wurden ihre Lager zu groß oder der einheimischen Bevölkerung lästig, griffen die Behörden oft brutal durch: Sie räumten die Siedlungen, rissen die notdürftigen Unterkünfte nieder und deportierten viele Roma kurzerhand zurück nach Rumänien.

Schätzungen zufolge leben heute bis zu vierhunderttausend Roma in Frankreich. Viele von ihnen sind Muslime, doch unter den französischen Roma ist der katholische Glaube tief verwurzelt – auch wenn sie kaum Orte haben, an denen sie ihren Glauben außerhalb ihrer von Ratten heimgesuchten Lager praktizieren können.

Shandor und Milosh Lakatos, zwei Brüder, die in verschiedenen nomadischen Roma-Gemeinschaften in den Alpen geboren und aufgewachsen waren, hielten sich mit Gelegenheitsjobs über Wasser, um ihre Eltern und die Gemeinschaft zu unterstützen. Doch ehrliche Arbeit war schwer zu finden. Niemand wollte ihresgleichen anstellen. Roma galten als dreckige Bettler und Diebe, denen man nicht trauen konnte.

So blieb vielen oft nur das Verbrechen.

Milosh, der jüngere der beiden Brüder, war äußerst clever und gewitzt. Er hatte ein Talent dafür, Touristen Geld aus den Taschen zu locken – sei es durch geschicktes Betteln oder durch gut gespielte Notlagen.

Und wenn Worte nicht reichten, dann erledigten seine flinken Finger den Rest.

In den Straßen von Chamonix machte er täglich gute Beute: Smartphones, teure Uhren, prall gefüllte Geldbörsen – alles, was nicht niet- und nagelfest war. Die gestohlenen Waren liefen über ein weitverzweigtes Roma-Netzwerk in den größeren Städten, wo sie gewinnbringend weiterverkauft wurden. Doch einige Schätze behielten die Brüder für sich – wie die beiden nagelneuen, entsperrten *iPhones*, die sie erst kürzlich ergattert hatten, als sie eine besonders wohlhabende Skihotel-Gesellschaft um ihr Hab und Gut erleichterten.

Milosh war aber mehr als nur ein talentierter Dieb. Er hatte auch ein Gespür für Technik.

Er reparierte alte Radios und defekte Elektronik, die sie aus Müllcontainern fischten. Und er verstand sich auf Autos – nicht nur, wie man sie reparierte, sondern vor allem, wie man die wertvollsten Modelle knacken und weiterverhökern konnte.

Während Ivan Gović in der noblen Schmuckboutique seinen neuen Reichtum zelebrierte, ahnte er nicht einmal, dass er längst ins Visier der Lakatos-Brüder geraten war.

Draußen, direkt vor dem Schaufenster, lungerte Shandor scheinbar beiläufig, mit einem kleinen Gerät in der Hand, herum – einem sogenannten *Relay-Scanner*.

Wie alle schlüssellosen Fahrzeuge sendete auch Govićs *BMW i8* ein permanentes Funksignal, das nach seinem dazugehörigen Schlüssel suchte. Solange sich der Schlüssel in Reichweite befand, ließ sich das Auto öffnen und starten.

Doch das System hatte eine Schwachstelle. Milosh, der sich neben dem *BMW* positioniert hatte, hielt einen Signalverstärker bereit. Sobald Shandors Scanner das Funksignal von Govićs Schlüssel auffing, wurde es an Milosh weitergeleitet.

Klick – und schon waren die Autotüren entriegelt.

Ein einziger Knopfdruck und der Motor des *BMW i8* schnurrte wie ein Kätzchen.

Dann ertönte das vorab vereinbarte Zeichen: Ein scharfes, lautes Pfeifen. Das Zeichen, dass alles erledigt war.

Shandor spurtete über die Straße, bog um die Ecke – und sprang Sekunden später auf den Beifahrersitz, als Milosh mit durchdrehenden Reifen in Richtung Les Pèlerins, Richtung zu Hause losraste.

„Wo zum Teufel ist Govi[ć] jetzt? Und wer zum Henker hat das Reliquiar?" Dominics Stimme hallte durch die Lounge des *Grand Hôtel des Alpes*, wo sich das Team versammelt hatte. Die Spannung war fast mit den Händen greifbar.

Um Dominic herum saßen Colombo, Hana, Dengler, Köhl und Scarpelli, jeder mit demselben von Frustration gezeichneten Gesichtsausdruck. Colombo, sonst ein Mann mit eiserner Ruhe, war wütend – mit gutem Grund. So viele Ressourcen, so viel Zeit und so viele Männer hatten sie auf diesen

Einsatz angesetzt, und doch stand die Bilanz bisher bei null.

Sie hatten gewartet, bis sie sicher wussten, dass Govićs Auto am Chalet angekommen war. Doch nun schien er wie vom Erdboden verschluckt.

„Moment mal!" Dengler richtete sich auf, zückte sein *iPhone* und öffnete blitzschnell die *Wo ist?*-App. „Govićs *Audi* stand doch bei unserer Ankunft noch auf Zharkovs Grundstück, richtig? Aber er selbst war nicht da. Und jetzt... seht mal hier."

Er hielt das Display hoch.

„Der *AirTag* bewegt sich. Und zwar ziemlich schnell. Richtung Osten. Könnte es sein, dass Zharkov ihm ein anderes Auto gegeben hat?"

Einen Moment lang starrte die Gruppe auf den Punkt, der sich über den Bildschirm bewegte.

„Das ist die einzig logische Erklärung", sagte Hana. „Oder er hat das Reliquiar jemand anderem gegeben – aber das scheint mir sehr unwahrscheinlich. So oder so sollten wir dem Signal folgen, bevor wir noch mehr Zeit verlieren."

„Ohne Frage!" Dengler sprang vom Sofa auf. „Ich will diesen verfluchten – oh, entschuldige, es sind ja auch Geistliche anwesend – diesen *maudit salaud* in die Finger kriegen!"

Dominic schmunzelte. „Spar dir deine Bemühungen, Karl. Ich spreche auch Französisch." Dann wandte er sich an Köhl. „Du, *Signor* Colombo, *Signor* Scarpelli und ein paar deiner Männer sollten uns begleiten. Wir folgen dem Tracker."

Dann drehte er sich zu Saint-Clair um.

„Armand, wenn du nichts dagegen hast, würde ich vorschlagen, dass du hierbleibst. Ein *Rolls-Royce* würde … auf jeden Fall auffallen."

Saint-Clair hob mit einem wissenden Lächeln sein Glas. „Aber natürlich, Michael. Es ist ohnehin Zeit für meinen Cocktail. Passt auf euch auf. Ich werde hier sein, wenn ihr zurückkommt."

Sie verloren keine Zeit und stiegen in die zwei schwarzen Citroën-Vans der Sûreté. Im vorderen Fahrzeug nahmen Dominic, Hana, Dengler, Köhl und Colombo Platz, während Scarpelli und mehrere schwer bewaffnete Agenten das zweite Fahrzeug besetzten.

Dann rollten die Wagen aus der Einfahrt des *Grand Hôtel des Alpes* – ihr Ziel war klar: dorthin, von wo der *AirTag* das Signal sendete.

Die Jagd begann.

ZWEIUNDSECHZIG

Ivan Gović war gleichzeitig rasend vor Wut und gelähmt vor Angst – und er hatte nicht den blassesten Schimmer, wie er mit diesen beiden Gefühlen umgehen sollte.

Wie zur Hölle kann jemand einen BMW der neuesten Generation stehlen?! Er stampfte aufgebracht den Gehsteig entlang, lief hektisch auf und ab. *Was zur Hölle habe ich mir dabei gedacht, hier anzuhalten, um zu bummeln, anstatt direkt nach Genf zu fahren? Wenn Zharkov das herausfindet, bin ich ein toter Mann!*

In seinem Kopf herrschte pures Chaos.

Er darf es niemals erfahren, das steht fest. Aber wie um alles in der Welt finde ich dieses verdammte Auto und das Reliquiar wieder? Ich kenne mich hier kein bisschen aus. Die Polizei kann ich auch nicht rufen! Oh Gott, was habe ich getan? Was soll ich jetzt machen?!

Weglaufen. Ich muss sofort verschwinden.

Er sprintete zurück über die Straße zum

GARY MCAVOY

Juweliergeschäft, platzte zur Tür herein und fragte die
Verkäuferin mit gehetzter Stimme: „Gibt es hier
irgendwo eine Autovermietung?"

Die Frau war kurz irritiert, dann nickte sie. *„Oui,
monsieur.* Drei Straßenblocks südlich von hier gibt es
eine *Europcar*-Filiale."

Gović war bereits zur Tür hinaus, bevor sie zu Ende
gesprochen hatte.

Die drei Blocks zogen sich endlos, als würden sie
sich unter seinen Füßen dehnen, bis er schließlich das
Schild der Autovermietung an der Hauptstraße
erblickte. Atemlos riss er die Tür auf und eilte zum
Tresen. „Ich brauche ein Auto! Ich gebe es in Genf
zurück."

Der Angestellte musterte ihn kurz, tippte etwas in
den Computer und sah anschließend zu ihm hoch.
„Alles, was wir noch haben, ist ein *Ford Fiesta* aus der
Economy-Klasse, *monsieur.* Reicht Ihnen das?"

Gović stöhnte innerlich auf. Ein *Ford Fiesta.* Vor einer
halben Stunde fuhr er noch einen *BMW i8 Roadster.* Die
Ironie war fast unerträglich.

„Ja, ja, ist gut. Ich nehme ihn."

Der Angestellte machte eine Kopie seines
Reisepasses, füllte die Papiere aus und reichte ihm
schließlich den Schlüssel. Gović riss ihn an sich, wirbelte
herum und stürmte aus dem Büro. Ohne zu zögern warf
er sich in den winzigen *Fiesta,* drehte den Schlüssel im
Zündschloss, trat das Gaspedal voll durch und fuhr mit
quietschenden Reifen davon.

Er verließ Chamonix-Mont-Blanc so schnell, wie es
dieser unterdimensionierte Kleinwagen zuließ.

Sobald er Genf erreicht hatte, würde er in den erstbesten Flieger nach Buenos Aires steigen – womit diese Geschichte ein Ende hätte.

Er wäre immer noch reich. Aber von jetzt an würde er Zeit seines Lebens über die Schulter blicken müssen.

„FRANÇOIS", sagte Colombo ins Telefon, während er mit seinem Assistenten im AISI-Hauptquartier sprach. „Ich will, dass du sofort eine Interpol-Red Notice für Ivan Gović ausstellst. Bahnhöfe, Flughäfen, Grenzposten – überall soll die Meldung rausgehen. Wir haben keine Möglichkeit mehr, ihn und Dmitry Zharkov zusammen zu erwischen."

Dengler ballte die Fäuste.

„Sie wissen, dass Sie mir damit meine Rache verwehren, Herr Generaldirektor. Es geht hier um Ehre. Gović muss für das bezahlen, was er Lukas und Michael angetan hat."

Colombo seufzte, seine Stimme blieb ruhig, aber bestimmt. „Ja, Sergeant, das ist mir bewusst. Aber glauben Sie mir, er wird bezahlen – und zwar mehr, als Sie es sich vorstellen können. Das Regina Coeli-Gefängnis in Rom gilt als eines der härtesten und wird oft mit den berüchtigtsten türkischen Gefängnissen verglichen. Nur die härtesten Verbrecher landen dort. Und Gović? Er wird in kürzester Zeit zu jemandes *Marchetta* werden. Und das, mein Freund, wird zweifellos schlimmer sein als alles, was du ihm antun könntest."

Dengler schnaubte leise, doch ein kleines diabolisches Grinsen konnte er sich nicht verkneifen. Er sah auf sein Handy. Der rote Marker des *AirTags* bewegte sich nicht mehr.

Er zoomte in die Karte und laut *AirTag* befand sich Govićs Wagen nun am Rand eines Dorfes namens Les Pèlerins. Sofort hob er das Display in die Höhe, sodass der Fahrer es sehen konnte.

„Das liegt etwa fünfzehn Minuten entfernt", bestätigte der Fahrer und funkte die Information sofort an das zweite Fahrzeug hinter ihnen.

Die Jagd war noch nicht vorbei.

DIE BEIDEN VANS hatten das Dorf hinter sich gelassen und ratterten nun über eine schmale, holprige Schotterstraße, die sich wie eine raue Narbe durch das dichte Grün des Waldes zog. Nach wenigen Minuten erreichten sie eine Lichtung, auf der sich ein Roma-Lager erstreckte. Provisorisch errichtete Hütten und Zelte reihten sich neben alten Metalltonnen, die als Feuerstellen dienten, aneinander. Dutzende Männer, Frauen und Kinder saßen um die flackernden Flammen, während andere in kleinen Gruppen beisammenstanden und sich unterhielten. Hunde bellten, Katzen strichen um die Beine der Bewohner, Hühner pickten im Dreck.

Und mitten in diesem einfachen, behelfsmäßigen Lager stand etwas, das völlig deplatziert wirkte: ein nagelneuer, schneeweißer *BMW*.

„Das ist eine Roma-Gemeinschaft", stellte Dominic

fest, bevor er mit gerunzelter Stirn hinzufügte: „Was zum Teufel würde Gović hier wollen?"

„Der *AirTag* pingt genau die Stelle an, an der der Wagen steht!", rief Dengler aufgeregt und zeigte auf das Auto.

Colombo und Scarpelli warfen sich einen Blick zu. Dann öffneten sie die Türen des Vans und stiegen langsam aus – ihre Waffen griffbereit. Die anderen blieben derweil zurück und warteten auf weitere Anweisungen.

Dominic ließ seinen Blick über das Lager schweifen. Die Roma waren ihm nicht fremd. Während seines Studiums an der *University of Toronto* hatte er an verschiedenen Sozialprojekten teilgenommen und dabei viele Roma-Gemeinschaften kennengelernt.

Zwei Dinge wusste er mit Sicherheit über sie: Die französischen Roma waren tief katholisch – oft gläubiger als viele ihrer französischen Landsleute. Und er wusste ebenso, dass sie Polizisten und Behörden mit großem Misstrauen begegneten.

Ein vielversprechender Gedanke keimte in ihm auf. Vielleicht würden sie einem Priester eher Gehör schenken.

Er öffnete seinen Rucksack und griff nach dem sorgfältig zusammengelegten schwarzen Priesterhemd. Dann schüttelte Dominic den Stoff aus und strich die Ärmel glatt, bevor er in der Seitentasche nach seinem weißen Kollar tastete. Nachdem er das Hemd übergezogen und das Kollar mit einem geübten Handgriff in den Kragen gesteckt hatte, nahm er sein

Pektoralkreuz, ließ die Kette kurz durch seine Finger gleiten und legte es sich schließlich um den Hals.

Hana beobachtete ihn mit einem amüsierten Lächeln. „Was hast du vor? Willst du hier ein paar Seelen bekehren?"

Dominic zuckte mit den Schultern. „Nein. Aber ich wette, dass sie eher bereit sind, mit einem Priester zu sprechen als mit einem Cop. Einen Versuch ist es allemal wert."

Zusammen mit Hana, Dengler und Köhl stieg er aus dem Van und näherte sich der kleinen Gruppe von Roma-Männern, die bereits mit Colombo sprachen.

„Pater Dominic", begann Colombo, „das ist Gunari Lakatos, der *Woiwode* dieser Gemeinschaft. Ich habe ihm gesagt, dass wir nach Ivan Gović suchen, aber sie wissen angeblich nichts über ihn. Seine Söhne, Milosh und Shandor, behaupten, sie hätten das Auto 'verlassen aufgefunden'."

Dominic trat vor, reichte dem *Woiwoden* die Hand und sprach in fließendem Romani, der alten Sprache der Roma: „Es ist mir eine große Ehre, Euch kennenzulernen, *Woiwode* Gunari. Wir sind auf der Suche nach einem Gegenstand von unschätzbarem heiligem Wert für die heilige römische Kirche. Er wurde uns in Frankreich gestohlen. Der Mann, den wir erwähnten und den wir ebenfalls suchen, war in diesen Diebstahl verwickelt. Habt Ihr ein solch außergewöhnliches Artefakt gesehen?"

Es war, als hätte jemand die Pause-Taste gedrückt. Die Gespräche verstummten, und für einen Moment lag eine bedrückende Stille über dem Lager.

Schockierte Gesichter starrten ihn an, als hätte er soeben Feuer, Pech und Schwefel vom Himmel beschworen.

Ein Priester, der ihre Sprache nicht nur kannte, sondern sie auch noch fließend beherrschte? So etwas hatten sie noch nie erlebt.

Nach einem langen Augenblick antwortete Gunari Lakatos in seiner Muttersprache: „Nein, Pater. Der Mann, den ihr sucht, war nie in unserem Dorf. Aber wenn das, wonach ihr sucht, sich in diesem Auto befindet, steht es euch frei, es mitzunehmen. Das Auto allerdings ... würden wir gerne behalten."

Dominics Mundwinkel verzogen sich zu einem Lächeln und er nickte. „Wir sind nur an dem interessiert, was sich darin befindet. Der Wagen selbst hat für uns keinerlei Wert und ist für uns daher nicht von Belang, *Woiwode*."

Gunari nickte zustimmend.

Dominic drehte sich zu Colombo um und sprach nun auf Italienisch, um sicherzugehen, dass die Roma ihn nicht verstanden: „Ich hoffe, es ist für dich in Ordnung, dass wir ihnen den Wagen überlassen. Im Grunde habe ich ihnen gerade den Schlitten zugesprochen."

Colombo grinste. „Ja, Pater, das kommt mir nur recht. Ich wette, Zharkov wird toben, wenn er erfährt, dass Gović das Reliquiar verloren hat. Das kommt einer göttlichen Ironie schon ziemlich nahe, finden Sie nicht? Aber bevor wir uns zu früh freuen – lasst uns den Kofferraum aufmachen und nachsehen."

Gunari bedeutete seinen Leuten, zurückzutreten. Ein

Agent der Sûreté trat vor, setzte sich auf den Fahrersitz des *BMW* und betätigte den Hebel für den Kofferraum.

Ein leises Surren ertönte, als sich der Kofferraumdeckel automatisch öffnete.

Da lag er. Der schwarze *Pelican*-Koffer.

Ein kollektiver Seufzer der Erleichterung ging durch die Runde. Die wochenlange Suche nach dem Reliquiar fand endlich ein Ende.

„Wie kriegen wir das Ding jetzt auf?", fragte Hana.

Dieter Köhl trat vor. „Wenn Ihr gestattet, *mademoiselle.*"

Dengler griff in seine Tasche, zog sein Schweizer Taschenmesser heraus und reichte Dieter die feine Pinzette. Dieser zog ebenfalls sein eigenes Messer hervor, nahm das Zahnstocher-Werkzeug und machte sich daran, die beiden Vorhängeschlösser zu knacken.

Klick. Und keine dreißig Sekunden später ein erneutes *Klick.*

Dieter hob langsam den Deckel an und schob die einzelnen Schaumstoffpolsterungen beiseite. Und dort lag es. Das Reliquiar. Sicher. Unversehrt.

Dominic sog scharf die Luft ein. Dann breitete sich ein Lächeln purer Erleichterung auf seinem Gesicht aus. Er drehte sich um, zog Hana an sich und umarmte sie voller Freude.

Doch etwas fehlte.

„Aber wo ist die Karte?", fragte Dengler.

„Vielleicht hat Zharkov sie behalten", sagte Dieter mit einem Stirnrunzeln. „Sie ist nicht sonderlich groß, weshalb es für Zharkov ein Leichtes wäre, sie irgendwo in seinem riesigen Chalet zu verstecken."

Dominic löste sich aus der Umarmung und wandte sich an Colombo. Seine Stimme war energischer als beabsichtigt. Vielleicht, weil er selbst Schuldgefühlte hatte. Schließlich war er es gewesen, der die Karte einst aus den Geheimarchiven des Vatikans entwendet hatte.

„Wir haben das Reliquiar – aber ich brauche auch die Karte. Sie gehört nicht in eine private Sammlung. Sie gehört in den Vatikan."

Colombo nickte. „Dann müssen wir *Signor* Zharkov wohl noch einmal einen Besuch abstatten. Aber fürs Erste haben wir zumindest den Hauptgewinn gesichert."

Colonel Boucher von der Sûreté trat mit verschränkten Armen vor. „Nun, es gibt da noch eine kleine Angelegenheit, die es vorab zu klären gilt. Wer ist eigentlich der rechtmäßige Besitzer dieses Artefakts? Immerhin wurde das Reliquiar auf französischem Boden gefunden."

Hana grinste selbstbewusst. „Ich denke, mein Pate wird sich dieser Frage annehmen."

Boucher zog eine Augenbraue hoch. „Ach ja? Und wer ist Ihr Pate, *mademoiselle*?"

Hanas Lächeln wurde noch breiter. „Sein Name ist Pierre Valois. Ihnen dürfte er jedoch eher als Präsident der Französischen Republik bekannt sein."

Boucher erstarrte. Dann lief er rot an.

„Ah, mais oui... ja, der ist mir bekannt", murmelte er und lächelte verlegen.

KAPITEL

DREIUNDSECHZIG

D ie lange Schlange vor dem Economy-Schalter der *KLM Airlines* am Genève Aéroport schien kein Ende zu nehmen. Genervte Reisende mit überladenen Koffern, müde Gesichter, quengelnde Kinder. Es war ein einziges chaotisches Durcheinander.

Am First-Class-Schalter herrschte hingegen gähnende Leere. Perfekt.

Ivan Gović schritt direkt zum Schalter und legte mit einem selbstbewussten Lächeln seinen Reisepass und die Platin Maestro Karte auf den Tresen. Jetzt sollte sein neues Leben beginnen.

„Ein One-Way-Ticket für die Erste-Klasse nach Buenos Aires, bitte."

„Natürlich, Monsieur. Ein One-Way-Ticket nach Buenos Aires."

Die Worte klangen wie Musik in seinen Ohren.

Sie tippte einige Zeit auf der Tastatur, bis der

Drucker schließlich ein Ticket auswarf, das sie ihm zusammen mit seinem Pass überreichte. „Haben Sie ein Gepäckstück zum Aufgeben?"

„Nein, ich reise nur mit Handgepäck."

Sie musterte ihn kurz – vielleicht irritiert über seinen abgewetzten Rucksack, der so gar nicht zum typischen First-Class-Klientel passte, das üblicherweise mit *Louis-Vuitton*-Koffern eincheckte.

Soll sie ruhig. Wenn er wollte, könnte er sich jetzt dutzende solcher Koffer leisten.

„*Monsieur* Gović, während Sie auf Ihren Flug warten, laden wir Sie herzlich ein, die Annehmlichkeiten unserer exklusiven *KLM Crown Lounge* zu genießen. Nach der Sicherheitskontrolle in der Priority Lane finden Sie sie direkt in der Nähe Ihres Gates. Sie können sie nicht verfehlen."

„*Merci.*"

Er schob seinen Boardingpass zwischen die Seiten seines Reisepasses, verstaute beides im Rucksack und machte sich auf den Weg zur Sicherheitskontrolle.

Nur noch ein paar Stunden, dann würde er in seinem privaten Schlafpod liegen und ein Glas Champagner schlürfen.

Von jetzt an würde er nur noch First-Class reisen.

Es war noch genug Zeit. Vielleicht würde er sich vorher noch eine heiße Dusche in der Lounge gönnen. Die hatte er auch dringend nötig.

Am Priority-Sicherheitsbereich legte er seinen Rucksack und seine *Rolex* in eine Plastikwanne und trat dann durch den Scanner.

Zum Glück hatte er seine *Glock* bereits auf dem Weg zum Flughafen entsorgt.

Doch dann schlug der Scanner Alarm.

Ein Sicherheitsbeamter trat vor und musterte ihn aufmerksam. „Bitte überprüfen Sie Ihre Hosentaschen, Monsieur. Falls Sie noch irgendwo Gegenstände am Körper tragen, legen Sie diese bitte in eine neue Plastikwanne und gehen Sie noch einmal durch den Scanner."

Gović folgte der Anweisung und schob seine Hände in die Taschen seiner Jeans. Als seine Finger auf einen rechteckigen Gegenstand stießen, hielt er kurz die Luft an – dann atmete er erleichtert aus. Er zog den Schlüssel des *BMWs* hervor und legte ihn in eine separate Plastikwanne.

Er trat erneut durch den Scanner, und dieses Mal blieb das Piepen aus. Der Beamte nickte ihm zu. „Alles in Ordnung. Sie können weitergehen."

Gović schnallte sich seine *Rolex* wieder ums Handgelenk, griff nach seinem Rucksack und wollte sich gerade umdrehen, doch dann standen plötzlich drei uniformierte Männer vor ihm – zwei davon bewaffnet.

Der Dritte, offensichtlich der Ranghöchste, sprach mit ruhiger, aber unmissverständlicher Autorität: „*Monsieur*, würden Sie uns bitte begleiten?"

Govićs Magen zog sich zusammen.

„Warum? Gibt es ein Problem? Ich muss meinen Flug erwischen!" Seine Stimme überschlug sich fast.

„Es dauert nur einen Moment, *Monsieur*. Bitte, kommen Sie mit."

Einer der bewaffneten Beamten nahm ihm den Rucksack ab.

Scheiße. Scheiße. Scheiße.

Sie führten ihn durch einen langen, hell beleuchteten Gang, vorbei an Sicherheitstüren und unscheinbaren Büros, bis sie schließlich durch eine schlichte Tür in einen kalten, sterilen Verhörraum traten. Dort ließen die drei Beamten ihn allein zurück.

Sein Herz raste.

Was zum Teufel ging hier vor sich? Hatte Zharkov herausgefunden, dass er das Reliquiar nicht in die Zollfreizone gebracht hatte und deshalb seine Kontakte spielen lassen, um ihn festnehmen zu lassen? War das hier seine Art, ihn für seinen Verrat zu bestrafen?

Vielleicht war es aber auch etwas ganz anderes. Vielleicht hatte Tucci ihn verraten. Doch wenn dem so war, blieb immer noch die brennende Frage: Warum?

Oder ging es um die Bombe in Frankreich? Aber woher sollten die Behörden wissen, dass er in diese Sache verstrickt war? Schließlich waren alle Zeugen unter Geröll und Gestein begraben worden.

Oder etwa doch nicht?

Fünfzehn Minuten vergingen, bis sich endlich die Tür öffnete.

Zwei Männer kamen herein – der Mann, mit dem er zuvor gesprochen hatte und einer der bewaffneten Sicherheitsbeamten.

„*Monsieur* Ivan Gović, ich muss Sie darüber informieren, dass Sie gemäß einer von den italienischen Behörden ausgestellten Interpol-Red Notice vorläufig festgenommen werden. Sie stehen unter dem Verdacht

GARY MCAVOY

des illegalen Handels mit antiken Kulturgütern sowie
des versuchten Mordes. Sie haben das Recht zu
schweigen und die Zusammenarbeit mit den Behörden
zu verweigern. Alles, was Sie sagen, kann und wird vor
Gericht gegen Sie verwendet werden. Sie haben das
Recht auf einen Anwalt. Sollten Sie sich keinen leisten
können, wird Ihnen einer gestellt. Sie haben außerdem
das Recht auf einen Dolmetscher. Haben Sie die Ihnen
zustehenden Rechte, die ich Ihnen soeben erläutert
habe, verstanden, *Monsieur*?

Gović klappte die Kinnlade runter, unfähig, auch nur
einen einzigen Ton rauszubekommen.

Der Mann wartete einen Moment, dann wiederholte
er:

„*Monsieur*? Haben Sie die Ihnen zustehenden Rechte,
die ich Ihnen soeben erläutert habe, verstanden?"

„Nein, ich verstehe überhaupt nichts!", fuhr Gović
ihn an.

Das hier konnte nicht real sein. Es musste ein
Albtraum sein, aus dem er jeden Moment erwachen
würde.

Gleich würde er in seiner First-Class-Schlafkabine
die Augen aufschlagen, sich räkeln und ein Glas
Champagner genießen.

Doch das Erwachen blieb aus. Kein Traum. Keine
Illusion. So sehr Gović es sich auch wünschte – die
Realität hatte ihn längst eingeholt.

Der Beamte zuckte nur mit den Schultern, trat zur
Seite und gab seinem Kollegen ein knappes Zeichen.
Der bewaffnete Sicherheitsmann zog ein Paar
Handschellen hervor.

Gović wusste, dass es sinnlos war, sich zu wehren. Wortlos erhob er sich, drehte sich um und legte die Hände auf den Rücken. Einen Moment später klickten die Handschellen um seine Handgelenke.

Sie führten ihn aus dem Verhörraum durch die Flughafenhallen bis zu einer Arrestzelle – vorbei an all den Menschen, die sorglos auf ihre Flüge warteten.

Der Sicherheitsbeamte nahm ihm die Handschellen ab.

„Darf ich wenigstens einen Anruf machen?", krächzte er mit trockener Kehle.

Der Beamte blickte ihn mit ausdrucksloser Miene an. „Dafür wird später Zeit sein." Dann drehte er sich um und ging.

Zeit. Das war alles, wovon er von nun an genug haben würde.

Sein Blick fiel auf die *Rolex* an seinem Handgelenk – das letzte Überbleibsel seines Traums von einem luxuriösen Leben.

VIERUNDSECHZIG

Vier Stunden. So viel Zeit war vergangen, seit Ivan Gović Zharkovs Chalet in Chamonix verlassen hatte. Und mit jeder verstreichenden Minute wuchs Zharkovs Wut. Die Fahrt von Chamonix nach Genf dauerte gerade mal neunzig Minuten. Und doch war Gović noch immer nicht bei der Zollfreizone aufgetaucht. Wo zum Henker steckte er? Hatte ihm jemand anderes womöglich ein besseres Angebot unterbreitet, weshalb er nun versuchen könnte, Zharkov zum Narren zu halten? Falls dem so war, wären Govićs Tage auf Erden gezählt.

Mächtige Männer wie er hatten oft jemanden, auf den sie sich verlassen konnten, wenn die Dinge heikel wurden. In gewissen Kreisen nannte man solche Leute oft *Fixer*. Sie kümmerten sich um jene Angelegenheiten, die ihre Arbeitgeber nicht selbst tun konnten oder sollten. Oft bewegten sie sich in einer Grauzone, nicht selten auch weit jenseits der Legalität.

Véronique Dupont war genau so jemand. Sie war eine brillante französische Anwältin, die seit Jahren exklusiv und gegen eine großzügige Vergütung im Dienste von Dmitry Zharkov stand.

Sie war Zharkovs unsichtbare Hand im Schatten der Justiz. Sie besorgte falsche Papiere für seine Verbündeten, ließ Kautionen springen und zog die richtigen Strippen, wenn einer seiner Leute dumm genug war, sich erwischen zu lassen. Vor Gericht trat sie in seinem Namen auf – kühl, professionell, unangreifbar. Und wenn Paragrafen und Bestechung nicht ausreichten, fand sie eine anderweitig endgültige Lösung für das Problem.

Und Ivan Gović war nun genau zu einem solchen Problem geworden.

„Nikki", sagte Zharkov, als Véronique am anderen Ende der Leitung abnahm. Er hatte ihr eigens ein sicheres Handy gegeben, über das nur er sie kontaktieren konnte. „Ich brauche deine Dienste. Sofort."

Er erklärte ihr kurz und knapp, worum es ging. Mit ihrer Erfahrung wusste sie genau, wo sie ansetzen musste. Vielleicht hatte Gović einen Autounfall. Dann würde sein Name in der nationalen Polizeidatenbank auftauchen. Während sie auf eine Antwort ihres Kontaktmanns wartete, arbeitete sie eine Liste möglicher Anlaufstellen ab: Krankenhäuser, Hotels, Airlines – all die üblichen Orte, an denen ein vermisster Mann aufzufinden sein könnte. Sie wusste eben genau, wo sie suchen musste.

Als ihr Kontakt schließlich zurückrief, hatte er

brisante Neuigkeiten. Gegen Gović war ein Interpol-Red Notice ausgestellt worden, und er war am Flughafen Genf vorläufig festgenommen worden, kurz bevor er an Bord eines *KLM*-Flugs nach Buenos Aires gehen konnte. *Na bitte.*

Von Paris aus konnte Véronique zwar nicht persönlich eingreifen, doch es fehlte ihr nicht an Einfluss.

Sie griff zum Hörer und rief Andreas Yoder in seinem Genfer Interpol-Büro. Yoder, ein Schweizer durch und durch, mit einem Hang zur Abenteuerlust, war Véronique seit Langem verfallen. Und das nicht nur wegen ihres Charmes, sondern auch wegen des Geldes, das über sie aus Zharkovs Taschen floss.

„Ich bin ganz Ohr, Nikki", meldete sich Yoder mit seiner charmantesten Stimme. „Was kann ich für dich tun?"

EIN GROßER, gut aussehender Mann im maßgeschneiderten Anzug betrat eine halbe Stunde später das Sicherheitsbüro des Flughafens Genf.

Er wies sich als Interpol-Beamter aus – mit seinem Foto, aber unter einem vollkommen anderen Namen – und verlangte, mit dem diensthabenden Beamten zu sprechen. Als dieser erschien, setzte Yoder sein gewohnt selbstsicheres Lächeln auf und wies ihn an, Ivan Gović unverzüglich zu übergeben. Er würde den Gefangenen persönlich in Gewahrsam nehmen.

Keine zehn Minuten später wurde Gović – erneut in Handschellen – vorgeführt. Die Formalitäten waren schnell erledigt: Ein paar Unterschriften unter einem falschen Namen, ein fester Händedruck, und die beiden verließen das Flughafengebäude.

Mit Gović auf dem Rücksitz, die Hände auf dem Rücken gefesselt, tippte Yoder die Adresse eines Lagerhauses, das Dmitry Zharkov gehörte, ins GPS des schwarzen *Mercedes* ein.

FÜNFUNDSECHZIG

M it dem nun sicher im Kofferraum des *Rolls-Royce* verstauten Reliquiar fuhr Frederic zurück zum *Château La Maison des Arbres* in Genf, der Residenz von Baron Saint-Clair.

Währenddessen liefen hinter den Kulissen bereits die richtigen Drähte heiß. Nach ein paar diskreten Telefonaten mit Pierre Valois, dem Präsidenten der Französischen Republik, übergab die französische Polizei den *Pelican*-Koffer mitsamt seinem kostbaren Inhalt ohne große Diskussion in die Hände von Saint-Clair.

Im Château wartete bereits ein opulentes Mittagessen, das der Koch für die Gäste des Barons vorbereitet hatte. Die Sonne wurde von der Oberfläche des Genfer Sees reflektiert, während sich die Runde um den großen Esstisch versammelte. Doch die Gespräche drehten sich nicht um das Essen – sondern um die Vesconte-Karte.

„Wo sollen wir überhaupt anfangen zu suchen?",
fragte Dengler verzweifelt. „Zharkovs Anwesen gleicht
einer Festung. Davon abgesehen können wir nicht mit
Gewissheit sagen, dass er die Karte dort aufbewahrt."

„Ich halte das für den wahrscheinlichsten Ort",
erwiderte Hana überzeugt. „Wenn sie nicht im *Pelican*-
Koffer mit dem Reliquiar war, muss er sie
herausgenommen haben – auf seinem Anwesen, kurz
bevor wir dort eingetroffen sind."

Plötzlich kam ihr eine Idee. „Michael, glaubst du,
dass Gunari und seine Roma-Jungs uns behilflich sein
würden? Sie scheinen äußerst gewieft zu sein. Vielleicht
haben sie Mittel und Wege, die wir nicht einmal in
Erwägung ziehen würden – oder auf die wir uns selbst
nicht einlassen würden."

Jedem am Tisch war klar, worauf sie damit anspielte:
eine unkonventionelle, möglicherweise illegale
Vorgehensweise zur Lösung des Problems. Doch ihre
Überlegung war nicht von der Hand zu weisen.

Dominic schnaubte belustigt. „Als ich ins
Priesterseminar ging, hätte ich mir nie träumen lassen,
jemals Teil einer kriminellen Verschwörung zu sein. Und
doch sitze ich hier." Dann schlug er einen etwas
ernsteren Tonfall an. „Aber an der Idee ist etwas dran,
Hana. Die Frage ist nur: Wie können wir sie davon
überzeugen, uns zu helfen?"

„Michael", sagte Saint-Clair, während er sich in
seinem Sessel zurücklehnte, „es ist offensichtlich, dass
ihr bestimmte Mittel brauchen werdet, um die Karte
wiederzubeschaffen. Bitte erlaubt mir, euch dabei zu
unterstützen. Manchmal braucht es schlichtweg

finanzielle Anreize, um die Dinge ins Rollen zu bringen."

Auf ein stummes Zeichen hin trat Frederic vor und platzierte einen silbernen Aktenkoffer auf dem Tisch. Mit einem metallischen Schnappgeräusch öffnete er die Aluminiumschnallen. Im Koffer stapelten sich Bündel frisch gedruckter Eurobanknoten.

„Ich denke, fünfzigtausend Euro sollten sämtliche Aufwendungen decken – einschließlich eurer Flüge zurück nach Rom, sobald ihr hier alles erledigt habt. Und was ihr nicht braucht... nun, betrachtet es entweder als Spende für die Kirche oder legt es für schlechte Zeiten beiseite. Das überlasse ich euch. Ach, und noch eine Bitte. Nehmt den *Maserati*. Es ist mein persönlicher Wagen – wenn Frederic mich denn mal selbst fahren lässt." Mit einem amüsierten Blick und einem Augenzwinkern in Richtung seines Chauffeurs fügte er hinzu: „Aber das kommt selten vor." Frederic verdrehte nur die Augen – es war offensichtlich, dass die beiden ein eingespieltes Team waren.

„Hana, Dieter und ich werden währenddessen nach Rom zurückkehren und dort auf euch warten."

Dominic wusste nicht, was er sagen sollte, doch dann fand er die passenden Worte. „Das ist überaus großzügig, Baron. Und ehrlich gesagt, ich kann mir nichts vorstellen, was Gunari und seine Leute dringender brauchen als Geld. Sie leben unter elenden Bedingungen. Das hier könnte für sie eine echte Chance bedeuten. Und es wäre ein mehr als überzeugender Anreiz, uns zu helfen."

Saint-Clair klatschte in die Hände, als wäre damit

alles entschieden. „Gut, dann ist das geklärt! Frederic, hol bitte die Autoschlüssel für unsere Gäste. Und natürlich bleibt ihr hier im Château, solange ihr möchtet."

NACHDEM HANA und ihr Großvater das Nötigste für die kommenden Tage gepackt hatten, brachte Frederic sie zum Flughafen Genève Aéroport. Dort wurde ihr Gepäck in den *Dassault Falcon* verladen – der Privatjet war startklar für den Flug nach Rom.

Dominic und Dengler blieben währenddessen im Château allein zurück. Ihr Ziel war klar: Sie mussten irgendwie an die Vesconte-Karte gelangen, die Dmitry Zharkov irgendwo auf seinem Anwesen versteckt hielt.

Wie sie das anstellen würden? Das blieb offen.

Eine schwierige Frage – aber für Gunari und seine Roma vielleicht gar keine so große Herausforderung.

IN BEGLEITUNG seines Schweizer Amtskollegen marschierte Massimo Colombo entschlossen auf den Sicherheitschef des Flughafens zu.

Er zückte seine Dienstmarke. „Agent Massimo Colombo von der italienischen Sicherheitsbehörde. Ich bin hier, um Ivan Gović in Gewahrsam zu nehmen."

Der Sicherheitschef blinzelte ihn verdutzt an. „Aber, *Monsieur* – ein Agent von Interpol hat Gović doch bereits abgeholt. Vor nicht einmal einer Stunde!"

„Was?!" Colombo explodierte förmlich. „Interpol ist

keine Strafverfolgungsbehörde, Sie Narr! Sie haben keinerlei Befugnis, jemanden zu verhaften, geschweige denn in Gewahrsam zu nehmen. Sie sind nichts weiter als eine Vermittlungsstelle für Informationen! Wie kann man das nicht wissen?! *Merda!*"

Der sichtlich beschämte Sicherheitschef hob entschuldigend die Hände. „Es tut mir leid, *Monsieur*, aber ich kann daran nichts mehr ändern. Gović ist nicht mehr hier."

„Haben Sie wenigstens den Namen dieses angeblichen *Interpol-Agenten*?" Colombo funkelte ihn an.

„*Oui*, einen Moment." Der Mann blätterte nervös in seinen Aufzeichnungen, fuhr mit dem Finger über eine Zeile und las dann vor: „Hier ist es. Die Unterschrift ist schwer zu lesen, aber er wies sich als ein Herr ‚*Otto Gramm*' aus. Vielleicht ein Deutscher?"

Colombo riss entrüstet beide Hände in die Höhe: „OTTO GRAMM?! Das ist doch wohl ein schlechter Witz! Wollen Sie mich auf den Arm nehmen?!"

Der Sicherheitschef starrte ihn nun nur noch verlegen und hilflos an, verstand nicht einmal die Ironie des Namens und murmelte: „Agent Colombo, es tut mir leid, aber ich muss jetzt zurück an die Arbeit. *Au revoir*."

Dann machte er auf dem Absatz kehrt und verschwand in seinem Büro – und ließ Colombo kochend vor Wut in der Sicherheitshalle zurück.

SECHSUNDSECHZIG

Am frühen Morgen setzte der *Air-France*-Jet mit Véronique DuPont an Bord sanft auf der Landebahn des Flughafens Genf auf. Der einstündige Flug von Paris war kaum der Rede wert. Da Zharkov ihr einziger Mandant war – und mit ihrem Honorar gewisse Erwartungen einhergingen – war ihre Anwesenheit vor Ort eine Selbstverständlichkeit.

Die First-Class-Kabine war fast leer gewesen – ein Umstand, den sie nutzte, um eine Reihe diskreter Anrufe zu tätigen. Sie griff auf ihr umfangreiches Netzwerk zurück, um so viele Informationen wie möglich über die Situation und die beteiligten Akteure zu sammeln. Als sie aus dem Flugzeug stieg, wusste sie bereits mehr über die Lage als Zharkov selbst.

Am Flughafen wartete bereits eine von Zharkov geschickte Limousine auf sie. Die Fahrt nach Chamonix dauerte gut neunzig Minuten. Als sie das Chalet betrat, schlug ihr eine Kälte entgegen, die nicht nur von der

Bergluft draußen kam. Der Boss war in miserabler Laune.

„*Privyet*, Nikki", grüßte er sie. „Wie war dein Flug?"

„Guten Morgen, Dmitry. Der Flug war angenehm. Aber erzähl mir lieber, was genau hier los ist?"

Véronique DuPont war nicht für höfliches Geplänkel bekannt.

Zharkov ließ sich in einen Sessel fallen und rieb sich die Schläfen. Zusätzlich zu den wenigen Details, die er ihr am Telefon mitgeteilt hatte, setzte er sie nun ausführlicher ins Bild der ganzen Misere: sein erster Kontakt mit dem Reliquiar über Vincenzo Tucci in Rom; das Wenige, was er über dessen Herkunft wusste; die Zahlungen an Tucci und Gović; der *BMW*, mit dem er Gović losgeschickt hatte, um das Reliquiar zum Freihafen Genf zu bringen. Und schließlich das, was alles ins Chaos gestürzt hatte: die plötzliche Razzia durch die französische Sûreté und die italienischen Behörden – und Gović, der mitsamt Reliquiar und Geld spurlos verschwunden war.

Véronique hörte schweigend zu, doch ihr Verstand lief bereits auf Hochtouren. Als Anwältin hatte sie ein Talent dafür, komplexe Situationen in ihre Einzelteile zu zerlegen, um anschließend ein klareres Gesamtbild zu erhalten.

„Es scheinen weit mehr Leute in diese Angelegenheit verwickelt zu sein, als du vielleicht dachtest, Dmitry", begann sie. „Sogar der Vatikan ist involviert. Ein Priester namens Michael Dominic hat das Reliquiar entdeckt – in einer Höhle in Südfrankreich. Dabei war er nicht allein. Er wurde begleitet von einer Schweizer

Journalistin namens Hana Sinclair – die zufällig auch die Erbin der *Banque Suisse de Saint-Clair* in Genf ist – sowie zwei Soldaten der Schweizergarde, die der Priester offenbar für seine Mission rekrutiert hat. Sie alle befanden sich in jener Höhle in Südfrankreich, als Herr Gović das Reliquiar an sich riss und anschließend eine Bombe zündete, um sie lebendig darin zu begraben. Offenbar wollte er sich für den Tod seines Vaters rächen, den er insbesondere Pater Dominic anlastet. Doch sein Plan schlug fehl, denn alle überlebten den Einsturz der Höhle. Seitdem sind sie hinter ihm her, entschlossen, das Reliquiar zurückzuholen."

Doch als wäre das nicht genug, wartete die nächste bittere Pille auf Zharkov.

„Sowohl die französische Sûreté als auch der italienische Geheimdienst AISI sind inzwischen in den Fall involviert – wie du ja bereits durch die Razzia hier erfahren hast – und unterstützen Pater Dominic aktiv bei der Wiederbeschaffung der gestohlenen Artefakte. Meine Kontakte haben mir außerdem bestätigt, dass Baron Armand de Saint-Clair, Hanas Großvater, sie nach Genf fliegen ließ. Dort sind sie in seinem Château untergebracht. Sie befinden sich also in unmittelbarer Nähe zu uns."

Zharkov schwieg. Seine Miene verriet nichts, doch Véronique wusste, dass er es hasste, wenn sich Dinge seiner Kontrolle entzogen.

Sie fuhr fort: „Aber ich konnte noch mehr herausfinden. Gović hat gestern in Chamonix eine *Rolex* gekauft. Kurz darauf hat er bei Europcar einen *Ford Fiesta* gemietet – offenbar kurz nach seiner Abreise aus deinem Chalet. Das bedeutet, dass er aus irgendeinem Grund die Weiterfahrt nicht mehr mit dem *BMW* antreten konnte. Entweder wurde der Wagen gestohlen oder war in einen Unfall verwickelt. Ich halte Ersteres für wahrscheinlicher."

Véroniques Fähigkeit, in kürzester Zeit Informationen zusammenzutragen, beeindruckte ihn jedes Mal aufs Neue.

Dann kam sie zum entscheidenden Punkt. „Und was Gović selbst angeht – Interpol hat eine Red Notice gegen ihn erlassen. Die Flughafenbehörden in Genf haben ihn nach der Sicherheitskontrolle abgefangen. Scheinbar wollte er an Bord einer Maschine gehen, die nach Buenos Aires flog. Das Reliquiar hatte er allerdings nicht bei sich. Glücklicherweise konnte ich ihn in unsere Gewalt bringen. Er schmort gerade im Lagerhaus in Genf vor sich hin. Er wurde noch nicht befragt. Ich dachte, du würdest das lieber selbst übernehmen."

Ein kaum merkliches Lächeln spielte um Zharkovs Lippen – ein Vorzeichen, das nichts Gutes verhieß. Zumindest nicht für Gović.

„Oh ja, Nikki. Ich werde viele Fragen an unseren jungen Mr. Gović haben."

Gemächlich erhob er sich, trat zur Wand seines Büros und schwenkte ein großes Ölgemälde zur Seite. Dahinter verbarg sich ein kleiner Wandsafe. Er gab den Code ein, öffnete die Tür und zog ein altes Pergament heraus. „Lass mich dir zeigen, was sie zum Reliquiar geführt hat."

Sorgfältig breitete er die Karte auf seinem Schreibtisch aus. „Diese Karte stammt von Pietro

Vesconte, einem italienischen Kartografen des 13. Jahrhunderts. Doch es handelt sich um keine gewöhnliche Karte – vielmehr gleicht sie einem Puzzle", erklärte er. „Für sich genommen ist sie ein technisches Meisterwerk. Besonders für ihre Zeit."

Véronique schenkte der Karte kaum Beachtung. Für sie war es nichts weiter als ein weiteres historisches Relikt – eines von vielen, die Zharkov in seinem Chalet oder seinem Penthouse in Moskau hortete.

Ihr geschichtliches Interesse hielt sich in Grenzen. Für sie waren nur die Probleme der Gegenwart von Belang.

„Was machen wir mit Herrn Gović, wenn du mit ihm fertig bist?", fragte sie mit nüchterner Stimme.

Zharkov zuckte mit den Schultern. „So, wie solche Dinge nun mal enden, sehe ich keinen weiteren Nutzen für ihn."

Er verschränkte die Arme und ließ den Blick durch den Raum schweifen.

„Was mich weitaus mehr interessiert, ist dieser Priester und seine Freunde. Wenn Gović das Reliquiar scheinbar nicht mehr bei sich hatte, könnten es diese diebischen Elstern vielleicht an sich genommen haben – das würde auch erklären, warum Gović so plötzlich fliehen wollte. Wer weiß, vielleicht haben sie auch den *BMW* an sich genommen."

Er ließ sich zurück in seinen Sessel sinken und trommelte mit den Fingern auf die Tischplatte. „Die entscheidende Frage ist: Wo sind sie jetzt?"

KAPITEL

SIEBENUNDSECHZIG

„W ie kommt es eigentlich, dass ich in letzter Zeit so viele Autos fahren darf, die sich kein Normalsterblicher leisten kann?", fragte Dengler mit einem breiten Grinsen am Steuer des smaragdgrünen *Maserati Quattroporte*. Mit beeindruckender Geschwindigkeit fuhren sie über die gewundenen Alpenstraßen in Richtung des Roma-Lagers in Les Pèlerins.

Dominic saß auf dem Beifahrersitz, war mit seinen Gedanken jedoch ganz woanders. Wie sollte er Gunari Lakatos für ihre Sache gewinnen? Ob beim Kaufen oder Verkaufen – das Feilschen lag ihnen im Blut. Sie verstanden es, aus jeder Verhandlung das Beste herauszuholen.

Doch selbst wenn sich die Karte in Zharkovs Chalet befand – wie sollten sie da reinkommen? Mit welchen Sicherheitsvorkehrungen mussten sie rechnen? Gab es auf dem Gelände verborgene Wachposten? Und falls ja, waren sie bewaffnet? Sicher war nur, dass die Karte nicht einfach irgendwo ungesichert herumliegen würde. Wenn sie tatsächlich auf Zharkovs Anwesen zu finden war, würde sie mit hoher Wahrscheinlichkeit in einem Safe liegen.

Dominic war so in Gedanken versunken, dass die verschneite Berglandschaft unbemerkt an ihm vorüberzog, während Dengler jede Sekunde hinter dem Steuer des *Maserati* auskostete.

Erst als der Wagen allmählich langsamer wurde, weil sie das kleine Dorf Les Pèlerins erreichten und in den Waldweg einbogen, der zum Roma-Lager führte, kehrte Dominic gedanklich ins Hier und Jetzt zurück.

Am Lager angekommen bot sich ihnen das gleiche Bild wie beim letzten Mal: Männer und Frauen saßen um die Feuerstellen, Kinder tobten zwischen den Zelten und warfen sich lachend Schneebälle zu, während aus dem Wald das rhythmische Schlagen von Äxten hallte – Holz wurde für die kalte Nacht gehackt.

Doch als der *Maserati* auf den schlammigen Platz rollte, verstummten die Stimmen. Alle Augen waren auf die Ankömmlinge gerichtet.

Milosh erkannte Pater Dominic sofort – schwarz gekleidet, mit weißem Priesterkragen, genau wie bei seinem letzten Besuch, als sie das Reliquiar aus dem *BMW* mitnahmen. Der junge Roma musterte ihn kurz, dann lächelte er und rief nach seinem Vater.

Ein Moment später trat Gunari Lakatos aus einem der großen Zelte im Herzen des Lagers. Dominic trat ihm mit respektvoller Miene gegenüber und sprach ihn in seiner Muttersprache an. „Guten Morgen, *Woiwode*. Es freut mich, Sie wiederzusehen."

Gunari nickte. „Die Ehre ist ganz meinerseits, Pater. Was führt Sie zu uns?"

Dominic kam ohne Umschweife zur Sache. „Gunari, wir stehen vor einem weiteren Problem."

Der Roma-Anführer schnaubte leise. „Das überrascht mich nicht. Worum geht es diesmal?"

„Der gleiche Gauner, der uns das Reliquiar gestohlen hat, hat noch etwas anderes entwendet – eine antike Karte, die er allem Anschein nach einem gewissen Dmitry Zharkov übergeben hat. Wir brauchen eure Hilfe, um sie zurückzuholen."

Gunari runzelte die Stirn. „Und wie stellt ihr euch vor, dass wir Euch dabei helfen können?"

Dominic holte tief Luft. „Wir brauchen euch, weil es nicht einfach wird, sie wiederzubeschaffen. Es gibt Sicherheitsvorkehrungen."

„Welche Art von Sicherheitsvorkehrungen?"

„Nach den Informationen der Polizei, die sein Haus durchsucht hat, lebt Zharkov in einem gut gesicherten Chalet in Chamonix. Es gibt eine Schranke am Eingang des Resorts, und es heißt, er hat zwei Leibwächter. Es könnten sich aber noch mehr Sicherheitsleute auf dem Gelände aufhalten. Wir können nicht mit absoluter Sicherheit sagen, dass die Karte dort ist – aber wir halten es für sehr wahrscheinlich."

Er machte eine kurze Pause, bevor er hinzufügte: „Wir sind bereit, euch für eure Unterstützung großzügig zu entlohnen."

Gunari schwieg kurz und musterte Dominic mit seinen dunklen Augen. Ein gutes Zeichen. Er dachte offensichtlich über das Angebot nach.

„Du sagtest, es gibt Wachen. Sind sie bewaffnet?"

Dominic nickte. „Sehr wahrscheinlich, ja."

Der *Woiwode* ließ seinen Blick über den Lagerplatz schweifen, bevor er seinen Söhnen, Milosh und Shandor, ein Zeichen gab, zu ihm zu kommen. Mit einer knappen Geste wies er die anderen Anwesenden an, sich zurückzuziehen. Erst als sie unter sich waren, setzte Gunari das Gespräch fort.

„Das klingt machbar, Pater. Meine Söhne sind bestens für so etwas geeignet. Doch, wie ich verstehe, ist es mit einem erheblichen Risiko verbunden – und ein solches gehen wir nicht leichtfertig und ohne ein gewisses Entgegenkommen ein."

Dominic wusste, worauf er hinauswollte. Geld sprach eine universelle Sprache. „Wir sind bereit, Ihnen sofort fünftausend Euro in bar zu zahlen", verkündete er.

Gunari belächelte Dominics Angebot nur. „Fünfzehn."

„Acht."

„Zwölf", konterte Gunari.

Dominic sah ihm direkt in die Augen. Ohne ein weiteres Wort griff er in seine Jackentasche, zog ein dickes Geldbündel heraus und hielt es ihm entgegen. „Zehntausend."

Gunari zögerte kurz – wenn auch nur zum Schein. Dann nahm er das Geld mit einem zufriedenen Nicken und ließ es in seiner Jacke verschwinden. „Wir haben eine Abmachung, Pater Michael." Er deutete mit einer einladenden Geste auf sein Zelt. „Kommt mit. Lasst uns alles Weitere drinnen besprechen."

ACHTUNDSECHZIG

D ort, wo die Rhône in den Genfersee mündet, erstreckt sich ein zwielichtiges Viertel, das in Genf jeder kennt und die meisten meiden. Das Paquis-Viertel, unweit des Hafens, ist ein Ort, an dem die vornehme Fassade der Stadt Risse bekommt.

Obwohl Genf als eine der sichersten Städte Europas gilt, gedeiht hier eine Schattenwirtschaft eigener Art: Prostitution, Stripclubs, Drogenhandel und geschickte Taschendiebe, die an jeder Ecke lauern. Hier trifft die *Bohème* auf die dunkelsten Abgründe der Gesellschaft – ein Sündenpfuhl, in dessen Mitte sich Dmitry Zharkovs Lagerhaus befand. Einst ein Umschlagplatz für Schiffscontainer, diente es nun als diskrete Drehscheibe für die maritimen Geschäfte des Oligarchen. Und wenn es erforderlich war, ein Ort, an dem sich Probleme diskret und endgültig aus der Welt schaffen ließen.

Probleme wie Ivan Gović.

Er saß gefesselt auf einem wackeligen Stuhl inmitten eines großen, kahlen Büros. Außer ihm befand sich nur eine weitere Person im Raum – Andreas Yoder. Beide warteten auf das Unvermeidliche: die Ankunft von Zharkov und seiner Entourage.

Yoder lehnte sich gegen die Wand und musterte Gović mit einer Mischung aus Amüsement und Gleichgültigkeit. „Weißt du", begann er mit gespieltem Bedauern, „ich kannte deinen Vater, bevor er... nun ja, sein vorzeitiges Ende fand."

Er hob die Hand und hielt Gović seinen Ehrenring vors Gesicht. „Wir beide dienten der Ustascha mit Stolz."

Für einen Moment keimte Hoffnung in Govićs Augen auf. „Dann musst du mich freilassen! Wir sind Brüder, oder nicht? *Za dom – spremni!*"

Yoder prustete und schüttelte den Kopf. „Meine Loyalität gilt in erster Linie Mr. Zharkov, mein Freund. Ich weiß nicht, was dich in diese Lage gebracht hat, und ehrlich gesagt interessiert es mich auch nicht. Ich befolge nur Befehle. Dmitry ist kein Mann, den man hintergeht. Also heißt es warten. Vielleicht hat unser russische Genosse ja ein weiches Herz – wer weiß?"

„Aber das ist alles ein großes Missverständnis! Mein Auto wurde gestohlen. Ich..." Bevor Gović seine Erklärungen zu Ende führen konnte, hallte das Knallen einer zuschlagenden Tür durch das Lagerhaus, gefolgt von schweren Schritten. Trotz der Kälte war Gović schweißgebadet. Er wusste, dass seine letzte Chance auf Rettung oder sein Todesurteil im nächsten Moment durch diese Tür treten würde.

Die Tür schwang auf. Als Erstes betrat eine hochgewachsene, attraktive Frau den Raum. Ein schwarzer Hosenanzug schmiegte sich elegant an ihre schlanke Figur, darüber ein langer, dunkler Zobelmantel. Direkt hinter ihr folgte Dmitry Zharkov, flankiert von zwei bulligen Männern. Der Russe trat vor, blieb vor Gović stehen und betrachtete ihn mit einer Mischung aus Enttäuschung und Spott.

„Ivan", sagte er mit beunruhigend ruhiger Stimme. „Du warst ein ungezogener Junge." Dann neigte er leicht den Kopf. „Wo ist mein Reliquiar?"

„Mr. Zharkov, der Wagen wurde gestohlen! Ich schwöre, ich war nur für ein paar Minuten weg, um…"

„Ja, ja, wir wissen, dass du dir in Chamonix eine *Rolex* gegönnt hast. Nicht gerade das Verhalten, das ich von jemandem erwartet hätte, der eine so einfache Aufgabe zu erledigen hatte. Offenbar konntest du es nicht abwarten, bevor dein Auftrag abgeschlossen war. Ein Jammer – denn statt jetzt fünfundzwanzig Millionen Euro reicher zu sein, sitzt du hier, gefesselt auf einem Stuhl, und wartest auf dein Ende."

Govićs letzte Fassung brach zusammen. Tränen strömten ihm über das Gesicht. „Aber es war nicht meine Schuld! Bitte! Ich werde alles tun, was Sie von mir verlangen! Ich finde das Reliquiar! Ich bestrafe diejenigen, die es mir gestohlen haben! Alles, nur bitte lassen Sie mich am Leben!"

Zharkov schnaubte, schüttelte langsam den Kopf. „Ich fürchte, wir werden das Reliquiar nie wiedersehen, Ivan. Wahrscheinlich befindet es sich bereits auf dem Weg nach Rom. Kannst du dir vorstellen, wie ich mich fühle?" Mit einem unaufhaltsamen Crescendo wurde seine Stimme lauter, bis sie wie Donner durch den Raum grollte. „Weißt du, wie verdammt demütigend das ist?!"

Es folgte ein flüchtiger Seitenblick zu Yuri, der daraufhin nur knapp nickte.

Ohne Eile zog Yuri seine Jacke aus, legte sie sorgfältig über einen Stuhl und trat langsam auf Gović zu. Für einen Moment legte er ihm fast sanft die Hand unter das Kinn, doch dann donnerte er ihm seine Faust brutal ins Gesicht.

Ein hässliches Knacken gepaart mit Govićs schmerzerfülltem Schrei hallte durch den Raum. Sein Kopf flog durch die Wucht nach hinten. Er japste nach Luft, doch bevor er sich auch nur von dem ersten Schlag erholen konnte, traf ihn Yuris linke Faust ein zweites Mal. Gović schrie auf. Tränen mischten sich mit dem Blut, das in dünnen Rinnsalen aus seiner Nase und seinem Mund lief.

Yuri beugte sich vor, zog die *Rolex* von Govićs Arm und reichte sie Zharkov. Der Russe drehte und wog die Uhr spielerisch in der Hand. „Ich habe mich immer gefragt, warum diese Dinger so schwer sind", murmelte er.

Gović blinzelte durch seine geschwollenen Augen. Trotz Schmerz und Todesangst fragte er sich immer wieder: *All das ... für eine verdammte Uhr? Warum? Warum?!*

Zharkov hielt ihm die *Rolex* vors Gesicht, ließ sie ein paar Mal gegen seine Stirn baumeln, nur um sie anschließend achtlos auf den Boden fallen zu lassen.

„Nun, Ivan, es sieht ganz so aus, als sei deine Zeit abgelaufen."

Dann trat er mit seinem polierten *New & Lingwood*-Schuh auf die *Rolex*, drehte den Absatz, bis das Glas zerbarst, das Gehäuse verbeulte und sie nur noch ein einziger Haufen Schrott war.

Gović zuckte zusammen, zitterte wie ein geschlagener Hund. Eine dunkle, feuchte Stelle bildete sich in seinem Schritt. „Aber du hast doch schon alles ...", krächzte er. „Es waren doch nur ein paar alte Knochen."

„Nur ein paar alte Knochen?!"

Zharkovs Gesicht lief hochrot an. Ohne nachzudenken, griff er in die Jackeninnentasche eines seiner Männer, riss dessen *Glock 22* aus dem Halfter und zielte damit auf Govićs Brust. Zwei Schüsse hallten durch das Lagerhaus. Doch dann herrschte absolute Stille. Blut sickerte langsam aus Govićs reglosem Körper, tropfte auf den Boden und vermischte sich mit den Splittern der *Rolex*.

Nach einer Weile trat Véronique an Zharkov heran, ihre Stimme kühl und abwägend. „Das hätte auch anders laufen können, Dmitry. Hättest du mich machen lassen, hätten wir vielleicht die fünfundzwanzig Millionen retten können, die du ihm bereits gezahlt hast. Jetzt sind sie für immer unerreichbar in seinem Schweizer Konto."

Zharkov starrte auf die Leiche, dann schnaubte er, als er seinen Fehler erkannte. „Da hast du wohl recht, Nikki. Das war dumm von mir." Er zuckte mit den

Schultern. „Nun ja. Was passiert ist, ist passiert und kann auch nicht mehr rückgängig gemacht werden. Gehen wir nach Hause."

Er wandte sich an Yuri.

„Räum hier auf und beseitige den *Dreck*. Jetzt."

KAPITEL

NEUNUNDSECHZIG

M it der Adresse und dem Grundriss von Zharkovs Chalet, die ihnen Colombo beschafft hatte, machten sich Dominic, Dengler und die beiden Roma-Jungen – gut versteckt im Kofferraum des *Maserati* – auf den Weg nach Chamonix, zum Resort *Les Rives d'Argentière*. Die Sonne ließ das Argentière-Tal in gleißendem Weiß erstrahlen. Kein Schnee fiel vom Himmel, und die Luft war kühl.

Dengler übernahm wie immer die Rolle des Fahrers, während Dominic es sich auf dem Rücksitz, direkt unter dem großzügigen Schiebedach, bequem machte.

Als das Fahrzeug das Sicherheitstor erreichte, trat ein Wachmann aus der kleinen Hütte hervor. *Herr,* betete Dominic mit ernster Inbrunst, *vergib mir diese kleine Sünde, die ich nun begehen werde...*

„*Oui, monsieur?*" Der Wachmann wandte sich an den Fahrer des Fahrzeugs. Doch als Dominic die

Fensterscheibe herunterließ, schlenderte der Mann um das Heck des Wagens, um direkt mit ihm zu sprechen.

„Einen guten Nachmittag, *Monsieur*", sagte Dominic in tadellosem Französisch. „Ich bin *Monsignore* Dominic von der Diözese Genf. Wir sind im Auftrag des Vatikans hier, um Ihre Anlage für einen möglichen Besuch des Papstes später in diesem Jahr zu inspizieren. Uns wurde mitgeteilt, dass Ihr Resort möglicherweise die perfekte Unterkunft für Seine Heiligkeit bieten könnte, der – falls Sie es nicht wissen – ein leidenschaftlicher Skifahrer ist."

Er unterstrich seine Worte mit einem vielsagenden Zwinkern, als würde er dem Wachmann ein streng gehütetes Geheimnis anvertrauen. Die Chancen standen gut, dass dieser, wie die meisten Menschen in der Schweiz, ein Katholik war. Dominic hoffte es jedenfalls.

„Der Heilige Vater? Hier in Chamonix?! *Mon Dieu!*" Ungläubiges Staunen funkelte in seinen Augen. Perfekt. Dominics Instinkt hatte ihn nicht getrogen.

„Wir möchten uns vorerst nicht mit Ihrer Geschäftsleitung in Verbindung setzen, denn unser Vorauskommando operiert aus naheliegenden Sicherheitsgründen diskret. Wir sind lediglich hier, um verschiedene Resorts und Privatresidenzen zu begutachten, die als mögliche Unterkunft für Seine Heiligkeit infrage kämen. Darf ich auf Ihr Wort vertrauen, *Monsieur*, dass unser Besuch vorerst vertraulich bleibt? Wir wollen nur eine kurze Runde über das Gelände drehen, eine erste Einschätzung vornehmen und unseren Bericht nach Rom senden. Wäre das für Sie in Ordnung?"

„Ah, *mais oui, Monsignore* Dominic. Sie waren nie

hier, falls jemand fragt." Der Wachmann zwinkerte zurück, und wenige Sekunden später öffnete sich auch schon das Eisentor.

Dominic hob die Hand, gab dem Mann seinen Segen und ließ dann das Fenster wieder nach oben fahren. Der *Maserati* rollte gemächlich auf das Anwesen – direkt auf Zharkovs Chalet zu.

ZHARKOVS HAUS LAG ABGESCHIEDEN auf einem riesigen Grundstück – keine Nachbarn, keine neugierigen Augen, niemand, der sie dabei beobachten konnte, wie sie sich umsahen. Perfekte Bedingungen. Dengler lenkte den *Maserati* die kreisrunde Auffahrt hinauf und hielt direkt vor dem Eingang.

Dominic stieg aus, richtete sich auf und ging zur Tür.

Der Plan war simpel: Er würde anklopfen. Falls jemand öffnete, würde er sich erkundigen, ob dies das Haus einer gewissen Madame Charbonneau sei – eine Dame, die angeblich einen Priester angefordert hatte. In diesem Fall würde Dominic sich entschuldigen und unverrichteter Dinge wieder gehen. Ein harmloser Irrtum. Dann müssten sie es eben an einem anderen Tag versuchen.

Doch sein Klopfen verhallte ungehört. Zur Sicherheit drückte er auf die Klingel – ebenfalls keine Reaktion oder Geräusche aus dem Inneren des Hauses. Er drehte sich um und kehrte zum Auto zurück. Da es hinter dem Chalet einen Lieferanteneingang gab, steuerte Dengler den Wagen dorthin und parkte ihn außer Sichtweite.

Dann öffnete er den Kofferraum. Milosh und Shandor sprangen regelrecht heraus, streckten sich und dehnten ihre steifen Glieder.

„Es scheint niemand da zu sein", verkündete Dominic in die Runde. „Was jetzt?"

Milosh trat vor und legte eine Hand auf die Brust. „Überlassen Sie das uns, Pater. Shandor und ich haben das schon unzählige Male gemacht." Stolz schwang in seiner Stimme mit – bis ihm plötzlich bewusstwurde, dass er gerade vor einem Priester eine Sünde eingestanden hatte. Aber für eine Beichte hatte er immer noch später Zeit.

Sie machten sich sofort an die Arbeit. Lautlos testeten sie Türen und Fenster, suchten nach möglichen Alarmsystemen und spähten ins Innere, um sicherzugehen, dass das Haus wirklich leer war. Nichts deutete darauf hin, dass sich jemand darin aufhielt.

An einer Außenwand türmte sich ein Stapel Brennholz. Direkt daneben führten zwei schräge Holztüren in den Keller des Gebäudes. Milosh drückte die Klinke nach unten. Sie war unverschlossen, was allerdings kein Wunder war. Ein Haus wie dieses verschlang eine Menge Brennholz und wer würde schon ständig abschließen, wenn er regelmäßig Nachschub für die Kamine holte?

Mit einem Ruck öffnete er eine der Türen und winkte den anderen zu. Einer nach dem anderen streifte sich den Schnee von den Stiefeln, bevor sie hineingingen. Sie waren drin. Vom Keller aus führte eine Treppe nach oben ins Hauptgeschoss.

Dengler zog sein Handy aus der Tasche und zeigte

Milosh und Shandor ein Foto der Vesconte-Karte. Ohne weitere Worte schwärmten sie aus und begannen damit, die einzelnen Stockwerke abzusuchen. Die beiden Roma übernahmen das obere Stockwerk, während Dominic und Dengler das Erdgeschoss durchkämmten.

Einige Minuten später trafen sich Dengler und Dominic im großen Salon – beide mit leeren Händen.

Denglers Blick fiel auf eine eindrucksvolle Sammlung antiker Waffen. Er zeigte auf eine Reihe mittelalterlicher Hellebarden und pfiff leise durch die Zähne. „Schau dir das an, Michael! Diese Hellebarden sind fast identisch mit denen, die wir bei der Schweizergarde benutzen. Eine Wahnsinnssammlung ist das!"

Dominic würdigte die Waffen keines Blickes. „Die Museumsführung machen wir ein anderes Mal, Karl. Lass uns die Karte finden und von hier abhauen. Unser Glück wird nicht ewig anhalten."

DER WACHMANN am Eingang des Resorts war noch immer völlig euphorisiert von der Vorstellung, dass der Heilige Vater höchstpersönlich nach Chamonix kommen könnte, dass er kaum auf den schwarze *Mercedes*-SUV achtete, der langsam heranrollte. Als er *Monsieur* Zharkov und seine Männer erkannte, öffnete er automatisch das Tor und winkte sie durch. Der Wagen rollte langsam über die Anlage. Es war nur eine Frage von wenigen Minuten, bis sie das Chalet erreichen würden.

• • •

DOMINIC DURCHSUCHTE INZWISCHEN EIN ZIMMER, das offensichtlich Zharkovs Büro war. Auch hier waren alle Wände gesäumt von historischen Waffen, daneben eine beeindruckende Sammlung gerahmter, antiker Karten und architektonischer Zeichnungen.

*Dieser Kerl hortet aber auch wirklich all*es, dachte Dominic, während er jeden Winkel des Raums absuchte.

Dann sah er sie. Mitten auf dem Schreibtisch. Einfach so. *Das kann nicht wahr sein. Das ist viel zu einfach.*

„Karl, ich hab sie gefunden!", flüsterte er aufgeregt, schnappte sich die Karte und verstaute sie vorsichtig in seinem Rucksack. Gerade wollte er zur Tür eilen, als plötzlich Schritte auf dem Flur zu hören waren – gefolgt vom leisen Knarren der sich öffnenden Tür. Dengler stand mit einem strahlenden Grinsen im Türrahmen und wollte gerade etwas sagen als ein Geräusch beide erstarren ließ.

Das unverkennbare Knirschen eines Schlüssels, der ins Schloss geschoben wurde.

KAPITEL
SIEBZIG

Dengler stolperte zu Michael, packte ihn an der Schulter und zog ihn hastig zurück ins Büro. „Sie sind hier!" flüsterte er. „Jemand kommt durch die Vordertür!"

Blitzschnell huschten ihre Blicke durch den Raum, während sie ihre Möglichkeiten abwägten. Ein Fluchtweg? Fehlanzeige. Der einzige Ausweg war die Tür, durch die sie gerade gekommen waren – und die führte direkt in die Eingangshalle, in der Zharkov und eine Frau gerade ihre Mäntel auszogen und sich den Schnee von den Stiefeln klopften.

Sie saßen in der Falle.

„Möchtest du etwas Warmes zum Trinken, Nikki?", fragte Zharkov. „Oder darf es lieber ein guter Brandy sein?"

„Brandy klingt perfekt, Dmitry. Es ist eisig da draußen."

Ihre Worte verhallten, als sie sich in Richtung Küche bewegten. Dengler ließ seinen Blick durch das Büro schweifen, bis ihm eine weiterere Hellebarde an der Wand ins Auge stach. Lautlos schlich er hinüber und hob die Waffe leise aus ihrer Halterung.

Dominic fühlte sich plötzlich schutzlos. Seine Augen suchten fieberhaft nach einer Waffe – irgendetwas, das ihnen einen Vorteil verschaffen konnte. Schließlich griff er nach einer alten persischen Holzkeule, die auf einem Bücherregal lag. Sie war keine wirkliche Gefahr für einen Gegner mit einer Schusswaffe, aber in einer solchen Situation war jede Waffe besser als keine.

Er dachte an Milosh und Shandor. Sicher hatten auch sie bemerkt, dass ungebetene Gäste eingetroffen waren. Wahrscheinlich versuchten sie bereits, sich durch die oberen Fenster aus dem Staub zu machen – oder nutzten die Gelegenheit, um sich noch schnell die Taschen mit Schmuck und Wertgegenständen zu füllen. Wie auch immer, jetzt zählte nur eines: dass sie lebend hier rauskamen.

Rücken an Rücken standen er und Dengler mit ihren Waffen da, bereit für das, was kommen würde.

Dengler verlagerte sein Gewicht, um eine bessere Kampfhaltung einzunehmen – doch in genau diesem Moment knarrte eine alte Eichenbohle unter seinen Füßen.

Sie hielten beide augenblicklich den Atem an. Sekundenlang bewegte sich niemand.

Als nichts geschah, lugten sie vorsichtig um die Ecke. Das Eingangsfoyer war leer.

Ohne auch nur das leiseste Geräusch von sich zu geben, schlichen sie hinaus auf den Gang und arbeiteten sich in Richtung der Eingangstür vor.

Doch im denkbar schlechtesten Moment bog Véronique aus der Küche um die Ecke. In ihrer Hand hielt sie eine kleine, aber tödliche *COP .357 Derringer*, die sie abwechselnd auf Dominic und Dengler richtete.

„Dmitry", rief sie mit fast schon gelangweilter Stimme. „Wir haben Gesellschaft."

Eine Sekunde darauf flog die Eingangstür auf, und einer von Zharkovs Leibwächtern stürmte ins Foyer. Die Überraschung über den unerwarteten Besuch war ihm deutlich anzusehen. Er griff nach der *Glock* unter seinem Mantel.

Dengler reagierte instinktiv. Er drehte sich um, rannte auf den Leibwächter zu und rammte die Hellebarde in dessen Brust, bevor er seine Waffe ziehen konnte.

Véronique zuckte dagegen nicht einmal mit der Wimper, als sie ihre Pistole auf Dengler richtete und den Abzug drückte.

Das Projektil verfehlte jedoch sein eigentliches Ziel. Während Dengler mit einem Streifschuss an der Schulter noch Glück hatte, traf die Kugel den Leibwächter mitten in den Kopf, woraufhin beide zu Boden fielen.

Dominic zögerte keine Sekunde. Mit einem wütenden Schrei riss er die Keule hoch, sprang vor und schlug sie Véronique mit voller Wucht auf die Schulter. Ein hässliches Knacken war zu hören. Sie keuchte auf, ein erstickter Schmerzenslaut, dann ging sie ebenfalls zu Boden.

In diesem Moment stürmte Zharkov wie eine Naturgewalt aus der Küche. Mit erschreckender Kraft packte er Dominic von hinten und riss ihn in einen gnadenlosen Würgegriff.

Dominic rang nach Luft, trat wild um sich – doch Zharkovs Arm schlang sich nur noch fester um seinen Hals.

Dengler rappelte sich wieder auf, packte die Keule, die im Gerangel zu Boden gefallen war, und stürmte auf den Russen zu. Doch noch bevor er zuschlagen konnte, flog die Eingangstür mit einem ohrenbetäubenden Krachen erneut auf.

Ein zweiter Leibwächter stürmte mit gezogener Waffe herein. „Waffe fallen lassen! Sofort!"

Dengler blieb abrupt stehen, während Dominic zunehmend das Bewusstsein verlor. Die Lage hatte sich in Sekunden von miserabel zu völlig aussichtslos entwickelt.

Doch dann blitzte etwas in Denglers Augenwinkel auf. Noch bevor er den Blick nach oben zum Treppenabsatz richten konnte, sprang Milosh mit einem Dolch in der Hand über das Geländer. Mit der Wucht seines gesamten Gewichts riss er den Leibwächter zu Boden.

Ohne zu zögern packte er den Kopf des Mannes, zog ihn nach hinten und schlitzte ihm mit einem einzigen, sauberen Schnitt die Kehle auf. Blut spritzte schwallartig auf den Boden, während der Leibwächter, seine Hände vergeblich gegen die klaffende Wunde gepresst, röchelnd nach Luft rang. Doch mit jedem Herzschlag entwich ihm mehr Leben, bis er schließlich reglos liegen blieb.

Kaum war diese Bedrohung beseitigt, wirbelte Dengler herum und stürzte sich auf Zharkov. Mit Schwung ließ er die Keule auf dessen Kopf niedersausen – einmal, dann ein zweites Mal, und schließlich ein drittes Mal. Erst beim dritten Schlag löste sich Zharkovs eiserner Griff um Dominics Hals. Der Russe sackte schließlich bewusstlos zu Boden und riss den Priester dabei mit sich.

Dengler hastete zu Dominic, der reglos neben Zharkov auf dem Boden lag. Seine Atmung war flach. Zu flach. Sein Puls kaum tastbar.

Den Schmerz an seiner eigenen Schulter ignorierend, beugte sich Dengler über ihn und begann mit Mund-zu-Mund-Beatmung.

Shandor eilte kampfbereit und ebenfalls mit einem Dolch in der Hand, die Treppe hinunter. Er und Milosh postierten sich schützend um Dengler und Dominic, bereit für den nächsten Angriff. Doch es kam keiner mehr.

Ein schwaches Stöhnen. Dann ein Husten. Dominics Augenlider öffneten sich flatternd, woraufhin Dengler seine Wiederbelebungsmaßnahmen einstellte.

Dominic war noch benommen und völlig orientierungslos, als Dengler ihm half, sich aufzurichten. „Komm. Wir müssen von hier verschwinden."

Zwei tot. Zwei bewusstlos. Es blieb keine Zeit zu verlieren.

Shandor packte den Rucksack, während Dengler und Milosh Dominic auf die Beine zogen und stützten. So schnell sie konnten, rannten sie zur Hintertür der Küche hinaus – hinaus in die Freiheit.

„Milosh, du und Shandor müsst zurück in den Kofferraum", wies Dengler die beiden an, nachdem sie Dominic auf die Rückbank hievten. „Der Wachmann darf keinen Verdacht schöpfen, wenn wir am Tor vorbeifahren."

Ohne Widerrede kletterten die beiden Roma in den Kofferraum.

Dengler wischte das Blut von seiner Schulter, startete den Motor und fuhr in Richtung des Tores.

Dann hätten sie es geschafft.

ZHARKOV KAM WIEDER ZU BEWUSSTSEIN.

Mit einem gequälten Stöhnen und hämmerndem Schädel stemmte er sich vom Boden auf. Sein Blick huschte durch den Raum. Seine Angreifer waren verschwunden. Seine Leibwächter lagen reglos am Boden. Der Blutlache nach zu urteilen, waren sie bereits tot. Und Véronique lag bewusstlos neben ihm.

Ein unbändiges Gefühl brodelte in ihm auf, erst lodernde Wut – und dann etwas noch Mächtigeres: Rachedurst.

Mit zitternden Knien schleppte er sich zur Anrichte und stützte sich kurz ab, bevor er nach dem Telefon griff. Seine Finger bebten, als er die Nummer des Wachpostens an der Sicherheitsschranke wählte.

DER *MASERATI* ROLLTE LANGSAM auf die geschlossenen Eisentore zu. Der Wachmann trat aus seiner kleinen Hütte, sein Gesicht hellte sich auf, als er die vermeintlich ehrenwerten Gäste wiedererkannte.

Dominic ließ das Fenster herunter.

„*Monsignore,* hat unser Resort Ihre Erwartungen für den Besuch des Heiligen Vaters erfüllt?", fragte der Wachmann eifrig, seine Brust geschwellt vor Stolz.

Dominic lächelte höflich. „*Oui, Monsieur.* Eine wunderschöne Anlage haben Sie hier."

Da schrillte das Telefon in der Wachhütte.

„Verzeihen Sie, Pater. Es dauert bestimmt nur einen Augenblick."

Der Wachmann wollte bereits auf dem Absatz kehrt machen, um den Anruf entgegenzunehmen, als Dominic ihn aufhielt. „Wir sind in großer Eile und müssen unverzüglich in die Stadt zurück. Könnten Sie das Tor bitte umgehend öffnen?"

Der Wachmann seufzte innerlich. Er hätte gerne noch ein paar Worte über den bevorstehenden Papstbesuch gewechselt. Doch schließlich nickte er. „Aber natürlich, *Monsieur. Bon voyage.*"

Er drückte den Knopf, und mit einem leisen Surren setzte sich das schwere Eisengatter in Bewegung. Dengler drückte aufs Gas und gerade, als der *Maserati* das Tor passiert hatte, griff der Wachmann nach dem Telefonhörer. „*Oui?*"

Am anderen Ende der Leitung brüllte eine raue, atemlose Stimme: „Halten Sie den Priester auf!"

Der Wachmann riss überrascht den Kopf hoch und späte durch das Fenster in seiner Hütte nach draußen auf die Straße. Doch es war bereits zu spät.

Der *Maserati* war nur noch ein dunkler Schatten in der Ferne, der mit rasantem Tempo auf Genf zusteuerte.

KAPITEL

EINUNDSIEBZIG

S obald sie sich nordöstlich von Chamonix befanden, hielt Dengler den *Maserati* auf einem schneebedeckten Seitenstreifen der Straße an, um Milosh und Shandor aus dem Kofferraum zu befreien.

Die beiden hatten gerade erst wieder festen Boden unter den Füßen, als Dominic sie in eine herzliche Umarmung zog.

„Ihr habt uns da drinnen einen unschätzbaren Dienst erwiesen. Ich kann gar nicht in Worte fassen, wie dankbar wir euch sind. Ohne euch hätten Karl und ich es da niemals wieder lebend rausgeschafft."

Das Adrenalin rauschte als Folge des Kampfes noch immer durch Miloshs Adern. Seine Augen funkelten vor Energie, doch seine Stimme war von Schuldgefühlen geprägt.

„Pater, ich bereue es zutiefst, dass ich ein Leben genommen habe. Aber es blieb keine Zeit zum

Überlegen, und ihr beide wart in großer Gefahr. Ich bitte um Gottes Vergebung – und um eure."

Dominic nickte verständnisvoll. „Ich verstehe dich, Milosh. Aber wie du sagst, es ging alles so schnell. Diese Leute hatten keinerlei Skrupel, uns in die ewigen Jagdgründe zu schicken. Die Frau hat auf Karl geschossen, und Zharkov und seine Männer hätten uns alle – ohne mit der Wimper zu zucken – getötet. In meinen Augen hast du in Notwehr gehandelt. Falls du um Absolution bittest, kann ich sie dir gewähren – wenn du eine Beichte ablegen möchtest. Aber zuerst bringen wir euch nach Hause."

Fünfzehn Minuten später erreichten sie das Roma-Lager in Les Pèlerins. Kaum war der Wagen zum Stehen gekommen, sprang Milosh heraus, um seinen Vater zu suchen und ihm von ihrem Abenteuer zu berichten.

Gunari kam auf Dominic und Dengler zu, ein Ausdruck der Erleichterung in seinem Gesicht. „Danke, dass ihr auf meine Söhne aufgepasst habt. Ich wusste, dass es gefährlich werden würde, aber mir war nicht klar, in was für eine brenzlige Situation sie geraten würden."

„Gunari, in Wahrheit sind *wir* es, die Ihnen zu Dank verpflichtet sind", entgegnete Dominic. „Ihre beiden Söhne haben Außergewöhnliches geleistet. Dank ihres Mutes und ihrer Entschlossenheit können wir ein unschätzbares Artefakt dorthin zurückbringen, wo es hingehört – in den Vatikan. Ohne sie stünden wir heute vermutlich nicht hier vor Ihnen."

Er griff in seinen Rucksack und zog ein weiteres Bündel mit zehntausend Euro heraus. „*Woiwode*, bitte erlaubt uns, einen Beitrag zum Wohl eurer Gemeinschaft zu leisten. Betrachtet dies als kleine Geste des Dankes für eure wertvolle Hilfe."

Gunari betrachtete das Geld mit gemischten Gefühlen – Faszination und Unsicherheit zugleich.

„Pater Michael, wir Roma haben eine lange und stolze Tradition. Wir tun, was nötig ist, um zu überleben, aber wir nehmen keine Almosen. Wir ziehen es vor, unseren Lebensunterhalt selbst zu bestreiten – auch wenn unsere Methoden manchmal unkonventionell sind."

„Allerdings", fügte er hinzu, „könnte ich geneigt sein, dieses Geschenk als Vorschuss auf eine künftige Gefälligkeit zu betrachten, die wir euch erweisen werden. Mit anderen Worten, wir wären in eurer Schuld. Und ich freue mich auf den Tag, an dem wir unsere Schuld begleichen können."

Er streckte seinen Arm aus, und Dominic legte ihm das Bündel in die Hand. Beide Männer lächelten und schüttelten sich die Hände.

„Abgemacht, Gunari", sagte der Priester und segnete ihn.

Dann fügte er hinzu: „Apropos, ich möchte Milosh die Beichte abnehmen. Gibt es einen Ort, an dem wir ungestört sprechen können?"

Gunari wusste, dass die Tat seines Sohnes schwer auf ihm lastete. Er deutete auf sein Zelt. „Nehmt euch alle Zeit, die ihr braucht, Pater."

GARY MCAVOY

Zurück im Château von Saint-Clair in Genf entluden Dengler und Dominic den *Maserati* und stellten ihn an seinen gewohnten Platz in der Garage.

Im Esszimmer holte Michael den *Pelican*-Koffer aus seinem sicheren Versteck, wo Saint-Clair ihn aufbewahrt hatte. Mit bedächtiger Sorgfalt stellte er ihn auf den Tisch, bereit, die Visconte-Karte wieder in ihr vorgesehenes Fach zu legen.

Als sie den Koffer öffneten, hielten sie unwillkürlich den Atem an – nicht nur wegen des wertvollen Inhalts, sondern auch aus tiefer Erleichterung und Ehrfurcht. Er war der greifbare Lohn für all die Tage voller Suche, Entbehrung und Gefahr, denen sie sich gestellt hatten.

Der Koffer war seit seiner Wiederbeschaffung im Roma-Lager zwar entriegelt, aber nicht mehr geöffnet worden. Mit zitternden Händen hob Dominic das Reliquiar vorsichtig aus der Schaumstoffpolsterung und steckte den antiken Schlüssel in die ägyptische Schlossvorrichtung. Mit einem rostigen Knirschen entriegelte er die Bolzen.

Alle Augen waren gespannt auf das Reliquiar gerichtet, als Dominic den Deckel nach hinten klappte.

Pergamentrollen, funkelnder Schmuck von unschätzbarem Wert, ein filigranes Glasfläschchen mit Myrrhe – und dann, unübersehbar: Schädel- und Handknochen. Sarahs Gebeine.

Dominic faltete die Hände und schloss die Augen. Seine Stimme war nicht zu hören, doch seine Lippen bewegten sich in einem stillen Gebet. Er bat um Verständnis, um göttliche Führung, um die Kraft, die wahre Bedeutung dieser Entdeckung zu begreifen.

Neben ihm neigte Dengler respektvoll den Kopf, folgte der stummen Andacht, während eine ehrfurchtgebietende Stille den Raum erfüllte.

Nachdem Dominic sich bekreuzigt hatte, sah er Dengler an. „Karl, ich weiß nicht, welche Konsequenzen das für die Welt haben wird – oder ob der Papst es überhaupt anerkennen wird. Vielleicht sind wir die ersten und die letzten, die dies jemals zu Gesicht bekommen. Aber was auch immer geschieht, wir sollten diesen Moment in Ehren halten."

Dengler erwiderte seinen Blick und nickte schweigend.

ZWEI DINGE BLIEBEN für Dominic noch zu erledigen, bevor sie sich ein Taxi zum Flughafen riefen.

Das erste war ein Anruf bei Armand de Saint-Clair, der sich mittlerweile in Rom aufhielt. Es gab ein Problem: Ein solch wertvolles, antikes Artefakt würden sie nicht einfach am Zoll vorbeischmuggeln können. Zum Glück hatte der Baron bereits zugesichert, dass er sich darum kümmern würde, sobald Michael bereit war, seine Rückreise nach Rom anzutreten.

Der zweite, nicht minder wichtige Punkt, war ein Besuch bei der *Banque Suisse de Saint-Clair*. Bevor sie sich auf den Weg zum Flughafen machten, musste Dominic die restlichen dreißigtausend Euro auf sein Konto bei der Vatikanbank überweisen. Eine so hohe Summe in bar durch den Zoll zu bringen, wäre mehr als riskant gewesen und hätte mit Sicherheit unangenehme Fragen aufgeworfen.

KAPITEL

ZWEIUNDSIEBZIG

ls die Passagiere des *Alitalia*-Flugs 575 aus Genf
am Flughafen Leonardo da Vinci in Rom
ausstiegen, warteten Hana, Lukas und Dieter
in der Zollhalle. Ihre Augen waren unablässig auf den
Strom der Ankommenden gerichtet.

Nach Dominics Anruf aus Genf hatte Armand de
Saint-Clair sein weitverzweigtes Netzwerk genutzt, um
in kürzester Zeit eine Warenverkehrsbescheinigung zu
organisieren – ein Dokument von unschätzbarem Wert
für den internationalen Transport solch wertvoller
Artefakte. Mit den erforderlichen Stempeln und den
kunstvoll gestalteten Zertifikaten, die die italienischen
Behörden so sehr schätzten, war die Einfuhr des
Reliquiars nach Italien eine reine Formsache geworden.

Und dann – endlich!

Mit seinem schwarzen Priesterhemd und dem
weißen Kollar war Dominic nicht schwer in der Menge
auszumachen. Kaum hatten sie den Zoll passiert und ihr

Gepäck samt *Pelican*-Koffer abgeholt, folgte ein freudiges Wiedersehen. Umarmungen, erleichterte Gesichter, eine Welle von Emotionen – die Erleichterung über die geglückte Mission war spürbar.

Hana schlang Michael die Arme um den Hals, hielt ihn fest, als wollte sie sich vergewissern, dass er wirklich unversehrt zurückgekehrt war. Dann suchte ihr Blick den seinen, tief und voller unausgesprochener Fragen.

„Ich bin so froh, dass ihr beide heil zurück seid. Ich kann es kaum erwarten zu hören, was alles passiert ist."

Mit dem Gepäck im Kofferraum von Denglers *Jeep Wrangler* fuhren sie Richtung Vatikan, während Michael und Karl von den Gefahren, Intrigen und unerwarteten Wendungen der letzten Tage erzählten.

„UND DAS IST, grob zusammengefasst, die ganze Geschichte, Rico." Mit diesen Worten beendete Dominic seinen Bericht und sah zu Kardinal Petrini hinüber.

Der Kardinal saß in dem Sessel gegenüber von ihm, aufmerksam lauschend. Gebannt hing er an Dominics Lippen, während er erzählte, was alles geschehen war.

Auf dem Tisch neben ihnen stand der verschlossene *Pelican*-Koffer. Anfangs konnte Petrini nicht erahnen, was Dominic damit vorhatte, als er sein Büro betreten hatte. Doch als er erfuhr, was sich darin befand, wanderte Petrinis Blick immer wieder zwischen dem Koffer und Dominic hin und her.

„Ich muss zugeben, Michael, ich bin… überwältigt."

GARY MCAVOY

Er ließ die Worte kurz in der Luft hängen, als müsse er sich erst sammeln. „Wie du es immer wieder schaffst, dich in solche Situationen zu bringen, ist mir ein Rätsel. Aber ich habe längst gelernt, deinen Instinkten zu vertrauen. Das hier… das ist außergewöhnlich."

Zögernd fragte er schließlich: „Darf ich das Reliquiar sehen?"

„Natürlich", erwiderte Dominic.

Beide erhoben sich und traten an den Tisch. Dominic öffnete den Koffer, hob das Reliquiar heraus und stellte es vorsichtig auf die Tischplatte. Dann zog er den Skelettschlüssel aus seiner Tasche, steckte ihn ins Schloss und öffnete die hölzerne Truhe.

Petrini holte hörbar Luft. Dominic erkannte den Ausdruck in seinen Augen – dasselbe Staunen und dieselbe Ehrfurcht, die auch ihn selbst durchströmt hatten, als er es zum ersten Mal sah. Es war ein Augenblick, in dem Glaube und Geschichte aufeinanderprallten – ein Moment, in dem die Zeit einen Wimpernschlag lang stillstand.

Lange verharrte der Kardinal in Stille, als würde er versuchen, die Bedeutung dessen zu erfassen, was vor ihm lag. Schließlich nahm er wieder Platz auf seinem Sessel.

„Du verstehst, Michael, dass vorerst niemand – absolut niemand –von der Existenz dieses Reliquiars erfahren darf." Seine Stimme war ruhig, doch in ihr lag eine unmissverständliche Bestimmtheit. „Ich werde Seiner Heiligkeit davon berichten und kein Detail auslassen. Doch die Entscheidung, was damit geschieht, liegt allein bei ihm. Bis dahin darf dieses Wissen nicht nach außen dringen. Wir dürfen nicht riskieren, dass die Medien davon erfahren – nicht in diesem frühen Stadium. Daher bitte ich dich und auch deine Freunde um äußerste Verschwiegenheit."

Er strich sich nachdenklich über das Kinn, seine Stirn in Falten gelegt.

„Der Papst wird möglicherweise eine Untersuchung durch ausgewählte Theologen und Historiker veranlassen. Die Tragweite dieses Fundes ist kaum zu ermessen. Sollte sich herausstellen, dass Christus und Maria Magdalena tatsächlich ein Kind hatten…" Er ließ den Satz unvollendet, doch die Schwere der Bedeutung musste nicht in Worte gefasst werden, um sie zu erahnen.

„Sollte es sich bewahrheiten, könnte das das gesamte Fundament der Kirche erschüttern", fuhr er schließlich fort. „Die Grundfeste, auf denen sie vor Jahrhunderten errichtet wurde."

In Petrinis Augen lag eine Spur von Besorgnis.

„Du verstehst, Michael – das Wissen um die Wahrheit kann gefährlich sein. Denk an das Dokument, das du letztes Jahr entdeckt hast."

Eine beklemmende Stille breitete sich aus. Beide Männer saßen da, gefangen in ihren Gedanken, sich der Konsequenzen bewusst, die eine Enthüllung mit sich bringen würde.

Seine eigenen Überzeugungen waren weit weniger dogmatisch als die der Kirche. Doch er verstand, dass eine Milliarde katholischer Gläubiger an einem bestimmten Weltbild festhielten. Ein Riss in dieser Struktur könnte das Vertrauen von Generationen erschüttern und eine Welle des Chaos und der Spaltung auslösen – in einer ohnehin schon zerrissenen Welt.

Aber was war mit der Wahrheit? Hatten nicht alle Christen ein Recht darauf? Wer entschied darüber, was die Welt wissen durfte – und was nicht?

Die Gedanken in seinem Kopf überschlugen sich, ein ständiges Hin und Her und ein Strudel aus Widersprüchen. Er wusste, dass die Kirche sich immer selbst schützen würde – gerade wenn etwas die Grundlagen des Glaubens bedrohte.

Er konnte sich bereits die endlosen Debatten unter Wissenschaftlern vorstellen, jahrelange Untersuchungen, Diskussionen über die Authentizität dieses Reliquiars.

Letztes Jahr hatte man ihn beauftragt, das Magdalenen-Papyrus zu verstecken – und trotzdem war es entdeckt worden. Die Wahrheit ließ sich nun mal nicht auf ewig verstecken. Und wie auch damals stand er vor der genau selben Frage wie damals: Bewahrung oder Offenbarung? Glaube oder Verantwortung?

Trotz allem verspürte er aber auch eine gewisse Genugtuung darüber, dass er zumindest verhindert hatte, dass das Reliquiar in die falschen Hände geriet. Vielleicht würde er das Reliquiar nie wiedersehen. Dessen Schicksal und Verbleib lag nun nicht mehr in seiner Hand.

Er schloss die Augen und betete – nicht um eine Antwort, sondern um die Kraft, sich dieser Entscheidung zu fügen.

DREIUNDSIEBZIG

Obwohl ein kühles Lüftchen wehte, tauchte die Sonne über Rom die Gärten des Vatikans in ein warmes, goldenes Licht.

Bruder Mendoza und Pater Dominic schlenderten den *Stradone dei Giardini* entlang, der sich hinter der Apostolischen Bibliothek erstreckte. Die Blätter raschelten sanft im Wind, und das entfernte Plätschern eines Springbrunnens vermischte sich mit den leisen Schritten der beiden Männer auf dem Kiesweg.

Seit Tagen schon hatte Dominic bemerkt, dass sich etwas in seinem Freund verändert hatte. Mendoza wirkte gelöster, entspannter, als hätte er einen inneren Frieden gefunden, der vor Dominics Abreise noch in weiter Ferne war.

„Miguel, ich muss mit dir sprechen", begann Mendoza, während sie unter den knorrigen Mela Nesta-Apfelbäumen dahinschritten. Er streckte die Hand nach oben aus, pflückte zwei der reifen, rotgoldenen Früchte und reichte eine Dominic.

„Was gibt es, Cal?", fragte der Priester, nahm den Apfel dankend an und biss genüsslich hinein.

Doch statt zu essen, drehte Mendoza den Apfel nachdenklich in seinen Händen, als suche er darin nach den richtigen Worten.

„Mein Freund, als ich das Magdalenen-Papyrus in der *Riserva* entdeckt hatte, stellte das meinen Glauben auf eine harte Probe. Ich konnte tagelang nicht schlafen, aß kaum etwas. Ich fühlte mich wie ein Schiffbrüchiger auf dem großen, weiten Ozean."

Er blieb stehen, drehte sich zu Dominic um und ein kleines Lächeln breitete sich auf seinem Gesicht aus.

„Aber dann… kam der Heilige Geist zu mir. Und ich erinnerte mich an die Worte des heiligen Augustinus: *‚Suche nicht zu verstehen, um zu glauben, sondern glaube, damit du verstehen kannst.'* Dieses Manuskript mag echt sein, Miguel. Aber ich habe mich entschieden zu glauben, damit ich verstehen kann. Und auf einmal… war alles ganz klar."

Dominic sagte nichts. Dies war Mendozas Moment der Wahrheit, und er wollte ihn nicht unterbrechen.

„Doch in all diesen Tagen der Prüfung habe ich eine Entscheidung getroffen. Es ist an der Zeit, dass ich mich zurückziehe. Mein Glaube ist stärker als je zuvor, aber ich spüre, dass ich die Verantwortung, die dieses Amt mit sich bringt, hinter mir lassen möchte. Ich werde bald achtzig, Miguel, und die Zeit, die mir noch bleibt, möchte ich in stiller Einkehr verbringen. Vielleicht in einem bescheidenen Kloster in der Toskana – irgendwo, wo das Essen einfach, der Wein gut und das Leben ruhig genug ist für einen Mann mit so geringen Ansprüchen."

Er machte eine kurze Pause, bevor er zu seinem eigentlichen Anliegen kam: „Ich möchte, dass du meinen Platz einnimmst."

Dominic blinzelte überrascht.

„Ich werde dich als meinen Nachfolger für das Amt des Präfekten der Geheimarchive vorschlagen. Da du Kardinal Petrini nahestehst, könnte es gut sein, dass deine Ernennung bereits beschlossene Sache ist – falls du den Posten annehmen willst."

Dominic war sprachlos. Er sah Mendoza an, und für einen Moment stieg eine unerwartete Welle von verschiedenen Emotionen in ihm auf. Dann trat er vor und schloss den alten Mönch fest in die Arme. „Oh, Calvino…" Er suchte nach den richtigen Worten, fand aber keine, die seiner Dankbarkeit wirklich gerecht wurden. „Ich fühle mich zutiefst geehrt, dass du mich für würdig erachtest. Du warst mir seit meiner Ankunft hier ein Mentor und vor allem ein Freund. Du hast mir mehr beigebracht, als ich dir jemals zurückgeben könnte. Es wäre mir eine unglaubliche Ehre, deine Nachfolge anzutreten – aber nur, wenn du sicher bist, dass es niemanden gibt, der besser für diese Aufgabe geeignet ist."

Mendoza schüttelte den Kopf. „Du magst noch nicht lange hier sein, Miguel, aber du hast eine schnelle Auffassungsgabe und ein ausgezeichnetes Gespür für Geschichte. Deine Hingabe zu deiner Arbeit ist unübertrefflich. Ich bin mir sicher, dass Kardinal Petrini und der Heilige Vater meiner Einschätzung zustimmen werden. Es ist ein bedeutendes Amt in der Kirche – und ich glaube, du bist bereit, diese Verantwortung zu tragen."

Dominic atmete tief ein, versuchte, die Tragweite dieser Worte zu verinnerlichen. „Danke, Cal. Es beruhigt mich so sehr zu hören, dass du die dunklen Schatten hinter dir lassen konntest, die das Manuskript der heiligen Magdalena über dich geworfen hat. Ich habe mir wirklich Sorgen um dich gemacht."

Mendoza lächelte erneut – ein friedliches Lächeln, das Bände sprach. „Ich habe meinen Frieden damit gefunden. Danke, Miguel. Deine Fürsorge bedeutet mir mehr, als du ahnst."

Schweigend setzten die beiden Männer ihren Spaziergang fort. Zwischen den uralten Bäumen, inmitten des stillen Zaubers dieses heiligen Ortes, schien alles in perfekter Balance – Vergangenheit, Gegenwart und Zukunft.

EPILOG

Nach Jahren archäologischer Expeditionen und dem sinnlosen Verpulvern von Millionen Reichsmark auf der Jagd nach dem Heiligen Gral hatte Nazi-SS-Reichsführer Heinrich Himmler endlich eine andere heilige Trophäe in seinen Besitz gebracht – eine, die den ganzen Aufwand wert war.

Nicht den Gral selbst, versteht sich. Der blieb so unauffindbar wie eh und je, ein Mythos, der mit dem nahenden Kriegsende mehr und mehr außer Reichweite rückte.

Himmler stand allein in der gewaltigen, kreisförmigen Marmorkammer der Generalshalle und starrte auf die schneeweiße Alabasterkiste in seinen Händen. Sie barg die wohl heiligste aller Reliquien, die

einst von Maria Magdalena überliefert worden war – ein
Artefakt, auf das sogar Hitler selbst Anspruch erhob.

Doch die Zeit spielte Himmler in die Karten.
Während Hitlers eigene Generäle Berlin längst den
Rücken kehrten – schwer beladen mit gestohlenem
Gold, geraubten Kunstschätzen und jüdischem Besitz,
während sie über die „Rattenlinie" des Vatikans ihre
Flucht nach Südamerika arrangierten – bereitete auch
Himmler sich auf sein eigenes Verschwinden vor.

Aber eines Tages, wenn er mit neuen Papieren und
einer neuen Identität zurückkehren konnte, würde sein
Schatz genau hier auf ihn warten.

Mit seinem Spezialschlüssel, den er sonst in einem
eigens dafür geschaffenen Versteck verborgen hatte,
öffnete er eine geheime Kammer in der Generalshalle.
Behutsam legte er die Alabasterkiste in ihr dunkles
Grab. Niemand außer ihm wusste von der Existenz
dieses Verstecks. Und um sicherzustellen, dass das so
blieb, ließ er die beiden Handwerker, die es gebaut
hatten, kurzerhand hinrichten.

*Drei können ein Geheimnis bewahren – wenn zwei von
ihnen tot sind.*

Doch das Schicksal hatte andere Pläne. Himmler
sollte sein Versteck niemals wiedersehen. Er nahm sich
das Leben, als er den Briten in die Hände fiel. Und so
blieb die Alabasterkiste, unberührt und vergessen,
Jahrzehnte lang an ihrem dunklen Ruheort.

Bis eines Tages ein bislang unentdecktes Rätsel in die
Hände von Pater Michael Dominic fällt – und ihn auf
eine Reise schickt, die nicht nur seine Welt auf den Kopf

stellen, sondern auch seinen Glauben neu entfachen wird.

FIKTION, FAKT, ODER FUSION?

Viele Leser der *Magdalena-Chroniken* haben mich gefragt, was in meinen Büchern auf historischen Fakten basiert und was meiner Fantasie entsprungen ist. Grundsätzlich liebe ich es, reale historische Ereignisse und Persönlichkeiten als Fundament zu nutzen und darauf auf kreative Weise aufzubauen – doch erstaunlich vieles von dem, was ich schreibe, ist tatsächlich historisch belegbar. In diesem Abschnitt gehe ich auf einige Kapitel ein, in denen sich Fakten und Fiktion besonders eng verweben – vielleicht hilft das all jenen, die sich beim Lesen gefragt haben: *Ist das wirklich passiert?*

PROLOG
Alle im Prolog vorkommenden Personen – Raymond-Roger Trancavel, Vizegraf von Carcassonne; Raymond VI., Graf von Toulouse; Godefroy de Bouillon, Eroberer und erster Herrscher des Königreichs Jerusalem; Raymond VII., Graf von Toulouse; und Pietro

Vesconte, der berühmteste Kartograf seiner Zeit – waren allesamt reale Personen. Das heilige Reliquiar, das zwischen ihnen hin- und hergereicht wurde, ist ein fiktives Artefakt. Das Puzzle, das ich später beschreibe, ist in Wirklichkeit die Idee eines Puzzlemeisters, der heute in Griechenland lebt.

KAPITEL 1

Die im Buch geschilderte Höhlenerkundung ist absolut realitätsgetreu. Ein britischer Höhlenexperte namens Martin Hoff hat mir freundlicherweise Einblick in sein Fachwissen gewährt. Genau wie Michael Dominic bin ich nicht sonderlich erpicht darauf, mich in engen, dunklen Räumen wiederzufinden.

Es gibt tatsächlich eine Legende, nach der die Katharer ihren sagenumwobenen „Schatz" in einer der Höhlen der Languedoc-Region vergraben haben sollen. Was genau dieser Schatz jedoch sein könnte, bleibt Spekulation.

KAPITEL 3

In Codice Ratio ist kein fiktives Konzept, sondern ein echtes Projekt des Vatikans, das mit modernster OCR-Technologie alte Manuskripte digitalisiert und entschlüsselt.

KAPITEL 5

Guillaume de Sonnac, der achtzehnte Großmeister des Templerordens, war eine reale historische Figur. Seine im Buch erwähnten Tagebücher sind allerdings eine reine Fiktion.

KAPITEL 6

Die Ustascha, eine faschistische Bewegung in Kroatien während des Zweiten Weltkriegs, gab es tatsächlich. Die „Novi" Ustascha, die in meinem Buch beschrieben wird, ist jedoch meiner Fantasie entsprungen.

KAPITEL 7

Ja, das Geheime Vatikanische Archiv (inzwischen in Apostolisches Archiv umbenannt) existiert tatsächlich. Es erstreckt sich unter dem Pinien-Hof des Vatikans über mehr als 85 Kilometer Regallänge. Der größte Teil dieses riesigen Bestands wurde nie katalogisiert – und die meisten Dokumente hat kein heute lebender Mensch je zu Gesicht bekommen.

KAPITEL 9

Ich liebe gutes Essen – und ich finde, auch fiktive Charaktere sollten kulinarisch auf ihre Kosten kommen.

Deshalb sind die im Buch beschriebenen Mahlzeiten nicht einfach ausgedacht, sondern stammen aus echten Menüs realer Restaurants – in diesem Fall aus dem Michelin-gekrönten La Pergola in Rom.

KAPITEL 13

Das faltbare Tafelrätsel in diesem Kapitel ist real und wurde mit der freundlichen Genehmigung seines genialen Schöpfers, Pantazis the Megistian, in die Geschichte eingebaut. Ähnlich wie ein Rubik's Cube verändert es seine Form – von einer eigenartigen

473

Ausgangsstruktur hin zu einem perfekten rechteckigen Turm.

KAPITEL 24
Die DNA-Sequenzierung, die ich hier beschreibe, ist vereinfacht, aber im Wesentlichen korrekt. In der Realität ist der Prozess natürlich um einiges komplexer – aber die Grundlagen stimmen.

KAPITEL 34
Die Geschichte, dass Maria Magdalena, ihre Geschwister, einige Jünger und ein junges Mädchen namens Sarah auf einem steuerlosen Boot über das Mittelmeer trieben, basiert auf einer alten mündlichen Überlieferung.

KAPITEL 35
Die *Tombaroli*, Roms berüchtigte Grabräuber, gibt es tatsächlich. Ihr Anführer wird capo zona genannt – ein Titel, der auf dem Schwarzmarkt für antike Artefakte Gewicht hat. Und ja, Rom hat ein riesiges Problem mit illegalem Kunsthandel, was die ebenfalls reale italienische Kunstschutz-Einheit (*Carabinieri per la Tutela del Patrimonio Culturale*) permanent auf Trab hält.

KAPITEL 43
Die Beschreibung der Radiokohlenstoffdatierung (C-14-Methode) ist so akkurat, wie sie sein kann. Ich habe sie so genau beschrieben, wie es ohne zu viel Fachjargon möglich war. Ich habe schon immer gerne Wissen weitergegeben – besonders über Dinge, die mich selbst

fasziniert haben. Also versuche ich, sie auf verständliche Weise zu erklären.

KAPITEL 51

Das *Freihafenlager Genf* gibt es wirklich. Dort lagern Kunstwerke, erlesene Weine und andere wertvolle Sammlerstücke – genau wie ich es im Buch beschreibe. Weil dort steuerfreie Käufe und Verkäufe stattfinden können, ist es eine echte Herausforderung für die Zollbehörden.

KAPITEL 54

Als ich in den 2020ern *Die Magdalena-Täuschung* veröffentlicht habe, waren *Apples AirTags* noch nicht auf dem Markt. Ich wusste jedoch, dass *Apple* an einer solchen Technologie arbeitete, und ging das Risiko ein, dass *Apple* den Namen nicht mehr ändern würde. Zum Glück lag ich richtig. Allerdings haben einige Leser angemerkt: „Wie können gewisse Charaktere nicht wissen, was ein *AirTag* ist? Die sind doch weltbekannt!" Nun, *jetzt* sind sie das. Aber als ich die Geschichte schrieb, existierten sie noch nicht. Also, bitte geben Sie nicht den Charakteren in diesem Buch die Schuld – sondern der Zeit!

KAPITEL 61

Die Technik, mit einem Relay-Scanner Autoschlüssel aus der Ferne zu hacken und Fahrzeuge zu öffnen, ist keine Idee aus einem Sci-Fi-Roman – sie existiert wirklich. Genauso, wie ich es im Buch beschreibe.

ANMERKUNG DES AUTORS

Über Theologie, religiöse Überzeugungen und die fiktionale Interpretation biblischer Ereignisse zu schreiben, ist kein leichtes Unterfangen.

Deshalb bitte ich meine Leser, diese Geschichte als das zu sehen, was sie ist: ein Werk reiner Fiktion. Es wurde inspiriert von mündlichen Überlieferungen und historischen Aufzeichnungen – zumindest so, wie wir sie heute verstehen.

Mein einziges Ziel war es, eine spannende Geschichte zu erzählen. Ich verfolge keine versteckte Agenda und respektiere alle Glaubensrichtungen – von Agnostizismus bis Zoroastrismus und alles dazwischen.

Vielen Dank, dass Sie *Das Magdalena-Reliquiar* gelesen haben! Ich hoffe, Sie hatten genauso viel Freude beim Lesen wie ich beim Schreiben.

Falls Ihnen das Buch gefallen hat, würde ich mich sehr über eine Rezension freuen! Ein paar Worte auf *Amazon* oder *Goodreads* machen einen großen Unterschied und helfen anderen, zu entscheiden, ob dieses Buch etwas für sie ist.

Diese Trilogie wurde ursprünglich auf Englisch verfasst und wird nun für deutschsprachige Leserinnen und Leser übersetzt. Während der erste Band, *Die Magdalena-Täuschung*, bereits erschienen ist, lässt das große Finale noch auf sich warten. Die deutsche Übersetzung des abschließenden Bandes, *The Magdalene Veil*, ist zum Zeitpunkt der Veröffentlichung dieses Bandes noch in Arbeit. Ich danke Ihnen herzlich für Ihre Treue und Geduld und freue mich darauf, Sie auch im dritten Band wieder auf diese spannende Reise mitzunehmen.

Wenn Sie keine Neuveröffentlichung verpassen und stets auf dem Laufenden bleiben möchten, schauen Sie doch gerne auf meiner Website vorbei: www.garymcavoy.com

Mit besten Grüßen,

www.ingramcontent.com/pod-product-compliance
Lightning Source LLC
Chambersburg PA
CBHW020919020726
47495CB00002B/251